Giorgio Bassani
Die Gärten der Finzi-Contini

Giorgio Bassani
Die Gärten der Finzi-Contini

Aus dem Italienischen von Herbert Schlüter

Verlag Klaus Wagenbach   Berlin

Die italienische Originalausgabe erschien 1962 unter dem Titel *Il giardino dei Finzi-Contini* bei Giulio Einaudi Editore in Turin. Die erste deutsche Ausgabe erschien 1963 beim Piper Verlag, München. Die Übersetzung wurde nach der Ausgabe der 1998 bei Arnaldo Mondadori in Mailand von Roberto Cotroneo herausgegebenen *Opere* durchgesehen.

Diese Ausgabe wurde in freundlicher Zusammenarbeit mit der Fondazione Giorgio Bassani veröffentlicht.

Wagenbachs Taschenbuch 404
10. Auflage 2025

© 1962, 1974, 1976, 1980 Giorgio Bassani
All rights reserved
© 2001, 2008, 2009 für diese Ausgabe:
Verlag Klaus Wagenbach, Emser Straße 40/41, 10719 Berlin
www.wagenbach.de   mail@wagenbach.de

Umschlaggestaltung Julie August unter Verwendung einer Fotografie © gettyimages/Laurence Monneret. Die Karnickel auf Seite 1 zeichnete Horst Rudolph. Autorenphoto © Isolde Ohlbaum. Gesetzt aus der Garamond. Vorsatzpapier von peyer graphic, Leonberg. Gedruckt auf Schleipen und gebunden bei Pustet, Regensburg
Printed in Germany. Alle Rechte sowie Nutzung des Werkes für Text und Data Mining im Sinne von § 44 b UrHG vorbehalten

ISBN   978 3 8031 2404 3

Prolog 9
Erster Teil 17
Zweiter Teil 67
Dritter Teil 127
Vierter Teil 211
Epilog 307
Anmerkungen des Übersetzers 311

Für Micòl

Gewiß, wer auf das Herz hört, dem hat es immer etwas von den Dingen zu sagen, die geschehen werden. Aber was weiß denn das Herz? Kaum ein wenig von dem, was schon geschehen ist.

Manzoni *Die Verlobten* 8. Kapitel

Prolog

Seit vielen Jahren hatte ich den Wunsch, über die Finzi-Contini zu schreiben – über Micòl und Alberto, über Professor Ermanno und Signora Olga – und über alle die, die sonst noch in dem Haus am Corso Ercole I d'Este in Ferrara wohnten oder wie ich in der Zeit kurz vor Ausbruch des letzten Krieges dort ein und aus gingen. Aber den letzten Anstoß, es wirklich zu tun, empfing ich erst vor einem Jahr, an einem Sonntag im April 1957.

Es war auf einem der üblichen Wochenendausflüge. Wir waren, eine Gruppe von Freunden, auf zwei Autos verteilt, direkt nach dem Mittagessen die Via Aurelia hinausgefahren, ohne ein bestimmtes Ziel zu haben. Ein paar Kilometer hinter Santa Marinella waren wir, angezogen von den Türmen einer mittelalterlichen Burg, die plötzlich zu unserer Linken aufgetaucht waren, auf einen Fußweg eingebogen und schließlich über den trostlosen Sandstreifen am Fuße des Berges geschlendert. Aus der Nähe betrachtet war die Burg übrigens bei weitem nicht so mittelalterlich, wie sie aus der Ferne, im Gegenlicht über der blauen blendenden Leere des Tyrrhenischen Meeres gewirkt hatte. Der vollen Gewalt des Windes ausgesetzt, Sand in den Augen und betäubt vom Lärm der Brandung, obendrein außerstande, die Burg zu besichtigen, weil uns dazu die schriftliche Erlaubnis von der Direktion irgendeines, ich weiß nicht mehr welchen, römischen Kreditinstitutes fehlte, fühlten wir uns gründlich enttäuscht und verärgert, daß wir bei einem solchen Wetter, das hier am Meer von nahezu winterlicher Unfreundlichkeit war, nicht in Rom geblieben waren.

Dem Bogen der Küste folgend, gingen wir etwa zwanzig Minuten am Strand auf und ab. Das einzige Mitglied unserer Gesellschaft, das sich fröhlich zeigte, war ein kleines Mädchen von neun Jahren, die Tochter des jungen Ehepaares, in dessen Auto ich saß. Geradezu elektrisiert von Wind und See und dem in rasenden Wirbeln aufgepeitschten Sand, überließ sich Giannina ganz ihrer heiteren offenherzigen Natur. Obwohl ihre Mutter versucht hatte, sie davon abzuhalten, hatte sie sich Schuhe und Strümpfe ausgezogen. Sie lief den anbrandenden Wellen entgegen, die ihre Beine bis zu den Knien umspülten. Sie schien sich, mit einem Wort, königlich zu amüsieren, so sehr, daß ich, als wir bald darauf wieder in den Wagen stiegen, einen Schatten ehrlichen Bedauerns in ihren schwarzen lebhaften Augen sah, die über zarten erhitzten Wangen funkelten.

Wieder auf der Via Aurelia, waren wir fünf Minuten später an der Abzweigung nach Cerveteri. Da wir beschlossen hatten, direkt nach Rom zurückzukehren, zweifelte ich nicht daran, daß wir geradeaus weiterfahren würden. Aber statt dessen verlangsamte Gianninas Vater die Fahrt mehr als nötig und streckte den Arm aus dem Fenster. Er gab dem Fahrer des zweiten, etwa 30 Meter entfernten Wagens zu verstehen, daß er links einbiegen wolle. Er hatte es sich anders überlegt.

So fuhren wir also auf der glatten, asphaltierten Nebenstraße weiter, die uns alsbald zu einem Dorf mit größtenteils neuen Häusern brachte. Von dort aus führte die Straße in Serpentinen zu den Hügeln des Hinterlands, zu der berühmten etruskischen Gräberstadt. Niemand forderte eine Erklärung. Auch ich schwieg.

Hinter dem Ort zwang uns die leichte Steigung der Straße zu langsamerer Fahrt. Wir fuhren nun, im Abstand von nur wenigen Metern, an den sogenannten Montarozzi vorbei, jenen kegelförmigen grasbewachsenen Grabhügeln, die über diesen ganzen Teil Latiums nördlich von Rom – mehr im

Hügelland als an der Küste – bis nach Tarquinia und noch weiter verstreut sind, so daß dieses Gebiet nichts anderes ist als ein unermeßlicher, fast ununterbrochener Friedhof. Hier wächst das Gras dichter, grüner und kräftiger als auf dem tiefer gelegenen Plateau zwischen der Via Aurelia und dem Meer – ein Zeichen, daß der ständig vom Meer her wehende Schirokko hier oben bereits viel von seinem Salzgehalt verloren hat und sich das feuchtere Klima des nahen Gebirges wohltuend auf die Vegetation auswirkt.

»Wohin fahren wir?« fragte Giannina.

Das Ehepaar saß vorn, das Kind in der Mitte. Der Vater nahm die Hand vom Steuer und legte sie auf die braunen Locken seiner kleinen Tochter.

»Wir fahren zu Gräbern, die über vier- oder fünftausend Jahre alt sind«, antwortete er wie jemand, der anfängt, ein Märchen zu erzählen, und sich deshalb auch nicht scheut, bei den Zahlen zu hoch zu greifen. »Etruskische Gräber.«

»Wie traurig!« sagte Giannina und seufzte, wobei sie den Nacken an die Rückenlehne schmiegte.

»Warum traurig? Hast du in der Schule gelernt, wer die Etrusker waren?«

»Im Geschichtsbuch stehen die Etrusker am Anfang, zusammen mit den Ägyptern und den Juden. Aber sag mir, Papa, wer ist deiner Meinung nach älter: die Etrusker oder die Juden?«

Ihr Vater brach in lautes Lachen aus.

»Frag einmal diesen Herrn danach«, sagte er und wies mit dem Daumen auf mich.

Giannina wandte sich um. Den Mund hinter der Rückenlehne versteckt, warf sie einen geschwinden, strengen, mißtrauischen Blick auf mich. Ich wartete darauf, daß sie ihre Frage wiederholte. Doch nichts geschah. Plötzlich wandte sie sich wieder um und blickte geradeaus.

Auf der stets leicht ansteigenden, von einer doppelten Zypressenreihe eingefaßten Straße kamen uns Gruppen von jungen Mädchen und Burschen aus den Dörfern entgegen. Es war ihr Sonntagsspaziergang. Die jungen Mädchen, die Arm in Arm miteinander gingen, bildeten zuweilen zu fünft oder zu sechst Ketten, die bis zur Straßenmitte reichten. Seltsam, sagte ich mir, während ich sie betrachtete. Während wir an ihnen vorüberfuhren, sahen sie mit lachenden Augen neugierig durch die Scheiben, aber in die Neugier mischte sich etwas wie ein merkwürdiger Stolz, wie eine kaum verhehlte Verachtung. Wirklich seltsam, schön und frei sind sie.

»Papa«, fragte Giannina, »warum sind alte Gräber nicht so traurig wie neue?«

Eine Spaziergängergruppe, diesmal noch größer, die die Straße zu einem guten Teil für sich beanspruchte und, im Chor singend, nicht daran dachte, beiseitezutreten, hatte unseren Wagen fast zum Halten gezwungen. Gianninas Vater schaltete in den zweiten Gang zurück.

»Weißt du«, antwortete er, »die vor kurzem Verstorbenen sind uns noch näher, und darum haben wir sie lieber. Aber die Etrusker sind doch schon so lange tot« – und wieder erzählte er ein Märchen-, »daß es ist, als ob sie nie gelebt hätten, als wären sie schon *immer* tot gewesen.«

Wieder entstand eine Pause, noch länger als zuvor. Aber dann (wir waren inzwischen bis kurz vor den weiten Platz am Eingang zur Nekropole gekommen, wo in dichter Reihe Wagen und Reiseautobusse standen) war die Reihe an Giannina, uns eine Lektion zu geben.

»Aber so, wie du das sagst, glaube ich jetzt, daß die Etrusker doch gelebt haben, und ich habe sie so lieb wie alle anderen.«

Der Besuch der Gräberstadt stand nun ganz unter dem Zeichen des ungewöhnlichen Zartgefühls, das aus Gianninas Worten sprach. Kein anderer als sie hatte unser Verständnis geweckt. Sie, die jüngste, hatte uns gewissermaßen an der Hand genommen.

Wir stiegen in das Innere des bedeutendsten Grabes, das der vornehmen Familie Matuta: Es war ein niedriger unterirdischer Saal, in dem etwa zwanzig Totenbetten in je einer Nische der Tuffsteinwand stehen und der reich geschmückt ist mit farbigen Stuckarbeiten, die die geliebten, vertrauten Gegenstände des täglichen Lebens darstellen, Hacken, Äxte, Seile, Scheren, Spaten und Messer, Bogen und Pfeile, aber auch Jagdhunde und Sumpfvögel. Indessen versuchte ich, bereitwillig jeden Rest philologischer Skrupel unterdrückend, mir konkret vorzustellen, was für die späten Etrusker von Cerveteri, das heißt die Etrusker aus der Zeit nach der Unterwerfung durch die Römer, der eifrige Besuch ihres Friedhofs vor der Stadt bedeutet haben mochte.

Noch heute ist ja in den kleinen Orten der italienischen Provinz das Friedhofstor das obligate Ziel eines jeden Abendspaziergangs. Sie kamen aus den in der Nähe gelegenen Wohnhäusern, wahrscheinlich zu Fuß – so malte ich mir aus –, familienweise oder in Gruppen von jungen Menschen, wie wir ihnen gerade auf der Straße begegnet waren; es mochten Liebespaare dabei sein, und manche kamen vielleicht allein. Sie gingen zwischen den konisch geformten Grabkammern umher, solide und massiv wie die Bunker, mit denen die deutschen Soldaten Europa während des letzten Krieges vergebens übersät haben (die eisenbeschlagenen Räder der Leichenwagen hatten im Lauf der Jahrhunderte zwei tiefe Furchen in die gepflasterte Straße gegraben, die den Friedhof durchquerte) – Grabkammern, die gewiß, auch in ihrem Innern, den Wohnburgen der Lebenden ähnelten. Die Zeiten ändern sich – das hatten sie sich gewiß gesagt. Die Zeit war vorbei, in der Etrurien mit seinem Bund freier aristokratischer Stadtstaaten fast die ganze italische Halbinsel beherrscht hatte. Eine neue Kultur, roher und weniger aristokratisch, aber auch stärker und kriegstüchtiger, behauptete nun das Feld. Doch was sagte das schon?

Hatte man die Schwelle des Friedhofs überschritten, wo jeder von ihnen sein zweites Haus besaß, in dem er schon das Lager bereitet hatte, auf dem er bald neben den Vätern ruhen würde, konnte die Ewigkeit nicht länger eine Illusion bleiben, ein Märchen, ein Versprechen der Priester. Die Zukunft mochte, soviel sie wollte, die Welt auf den Kopf stellen; aber dort, in dem engen Bezirk, der den toten Angehörigen geweiht war – dort, inmitten der Gräber, in die man zusammen mit den Toten alles hinabtrug, was das Leben schön und lebenswert machte –, in diesem geschützten, abgeschirmten Winkel der Welt, wenigstens dort (und ihr Denken und Wähnen schwebte noch immer, nach fünfundzwanzig Jahrhunderten, um die konisch geformten Grabhügel, bedeckt von Gras und Kraut), wenigstens dort würde sich nie etwas ändern.

Als wir zurückfuhren, war es dunkel geworden.

Von Cerveteri nach Rom ist es nicht weit, um den Weg zurückzulegen, reicht eine knappe Autostunde. Und doch war es an diesem Abend keine kurze Fahrt. Auf halbem Wege war die Via Aurelia verstopft von Wagen, die aus Ladispoli oder Fregene kamen. Wir waren gezwungen, beinahe im Schritt zu fahren.

Und da, inmitten der Ruhe und Schläfrigkeit (auch Giannina war eingeschlafen), gingen meine Gedanken wieder einmal zurück zu den Jahren meiner Kindheit und Jugend, zurück nach Ferrara und zu dem jüdischen Friedhof am Ende der Via Montebello. Ich sah dort wieder die weiten Rasenflächen, auf denen hier und da ein Baum stand, die Grabsteine und Stelen, die nur am Rand der Ringmauer und der Scheidemauern dichter wurden, und, wie wenn ich sie unmittelbar vor Augen hätte, die monumentale Familiengruft der Finzi-Contini: ein häßliches Grab, zugegeben – ich hatte es von Kindheit an zu Hause sagen hören –, aber immerhin imposant und allein schon dadurch bezeichnend für die Bedeutung der Familie.

Wie noch nie krampfte sich mir das Herz zusammen bei dem Gedanken, daß in dieser Gruft, die doch wohl bestimmt gewesen war, die ewige Ruhe des Auftraggebers zu sichern – seine und die seiner Nachkommenschaft –, nur einer von all den Finzi-Contini, die ich gekannt und geliebt hatte, Ruhe gefunden hatte. Nur Alberto, der älteste Sohn, gestorben 1942 an einem Lymphogranulom, ist dort beigesetzt worden. Während keiner weiß, ob Micòl, die Zweitgeborene, ihr Vater, Professor Ermanno, ihre Mutter Olga und deren gelähmte uralte Mutter, Signora Regina, die alle im Herbst 1943 nach Deutschland deportiert wurden, überhaupt ein Grab gefunden haben.

Erster Teil

1

Es war ein großes und massives Grabmal, wirklich imposant; eine Art von Tempel, halb antik und halb orientalisch, wie man sie noch vor ein paar Jahren in den auf unseren Opernbühnen üblichen Inszenierungen von *Aida* und *Nabucco* sah. Auf einem anderen Friedhof, zum Beispiel auf dem anstoßenden Städtischen Friedhof, hätte ein derart anspruchsvolles Grabmal durchaus nichts Erstaunliches gehabt, ja, es wäre vielleicht in der Masse der anderen unbemerkt geblieben. Aber auf unserem Friedhof war es das einzige seiner Art, und so kam es, daß es dem Besucher sogleich in die Augen fiel, obwohl es ziemlich weit vom Eingang entfernt stand, im alten Teil des Friedhofs, wo es seit mehr als einem halben Jahrzehnt keine neuen Begräbnisse mehr gegeben hatte.

Der Mann, der einem angesehenen Architektur-Professor, verantwortlich für weitere mißlungene Bauten der Stadt, den Auftrag zu diesem Grabmal gegeben hatte, war Moisè Finzi-Contini gewesen, Urgroßvater väterlicherseits von Alberto und Micòl, der im Jahre 1863 gestorben war, kurz nach der Eingliederung der Territorien des Kirchenstaates in das Königreich Italien und der damit verbundenen endgültigen Abschaffung des Ghettos auch für die Juden von Ferrara. Großgrundbesitzer und ›Reformer der Landwirtschaft Ferraras‹ – wie auf der Gedenktafel zu lesen war, die die jüdische Gemeinde auf der Höhe der dritten Etage im Treppenhaus der Synagoge in der Via Mazzini angebracht hatte, um die Verdienste des Verblichenen ›als Italiener und Jude‹ für alle Ewigkeit festzuhalten –, aber in künstlerischen Dingen von einem nicht besonders kultivierten Geschmack, hatte er sich offenbar mit dem

Entschluß begnügt, *sibi et suis* ein Grabmal bauen zu lassen, und alles Weitere dem Architekten anheimzustellen. Es schien damals eine Zeit der Blüte zu sein; alles forderte zu Hoffnung und Wagemut heraus. Ganz erfüllt von dem Glücksgefühl, die bürgerliche Gleichberechtigung erreicht zu haben – die es ihm als jungem Mann zur Zeit der Repubblica Cisalpina erlaubt hatte, seine ersten tausend Hektar Boden zur Trockenlegung zu erwerben –, hatte sich der gestrenge Patriarch, wie zu verstehen war, bewogen gefühlt, bei einem so feierlichen Anlaß nicht knauserig zu sein. Sehr wahrscheinlich hatte er dem hervorragenden Architektur-Professor freie Hand gelassen, der dann seinerseits, mit all diesem Marmor zu seiner Verfügung – weißem aus Carrara, rosa-fleischfarbenem aus Verona, grauem, schwarz geädertem, gelbem, blauem und zartgrünem Marmor –, buchstäblich den Kopf verlor.

Das Resultat war ein unglaubliches Machwerk, in dem sich architektonische Erinnerungen an das Grabmal des Theoderich in Ravenna, die ägyptischen Tempel von Luxor, ein Nachklang von römischem Barock und sogar, wie die kurzen, dicken Säulen des Peristyls verrieten, von der archaischen Kultur in Knossos miteinander verbanden. Aber nach und nach, Jahr um Jahr, hatte die Zeit, die stets alles auf ihre Weise ordnet, dafür gesorgt, daß in diese unwahrscheinliche Mischung heterogener Stile so etwas wie Harmonie einkehrte. Moisè Finzi-Contini, hier als ein ›unermüdlicher Arbeiter von hehrem Charakter‹ bezeichnet, war 1863 gestorben, seine Frau Allegrina Camaioli, der ›gute Engel des Hauses‹, 1875. Ihr einziger Sohn, Dr.-Ing. Menotti, starb früh, 1877; seine Frau, Josette, aus der Familie der Barone Artom von der in Treviso ansässigen Linie, folgte ihm rund zwanzig Jahre später, 1898. Danach war die Pflege der Familiengruft, in der erst 1914 wieder ein Familienmitglied Aufnahme fand, ein Knabe von sechs Jahren namens Guido, offenbar in Hände übergegangen, die mit der Zeit müde wurden, die Grabstätte zu reinigen und in Ordnung zu halten oder auftretende Schäden auszubessern, vor allem aber der beharrlichen Belagerung durch die Vegetation zu wehren. So konnten die Grasbüschel – es war ein dunkles, fast schwarzes Gras von nahezu metallischer Beschaffenheit –, das Farnkraut, die Brennesseln, Disteln und der Mohn immer ungehemmter vordringen und das Monument überziehen. Und als ich, noch ein Kind, im Jahre 1924 oder 25, sechzig Jahre nach der Einweihung, zum erstenmal die Grabkapelle der Finzi-Contini zu sehen bekam (»Ein wahrer Greuel«, pflegte meine Mutter, die mich an der Hand hielt, jedesmal zu sagen), war sie schon ungefähr in dem heutigen Zustand. Seit Jahren kümmerte sich niemand mehr darum. Halb versunken im wuchernden Grün, der einst glatte und glänzende Marmor blind unter grauen Staubschichten, am Dach und an den Stufen außen sichtlich verwittert von Hitze und Eis, so schien mir die Familiengruft schon damals verwandelt in etwas Kostbares und Wunderbares, in das sich jedes Ding verwandelt, das lange versunken ist.

Wer weiß, wie und warum eine Neigung zur Einsamkeit entsteht. Tatsache ist jedenfalls, daß die gleiche Isolierung und Abschirmung, mit der die Finzi-Contini ihre Toten umgeben hatten, auch das *andere* Haus umgab, das sie am Corso Ercole I d'Este besaßen. Unsterblich geworden durch Giosuè Carducci und Gabriele D'Annunzio, ist diese Straße in Ferrara den Liebhabern von Kunst und Dichtung in der ganzen Welt so bekannt, daß sich jede Beschreibung erübrigt. Sie befindet sich, wie man weiß, mitten in jenem Teil im Norden der Stadt, der zur Zeit der Renaissance dem engen mittelalterlichen Stadtkern angefügt wurde und eben deshalb Addizione Erculea heißt. Breit und gerade wie ein Schwert, vom Kastell bis zur Mura degli Angeli in seiner ganzen Länge von den gewaltigen braunen Bauten der Adelshäuser gesäumt, ist der Corso Ercole I d'Este mit seinem weiten erhabenen Hintergrund von roten Ziegeln, grünen Pflanzen und Himmel, der einen wahrhaftig ins Unendliche zu führen scheint, so schön und von solcher Anziehungskraft auf die Fremden, daß sich die sozial-kommunistische Stadtverwaltung, die seit nahezu fünfzehn Jahren im Amt ist, von der Notwendigkeit überzeugt hat, ihn keinesfalls anrühren zu lassen, sondern mit aller Entschiedenheit vor jeder Bau- oder Geschäftsspekulation zu schützen, kurz, den ursprünglichen aristokratischen Charakter dieser Straße unversehrt zu bewahren.

Es ist eine berühmte und überdies im wesentlichen unberührt gebliebene Straße.

Und trotzdem, was nun das Haus der Finzi-Contini im besonderen angeht, so frage ich mich, wer noch etwas von ihm weiß. Obwohl man das Haus auch heute noch vom Corso Ercole I aus erreicht – davon abgesehen allerdings, daß man von der Straße aus noch einen halben Kilometer weit über einen riesigen freien Platz, der nur wenig oder gar nicht bepflanzt ist, gehen muß – und obwohl dieses Haus noch immer die historischen Ruinen eines Gebäudes aus dem Cinquecento umfaßt, das einst eine Residenz oder ein Lustschloß der Este war, das der bereits des öfteren erwähnte Moisè 1850 erworben hatte und das später von seinen Erben durch eine Reihe von Anbauten und Ausbesserungen zu einer Art von englischem Landsitz in neugotischem Stil gemacht wurde; obwohl es also aus manchen Gründen noch immer Interesse verdiente, frage ich mich, wer von dem Haus noch etwas weiß. Im Führer des Touring Club wird es nicht erwähnt, was durchreisende Fremde entschuldigt. Aber in Ferrara selbst scheinen sich nicht einmal die wenigen Juden, die die Israelitische Gemeinde heute noch zählt, daran erinnern zu können.

Daß der Reiseführer die Villa nicht erwähnt, ist zweifellos bedauerlich. Aber seien wir gerecht: der endlose Park, der vor dem Krieg das Haus der Finzi-Contini umgab und sich über eine Fläche von ungefähr zehn Hektar erstreckte, auf der einen Seite bis zur Mura degli Angeli und auf der anderen

Seite bis zur alten Zollschranke an der Porta San Benedetto, ein Park, der schon an und für sich etwas Seltenes und Besonderes war (in den alten Touring-Führern vom Beginn des Jahrhunderts fehlte nie die Beschreibung, in einem kuriosen Stil: halb eines Lyrikers, halb eines Gesellschaftschronisten) – nun, dieser Park ist buchstäblich verschwunden. All die starkstämmigen Bäume, die Josette Artom zu Hunderten hatte anpflanzen lassen: Linden, Ulmen, Buchen, Pappeln, Platanen, Roßkastanien, Pinien, Tannen, Lärchen, Libanon-Zedern, Zypressen, Eichen, Steineichen, sogar die Palmen und Eukalyptusbäume wurden in den beiden letzten Kriegsjahren gefällt, zu Brennholz gemacht; langsam wird das Grundstück wieder das, was es einmal war, als Moisè Finzi-Contini es von den Marchesi Avogli gekauft hatte: einer der vielen großen Nutzgärten innerhalb der Mauern der Stadt.

Bliebe das Haus selbst. Dieses große, einzigartige Gebäude, übrigens durch einen Luftangriff im Jahre 1944 ziemlich beschädigt, wird noch heute von etwa fünfzig Familien damals Evakuierter bewohnt, Angehörigen jenes Lumpenproletariats – ähnlich der Plebs der römischen Vorstadtviertel –, das sich noch immer vor allem in den Korridoren des Palazzone in der Via Mortara zusammendrängt: verbitterte Menschen, grob und unduldsam (vor ein paar Monaten empfingen sie, wie mir erzählt wurde, den Inspektor vom Städtischen Gesundheitsamt, der auf dem Rad gekommen war, um sich ein Bild von den Verhältnissen zu machen, mit Steinwürfen), Menschen, die auf die gute Idee gekommen sind, alle Reste der alten Fresken von den Wänden abzukratzen, um jeder eventuellen Absicht des Amts für Denkmalspflege der Emilia und Romagna, sie zu exmittieren, zuvorzukommen.

Warum also sollte man unschuldige Touristen in Gefahr bringen? Das werden sich vermutlich die Redakteure der letzten Ausgabe des Reiseführers gefragt haben. Und schließlich, was bekämen sie zu sehen?

2

Konnte man die Familiengruft der Finzi-Contini als einen ›Greuel‹ bezeichnen und sie belächeln, so wurde es einem – selbst noch nach fünfzig Jahren – schwer, über ihr Haus zu lächeln, dort unten in der Einsamkeit zwischen den Stechmücken und Fröschen des Canale Panfilio und der Abfluggräben, über ein Haus, dem man einst voller Neid den Spitznamen *magna domus* gegeben hatte. Ja, noch heute konnte man es als Herausforderung empfinden! Man brauchte nur zufällig die endlose Mauer entlangzugehen, die den Park an der Seite des Corso Ercole I d'Este begrenzte und etwa in der Mitte von einem feierlichen Tor in dunkler Eiche unterbrochen war, dem doch wahrhaftig die Klinke fehlte; oder man blickte von der anderen Seite aus, oben von der Mura degli Angeli, die über dem Park emporragte, in die grüne Wirrnis von Stämmen, Zweigen und Laub, bis man die merkwürdige spitze Silhouette des Herrensitzes erkannte und, sehr weit im Hintergrund, am Rande einer großen Lichtung, den grauen Fleck des Tennisplatzes – und plötzlich empfand man wieder beinahe so schmerzlich, so brennend wie einst die alte Kränkung, die in dieser hochmütigen Absonderung lag.

Was für ein verrückter Einfall! Typisch neureich!, pflegte jedesmal mein Vater mit fast leidenschaftlichem Groll zu sagen, wenn er auf dieses Thema zu sprechen kam.

Gewiß, gewiß, räumte er ein, rollte in den Adern der einstigen Besitzer, der Marchesi Avogli, »das allerblaueste Blut«; *ab antiquo* trugen der Garten und die Ruine den höchst dekorativen Namen Barchetto del Duca – alles schön und gut, selbstverständlich! Und um so besser, als Moisè Finzi-Contini, dessen Verdienst, das Geschäft ›erkannt‹ zu haben, unbestritten blieb, bei seinem Abschluß nur das sprichwörtliche Butterbrot gezahlt haben dürfte. Aber weiter?, fügte er unverzüglich hinzu. War es deshalb wirklich nötig, daß nun Moisès Sohn Menotti – nicht ohne Grund, unter Anspielung auf die Farbe eines extravaganten, marderpelzgefütterten Mantels, den er trug, *al matt mugnàga* genannt, die verrückte Aprikose, daß Menotti den Entschluß faßte, mit seiner Frau Josetta in einen so abgelegenen Stadtteil zu übersiedeln, einen Stadtteil, der heute noch ungesund ist – man stelle sich vor, wie er es erst damals war! – und obendrein so einsam, so melancholisch und vor allem so unangemessen?

Aber mit ihnen, den Eltern, mochte man noch Nachsicht haben. Sie gehörten einer anderen Epoche an und konnten sich im Grunde sehr wohl den Luxus leisten, soviel Geld, wie sie wollten, in alten Steinen anzulegen. Vor allem mit ihr, Josette Artom, aus dem Treviser Zweig des Adelsgeschlechts der Artom (eine prachtvolle Frau in ihrer Jugend – blond, mit starkem Busen und himmelblauen Augen; ihre Mutter, eine geborene Olschky, stammte aus Berlin), mit ihr, die nicht allein das Haus Savoyen vergötterte, in einem Maße, daß sie noch im Mai 1898, kurz vor ihrem Tode, ein beifälliges Telegramm an den General Bava Beccaris sandte, der in Mailand die Artillerie gegen die armen Teufel von Sozialisten und Anarchisten eingesetzt hatte, und die nicht nur leidenschaftlich das Pickelhauben-Deutschland Bismarcks bewunderte, sondern die sich auch, seitdem ihr Mann, ständig ihr zu Füßen liegend, sie in seine Walhalla gesetzt hatte, noch nie die Mühe gemacht hatte, ihre Abneigung gegen die jüdischen Kreise Ferraras zu verhehlen – ein Milieu, das ihr, wie sie sagte, zu beschränkt war –, ebensowenig wie die Tatsache, daß sie, wie grotesk es auch anmutete, *im Grunde ihres Herzens antisemitisch* war. Was aber nun Professor Ermanno und Signora Olga betraf (er ein Mann der Wissenschaft, sie eine geborene Herrera aus Venedig, das heißt, aus einer zweifellos *sehr* guten westjüdischen Familie von Sephardim, allerdings ziemlich verarmt; übrigens streng religiös): was bildeten sich diese beiden eigentlich ein? Vielleicht, daß sie richtige Aristokraten geworden wären? Freilich, es war begreiflich: der Tod ihres Sohnes, ihres Erstgeborenen, Guido, 1914 im Alter von nur sechs Jahren infolge eines Anfalls von spinaler Kinderlähmung des amerikanischen Typs, gegen den selbst Corcos nichts vermocht hatte – dieser Tod mußte für beide ein furchtbarer Schicksalsschlag gewesen sein, besonders für sie, Signora Olga, die die Trauerkleider seither nicht mehr ablegte. Doch war es, davon abgesehen, nicht auch denkbar, daß allmählich die vollkommene Zurückgezogenheit, in der sie lebten, ihnen den Kopf verdreht hatte, so daß auch sie auf dieselben absurden Ideen verfielen wie Menotti Finzi-Contini und seine würdige Gattin? Aristokratie! Hat sich was! Statt sich aufzuspielen, hätten sie sehr viel besser daran getan, nicht zu vergessen, wer sie waren, woher sie kamen, da es doch feststeht, daß die Juden – Sephardim und Aschkenasim, Westjuden und Ostjuden, tunesische, jemenitische, Berber- und selbst äthiopische Juden –, in welchen Teil der Erde, unter welchen Himmelsstrich die Geschichte sie auch zerstreut hat, immer Juden sind und Juden sein werden, das heißt nahe Verwandte. Der alte Moisè hatte sich nicht wichtig gemacht! Sein Kopf war von keinem Adelsfimmel vernebelt! Als er im Ghetto wohnte, in der Via Vignatagliata 24, in dem Haus, in dem er allem Drängen seiner hoffärtigen Schwiegertochter aus Treviso zum Trotz, die darauf brannte, so bald wie möglich in den Barchetto del Duca umzuziehen, um jeden Preis bis zu seinem Tode wohnen bleiben wollte, machte er jeden Morgen, mit der Markttasche am Arm, selber seine Einkäufe auf der Piazza delle Erbe. Und dabei war er es gewesen, der – und gerade deshalb mit dem Spitznamen *al gatt,* die Katze, benannt – *seine* Familie aus dem Nichts emporgezogen hatte. Denn wenn es auch richtig war, daß Josette mit einer großen Mitgift nach Ferrara gekommen war, zu der eine Villa im Trevisanischen gehörte, die mit Fresken von Tiepolo ausgemalt war, ferner mit einem stattlichen Scheck und, wie sich versteht, mit Schmuck, sehr viel Schmuck, der bei den Premieren im Städtischen Theater, vor dem Hintergrund des roten Samts ihrer Loge, die Blicke des ganzen Saals auf sie, auf den schimmernden Ausschnitt ihres Kleides, lenkte, so war es ebenso wahr, daß es *al gatt* und nur er gewesen war, der die Tausende von Hektar in der ferraresischen Niederung zwischen Codigoro, Massa Fiscaglia und Jolanda di Savoia, auf denen noch heute im wesentlichen das Familienvermögen beruhte, zusammengebracht hatte. Die monumentale Familiengruft – sie war der einzige Fehler, die einzige Sünde (gegen den guten Geschmack zumal), die sich Moisè Finzi-Contini vorwerfen konnte. Aber das war auch alles.

So erzählte mein Vater, besonders an Ostern während der langen Abendessen, die auch noch nach dem Tode des Großvaters Raffaello in unserem Hause stattfanden und an denen etwa zwanzig Verwandte und Freunde teilnahmen; aber auch an Jom Kippur, an dem die gleichen Verwandten und Freunde zu uns kamen, um das Fasten zu beenden.

Aber ich erinnere mich an ein bestimmtes Osteressen, bei dem mein Vater seinen üblichen kritischen Betrachtungen und Beanstandungen, welche er hauptsächlich machte, um wieder die alten Geschichten aus der jüdischen Gemeinde erzählen zu können, neue und erstaunliche hinzufügte.

Es war 1933, im Jahr der Dezenniumsfeier des faschistischen Regimes. Dank der ›Milde‹ des Duce, der sich plötzlich, wie einer Eingebung folgend, entschlossen hatte, die Arme weit für jeden ›Ungläubigen oder Gegner von gestern‹ zu öffnen, hatte auch in unserer Gemeinde die Zahl der eingeschriebenen Parteimitglieder jäh auf neunzig Prozent emporschnellen können. Und mein Vater, der wie üblich am Ende der Tafel auf dem Ehrenplatz saß, wo jahrzehntelang Großvater Raffaello mit ganz anderer Autorität und Strenge gethront hatte, mein Vater hatte nicht umhingekonnt, dieses Ereignis zu begrüßen. Der Rabbiner Doktor Levi hatte recht getan, so erklärte er, diesen Umstand zu erwähnen, als er kürzlich in der Synagoge in Anwesenheit der höchsten Spitzen der städtischen Behörden – des Präfekten, des Segretario Federale, des Bürgermeisters und des die Garnison kommandierenden Brigadegenerals – eine Rede zur Feier der Verfassung gehalten hatte!

Und doch war mein Vater nicht ganz zufrieden. In seinen blauen Kinderaugen, aus denen der Patriotismus leuchtete, sah ich einen Schatten der Enttäuschung. Er mußte einen schwachen Punkt entdeckt haben, eine kleine Peinlichkeit, so unvermutet wie unangenehm.

Und tatsächlich, als er an den Fingern abzuzählen begann, wer von uns, von den Judìm Ferraras, noch ›draußen‹ geblieben war, und dann schließlich zu Ermanno Finzi-Contini kam, der nie Mitglied der Partei geworden war, ohne daß man allerdings so recht den Grund dieser Weigerung verstand, zumal wenn man an seinen ansehnlichen Landbesitz dachte –, entschloß sich mein Vater plötzlich, gleichsam unzufrieden mit sich selber und seiner Diskretion, uns zwei kuriose Umstände mitzuteilen, die, wie er vorausschickte, in keinem Zusammenhang miteinander standen, aber deshalb nicht weniger bedeutsam waren.

Erstens: daß, als sich Rechtsanwalt Geremia Tabet in seiner Eigenschaft als Ritter vom Heiligen Grab und als intimer Freund des Segretario Federale eigens auf den Barchetto del Duca hinausbegeben hatte, um dem Professor die bereits ausgefüllte Mitgliedskarte zu überreichen, ihm dieser nicht nur die Karte zurückgab, sondern ihn auch kurz darauf, gewiß sehr höflich, aber auch ebenso entschieden vor die Tür setzte.

»Und was für eine Ausrede hatte er?« fragte jemand gereizt.

»Man hat noch nie gehört, daß Ermanno Finzi-Contini den Mut eines Löwen besitzt.«
»Mit welcher Entschuldigung er abgelehnt hat?« fragte mein Vater und lachte laut auf. »Mit irgendeiner der üblichen Ausreden, daß er ein Gelehrter sei (ich möchte bloß wissen, in welchem Fach!), zu alt und sich sein Leben lang nicht um Politik gekümmert habe und so weiter und so fort. Übrigens war er schlau, unser Freund! Er muß wohl das finstere Gesicht Tabets gesehen haben, und *zack!* steckte er ihm fünf Tausendlirescheine in die Tasche.«
»Fünftausend Lire!«
»Genau. Zugunsten der Ferienkolonien des nationalen Jugendwerks. Das hat er sich gut ausgedacht, nicht wahr? Aber jetzt hört die zweite Neuigkeit!«
Und nun berichtete er der Tischgesellschaft, wie vor einigen Tagen der Professor in einem Brief an den Rat der Jüdischen Gemeinde, übermittelt durch den Rechtsanwalt Renzo Galassi-Tarabini (konnte man einen Rechtsanwalt finden, der scheinheiliger, frömmelnder und bigotter war?), offiziell um die Erlaubnis gebeten hatte, die kleine alte Spanische Synagoge in der Via Mazzini, die seit mindestens drei Jahrhunderten nicht mehr zum Gottesdienst benutzt worden war und nun als Möbelmagazin diente, auf eigene Kosten wiederherstellen zu lassen ›zur Benutzung durch seine eigene Familie sowie eventuelle Interessenten‹.

3

1914, als der kleine Guido starb, war Professor Ermanno neunundvierzig und seine Frau Olga vierundzwanzig Jahre alt. Der Kleine fühlte sich elend und wurde mit sehr hohem Fieber ins Bett gesteckt, wo er sogleich in tiefen Schlaf fiel.

Doktor Corcos wurde dringlich gerufen. Nach einer stummen, nicht enden wollenden Untersuchung mit zusammengezogenen Augenbrauen hob Corcos unvermittelt den Kopf und fixierte mit ernstem Blick erst den Vater und dann die Mutter. Der Blick des Hausarztes war lang, streng und sonderbarerweise verächtlich; unter dem dichten, schon ganz ergrauten Schnurrbart verzog sich sein Mund zu der bitteren Grimasse für hoffnungslose Fälle.

»Da ist nichts mehr zu machen«, wollte Doktor Corcos mit diesem Blick und dieser Grimasse ausdrücken. Vielleicht aber noch etwas anderes. Nämlich daß auch er vor zehn Jahren (und vielleicht sprach er sogar am selben Tage davon, bevor er sich verabschiedete, oder aber, und das gewiß, erst fünf Tage später mit Großvater Raffaello, während beide langsam dem prachtvollen Trauergeleit folgten), daß auch er einen Sohn verloren hatte, seinen Ruben.

»Auch ich habe diese Qual erlebt, auch ich weiß, was es heißt, einen Sohn von fünf Jahren sterben zu sehen«, sagte Elia Corcos unvermittelt.

Mit gebeugtem Kopf, die Hände auf die Lenkstange seines Fahrrads gestützt, ging Großvater Raffaello neben ihm. Es sah aus, als zählte er die einzelnen Kieselsteine auf dem Corso Ercole I d'Este. Bei diesen Worten, recht ungewohnt im Munde seines skeptischen Freundes, blickte er ihn verwundert an. Ja, was konnte Elia Corcos von all dem wissen? Er hatte lange den schlaffen Körper des Kindes untersucht, sich den tödlichen Verlauf der Krankheit eingestanden, dann hatte er die Augen aufgeschlagen und den Blick starr auf die versteinerten Gesichter der Eltern gerichtet: den Vater, schon ein alter Mann, die Mutter, noch ein Mädchen. Wie hätte er in diesen beiden Herzen lesen, wie den Zugang zu ihnen finden können? Und wer würde ihn je in Zukunft finden? Die Grabinschrift für den kleinen Toten in der Familiengruft auf dem Israelitischen Friedhof (sieben Zeilen auf einer bescheidenen rechteckigen Tafel aus weißem Marmor, ziemlich flach eingraviert und geschwärzt) sollte nur so viel enthalten:

Wehe!
GUIDO FINZI-CONTINI
(1908–1914)

erlesen an Gestalt und Geist,
deine Eltern rüsteten sich,
dich immer mehr zu lieben,
nicht dich schon zu beweinen

Immer mehr. Ein leises Schluchzen, weiter nichts. Ein Schmerz, der das Herz abdrückte und den man mit niemandem auf der Welt teilen konnte.

Alberto wurde 1915, Micòl 1916 geboren – beide ungefähr gleichaltrig mit mir. Sie besuchten weder die jüdische Volksschule in der Via Vignatagliata, wo Guido in die Erste Vorschulklasse gegangen war, ohne das Schuljahr beenden zu können, noch später das staatliche Humanistische Gymnasium G. B. Guarini, diesen frühen Schmelztiegel der besten Ferrareser Gesellschaft, der jüdischen wie der nichtjüdischen, und daher mindestens ebenso zeremoniös. Sie wurden vielmehr, sowohl Alberto als auch Micòl, privat unterrichtet, und Professor Ermanno unterbrach von Zeit zu Zeit seine Studien – Landwirtschaft, Physik und die Geschichte der jüdischen Gemeinden in Italien –, um ihre Fortschritte zu überwachen. Es waren die überdrehten, aber auf ihre Weise großzügigen Jahre des beginnenden Faschismus in der Emilia. Alles, was einer tat und ließ, wurde damals – auch von jemandem wie meinem Vater, der mit Vorliebe Horaz und sein Wort von der *aurea mediocritas*, vom Goldenen Mittelweg, zitierte – recht grob danach beurteilt, ob es patriotisch oder defaitistisch war. Seine Kinder auf eine öffentliche Schule zu schicken galt allgemein als patriotisch. Sie sie nicht besuchen zu lassen als defaitistisch – und damit für alle Eltern, die ihre Kinder auf eine öffentliche Schule schickten, als entschiedene Herausforderung.

Aber eine Beziehung, wie schwach auch immer, mit der äußeren Welt, mit Kindern, die wie wir auf eine staatliche Schule gingen, hatten Alberto und Micòl Finzi-Contini bei all ihrer Absonderung dennoch aufrechterhalten.

Es waren zwei Professoren vom Guarini-Gymnasium, die wir gemeinsam hatten und die die Verbindung zwischen uns herstellten.

Professor Meldolesi zum Beispiel, unser Lehrer in Italienisch, Latein, Griechisch, Geschichte und Geographie in der vierten Gymnasialklasse, stieg nachmittags häufig aufs Fahrrad und fuhr von dem wohlhabenden Viertel, das in jenen Jahren vor der Porta San Benedetto entstanden war, wo er, allein, in einem möblierten Zimmer wohnte, dessen Lage und Blick er uns oft geschildert hatte, zum Barchetto del Duca, wo er sich manchmal bis zu drei Stunden lang aufhielt. So auch Signora Fabiani, unsere Mathematiklehrerin.

Um die Wahrheit zu sagen: von der Fabiani sickerte nie etwas durch. Sie stammte aus Bologna, eine kinderlose Witwe, über fünfzig Jahre alt und sehr kirchlich gesinnt. Während sie uns abhörte, bemerkten wir, wie ihre Miene zusehends zerstreut wirkte, wobei sie vor sich hin murmelte und ständig die Augen verdrehte – himmelblaue, sozusagen flämische Augen –, als wäre sie drauf und dran, in einen Zustand der Verzückung zu verfallen. Sie betete. Für uns Ärmste zweifellos, die wir fast sämtlich unbegabt für Algebra waren, wahrscheinlich aber auch, um den Übertritt der jüdischen Herrschaften zum Katholizismus zu beschleunigen, in deren Haus sie zweimal in der Woche kam. Die Bekehrung von Professor Finzi-Contini und Signora Olga, vor allem aber der beiden Kinder, Alberto, so intelligent, und Micòl, so lebhaft und hübsch, erschien ihr wohl als eine gar zu bedeutsame und dringliche Angelegenheit, als daß sie ihre Erfolgsaussichten mit einer banalen Indiskretion aus dem Unterricht vermindert hätte.

Professor Meldolesi dagegen schwieg keineswegs. In Comacchio geboren und von bäuerlicher Abkunft, hatte er seine Erziehung bis zum Gymnasium auf einer Klosterschule genossen (vom Priester, vom kleinen Landpfarrer mit seiner wachen Gescheitheit und manch quasi ›weiblicher‹ Eigenschaft hatte er viel); als er dann sein Studium in Bologna begann, war er gerade noch rechtzeitig gekommen, um die letzten Vorlesungen von Giosuè Carducci zu hören, dessen ›bescheidener Schüler‹ zu sein er sich rühmte. Für ihn bedeuteten die Nachmittage auf dem Barchetto del Duca, in einer Umgebung, gesättigt von Erinnerungen an die Renaissance, mit dem Fünfuhrtee im Kreise der vollzählig erschienenen Familie – und Signora Olga kam oft um diese Stunde, die Arme voll Blumen, aus dem Park ins Haus –, und später in der Bibliothek, wo er bis zum Einbruch der Dunkelheit das gelehrte Gespräch mit Professor Ermanno genoß – für ihn bedeuteten diese wunderbaren Nachmittage etwas sehr Kostbares, so daß er sie auch vor uns zum Thema ständiger Gespräche und Erörterungen machte.

Und als ihm Professor Ermanno eines Abends enthüllte, daß Carducci im Jahre 1875 zehn Tage lang Gast seiner Eltern gewesen war, und als er ihm das Zimmer zeigte, in dem er gewohnt, und er das Bett berühren durfte, in dem er geschlafen hatte, als er ihm am Ende ein ganzes Bündel von handgeschriebenen Briefen des Dichters an seine, des Professors, Mutter mitgab, damit er sie einmal in aller Ruhe ansähe, da kannten seine Erregung und seine Begeisterung keine Grenzen mehr. Er war bald davon durchdrungen und suchte auch uns zu überzeugen, daß jener berühmte Vers aus der *Canzone di Legnano*:

O blonde, o schöne Kaiserin, o treue ...

in dem sich bereits deutlich die noch berühmteren Verse ankündigen:

*Woher kamst du? Die die Jahrhunderte
uns so mild und schön überlieferten ...*

und gleichfalls die aufsehenerregende Bekehrung des großen Maremmensohns zu dem ›königlichen Ewigweiblichen‹ – königlich und aus dem Hause Savoyen – von niemand anderem inspiriert worden seien als von der Großmutter väterlicherseits seiner Privatschüler Alberto und Micòl Finzi-Contini. Was für ein prachtvolles Thema – so hatte Professor Meldolesi einmal während des Unterrichts mit einem Aufseufzen gesagt – zu einem Artikel für die *Nuova Antologia*, in der Alfredo Grilli, sein Freund und Kollege Grilli, seit langem seine bissigen Serra-Glossen veröffentlichte! Irgendwann wollte er, natürlich mit allem durch die Umstände gebotenen Takt, dem Besitzer der Briefe davon sprechen. Und verhüte der Himmel, daß dieser angesichts der Bedeutung der Briefe nein sage, wo doch inzwischen so viele Jahre vergangen waren und sich Carducci überdies in vollkommener Korrektheit nur mit Ausdrücken wie ›liebe, verehrte Baronin‹, ›hochverehrte Gastfreundin‹ und ähnlichen an die Dame gewandt hatte. In dem glücklichen Fall einer Zustimmung wollte dann er, Giulio Meldolesi, es übernehmen – vorausgesetzt, daß er auch hierfür die ausdrückliche Genehmigung erhielte –, jeden dieser Briefe abzuschreiben und dann diese heiligen Scherben, diese ehrwürdigen Funken vom großen Hammer, mit einem Minimum von Kommentar zu versehen. Denn was für einen Kommentar brauchte schon der Text dieser Briefe? Keinen weiter als eine allgemein gehaltene Einführung, allenfalls vervollständigt durch einige knappe historisch-philologische Fußnoten ...

Aber außer den gemeinsamen Lehrern gab es auch die Prüfungen für die Privatschüler – sie fanden im Juni gleichzeitig mit denen für die Schüler staatlicher und Internatsschulen statt –, die uns wenigstens einmal im Jahr mit Alberto und Micòl in unmittelbare Berührung brachten.

Für uns interne Schüler gab es vielleicht, vor allem wenn wir versetzt worden waren, keine schöneren Tage. Als hätten wir plötzlich Sehnsucht bekommen nach der soeben erst beendeten Zeit des Unterrichts und der Hausaufgaben, fanden wir für unsere Zusammenkünfte keinen besseren Ort als den Vorhof der Schule. Wir standen in dem weiten Vorraum, in dem es kühl und dämmerig war wie in einer Krypta, und drängten uns vor den großen weißen Anschlägen mit den endgültigen Zensuren, wie gebannt von unseren Namen und denen unserer Kameraden, über die wir uns, wenn wir sie dort so lasen, in Reinschrift und unter Glas hinter einem dünnen Drahtgitter, nie genug wundern konnten. Es war schön, von der Schule nichts mehr befürchten zu müssen, schön, gleich wieder hinaustreten zu können in das klare blaue Licht eines Vormittags, wie es uns vom Eingang her zublinzelte, und schön, lange Stunden der Muße und der Freiheit vor sich zu haben, die man nach Belieben verbringen durfte. Alles war schön, alles wundervoll in diesen ersten Ferientagen. Und welches Glück bereitete der ständig wiederkehrende Gedanke an die bevorstehende Reise ans Meer oder ins Gebirge, wo man sich an die Schule, für so manch anderen noch Mühe und Qual, bald kaum mehr erinnern würde!

Und eben bei diesen *anderen* (zumeist plumpe Burschen vom Lande, Söhne von Bauern, vom Dorfpfarrer auf die Prüfungen vorbereitet, die, bevor sie die Schwelle zum Guarini-Gymnasium überschritten, verwirrt um sich blickten wie Kälber, die zur Schlachtbank geführt werden), bei diesen anderen befanden sich Alberto und Micòl Finzi-Contini, sie beide allerdings keineswegs verwirrt, gewöhnt, wie sie es seit Jahren waren, zu kommen und zu triumphieren. Vielleicht ein bißchen ironisch, besonders mir gegenüber, wenn sie, durch die

Vorhalle gehend, mich zwischen meinen Kameraden entdeckten und mich von weitem mit einem Wink und einem Lächeln grüßten. Aber stets wohlerzogen, eher zu sehr, und liebenswürdig – wirklich wie Gäste.

Sie kamen nie zu Fuß, ebensowenig mit dem Fahrrad, sondern im Wagen, in einem dunkelblauen *Brumm-Brumm* mit großen Gummirädern und roten Stangen und alles blinkend von Lack, Glas und Nickel.

Der Wagen stand vor dem Schultor des Guarini-Gymnasiums, Stunden und Stunden, ohne vom Fleck zu rücken, außer um Schatten zu suchen. Und man muß zugeben, daß auch dies: die Kutsche aus der Nähe und in allen Einzelheiten zu untersuchen – angefangen von dem mächtigen Gaul, der nur hin und wieder gelassen ausschlug, mit seinem gestutzten Schwanz und der bürstenförmig kurz geschnittenen Mähne, bis zu der winzigen Adelskrone, die sich silbern vom Blau des Wagenschlags abhob – und gar von dem nachgiebigen Kutscher, der, obwohl in einfacher Livree, auf dem Bock wie auf einem Thron saß, die Erlaubnis zu erhalten, auf einen der beiden seitlichen Wagentritte zu steigen, um nach Herzenslust, die Nase an die Scheibe gedrückt, das Wageninnere zu mustern, alles in grauem Plüsch und in Halbdunkel getaucht (wie ein Salon – in einer Ecke staken sogar Blumen in einer schmalen, schlanken, kelchförmigen Vase) – daß auch dies ein Vergnügen war: eins der vielen abenteuerlichen Vergnügungen, deren jene wunderbaren Frühsommermorgen unserer Jugend voll waren.

4

Was mich persönlich betrifft, so hatte in meiner Beziehung zu Alberto und Micòl von jeher eine größere Vertraulichkeit gelegen. Die Blicke des Einverständnisses, all die vertraulichen Zeichen, die mir Bruder und Schwester gaben, jedesmal wenn wir uns in der Nähe des Guarini-Gymnasiums trafen, spielten, wie ich genau wußte, auf etwas an, das nur uns allein anging.

Eine größere Vertraulichkeit. Aber worauf beruhte sie eigentlich?

Selbstverständlich in erster Linie darauf, daß wir Juden waren, und das wäre in jedem Fall mehr als genug gewesen. Ich will sagen: Zwischen uns brauchte es gar nichts Gemeinsames zu geben, nicht einmal so viel, wie aus den paar Worten, die wir gelegentlich gewechselt hatten, entstanden sein mochte – der Umstand, daß wir waren, was wir nun einmal waren, daß wir zweimal im Jahr, an Ostern und Kippur, mit unseren Eltern und nächsten Verwandten vor derselben Tür in der Via Mazzini erschienen – und oft geschah es, daß, nachdem alle zusammen durch die Haustür gegangen waren, die Enge der im Halbdunkel liegenden Vorhalle die Erwachsenen zu Begrüßungen mit gezogenem Hut, mit Händeschütteln und tiefen Verbeugungen veranlaßte, zu denen ihnen sonst das ganze Jahr keine Gelegenheit bot –, dieser Umstand genügte uns Kindern, um in unseren Blicken, sobald wir uns anderswo und besonders in Gegenwart von Fremden wiedersahen, das Zeichen oder das Lachen eines stillen Einverständnisses aufleuchten zu lassen.

Daß wir Juden und im Register der gleichen israelitischen Gemeinde eingetragen waren, sagte in unserm Fall allerdings noch recht wenig. Was bedeutete im Grunde schon das Wort ›Jude‹? Welchen Sinn konnten *für uns* Ausdrücke wie ›Jüdische Gemeinde‹ oder ›Israelitische Universität‹ haben, die nichts über jene andere, tiefere Vertrautheit sagten – geheim und in ihrer Bedeutung nur von dem zu ermessen, der an ihr teilhatte –, die darauf beruhte, daß unsere beiden Familien auf Grund einer Tradition, älter als alle Erinnerung, dem gleichen religiösen Ritus oder, besser gesagt, der gleichen ›Schul‹ angehörten? Wenn wir uns an der Schwelle unseres Tempels getroffen hatten, für gewöhnlich gegen Abend, stiegen wir meist, nachdem unsere Eltern im Halbdunkel des Vorhofs geschäftig Komplimente gewechselt hatten, gemeinsam die steilen Treppen zum zweiten Stockwerk hinauf, wo sich, geräumig, dicht besetzt von einer bunten Menge, von Orgelspiel und Gesang widerhallend wie eine Kirche und so hoch über den Dächern gelegen, daß man an manchen Maiabenden, wenn die großen Seitenfenster offenstanden, der untergehenden Sonne gegenüber, wie in einen goldenen Nebel getaucht war, die Italienische Synagoge befand. Wir allein – Juden, natürlich, aber aufgewachsen in der Befolgung des gleichen Ritus – konnten uns wirklich darüber klar sein, was es hieß, eine eigene Familienbank in der Italienischen Synagoge zu besitzen, oben im zweiten Stock, statt in der Deutschen Synagoge im ersten Stock, die so ganz anders war mit ihrer ernsten, fast protestantisch anmutenden Versammlung wohlhabender bürgerlicher Schlapphüte. Und das war noch nicht alles. Denn wollte man auch den Unterschied zwischen der Italienischen und der Deutschen Synagoge – selbst außerhalb des eigentlichen jüdischen Milieus – als bekannt voraussetzen, mit allen Einzelheiten, die dieser Unterschied auf der sozialen wie der psychologischen Ebene einschließt – wer außer uns hätte eine genaue Auskunft über, nur um ein Beispiel zu nennen, ›die von der Via Vittoria‹ geben können? So bezeichnete man für gewöhnlich die Mitglieder der vier oder fünf Familien, die das Recht hatten, die kleine separate Levantinische Synagoge zu besuchen, die sich im dritten Stock eines alten Wohnhauses in der Via Vittoria befand – die Familien Da Fano aus der Via Scienze, Cohen aus der Via Gioco del Pallone, Levi von der Piazza Ariostea, Levi-Minzi vom Viale Cavour und ich weiß nicht welche vereinzelte Familie sonst noch: alles ein bißchen merkwürdige Leute jedenfalls, ein wenig zweideutig, von ausweichendem Wesen, für die die Religion – anders als in der

Italienischen ›Schul‹, wo sie fast katholische Formen der Volkstümlichkeit und des Schaugepränges angenommen hatte, mit offensichtlichen Auswirkungen auf den Charakter der Menschen, die meistens offen und optimistisch waren, sehr *padani*, Menschen der Po-Ebene –, für die also die Religion im wesentlichen ein im kleinen Kreis auszuübender Kultus war, gepflegt in halb versteckten Betsälen, die man am besten nachts aufsuchte, wobei man durch die dunkelsten und berüchtigtsten Gassen des Ghettos kam. Nein, nein, nur wir, die wir sozusagen *intra muros* geboren und großgezogen worden waren, konnten diese Dinge wirklich wissen und verstehen – gewiß höchst subtile Dinge, die praktisch vielleicht unerheblich, deswegen aber nicht minder real waren. Aber daran zu denken, einen anderen, und zwar jeden anderen, ohne selbst Schulkameraden, Kindheitsfreunde und Spielgefährten auszunehmen, die ich unvergleichlich viel lieber hatte, über eine so private Materie aufzuklären, war zwecklos. Die Ärmsten! In dieser Hinsicht waren sie nur als einfältige, grobe Burschen zu betrachten, zu einem Leben in der Tiefe unübersteigbarer Abgründe der Ignoranz verdammt, oder – wie sogar mein Vater mit gutmütigem Grinsen sich ausdrückte – als ›vernegerte Gojim‹.

Wenn es sich also traf, stiegen wir zusammen die Treppe hinauf und betraten gemeinsam die Synagoge.

Und da unsere Bänke benachbart waren, dort unten, in allergrößter Nähe des halbkreisförmigen Bezirks, der von einem Marmorgeländer umgeben war und in dessen Mitte die Tevà, das Vorbeterpult stand – übrigens hatte man von beiden Bänken aus einen vorzüglichen Blick auf den monumentalen geschnitzten Schrein aus schwarzem Holz, in dem die Gesetzesrollen, die sogenannten Sefarím, verwahrt wurden –, schritten wir auch gemeinsam über den hallenden Fliesenboden des großen Saals mit seinen weißen und rosa Rauten. Die Mütter und Ehefrauen, Großmütter, Tanten und Schwestern hatten sich bereits im Vestibül von uns Männern getrennt. Im Gänsemarsch waren sie hinter einer schmalen Tapetentür verschwunden, die in ein kleines dunkles Zimmer führte, und von dort waren sie über eine Wendeltreppe noch höher gestiegen, bis zum Matroneum, dem den Frauen vorbehaltenen Raum, und in kurzem würden wir sie sehen, wie sie von der Höhe ihres Hühnerkäfigs aus, knapp unter dem Dach, durch die Löcher im Gitter herabblickten. Aber auch so, wenn wir Männer allein zurückblieben – also ich, mein Bruder Ernesto, mein Vater, Professor Ermanno und Alberto sowie gelegentlich die beiden unverheirateten Brüder der Signora Olga, der Ingenieur und der Doktor Herrera, die eigens aus Venedig herübergekommen waren –, waren wir eine recht ansehnliche Gruppe. Bezeichnend und bedeutsam jedoch war der folgende Umstand: In welchem Stadium des Gottesdienstes wir auch auf der Schwelle erschienen, niemals konnten wir unsere Bänke erreichen, ohne rundum die lebhafteste Neugier zu erwecken.

Wie gesagt, unsere Bänke standen zusammen, nämlich hintereinander. Wir hatten die vordere Bank, die in der ersten Reihe stand, und die Finzi-Contini die direkt hinter uns, in der zweiten Reihe, so daß es, selbst beim besten Willen, schwer gewesen wäre, sich zu übersehen.

Ich nun, von der Andersartigkeit im gleichen Grade angezogen, wie mein Vater sich von ihr abgestoßen fühlte, achtete mit äußerster Aufmerksamkeit auf jede Geste, jedes Flüstern von der hinteren Bank. Keinen Augenblick saß ich still. Entweder schwatzte ich leise mit Alberto, der zwar zwei Jahre älter als ich, aber noch nicht ›Mitglied der Gemeinde‹ war, was ihn jedoch nicht hinderte, sich, sobald er seinen Platz eingenommen hatte, in den großen Tallit zu hüllen, den Gebetsmantel aus weißer Wolle mit schwarzen Streifen, der einst seinem Großvater Moisè gehört hatte; oder aber Professor Ermanno, mir freundlich zulächelnd durch seine dicken Augengläser, machte mich mit einer Bewegung seines Zeigefingers auf die Kupferstiche in einer alten Bibel aufmerksam, die er meinetwegen aus der Schublade gezogen hatte; oder ich hörte wie gebannt, mit offenem Munde, den Brüdern der Signora Olga zu, dem Eisenbahningenieur und dem Lungenspezialisten, wie sie halb venezianisch, halb spanisch miteinander flüsterten (»Was liest du da? Los, Giulio, steh auf! Und sorge dafür, daß auch der Kleine aufsteht ...«), dann plötzlich aufhörten, um mit hoher Stimme in die Litaneien des Rabbiners einzustimmen – mein Kopf ging fast immer hin und her, bald in diese, bald in jene Richtung. Da saßen die beiden Finzi-Contini und die beiden Herrera nebeneinander auf ihrer Bank, kaum mehr als einen Meter entfernt von mir, und doch unendlich fern, unantastbar, als ob eine schützende Glaswand sie umgäbe. Untereinander waren sie keineswegs ähnlich. Hochgewachsen, mager, kahlköpfig, mit bleichen, von starkem Bartwuchs immer etwas dunklen Gesichtern, stets blau oder schwarz gekleidet und gewohnt, in ihre Andacht eine Intensität und einen fanatischen Eifer zu legen, deren ihr Schwager und ihr Neffe – ein Blick genügte, um es festzustellen – nie fähig gewesen wären, schienen die venezianischen Verwandten einer Zivilisation anzugehören, die nichts zu tun hatte mit den Pullovern und tabakfarbenen Sportstrümpfen Albertos oder mit den englischen Wollstoffen und dem hellgelben Leinen, wie sie der Professor als Gelehrter und als ›Landedelmann‹ trug. Und doch, bei aller Verschiedenheit spürte ich, wie sie untereinander zutiefst solidarisch waren. Was hatten sie gemein – so schienen sich alle vier zu fragen – mit diesem zerstreuten, flüsternden *italienischen* Parkett, das noch im Tempel vor der offenen Bundeslade des Herrn fortfuhr, sich mit all den armseligen Dingen des äußeren Lebens zu beschäftigen, mit Geschäften, Politik und sogar Sport, aber niemals mit der Seele und mit Gott? Ich war damals noch ein Knabe zwischen zehn und zwölf Jahren. Eine vage, aber im wesentlichen zutreffende intuitive Erkenntnis verband sich in meinem Herzen mit den ebenso vagen und doch brennenden Gefühlen von Trotz und Demütigung: selbst zu diesem Parkett zu gehören, zu den gewöhnlichen Leuten, die man sich vom Leibe hielt. Und mein Vater? Der gläsernen Wand gegenüber, hinter der die Finzi-Contini und Herrera, immer höflich, aber den Abstand wahrend, fortfuhren, ihn praktisch zu übersehen, verhielt er sich gerade entgegengesetzt wie ich. Statt wie ich Annäherungsversuche zu machen, schien er aus einer Art Gegenwehr heraus – er, der Doktor der Medizin und Freidenker, Kriegsfreiwilliger und Faschist mit der Mitgliedskarte von 1919, ein begeisterter Anhänger des Sports, kurzum, ein moderner Jude –, schien er seine gesunde Ablehnung jeder allzu sklavischen oder süßlichen Zurschaustellung des eigenen Glaubens noch zu betonen.

Wenn dann an den Bänken die fröhliche Prozession der Sefarìm vorbeizog (in prachtvolle Umhänge aus gestickter Seide gehüllt, mit den schiefsitzenden silbernen Kronen und dem Geläut der Glöckchen, glichen die heiligen Thorarollen königlichen Säuglingen, die man dem Volke in einer Prozession zeigt, um die gefährdete Monarchie zu stützen), waren der Doktor und Ingenieur Herrera schnell dabei, sich ungestüm auf ihrer Bank vorzubeugen und mit einer schon fast unanständigen Gier soviel Zipfel der Umhänge wie nur möglich mit ihren Küssen zu bedecken. Was bedeutete es da schon, daß sich Professor Ermanno – und sein Sohn folgte seinem Beispiel – darauf beschränkte, sich einen Zipfel des Tallits über die Augen zu ziehen und leise ein Gebet zu murmeln?

»Was für ein bigottes Getue, welch Haltud!« pflegte später, bei Tisch, angewidert mein Vater zu kommentieren, was ihn aber keineswegs davon abhielt, sogleich darauf wieder einmal auf den schon erblich gewordenen Hochmut der Finzi-Contini zu kommen, auf die groteske Vereinsamung, in der sie lebten, oder gar auf ihren geheimen, aber beharrlichen Antisemitismus – den Antisemitismus der Aristokratie. Da im Augenblick kein anderer da war, vor dem er seinem Herzen Luft machen konnte, ließ er seinen Ärger an mir aus.

Wie gewöhnlich hatte ich mich umgedreht, um besser beobachten zu können.

»Willst du mir den einzigen Gefallen tun, ruhig zu sitzen?« zischte er mit zusammengebissenen Zähnen und starrte mich aufgebracht an, mit seinen blauen, jähzornigen Augen. »Nicht einmal im Tempel kannst du dich anständig benehmen. Sieh deinen Bruder an – er ist vier Jahre jünger als du und könnte dir gutes Benehmen beibringen!«

Aber ich hörte nicht. Wenig später war ich wieder soweit, daß ich, ungeachtet aller Verbote, dem psalmodierenden Doktor Levi den Rücken wandte.

Wollte mein Vater mich für ein paar Minuten wieder in seiner Gewalt haben – in seiner physischen Gewalt, wohlverstanden, nur in seiner physischen –, dann blieb ihm nur noch eins: auf den feierlichen Segen zu warten, wenn alle Söhne sich unter den Gebetsmänteln ihrer Väter wie unter einem Zelt versammelten. Und da, endlich (schon hatte sich der Küster Carpanetti aufgemacht und einen nach dem andern die dreißig Leuchter der Synagoge, aus Silber und aus vergoldeter Bronze, angezündet, so daß der Saal im Licht erglänzte) nahm, angstvoll erwartet, die Stimme Doktor Levis, die für gewöhnlich so tonlos war, plötzlich den prophetischen Ton an, wie er zu dem äußersten und letzten Moment des Beracha, der Benediktion, paßte.

»Jevarehehà Adonài veishmerèha...« stimmte feierlich der Rabbiner an, tief über das Pult gebeugt, nachdem er sein turmförmiges weißes Barett mit dem Tallit bedeckt hatte.

»Los, Jungens«, sagte jetzt mein Vater, vergnügt und eifrig, und schnalzte mit den Fingern. »Kommt hier herunter!«

Aber selbst jetzt noch vermochte ich mich seiner Aufsicht zu entziehen. Mein Vater mochte uns, soviel er wollte, seine harten, sportlich trainierten Hände auf den Nacken pressen, mir zumal: Der Tallit unseres Großvaters Raffaello, den er benutzte, obwohl groß wie ein Tischtuch, war bereits zu abgenutzt und durchlöchert, als daß er uns hermetisch abgeschlossen hätte. So war es – zumindest mir – ein leichtes, durch die Löcher und Risse in dem vor Alter mürben Gewebe, das einen muffigen Geruch ausströmte, den Professor zu beobachten, wie er – die Hände auf das braune Haar Albertos und das feine leichte blonde Haar Micòls gelegt, die Hals über Kopf vom Matroneum heruntergekommen war –, wie auch der Doktor Levi Wort für Wort das Beracha nachsprach. Mein Vater aber, uns zu Häupten, der kaum mehr als zwanzig hebräische Wörter kannte, die im Familiengespräch üblichen, und im übrigen niemals nachgab, schwieg. Ich stellte ihn mir vor, wie er mit plötzlich verlegenem Gesichtsausdruck, um die Augen ein halb sardonisches, halb schüchternes Lächeln, den Blick auf die bescheidenen Stuckarbeiten an der Decke heftete oder zum Matroneum hinaufsah, während ich, von meinem Standort aus von unten nach oben blickend, mit immer neuem neiderfülltem Staunen das faltige und kluge Gesicht des Professors beobachtete, das in diesem Augenblick wie verklärt war. Ich sah seine Augen hinter den Brillengläsern, und mir schien, sie stünden voller Tränen. Er hatte eine dünne, singende Stimme, die genau den richtigen Ton hielt; seine Aussprache des Hebräischen – er verdoppelte häufig die Konsonanten, und das Z, das S und das H sprach er weit mehr toskanisch als ferraresisch aus – klang, wie wenn sie durch einen doppelten Filter käme, den der Bildung und den seines Standes ...

Ich sah ihm zu. Und unter ihm spähten während des ganzen Gebets auch Alberto und Micòl durch die Risse ihres Zeltes. Und sie lächelten und zwinkerten mir auf seltsam einladende Weise zu, Micòl besonders.

5

Einmal jedoch geschah etwas Ungewöhnliches; es war im Juni 1929, an dem gleichen Tage, da in der Eingangshalle des Guarini-Gymnasiums die Ergebnisse der Prüfungen zur Versetzung in die Obersekunda angeschlagen waren.

Meine Prüfung hatte viel zu wünschen ubriggelassen.

Obwohl sich Professor Meldolesi eifrig zu meinen Gunsten verwendet hatte und es gegen jede Regel erreichte, daß er mich selbst examinierte, hatte ich fast nie die zahlreichen ›sieben‹ und ›acht‹ erreicht, die sonst mein Zeugnis in den sprachlichen Fächern zierten. Als ich in Latein über die *consecutio temporum* befragt wurde, pfuschte ich ganz schön. Ebenso kümmerlich war meine Antwort im Griechischen, als ich einige Zeilen aus der *Anabasis* in der Teubner-Ausgabe aus dem Stehgreif übersetzen sollte. Gewiß, ich holte danach etwas auf. In Italienisch zum Beispiel kam ich sehr gut davon, und zwar mit dem, was ich über die *Verlobten* von Manzoni wie über die *Ricordanze* von Leopardi wußte. Außerdem hatte ich die ersten drei Stanzen des *Orlando furioso,* ohne einen einzigen Fehler zu machen, auswendig aufgesagt, und Meldolesi hatte mich mit einem so schallenden ›Bravo‹ belohnt, daß nicht nur alle übrigen Mitglieder der Prüfungskommission lächeln mußten, sondern sogar ich selbst. Im ganzen jedoch entsprach, wie schon gesagt, mein Auftritt nicht einmal in den Sprachen dem Ruf, dessen ich mich sonst erfreute.

Zu dem großen Fiasko aber kam es erst in Mathematik.

Schon im vorangegangenen Schuljahr hatte mir die Algebra nicht in den Kopf gewollt. Zudem hatte ich mich der

Professorin Fabiani gegenüber immer recht schäbig benommen. Ich hatte nur gerade so viel gelernt, wie unbedingt nötig war, um noch auf sechs Punkte zu kommen, und oft nicht einmal das, und ich hatte mich ganz auf die unfehlbare Unterstützung verlassen, die ich bei den Prüfungen von Professor Meldolesi erhalten würde. Welche Bedeutung konnte Mathematik haben für jemanden, der, wie ich mehrmals erklärt hatte, sich an der Universität für die Literarisch-Philosophische Fakultät einschreiben lassen würde? Das sagte ich mir auch an jenem Morgen, als ich den Corso Giovecca entlang zum Guarini-Gymnasium radelte. Ich hatte allerdings – leider – weder in Algebra noch in Geometrie kaum je den Mund aufgetan. Aber was sagte das? Die gute Fabiani, die zwei Jahre lang nicht gewagt hatte, mir weniger als sechs Punkte zu geben, würde das auch in der Prüfungskonferenz niemals tun. Das Wort ›durchfallen‹ hatte ich nicht einmal im Geiste aussprechen mögen, so absurd schien es mir mit all seinen Folgen, den langweiligen, demütigenden Nachhilfestunden, die ich während der ganzen Sommerferien in Riccione würde nehmen müssen – so absurd, wenn ich es mit mir in Verbindung bringen sollte. Ich, ausgerechnet ich, dem noch nicht ein einziges Mal die Demütigung widerfahren war, eine Prüfung im Oktober wiederholen zu müssen, dem im Gegenteil in der ersten, zweiten und dritten Klasse des Gymnasiums ›für gute Leistungen und für gute Führung‹ der begehrte Titel einer ›Ehrenwache an den Kriegerdenkmälern und Gedenkstätten‹ verliehen worden war, *ich* durchgefallen, hinabgedrückt aufs Mittelmaß, mit anderen Worten, in der Masse untergetaucht! Und mein Vater? Angenommen – als bloße Hypothese –, die Fabiani ließe mich die Prüfung im Oktober wiederholen (sie unterrichtete auch am Liceo – der gymnasialen Oberstufe – Mathematik; deswegen hatte sie mich geprüft, sie war in ihrem Recht dabei!), wo würde ich den Mut hernehmen, in wenigen Stunden nach Hause zu kommen, mich Papa gegenüber an den Tisch zu setzen und zu essen? Vielleicht würde er mich verprügeln; das wäre schließlich noch das Beste. Jede Strafe von ihm würde mir lieber sein als der stumme Vorwurf in seinen schrecklichen himmelblauen Augen ...

Ich betrat den Vorhof des Gymnasiums. Eine Gruppe von Jungen, unter denen ich sofort einige Klassenkameraden erkannte, stand ruhig vor der Tabelle mit den Durchschnittsnoten. Ich stellte das Rad neben dem Eingang an die Wand und näherte mich zitternd vor Furcht der Tafel. Niemand gab zu erkennen, daß er mein Kommen bemerkt hätte.

Ich blickte über einen Wall von Schultern, die mir hartnäckig zugewandt blieben. Ein Nebel zog vor meine Augen. Ich blickte noch einmal hin: die rote Fünf, die einzige mit roter Tinte geschriebene Zahl in einer langen Reihe schwarzer, prägte sich mir ein, so schmerzhaft und brennend wie ein glühendes Brandmal.

»Na, was hast du?« fragte mich Sergio Pavani und gab mir dabei einen leichten Stoß in den Rücken. »Du wirst doch nicht etwa eine Tragödie aus einer Fünf in Mathematik machen. Sieh mich an«, und er lachte, »Latein und Griechisch!«

»Kopf hoch!« sagte Otello Forti. »Ich muß auch ein Fach wiederholen: Englisch.«

Ich starrte ihn sprachlos an. Wir waren von den ersten Volksschultagen an Klassenkameraden gewesen, hatten immer auf der gleichen Bank gesessen und waren von jeher daran gewöhnt, unsere Schularbeiten gemeinsam zu machen, den einen Tag bei ihm, den andern bei mir – und beide von meiner Überlegenheit überzeugt. Es gab kein Jahr, in dem ich nicht im Juni versetzt worden wäre, während Otello immer die Prüfung in irgendeinem Fach wiederholen mußte.

Und nun, plötzlich, mußte ich mich mit einem Otello Forti vergleichen lassen, noch dazu von ihm selbst! Sah mich mit einem Mal hinabgestürzt auf sein Niveau!

Es ist nicht der Mühe wert, ausführlich zu erzählen, was ich in den folgenden vier oder fünf Stunden tat und dachte, angefangen mit der Wirkung, die die Begegnung mit Professor Meldolesi auf mich hatte, als ich gerade aus dem Schulgebäude kam (er, lächelnd, ohne Hut und ohne Krawatte, den Kragen seines gestreiften Hemds zurückgeschlagen à la Robespierre, und rasch dabei, mir zu bestätigen, was einer Bestätigung nicht mehr bedurfte, daß sich die Haltung der Fabiani mir gegenüber versteift und sie sich kategorisch geweigert habe, »auch nur ein einziges Mal noch ein Auge zuzudrücken«), um dann mit einer Schilderung meines langen, verzweifelten und ziellosen Umherirrens fortzufahren, nachdem mir Professor Meldolesi zum Abschied und zur Ermunterung einen leichten Schlag auf die Wange gegeben hatte. Es genüge zu sagen, daß ich mich noch um zwei Uhr nachmittags mit dem Rad auf der Mura degli Angeli in der Gegend des Corso Ercole I d'Este herumtrieb. Nach Hause hatte ich nicht einmal telefonisch Nachricht gegeben. Mit tränenbenetztem Gesicht, das Herz überströmend von grenzenlosem Mitleid mit mir selbst, radelte ich immer weiter, fast ohne zu wissen, wo ich war, und erwog dabei vage Selbstmordpläne.

Unter einem Baum machte ich halt, einem dieser alten Bäume – Linden, Ulmen, Platanen und Kastanien –, die ein Dutzend Jahre später, in dem eisigen Winter von Stalingrad, geopfert werden sollten, um zu Brennholz zu werden, die aber in diesem Jahr 1929 ihre großen Laubkronen noch sehr hoch über den Stadtwall breiteten.

Vollkommenes Schweigen ringsum. Der Weg, den ich wie ein Schlafwandler von der Porta San Giovanni bis hierher gefahren war, führte in Windungen, zwischen jahrhundertealten Bäumen, bis zur Porta San Benedetto und dem Bahnhof. Ich warf mich bäuchlings ins Gras, neben dem Fahrrad, das brennende Gesicht in die Ellenbeuge gepreßt. Warm spürte ich die Luft um den ausgestreckten Körper wehen, und ich hatte nur den einen Wunsch, so, mit geschlossenen Augen, liegenzubleiben. In den betäubenden Chor der Zikaden mischte sich nur zuweilen ein einzelner, sich deutlich abhebender Laut: ein Hahnenschrei aus den Gärten der Umgegend, ein Aufschlagen von Wäschestücken, das vielleicht von einer Frau rührte, die noch spät ihre Wäsche im grünlichen Wasser des Canale Panfilio wusch, und schließlich, ganz nahe, das immer langsamere Ticktack vom Hinterrad meines Fahrrads, das seinen Ruhepunkt noch suchte.

Zu dieser Stunde, überlegte ich mir, wußten sie es zu Hause bereits, wahrscheinlich durch Otello Forti. Hatten sie sich wohl zu Tisch gesetzt? Sicher, und dabei so getan, als ob nichts geschehen wäre; dann aber hatten sie ihre Mahlzeit unterbrechen müssen; es war ihnen nicht gelungen, über das, was geschehen war, hinwegzugehen. Vielleicht suchten sie mich. Vielleicht hatten sie sogar Otello, den guten, getreuen Freund, ausgeschickt, mich zu suchen, und ihm den Auftrag gegeben, mit dem Fahrrad in der ganzen Stadt nach mir zu fahnden, auch am Montagnone und auf dem Stadtwall, so daß es gut möglich war, daß er plötzlich vor mir auftauchte, mit einem, wie es den Umständen entsprach, betrübten Gesicht, aber in Wahrheit, wie ich sehr wohl bemerken würde, mehr als glücklich, selber nur die Prüfung im Englischen wiederholen zu müssen. Aber nein! Vielleicht hatten sich meine Eltern, übermannt von ihrer Angst, nicht mit Otello begnügt, sondern sogar die Polizei alarmiert, war mein Vater gegangen, um mit dem Polizeipräsidenten im Kastell zu sprechen. Ich meinte ihn zu sehen: stammelnd, fassungslos, fürchterlich gealtert, nur noch ein Schatten seiner selbst. Er weinte. Ach, wenn er mich erst vor zwei Stunden gesehen hätte, in Pontelagoscuro, wo ich von der eisernen Brücke in das dahinströmende Wasser des Po gestarrt hatte (ich hatte eine ganze Weile dagestanden und ins Wasser gestarrt! Wie lange? Also mindestens zwanzig Minuten ...), nun dann erst wäre er erschrocken gewesen ..., dann hätte er begriffen ..., dann ja ...

»*Ps.*«

Ich erwachte jäh.

»*Ps!*«

Ich hob langsam den Kopf und wandte ihn nach links, gegen die Sonne. Ich blinzelte. Wer hatte mich gerufen? Otello konnte es nicht sein. Wer dann?

Ich befand mich etwa auf halbem Wege jener ungefähr drei Kilometer langen Strecke des Stadtwalls, die am Ende des Corso Ercole I beginnt und gegenüber dem Bahnhof, an der Porta San Benedetto, endet. Der Ort ist immer besonders einsam gewesen. Er war es vor dreißig Jahren, und er ist es noch heute, auch wenn, besonders auf der rechten Seite, das heißt im Industrieviertel nach 1945, in wenigen Jahren Dutzende und Dutzende bunter Arbeiterhäuser aus dem Boden geschossen sind, neben denen, zumal vor ihrem Hintergrund von Schornsteinen und Lagerschuppen, das braune, buschig bewachsene, verwilderte und halbzerfallene Bollwerk aus dem fünfzehnten Jahrhundert von Tag zu Tag absurder wirkt.

Suchend blickte ich mich um, die Augen vor dem blendenden Licht halb geschlossen. Zu meinen Füßen erstreckte sich (erst jetzt kam es mir zum Bewußtsein), die mächtigen Baumkronen vom Mittagslicht überflutet wie in einem tropischen Wald, der Barchetto del Duca: unermeßlich weit, wahrhaft endlos, in der Mitte, halb im Grün verborgen, die Türmchen und Zinnen der *magna domus,* und in seinem ganzen Umfang von einer Ringmauer umgeben, mit einer einzigen Lücke einen Viertelkilometer weiter, um nicht den Lauf des Canale Panfilio zu unterbrechen.

»He! Aber du bist ja wirklich blind«, ließ sich eine fröhliche Mädchenstimme vernehmen.

An den blonden Haaren, von diesem besonderen streifigen Blond nordischen Haars, dem Blond der *fille aux cheveux de lin,* das nur zu ihr gehörte, erkannte ich sofort Micòl Finzi-Contini. Sie erschien über der Parkmauer wie an einem Fensterbrett, mit den Schultern die Mauer überragend und die gekreuzten Arme aufgestützt. Wahrscheinlich war sie nicht weiter als fünfundzwanzig Meter von mir entfernt (nah genug jedenfalls, um ihre Augen zu erkennen; es waren helle große Augen, vielleicht allzu groß damals in dem kleinen mageren Mädchengesicht). Sie sah mich von unten her an.

»Was machst du da oben? Seit zehn Minuten beobachte ich dich schon. Wenn du geschlafen hast und ich dich geweckt habe, dann entschuldige. Und ... mein herzliches Beileid!«

»Beileid? Wieso, warum?« stammelte ich und fühlte, wie mir die Röte ins Gesicht stieg.

Ich hatte mich aufgerichtet.

»Wie spät ist es?« fragte ich, die Stimme hebend.

Sie warf einen Blick auf ihre Armbanduhr.

»Ich habe drei Uhr«, sagte sie und verzog den Mund dabei in reizender Weise. Dann sagte sie:

»Ich denke mir, du wirst Hunger haben.«

Ich war verwirrt. Also wußten auch sie es schon! Einen Augenblick lang bildete ich mir sogar ein, daß sie die Nachricht von meinem Verschwinden direkt von meinem Vater oder meiner Mutter erhalten hatten – telefonisch, wie gewiß auch unendlich viele Menschen außer ihnen. Aber Micòl selbst sollte mich sogleich aufklären.

»Ich war heute morgen mit Alberto im Guarini, um nach den Tabellen zu sehen. Das hat dir einen Schock versetzt, wie?«

»Und du? Bist du versetzt worden?«

»Man weiß noch nicht. Vielleicht warten sie mit der Bekanntgabe, bis auch alle *anderen* Privatschüler fertig sind.

Aber warum kommst du nicht herunter? Komm doch näher, damit ich mir nicht die Lunge aus dem Halse schreien muß.«

Es war das erste Mal, daß sie mit mir sprach. Mehr noch: es war praktisch das erste Mal, daß ich sie überhaupt sprechen hörte. Und schon damals fiel mir auf, wie sehr ihr Tonfall dem Albertos glich. Beide hatten die gleiche Art zu sprechen: langsam für gewöhnlich, wobei sie gewisse unwichtige Wörter betonten – Wörter, deren wahre Bedeutung und ganzes Gewicht allein sie zu kennen schienen, während sie kurioserweise über andere, die man für weit bedeutender gehalten hätte, einfach hinwegglitten. Eine leicht starrsinnige Eigenart war es, die sie sich in dieser Weise ausdrücken ließen. Darin sahen sie ihre *wahre* Sprache, die nur ihnen eigentümliche, unnachahmliche, ganz private Deformation des Italienischen. Sie gaben ihr sogar einen Namen: das Finzicontinische.

Ich rutschte den grasbewachsenen Abhang hinunter und stand nun vor der Parkmauer. Obwohl es hier unten schattig war – ein Schatten, aus dem ein scharfer Geruch von Brennesseln und Kot aufstieg –, war es doch wärmer. Jetzt sah Micòl von oben auf mich herab, den blonden Schopf von der Sonne beschienen, so ruhig, als ob unsere Begegnung nicht rein zufällig gewesen wäre, sondern wir uns seit unserer frühesten Kindheit an eben diesem Ort bereits unzählige Male getroffen hätten.

»Aber du nimmst es zu ernst«, sagte sie. »Was macht es aus, wenn du im Oktober ein Fach wiederholen mußt?«

Sie machte sich gewiß über mich lustig, und ein wenig verachtete sie mich auch. Im Grunde war es ja ganz normal, daß einem Burschen wie mir dergleichen widerfuhr, Sohn solch gewöhnlicher, derart ›assimilierter Leute‹, daß er, mit anderen Worten, so gut wie ein Goi war. Welches Recht hatte ich, so viel Geschichten zu machen?

»Ich glaube, du hast da etwas merkwürdige Vorstellungen«, antwortete ich.

»So?« fragte sie mit einem spöttischen Lächeln. »Willst du mir dann bitte erklären, warum du heute nicht zum Essen nach Hause gegangen bist?«

»Woher weißt du das?« entfuhr es mir.

»Wir wissen so manches. Auch wir haben unsere Informanten.«

Es war Meldolesi gewesen, dachte ich, es konnte nur er gewesen sein (und ich hatte mich nicht geirrt). Aber was bedeutete das schon? Ich hatte mit einem Mal gemerkt, daß die nicht bestandene Prüfung zu einer Nebensache geworden war – eine kindische Angelegenheit, die von selbst wieder in Ordnung kommen würde.

»Wie schaffst du es, daß du dich da oben hältst?« fragte ich. »Es sieht aus, als ob du aus dem Fenster schaust.«

»Ich habe meine gute alte Leiter unter den Füßen«, erklärte sie und skandierte dabei »meine gute alte« in ihrer gewohnten hochmütigen Weise.

Von der anderen Seite der Mauer drang in diesem Augenblick lautes, etwas heiseres Gebell. Micòl wandte den Kopf und warf einen Blick über die Schulter, zugleich gelangweilt und leicht gerührt. Sie schnitt dem Hund ein Gesicht, dann wandte sie sich wieder mir zu.

»Es ist Jor«, erklärte sie und ließ einen Stoßseufzer hören.

»Was für eine Rasse?«

»Eine dänische Dogge. Er ist erst ein Jahr alt, aber er wiegt schon fast einen Doppelzentner. Er ist mir immer auf den Fersen. Oft versuche ich, meine Spuren zu verwischen, aber es dauert nicht lange, und er hat mich wiedergefunden. Du kannst dich drauf verlassen. Er ist *schrecklich*.«

Sie lächelte.

»Soll ich dich hereinlassen?« fügte sie, schon wieder ernst, hinzu. »Wenn du Lust hast, zeige ich dir gleich, wie du es machen mußt.«

6

Wieviel Jahre sind seit jenem weit zurückliegenden Juninachmittag vergangen? Über dreißig. Aber wenn ich die Augen schließe, ist Micòl Finzi-Contini noch immer da, über der Parkmauer, und sieht mich an und spricht mit mir. Sie war 1929 kaum mehr als ein Kind, eine magere blonde Dreizehnjährige mit großen, hellen, magnetischen Augen. Ich ein Junge in kurzen Hosen, sehr bürgerlich und sehr eitel, den schon ein kleines Mißgeschick in der Schule in die kindlichste Verzweiflung stürzen konnte. Wir sahen uns an. Der Himmel über ihr war blau und dicht, ein warmer, schon sommerlicher Himmel ohne das kleinste Wölkchen. Nichts würde ihn verändern können, und nichts hat ihn verändert, zumindest in meiner Erinnerung.

»Also, willst du oder willst du nicht?« drängte Micòl.

»Ich weiß nicht ...«, begann ich und deutete auf die Mauer. »Sie kommt mir sehr hoch vor.«

»Weil du nicht richtig hingesehen hast«, erwiderte sie ungeduldig.

»Schau da – und da – und da«; sie zeigte mit dem Finger, damit ich sähe, was sie meinte. »Da sind eine ganze Menge Spalten in der Mauer, und hier ganz oben ist sogar ein Nagel. Den habe ich eingeschlagen.«

»Ja, Tritte sind da«, murmelte ich unsicher, »aber ...«

»Tritte?« unterbrach sie mich plötzlich, in lautes Lachen ausbrechend. »Also ich nenne das Spalten.«

»Falsch, sie heißen Tritte«, beharrte ich eigensinnig und mit Schärfe. »Man sieht, daß du noch nie in den Bergen warst.«

Ich habe immer und schon als kleines Kind unter Schwindel gelitten, und so bescheiden die Aufgabe sein mochte, sie machte mir Sorge. Wenn meine Mutter mit mir, als ich noch klein war, auf den Montagnone ging, mit Ernesto auf dem Arm (Fanny war noch nicht geboren), und sich auf dem weiten Platz gegenüber der Via Scandiana ins Gras setzte, von dem aus das Dach unseres Hauses in dem Meer der Dächer um den gewaltigen Bau der Kirche Santa Maria in Vado kaum zu erkennen war, dann geschah es nicht ohne große Furcht – wie ich mich erinnere –, daß ich, der Wachsamkeit meiner Mutter entkommen, mich über die Brustwehr lehnte und etwa dreißig Meter hinab in die Tiefe blickte. Fast immer kletterte irgend jemand an der überhängenden Wand hinauf oder herunter – junge Maurer, Landleute, Arbeiter, jeder sein Fahrrad über den Schultern, aber auch alte, schnurrbärtige Männer, die Frösche und Katzenfische fingen und mit Angeln und Körben beladen waren –, alles Leute aus Quacchio, Ponte della Gradella, Coccomaro, Coccomarino und Focomorto, die es eilig hatten und die Stadt nicht über die Porta San Gior-gio oder Porta San Giovanni betraten oder verließen (denn damals waren die Bastionen auf dieser Seite noch auf einer Länge von mindestens fünf Kilometern intakt und hatten keine als Durchgang brauchbaren Breschen), sondern lieber den Weg über die Mauer nahmen. Wenn sie die Stadt verließen, kamen sie vom Platz her, gingen an mir vorbei, kletterten über das Geländer und ließen sich herabhängen, bis sie mit den Fußspitzen am ersten Vorsprung oder Spalt in der schon baufälligen Mauer Halt fanden, um dann in ein paar Augenblicken auf die darunterliegende Wiese zu gelangen. – Wenn sie aber vom Land her kamen, dann kletterten sie herauf mit aufgerissenen Augen, mit denen sie mich, der ich schüchtern über den Rand des Geländers blickte, anzustarren schienen – was natürlich ein Irrtum war, denn sie achteten nur darauf, den besten Halt für ihre Füße zu finden. Wie auch immer, wenn sie so über dem Abgrund schwebten – paarweise im allgemeinen, einer hinter dem andern –, hörte ich, wie sie ruhig miteinander plauderten, in ihrem Dialekt, so als ob sie mitten durch die Felder gingen. Wie ruhig, stark und furchtlos sie waren!, dachte ich bei mir. Nachdem sie sich mir bis auf weniger als einen halben Meter genähert hatten, so daß ich mich in der Hornhaut ihrer Augen spiegelte und ihren nach Wein riechenden Atem auf meinem Gesicht spürte, ergriffen sie mit ihren starken schwieligen Händen den inneren Rand der Brustwehr, tauchten nun mit ihrem ganzen Körper aus dem leeren Raum auf und hatten, hoppla!, schon wieder festen Boden unter den Füßen. Niemals würde ich fähig sein, ein gleiches zu tun – das dachte ich jedesmal, wenn ich sie davongehen sah: voller Bewunderung, aber zugleich voller Abscheu. Nie und nimmer.

Nun, etwas ähnliches empfand ich auch jetzt, vor der Mauer, von deren Höhe herab mich Micòl Finzi-Contini aufforderte, zu ihr heraufzuklettern. Gewiß war diese Mauer nicht so hoch wie die der Bastion vom Montagnone. Aber sie war glatter und sehr viel weniger von der Zeit und den Unbilden des Wetters zernagt; die Spalten, die mir Micòl zeigte, waren kaum zu erkennen. Und während ich hinaufkletterte, stellte ich mir vor – die Augen starr auf die von Micòl angegebenen Mauerspalten gerichtet – was, wenn mich oben ein Schwindel befiele und ich abstürzte? Da konnte ich mich ebensogut gleich umbringen.

Doch war dies nicht der eigentliche Grund meines Zögerns. Was mich zurückhielt, war ein anderer Widerwille als der rein physische gegen den Schwindel: ähnlich und doch anders, dabei noch stärker. Für einen Augenblick wünschte ich mir sogar meine eben verklungene Verzweiflung zurück, meine törichten, kindlichen Tränen, die Tränen eines Knaben, der eine Prüfung nicht bestanden hatte.

»Außerdem begreife ich nicht«, fuhr ich fort, »warum ich gerade hier den Alpinisten spielen soll. Wenn ich in *euer* Haus kommen soll, verbindlichsten Dank, sehr gern – aber, ehrlich gesagt, fände ich es sehr viel bequemer, wenn ich von dort aus« – bei diesen Worten streckte ich den Arm in Richtung des Corso Ercole I d'Este aus – »durch die Eingangstür hereinkäme. Es ist ganz einfach! Ich steige auf mein Fahrrad, und in einem Augenblick bin ich da.«

Ich bemerkte sogleich, daß ihr mein Vorschlag nicht paßte.

»Aber nein, nein ...«, sagte sie und verzog ihr Gesicht zum Ausdruck höchsten Widerwillens, »wenn du von dort kommst, sieht dich natürlich Perotti, und dann Adieu, dann macht es überhaupt keinen Spaß mehr.«

»Perotti? Wer ist das?«

»Der Pförtner. Weißt du – du hast ihn vielleicht schon bemerkt –, der auch unser Kutscher und Chauffeur ist ... Wenn der dich sieht – und er *kann* dich nicht übersehen, weil er, wenn er nicht gerade mit dem Wagen oder dem Auto unterwegs ist, immer da ist und aufpaßt, *der verdammte Kerl* –, dann muß ich dich unbedingt ins Haus bringen ... Und sag selbst, ob du ... Möchtest du?«

Sie sah mir mit ernstem, gelassenem Ausdruck gerade in die Augen.

»Also gut«, antwortete ich, mit einer Kopfwendung auf die Mauer deutend, »aber wo lasse ich mein Fahrrad? Ich kann es doch nicht einfach hier stehen lassen! Es ist ganz neu, Marke Wolsit, mit elektrischem Scheinwerfer, einer Satteltasche für Werkzeug und einer Pumpe, stell dir vor! Wenn ich mir jetzt auch noch mein Fahrrad stehlen lasse ...«

Ich fügte nichts weiter hinzu, plötzlich wieder von der Angst vor der unvermeidlichen Begegnung mit meinem Vater gepackt. Spätestens am Abend mußte ich nach Hause gehen. Es blieb mir keine andere Wahl.

Ich blickte wieder zu Micòl hinauf. Während ich sprach,

hatte sie sich auf die Mauer gesetzt, mit dem Rücken zu mir; jetzt schwang sie entschlossen ein Bein über die Mauer und ließ sich rittlings oben nieder.

»Was hast du vor?« fragte ich überrascht.

»Mir ist wegen des Fahrrads eine Idee gekommen. Außerdem kann ich dir nun die Spalten in der Mauer zeigen, in die du beim Klettern treten mußt. Paß gut auf, wohin ich den Fuß setze. Schau her!«

Sie voltigierte da oben mit großer Geschicklichkeit, dann hielt sie sich mit der rechten Hand an dem dicken rostigen Nagel fest, den sie mir kurz vorher gezeigt hatte, und begann herunterzuklettern. Gemächlich, aber sicher kam sie immer tiefer, mit den Spitzen ihrer Tennisschuhe die Mauer nach Spalten absuchend, bald mit dem einen, bald mit dem andern, und stets fand sie ohne große Mühe einen Stützpunkt. Sie kam gut herab. Aber noch bevor sie wieder Boden unter den Füßen hatte, machte sie einen Fehltritt und rutschte ab. Sie kam glücklicherweise gleich auf die Füße, hatte sich aber an den Händen verletzt; außerdem war ihr Strandkleid aus rosa Leinen durch die Reibung an der Mauer unter der Achsel eingerissen.

»Wie albern«, schalt sie sich selbst, hob die Hand an den Mund und blies darauf. »Das ist mir zum erstenmal passiert.«

Auch an einem Knie hatte sie sich die Haut abgeschürft. Sie zog ihr Kleid an einem Zipfel hoch, so daß ein merkwürdig weißer und kräftiger Schenkel, schon ein Frauenschenkel, sichtbar wurde, und bückte sich, um die Hautabschürfung zu untersuchen. Zwei lange blonde Strähnen, von der helleren Schattierung, die sich aus dem Haarreifen gelöst hatten, fielen ihr ins Gesicht und verdeckten Stirn und Augen.

»Wie albern«, wiederholte sie.

»Da braucht man Alkohol«, sagte ich mechanisch, ohne näherzutreten, und in dem lamentierenden Ton, in den jeder in unserer Familie bei solchen Gelegenheiten verfiel. »Ach, was! Alkohol!«

Sie leckte geschwind über die Wunde – ein kleiner zärtlicher Kuß – und richtete sich rasch wieder auf.

»Komm«, sagte sie, ganz erhitzt und zerzaust.

Sie wandte sich um und begann, schräg an dem in der Sonne liegenden Damm des Stadtwalls hinaufzuklettern. Mit der rechten Hand zog sie sich an Grasbüscheln hoch, während sie die linke an den Kopf hob und sich den Haarreif abund wieder aufsetzte, was sie mehrmals wiederholte, so rasch, als ob sie sich das Haar kämmen wollte.

»Siehst du das Loch dort?« fragte sie, sobald wir oben angelangt waren. »Da kannst du dein Fahrrad gut verstecken.«

Sie wies auf einen jener kleinen konischen, mit Gras bewachsenen Hügel, wie man sie, etwa zwei Meter hoch und fast stets mit verschüttetem Eingang, ziemlich häufig antrifft, wenn man einen Rundgang auf dem Stadtwall von Ferrara unternimmt. Auf den ersten Blick erinnern sie, allerdings in sehr viel kleinerem Maßstab, ein wenig an Montarozzi, die etruskischen Grabhügel in der römischen Campagna. Nur daß der oft sehr ausgedehnte unterirdische Raum, zu dem einige dieser Hügel heute noch hinabführen, niemals als Grabkammer gedient hat. Die einstigen Verteidiger der Stadtmauern verwahrten hier ihre Waffen: Feldschlangen, Arkebusen, Schießpulver und anderes mehr. Vielleicht auch jene merkwürdigen Kanonenkugeln aus kostbarem Marmor, die im fünfzehnten und sechzehnten Jahrhundert die ferraresische Artillerie in Europa so gefürchtet machten und von denen noch heute einige Muster im Kastell zu sehen sind, wo sie als Schmuck im Mittelhof liegen und auf den Terrassen angebracht sind.

»Wie soll jemand auf die Idee kommen, daß da unten ein neues Rad, Marke Wolsit, steht? Man müßte es schon vorher wissen. Bist du überhaupt schon einmal hier gewesen?«

Ich schüttelte den Kopf.

»Nein? Ich wohl, schon unendlich oft. Es ist *prachtvoll*.«

Sie ging entschlossen voran, und ich hob das Rad auf und folgte ihr schweigend.

Ich holte sie am Eingang zur Höhle ein. Er bestand aus einer Art senkrechtem Spalt, mitten hineingeschnitten in die dichte Grasdecke, die den Hügel umgab – so schmal, daß immer nur einer hindurchgehen konnte. Unmittelbar hinter dem Eingangsspalt begann der Abstieg; aber man sah höchstens acht bis zehn Meter weit. Dahinter herrschte Dunkelheit, so als ob das Ende des unterirdischen Ganges hinter einem schwarzen Vorhang verborgen wäre.

Sie beugte sich vor, um besser zu sehen; plötzlich wandte sie sich um.

»Geh du hinunter«, flüsterte sie und zeigte ein zaghaftes, verlegenes Lächeln. »Ich möchte dich lieber hier oben erwarten.«

Sie trat beiseite, die Hände hinter dem Rücken gefaltet, und lehnte sich an die Graswand neben dem Eingang. »Es ist dir doch nicht etwa unheimlich?« fragte sie, noch immer im Flüsterton.

»Nein, nein«, log ich und bückte mich, um das Fahrrad aufzuheben und über die Schulter zu nehmen.

Ohne mehr zu sagen, ging ich an ihr vorbei und trat in den Gang.

Ich mußte langsam gehen, schon wegen des Fahrrads, dessen rechtes Pedal ständig an die Wand prallte; zudem war ich am Anfang, mindestens für die ersten drei, vier Meter, wie blind. Ich sah überhaupt nichts. Aber als ich mich etwa zehn Meter vom Eingang entfernt hatte (»Paß gut auf!« rief in diesem Augenblick Micòl, deren Stimme schon weit weg war, »gib auf die Stufen acht!«), begann ich allmählich etwas zu erkennen. Es ging jetzt nur noch ein paar Meter weiter hinab, dann fingen die Stufen an, auf die mich Micòl aufmerksam gemacht hatte; sie gingen von einer Art Treppenabsatz aus, um den sich, wie ich bereits erriet, noch bevor ich ihn erreicht hatte, ein größerer Raum wölbte.

Auf dem Treppenabsatz angelangt, machte ich einen Augenblick halt.

Jene kindliche Angst vor dem Dunkel und vor dem Unbekannten, die sich meiner bemächtigt hatte, als ich ohne Micòl weiterging, war, je weiter ich in dem röhrenartigen Gang vorangekommen war, einem nicht minder kindlichen Gefühl der Erleichterung gewichen – so als ob ich dadurch, daß ich mich der Gesellschaft Micòls rechtzeitig entzogen hatte, einer großen Gefahr entgangen wäre, einer Gefahr, zu groß, als daß sich ein Junge meines Alters ihr aussetzen konnte. (›Ein Junge in deinem Alter‹ war ein Lieblingsausdruck meines Vaters.) O ja, wenn ich heute Abend heimkam, würde mich mein Vater vielleicht schlagen, dachte ich. Aber seine Prügel konnte ich in aller Ruhe erwarten. Eine Wiederholungsprüfung in einem Fach im Oktober: Micòl hatte recht, wenn sie darüber lachte. Was war diese eine Prüfung, verglichen mit all dem andern, was da unten im Dunkel zwischen uns beiden hätte geschehen können? Vielleicht hätte ich den Mut aufgebracht, Micòl einen Kuß zu geben, einen Kuß auf ihren Mund. Und dann? Was wäre dann geschehen? In den Filmen und Romanen, die ich kannte, waren Küsse gern lang und leidenschaftlich! In Wirklichkeit aber bedeuteten sie, gemessen an allem *übrigen*, nur einen kleinen Moment, einen im Grunde unbedeutenden Augenblick, da doch, nachdem sich die Münder aufeinandergepreßt, ja, sie sich wechselseitig beinahe durchdrungen hatten, der Faden der Erzählung zumeist erst am folgenden Morgen, wenn nicht gar erst mehrere Tage darauf wiederaufgenommen werden konnte. Gut! Aber wenn es mit uns, mit Micòl und mir, so weit gekommen wäre, daß wir uns in dieser Weise küßten – und die Dunkelheit hätte das gewiß begünstigt –, dann wäre die Zeit nach dem Kuß ruhig weitergegangen, ohne daß für uns dank irgendeinem von einer freundlichen Vorsehung gesandten Wunder auf der Stelle der nächste Morgen angebrochen wäre. Was hätte ich also tun sollen, um die Minuten und Stunden auszufüllen? Glücklicherweise war es nicht dazu gekommen. Gott sei Dank war ich der Gefahr entgangen.

Ich begann, die Stufen hinunterzusteigen. Durch den Gang drang ein schwacher Lichtschein nach unten, den ich jetzt erst bemerkte. Ein wenig mit den Augen und ein wenig mit dem Gehör machte ich mir sehr bald eine Vorstellung von der Weite des Raumes: Es genügte ein kleiner Anlaß – daß ich mit dem Fahrrad an die Wand stieß oder mit dem Absatz auf einer Stufe ausrutschte, und sogleich steigerte und vervielfachte das Echo das Geräusch und gab eine Vorstellung von den Entfernungen. Es mußte sich, meiner Schätzung nach, um eine Halle mit einem Durchmesser von etwa vierzig Metern handeln, rund und mit einer mindestens ebenso hohen Kuppelwölbung. Eine Art umgekehrter Trichter. Vielleicht stand dieser Saal mittels eines Systems geheimer Gänge in Verbindung mit anderen unterirdischen Sälen gleicher Art, von denen es gewiß Dutzende im Bauch der Bastionen gab. Nichts wäre einleuchtender gewesen als das.

Der Boden bestand aus festgetretener Erde, glatt, kompakt und feucht. Ich stolperte über einen Ziegelstein, dann trat ich auf Stroh, während ich tastend der Biegung der Wand folgte. Ich lehnte das Rad an die Mauer und setzte mich, mit der einen Hand einen Reifen des Rades umklammernd, den anderen Arm um die Knie geschlungen. Nur hin und wieder unterbrach ein Rauschen oder Pfeifen die Stille – Mäuse und Fledermäuse vermutlich ...

Und wenn es nun doch dazu gekommen wäre, überlegte ich. Wäre es wirklich so furchtbar gewesen, wenn es geschehen wäre?

Mit ziemlicher Sicherheit wäre ich dann nicht nach Hause zurückgekehrt, und meine Eltern wie Otello Forti, Sergio Pavani und alle anderen, die Polizei nicht ausgenommen, konnten mich dann suchen, soviel sie wollten, im Ernst! In den ersten Tagen würden sie bis zur Erschöpfung überall nach mir forschen. Auch die Zeitungen hätten den Fall gebracht und dabei die üblichen Hypothesen aufgestellt: Entführung, Unfall, Selbstmord oder Flucht ins Ausland. Allmählich aber hätten sich die Wogen der Erregung geglättet. Meine Eltern hätten sich beruhigt (schließlich blieben ihnen noch Ernesto und Fanny), und die Nachforschungen hörten auf. Und wer am Ende am meisten zu büßen hatte, war sie, diese alberne Betschwester Fabiani, die zur Strafe ›an einen anderen Ort‹ versetzt wurde, wie sich Professor Meldolesi ausdrückte. Wohin? Nach Sizilien oder Sardinien, natürlich. Und recht geschah ihr! Das war eine Lehre für sie, nicht so falsch und gemein zu sein.

Ich aber hätte mich, da sich die anderen beruhigt hatten, ebenfalls beruhigt. Draußen konnte ich auf Micòl rechnen; sie würde es sich angelegen sein lassen, mich mit Nahrung und allem Nötigen zu versorgen. Sie würde täglich zu mir kommen und, im Sommer wie im Winter, über die Mauer ihres Parks klettern. Und jeden Tag würden wir uns im Dunklen küssen, weil ich ihr Mann war und sie meine Frau.

Aber außerdem war es ja gar nicht gesagt, daß ich nie mehr ins Freie gehen konnte! Den Tag über schlief ich selbstverständlich, abgesehen von den Unterbrechungen, wenn ich auf meinem Mund die Lippen Micòls spürte, woraufhin ich sie in die Arme schloß und wieder einschlief. Nachts aber konnte ich sehr wohl lange Ausgänge wagen, zumal wenn ich die Stunden nach ein oder zwei Uhr wählte, wenn jedermann schläft und praktisch niemand mehr auf der Straße ist. Seltsam und schrecklich, aber im Grunde auch amüsant, durch die Via Scandiana zu kommen, unser Haus wiederzusehen und das Fenster meines Schlafzimmers, nun als Wohnzimmer eingerichtet; im Schatten verborgen schon von weitem meinen Vater zu erkennen, der gerade jetzt aus dem Klub der Kaufleute heimkommt und der nicht einmal daran denkt, daß ich am Leben bin und ihn beobachte. Tatsächlich zieht er den Hausschlüssel aus der Tasche, öffnet die Haustür, tritt ein und wirft sie dann wieder ins Schloß, ruhig und wirklich so, als ob ich, sein ältester Sohn, nie existiert hätte.

Und meine Mama? Konnte ich nicht eines Tages versuchen, wenigstens sie, vielleicht durch Micòl, davon zu benachrichtigen, daß ich noch am Leben war? Und sie auch wiederzusehen, bevor ich, meines Höhlenlebens überdrüssig, Ferrara verließ und endgültig verschwand? Warum nicht. Natürlich konnte ich das!

Ich weiß nicht, wie lange ich dort unten blieb. Vielleicht zehn Minuten, vielleicht weniger. Jedenfalls erinnere ich mich genau, daß ich, als ich die Stufen hinaufstieg und den Gang wieder betrat (befreit von dem Gewicht meines Fahrrads schritt ich jetzt rasch aus), noch immer meinen Gedanken und Phantastereien nachhing. Und meine Mutter, fragte ich mich, würde auch sie mich, wie alle andern, vergessen haben?

Schließlich befand ich mich wieder im Freien. Aber Micòl war nicht mehr da, um auf mich zu warten, wo ich sie vor kurzem verlassen hatte. Die Augen mit der Hand gegen das grelle Sonnenlicht schützend, sah ich sie wieder rittlings drüben auf der Parkmauer vom Barchetto del Duca sitzen.

Sie diskutierte und verhandelte mit irgend jemandem, der wohl neben der Leiter an der anderen Seite der Mauer stand – wahrscheinlich war es der Kutscher Perotti oder gar Professor Ermanno in eigener Person. Der Fall war klar: man hatte die Leiter an der Mauer bemerkt und sofort begriffen, daß Micòl sie zu einem kleinen Ausflug benutzt hatte. Jetzt forderte man sie auf, wieder herunterzuklettern. Und Micòl hatte sich noch nicht entschlossen zu folgen.

Schließlich wandte sie sich um und erblickte mich auf dem Stadtwall. Da blies sie die Backen auf, als wollte sie sagen:
»Na, endlich!«

Und ihr letzter Blick, bevor sie hinter der Mauer verschwand (ein Blick, mit dem sie mir lächelnd zuzwinkerte, ganz so, wie sie mir in der Synagoge zublinzelte, wenn sie mich unter dem väterlichen Tallit hervor beobachtete), dieser Blick galt mir.

Zweiter Teil

1

Der Tag, an dem es mir wirklich glückte, hinter die Mauer zu gelangen, die den Barchetto del Duca umschloß, und zwischen den Bäumen und Lichtungen dieses großen Privatwaldes bis zur *magna domus* und dem Tennisplatz vorzustoßen, kam erst sehr viel später, fast zehn Jahre danach.

Es war im Jahre 1938, ungefähr zwei Monate nach der Verkündung der Rassengesetze. Ich kann mich noch gut erinnern: an einem Nachmittag gegen Ende Oktober, wenige Minuten nachdem wir vom Tisch aufgestanden waren, erhielt ich einen Anruf von Alberto Finzi-Contini. Seit mehr als fünf Jahren hatten wir keine Gelegenheit mehr gehabt, ein Wort miteinander zu wechseln. Ob es stimmte, fragte er mich ohne weitere Umschweife, daß ich und ›alle anderen‹ mit einem Schreiben, das die Unterschrift des Marchese Barbicinti trug, des Vizepräsidenten und Sekretärs vom Tennisklub Eleonora d'Este, aus dem Klub ausgeschlossen, mit anderen Worten, ›davongejagt‹ worden wären?

Ich gab ein entschiedenes Dementi: es stimmte nicht, zumindest was mich betraf; ich hatte keinen derartigen Brief erhalten.

Aber ob er meinem Dementi jede Bedeutung absprach oder mir überhaupt nicht zugehört hatte, er machte mir den Vorschlag, ohne weitere Umstände zu ihnen zu kommen und bei ihnen zu spielen. Wenn ich mich mit einem Platz aus festgestampfter weißer Erde begnügte, mit knappem *out*, wie er wiederholte, wenn ich überhaupt, da ich sicherlich sehr viel besser spielte, »mich herablassen wollte, mit ihm und Micòl ein paar Bälle zu schlagen«, dann würden sie sich sehr

69

freuen und »es sich zur Ehre anrechnen«. Und jeder Nachmittag würde ihnen passen – falls ich interessiert wäre. Heute, morgen, übermorgen – ich konnte kommen, wann ich wollte, und mitbringen, wen ich wollte, selbstverständlich auch am Sonnabend. Abgesehen davon, daß auch er noch fast einen Monat in Ferrara bliebe, da die Vorlesungen an der Technischen Hochschule in Mailand nicht vor dem 20. November wieder begännen (Micòl nahm diese Dinge für gewöhnlich etwas weniger ernst als er, und wer weiß, ob sie in diesem Jahr überhaupt noch die Ca' Foscari betreten würde – nach dieser Geschichte mit dem Ausschluß von den Vorlesungen, weshalb sie es auch nicht mehr nötig hatte, nach Unterschriften für ihr Kollegheft zu jagen), sah ich nicht, was für schönes Wetter wir hatten? Solange es sich hielt, wäre es einfach eine Sünde, es nicht auszunützen.

Aber diese letzten Worte hatte er nicht mehr mit der gleichen Überzeugung gesprochen. Es war, als wäre ihm plötzlich ein unerfreulicher Gedanke gekommen, als gäbe ein jähes grundloses Gefühl von Überdruß ihm den Wunsch ein, ich möge doch nicht kommen und seine Einladung wieder vergessen.

Ich dankte ihm, ohne etwas Bestimmtes zu verabreden. Warum hat er angerufen? fragte ich mich verwundert, während ich den Hörer auflegte. Seit er und seine Schwester Ferrara verlassen hatten, um an auswärtigen Universitäten zu studieren (Alberto 1933 und Micòl 1934 – zur selben Zeit, als Professor Finzi-Contini von der Gemeinde die Erlaubnis erhielt, die alte, ebenfalls im Tempel in der Via Mazzini befindliche Spanische Synagoge ›für seine Familie und eventuelle weitere Interessenten‹ wiederherzustellen, so daß in der Italienischen Synagoge die Bank hinter der unseren fortan leer geblieben war), seit jener Zeit hatten wir uns nur noch ganz selten gesehen, und auch dann nur noch flüchtig und von weitem. Wir waren uns während dieser Zeit dermaßen fremd geworden, daß, als mich im Jahre 1935 eines Morgens auf dem Bahnhof von Bologna (es war mein zweites Jahr an der Philosophisch-Philologischen Fakultät, und ich fuhr täglich hin und zurück) ein hochgewachsener, bleicher junger Mann von brünettem Typ heftig anstieß, der, ein Plaid über dem Arm, von einem mit Koffern bepackten Gepäckträger gefolgt, eilig dem Schnellzug nach Mailand zustrebte, der schon im Begriff war abzufahren, ich zunächst in ihm keineswegs Alberto Finzi-Contini wiedererkannte. Als er den letzten Wagen des Zugs erreichte, wandte er sich zurück, um den Gepäckträger zur Eile anzuspornen, wobei er mich, der ich mich ärgerlich umgedreht hatte, mit einem zerstreuten Blick streifte. Dann verschwand er im Abteil. Damals, überlegte ich, hatte er nicht einmal das Bedürfnis gespürt, mich zu grüßen. Warum also jetzt diese schmeichelnde Höflichkeit?

»Wer war es?« fragte mein Vater, sobald ich das Speisezimmer wieder betreten hatte.

Er war allein im Zimmer zurückgeblieben und saß im Sessel neben dem Radioapparat, wie gewohnt in gespannter Erwartung der Zwei-Uhr-Nachrichten.

»Alberto Finzi-Contini.«

»Wer? Der Junge? Welche Ehre! Und was will er?«

Er musterte mich mit seinen blauen Augen, mit diesem ratlosen Blick, aus dem seit langem alle Hoffnung gewichen war, mir seinen Willen aufzwingen oder nur erraten zu können, was mir durch den Kopf ging. Er wußte genau – sein Blick sagte es mir –, daß mir seine Fragen lästig waren und daß sein ständiger Anspruch, sich in mein Leben einzumischen, zudringlich und durch nichts zu rechtfertigen war. Aber, großer Gott, war er nicht mein Vater? Und sah ich denn nicht, wie er in diesem letzten Jahr gealtert war? Mama und Fanny konnte er sich nicht anvertrauen; sie waren Frauen. Ernesto ebensowenig; er war noch zu klein, *troppo putin*. Mit wem also sollte er sprechen? Konnte ich es wirklich nicht begreifen, daß er gerade mich brauchte?

Ich erzählte ihm widerwillig, worum es sich handelte.

»Und gehst du hin?«

Er gab mir keine Zeit zu antworten. Mit dem Eifer, der ihn stets belebte, wenn sich ihm Gelegenheit bot, mich in ein Gespräch zu ziehen, in irgendein Gespräch, am liebsten aber über Politik, war er bereits dabei, ›ein Resümee der Situation‹ zu geben.

Leider war es nicht zu leugnen, so hatte er, unermüdlich, begonnen, die Ereignisse zu rekapitulieren: Am 22. September hatten sämtliche Zeitungen, nach der ersten amtlichen Ankündigung vom 9. September, ein ergänzendes Rundschreiben des Parteisekretärs veröffentlicht, in dem die Rede war von verschiedenen ›praktischen Maßnahmen‹, für deren unverzügliche Anwendung die Federali zu sorgen hatten. In Zukunft durften wir Juden, ›solange das Verbot von Mischehen in Kraft blieb sowie der Ausschluß aller jungen Menschen, deren Zugehörigkeit zur jüdischen Rasse feststand, von sämtlichen staatlichen Schulen jeder Art und jeden Ranges‹ ebenso wie die Befreiung von der ›höchsten Ehrpflicht‹, der Wehrpflicht – durften wir Juden keine Todesanzeigen mehr in der Zeitung veröffentlichen, in keinem Telefonbuch mehr eingetragen sein, keine Hausangestellten arischer Rasse beschäftigen und keinerlei Klubs angehören. Und dennoch, trotz alledem ...

»Hoffentlich willst du mir jetzt nicht die alte Leier wiederholen«, unterbrach ich ihn kopfschüttelnd an dieser Stelle.

»Was für eine Leier?«

»Daß Mussolini *besser* ist als Hitler.«

»Ich verstehe, ich verstehe«, antwortete er. »Aber du mußt doch zugeben: Hitler ist ein blutrünstiger Narr, während Mussolini alles mögliche sein mag, machiavellistisch und bereit, den Mantel nach dem Winde zu hängen, was du nur willst, aber ...«

Ich unterbrach ihn von neuem, ohne eine Gebärde der Ungeduld unterdrücken zu können. Stimmte er, so fragte ich ihn etwas brüsk, der These zu, die Leo Trotzki in dem Essay, den ich ihm vor ein paar Tagen gegeben hatte, entwickelte? Ja oder nein?

Ich sprach von einem Artikel in einer alten Nummer der *Nouvelle Revue Française*, einer Zeitschrift, von der ich in meinem Zimmer mehrere vollständige Jahrgänge eifersüchtig hütete. Nun war Folgendes geschehen: aus einem Grunde, an den ich mich nicht mehr erinnere, hatte ich mich unhöflich gegen meinen Vater benommen. Er hatte sich gekränkt gefühlt und ein böses Gesicht aufgesetzt, so daß ich, in dem Bestreben, so bald wie möglich wieder normale Beziehungen zwischen uns herzustellen, auf nichts Besseres verfiel, als ihn teilhaben zu lassen an dem, was ich zuletzt gelesen hatte. Geschmeichelt durch diesen Beweis meiner Achtung, ließ sich mein Vater nicht lange bitten. Er hatte den Artikel geradezu verschlungen und dabei mit dem Bleistift viele Stellen unterstrichen und den Seitenrand eng mit Anmerkungen gefüllt. Im wesentlichen, so hatte er mir ausdrücklich erklärt, war die Schrift dieses ›durchtriebenen Burschen und großen Freundes von Lenin‹ auch für ihn eine wirkliche Offenbarung gewesen.

»Aber selbstverständlich stimme ich mit ihm überein«, erklärte er, froh, mich zu einer Diskussion bereit zu finden, zugleich aber auch verwirrt. »Zweifellos ist Trotzki ein großartiger Polemiker. Wie lebendig er schreibt, und was für ein Sprachvermögen! Durchaus befähigt, den Artikel gleich selbst französisch geschrieben zu haben. O ja«, und er lächelte stolz, »die russischen und polnischen Juden mögen nicht sehr sympathisch sein, aber eine geniale Begabung haben sie immer gehabt, die für Sprachen. Das liegt ihnen im Blut.«

»Reden wir nicht von der Sprache, sondern von den Ideen«, unterbrach ich ihn kurz, mit einer Spur von professoraler Schärfe, die ich sofort bedauerte.

Der Artikel sei klar genug, fuhr ich ruhiger fort. Der Kapitalismus in seiner Phase imperialistischer Expansion muß gegen alle nationalen Minoritäten unduldsam sein, gegen die Juden aber insbesondere, die *die* Minorität schlechthin sind. Was hatte es aber im Lichte dieser allgemeinen Theorie (Trotzkis Aufsatz stammte aus dem Jahre 1931, was zu beachten war – aus dem Jahr, in dem der eigentliche Aufstieg Hitlers begann), was hatte es da zu sagen, daß Mussolini als Mensch besser war als Hitler? Und war er wirklich besser, auch nur als Mensch?

»Ich verstehe, ja gewiß, ich verstehe«, wiederholte mein Vater halblaut mehrere Male, während ich unbeirrt weitersprach.

Er hielt den Blick gesenkt, und sein Gesicht hatte sich zu einer Miene mühsam aufgebrachter Geduld verzogen. Als er endlich sicher war, daß ich nichts weiter hinzuzufügen hatte, legte er mir seine Hand aufs Knie.

Er habe verstanden, wiederholte er noch einmal, langsam den Blick hebend. Dennoch möge ich ihn seine Meinung sagen lassen: daß ich zu schwarz sehe und die Zukunft zu katastrophal male.

Warum gab ich nicht zu, daß zumindest in Ferrara nach der Verlautbarung vom 9. September und sogar noch nach dem ergänzenden Rundschreiben vom 22. beinahe alles beim alten geblieben war? Allerdings, räumte er mit einem melancholischen Lächeln ein, hatte es in diesem Monat unter den siebenhundertfünfzig Mitgliedern unserer Gemeinde keine so bedeutenden Todesfälle gegeben, daß es der Mühe wert gewesen wäre, sie im *Padano* anzuzeigen (es waren, wenn er nicht irrte, nur zwei alte Frauen im Hospiz in der Via Vittoria gestorben, eine gewisse Saralvo und eine gewisse Rietti, letztere nicht einmal gebürtig aus Ferrara, sondern aus einem Dorf in der Provinz Mantua stammten, aus Sabbioneta, Viadana oder Pomponesco). Aber seien wir gerecht: die Telefonbücher waren noch nicht eingezogen und ersetzt worden durch eine neue, gereinigte Fassung; noch hatte es keine Hausangestellte gegeben, kein Stubenmädchen, keine Köchin, kein Kindermädchen und keine alte Gouvernante im Dienst einer unserer Familien, die plötzlich ihr ›rassisches Gewissen‹ entdeckt und ernsthaft daran gedacht hätte, ihr Bündel zu schnüren; der Klub der Kaufleute, in dem seit über zehn Jahren der Rechtsanwalt Lattes das Amt des Vizepräsidenten ausübte – ein Klub, den er selbst, wie ich wohl wissen sollte, nach wie vor ungehindert jeden Tag aufsuchte –, dieser Klub hatte bis zum heutigen Tage niemanden zum Austritt aufgefordert. Und war vielleicht Bruno Lattes, der Sohn von Leone Lattes, aus dem Tennisklub Eleonora d'Este ausgeschlossen worden? Ich dagegen hatte, ohne die geringste Rücksicht auf meinen Bruder Ernesto zu nehmen, der – der arme Junge – mich immer mit offenem Munde anstarrte und mir alles nachmachte, als ob ich wer weiß was für ein großer Weiser wäre, ich also hatte mich dagegen nicht mehr im Tennisklub sehen lassen, und ich tat schlecht daran, wie ich mir gesagt sein lassen sollte – ich tat sehr schlecht daran, mich auszuschließen und abzusondern und mit keinem Menschen zusammenzukommen, um dann aber, mit der guten Ausrede meines Studiums und der Monatskarte, drei- bis viermal in der Woche nach Bologna zu verschwinden. (Nicht einmal mit Nino Bottecchiari, Sergio Pavani und Otello Forti, bis vor einem Jahr noch meine unzertrennlichen Freunde, wollte ich in Ferrara zusammenkommen, und dabei konnte man sagen, daß sie, mal der eine, mal der andere, keinen Monat vergehen ließen, ohne mich anzurufen, die braven Jungen!) Dagegen sollte ich mir einmal den jungen Lattes ansehen. Wie man der Sportchronik des *Padano* entnehmen konnte, hatte er nicht allein regelmäßig an den noch in Gang befindlichen Kämpfen um die Klubmeisterschaft teilnehmen dürfen, sondern er hatte sich auch im Gemischten Doppel, wo er zusammen mit diesem hübschen Mädchen Adriana Trentini, der Tochter des Chefingenieurs der Provinzialverwaltung, spielte, vorzüglich bewährt: sie hatten in drei Runden mit Leichtigkeit gewonnen und schickten sich jetzt an, ins Halbfinale zu gelangen. Ach nein, man konnte alles mögliche über den guten Barbicinti sagen – zum Beispiel daß er seinen (bescheidenen) Adel zu wichtig und die Grammatik in seinen Propagandaartikeln für den Tennissport nicht wichtig genug nahm, Artikel, die er ab und zu auf den Wunsch des Federale für den *Padano* schrieb. Aber daß er ein Ehrenmann war und keineswegs den Juden feindlich gesinnt, überdies nur ein lauer Faschist – bei dem Wort ›Faschist‹ war in der Stimme meines Vaters ein Zittern, ein kleines schüchternes Zittern –, darüber bestand nicht der mindeste Zweifel und darüber gab es nichts zu diskutieren.

Um aber auf die Einladung Albertos und das Verhalten der Finzi-Contini überhaupt zu kommen – was sollte diese plötzliche Betriebsamkeit, ihr fast krampfhaftes Suchen nach Kontakten?

Es war schon merkwürdig genug, was in der vergangenen Woche im Tempel an Rosch ha-Schana, am Neujahrsfest, geschehen war (ich hatte wie gewöhnlich nicht kommen wollen, und ich hatte wieder einmal – Verzeihung – schlecht daran getan, nicht zu kommen). Ja, es war schon recht merkwürdig gewesen, als plötzlich, gerade als die heilige Handlung ihren Höhepunkt erreicht hatte und die Bänke noch dichter besetzt schienen als sonst, Ermanno Finzi-Contini mit Frau und Schwiegermutter, gefolgt von den beiden Kindern und den unvermeidlichen Onkeln Herrera aus Venedig, erschien – die ganze Sippe, mit anderen Worten, ohne irgendeinen Unterschied zwischen Männern und Frauen, die nach *gut* fünf Jahren hochmütiger Isolierung in der Spanischen Synagoge ihren feierlichen Wiedereinzug in die Italienische Synagoge hielt, und alle mit einem Gesichtsausdruck von innerer Genugtuung und von Wohlwollen, als wäre es ihre Absicht gewesen, mit ihrer Anwesenheit nicht nur die Versammelten, sondern die ganze Gemeinde auszuzeichnen und ihr zu *ver-*

zeihen. Aber das war, wie man sah, nicht genug gewesen. Jetzt erst kam der Höhepunkt: sie luden Leute in ihr Haus ein, in den Barchetto del Duca, man stelle sich das vor, wohin seit den Zeiten Josette Artoms kein Mitbürger und kein Fremder mehr den Fuß gesetzt hatte außer in zwingenden Ausnahmefällen. Und wollte ich wissen, warum? Deshalb, weil sie ganz offensichtlich glücklich waren über den Gang der Ereignisse! Weil ihnen, bigott, wie sie immer gewesen waren (Gegner des Faschismus, schon gut, aber vor allem bigott), *die Rassengesetze im Grunde Freude machten!* Und wenn sie nun wenigstens gute Zionisten wären. Wenn sie wenigstens, da sie sich doch hier, in Italien und in Ferrara immer so fehl am Platz gefühlt hatten, nun die Gelegenheit wahrgenommen hätten, endlich nach Erez überzusiedeln, ins Land Israel. Aber nein. Mehr als hin und wieder ein bißchen Geld für Erez herauszurücken – nicht in außergewöhnlichem Maße jedenfalls –, mehr hatten sie nie tun wollen. Wirklich große Beträge hatten sie immer lieber für aristokratische Nichtigkeiten ausgegeben, so, als sie 1933, um einen Ehàl, einen Schrein für die Thorarollen, und einen Parochèt, einen gestickten Gobelin, aufzutreiben, würdig, in ihrer Privatsynagoge Verwendung zu finden (authentisch sephardische Kultgegenstände, um alles in der Welt?, keine portugiesischen, katalanischen oder provenzalischen, sondern spaniolische – und von den passenden Maßen!), im Auto, mit einem Lastwagen in ihrem Gefolge, bis sage und schreibe Cherasco in der Provinz Cuneo fuhren, einem Ort, bis ungefähr 1910 Sitz einer kleinen, heute ausgestorbenen jüdischen Gemeinde, in dem lediglich der Friedhof noch in Funktion war, dank einigen Turiner Familien, die ursprünglich aus Cherasco stammten und dort weiterhin ihre Toten begruben. Schon Josette Artom, die Großmutter Albertos und Micòls, pflegte zu ihrer Zeit laufend Palmen und Eukalyptusbäume aus dem Botanischen Garten in Rom (dem, der sich am Fuße des Monte Gianicolo befindet) einzuführen;

deswegen, das heißt damit die Wagen bequem durchs Tor kamen, aber ebenso aus Prestigegründen hatte sie ihren Mann, den armen Menotti, veranlaßt, die Maueröffnung für die Einfahrt zum Barchetto del Duca so weit zu verbreitern, daß das Tor mindestens doppelt so groß wurde wie irgendein anderes am Corso Ercole I d'Este. Nein, es war schon so: durch vieles Zusammentragen – von Gegenständen, von Pflanzen, von allem möglichen – kam man am Ende darauf, nun auch Menschen sammeln zu wollen. Aber, bitte, wenn sie, die Finzi-Contini, dem Ghetto nachtrauerten (denn im Ghetto sähen sie doch offenbar am liebsten alle wieder eingesperrt, vielleicht sogar bereit, für dieses schöne Ideal den Barchetto del Duca zu parzellieren, um daraus eine Art Kibbutz unter ihrem Patronat zu machen), dann stand es ihnen durchaus frei, das zu tun. Er hätte allerdings immer Palästina den Vorzug gegeben. Und, lieber noch als Palästina, Alaska, Feuerland oder Madagaskar ...

Das war an einem Dienstag. Ich könnte nicht erklären, warum ich mich wenige Tage darauf, am Samstag der gleichen Woche, dazu entschloß, gerade das Gegenteil von dem zu tun, was mein Vater wünschte. Ich möchte die Möglichkeit ausschließen, daß dabei der übliche Widerspruch eine Rolle spielte, der einen Sohn mechanisch zum Ungehorsam veranlaßt. Was plötzlich in mir die Lust erweckte, meinen Schläger und meine Tennissachen aus der Schublade hervorzuziehen, in der sie über ein Jahr gelegen hatten, war vielleicht nur der strahlend schöne Tag gewesen, diese leichte, zärtliche Luft eines ungewöhnlich sonnigen Nachmittags zu Beginn des Herbstes.

Doch in der Zwischenzeit war einiges geschehen.

Zunächst daß, ich glaube, zwei Tage nach dem Anruf Albertos, also am Donnerstag, tatsächlich der Brief vom Tennisklub Eleonora d'Este bei mir eintraf, in dem mein Austrittaus dem Klub ›angenommen‹ wurde. Mit der Maschine geschrieben, aber mit der schwungvollen Unterschrift des Marchese Barbicinti versehen, hielt sich das als eingeschriebener Eilbrief aufgegebene Schreiben nicht lange mit persönlichen oder den besonderen Fall betreffenden Betrachtungen auf. In wenigen, knochentrockenen Zeilen, die ungeschickt den Amtsstil zu kopieren suchten, ging der Schreiber des Briefes unverzüglich auf sein Ziel los. Er berief sich lediglich auf die ›präzisen Richtlinien, erteilt vom Segretario Federale‹ und erklärte einen weiteren Besuch des Klubs seitens meiner ›hochwohlgeborenen‹ Person schlichthin als ›unzuläsig‹ *(sic).* (Konnte Marchese Barbicinti niemals umhin, seine Prosa mit irgendeinem orthographischen Fehler zu würzen? Wie man sieht, nein. Aber es zur Kenntnis zu nehmen und einfach darüber zu lachen, war mir diesmal ein wenig schwerer gefallen als sonst.)

Zweitens hatte es, ich glaube, am folgenden Tage, also am Freitag, wieder einen Anruf für mich aus der *magna domus* gegeben; diesmal war es nicht Alberto, sondern Micòl, die mich anrief.

Es war ein langes, sogar ungewöhnlich langes Gespräch daraus geworden, dessen Ton, hauptsächlich dank Micòl, der einer ganz gewöhnlichen, von Scherz und Ironie getragenen Plauderei zwischen einem Studenten und einer Studentin blieb, beide schon ältere Semester, zwischen denen es, als sie noch halbe Kinder waren, vielleicht ein wenig Zärtlichkeit gegeben hatte, die aber jetzt, nach beinahe zehn Jahren, nichts anderes im Sinne haben, als sich, heimgekommen, herzlich wieder zu begrüßen.

»Wie lange haben wir uns wohl nicht mehr gesehen?«

»Fünf Jahre, mindestens.«

»Und wie siehst du jetzt aus?«

»Häßlich. Eine alte Jungfer mit roter Nase. Und du? Da fällt mir ein, ich habe doch gelesen ...«

»Was?«

»Aber ja, es stand in der Zeitung, daß du vor zwei Jahren an den Littoriali für Kunst und Kultur in Venedig teilgenommen hast. Du hast uns Ehre gemacht, nicht wahr? Mein Kompliment! Allerdings, du bist im Italienischen immer sehr gut gewesen, schon im Gymnasium. Meldolesi war ja geradezu *begeistert* von manchen deiner Aufsätze. Ich glaube, er hat uns sogar ein paar mitgebracht und vorgelesen.«

»Mach dich nur über mich lustig. Und was treibst du?«

»Nichts. Ich hätte im vergangenen Juni meinen Abschluß an der Ca' Foscari mit einer englischen Arbeit machen sollen. Aber ich hab mich gedrückt. Hoffen wir, daß ich mich in diesem Jahr dazu aufraffe und nicht zu faul bin. Glaubst du, daß die von den Vorlesungen Ausgeschlossenen *trotzdem* ihr Studium abschließen dürfen?«

»Ich bin mir bewußt, dir damit etwas Schmerzliches zu sagen, aber ich habe nicht den geringsten Zweifel daran. Hast du schon ein Thema für deine Abschlußarbeit?«

»Für alle Fälle habe ich eins gewählt: Emily Dickinson, weißt du, diese amerikanische Lyrikerin aus dem neunzehnten Jahrhundert, diese irgendwie *furchtbare Frau* ... Aber wie soll ich's schaffen? Ich müßte mich meinem Professor ständig an die Fersen heften und wochenlang in Venedig bleiben, während mir die Perle der Lagune nachgerade ... In all diesen Jahren bin ich nur so lange wie unbedingt nötig dort gewesen. Außerdem, ganz ehrlich, Studieren ist nie meine Stärke gewesen.«

»Schwindlerin! Schwindlerin und Snob!«

»Aber nein, ich *schwöre*. Und mich in diesem Herbst dort hinzusetzen wie ein artiges Mädchen, reizt mich weniger als wenig. Weißt du, mein Lieber, was ich viel lieber tun möchte, als mich in der Bibliothek zu vergraben?«

»Laß hören!«

»Tennis spielen, tanzen und flirten, was sagst du dazu?«

»Sehr ehrenwerte Vergnügungen, Tennis und Tanzen nicht

ausgenommen, denen du, wenn du willst, sehr gut in Venedig nachgehen kannst.«

»Gewiß ... mit Onkel Giulio und Onkel Federico als Gouvernanten!«

»Also, was das Tennisspielen betrifft, so wirst du mir nicht sagen wollen, daß du das nicht schaffst. Ich zum Beispiel steige, sowie ich es möglich machen kann, in den Zug und brause ab nach Bologna ...«

»Zum Feinsliebchen, gib es nur zu!«

»Nein, nein. Auch ich muß mein Examen im nächsten Jahr machen, noch weiß ich nicht, ob in Kunstgeschichte oder in Italienisch, aber ich glaube, wohl doch in Italienisch. Und wenn ich gerade Lust habe, leiste ich mir eine Stunde Tennis. Ich miete einen erstklassigen Platz in der Via del Cestello oder auf dem Littoriale; und niemand kann mir etwas sagen. Warum machst du es nicht ebenso in Venedig?«

»Das Problem ist, daß man zum Tennisspielen und Tanzen einen *Partner* braucht, ich aber in Venedig niemanden kenne, der dafür *geeignet* wäre. Außerdem sage ich dir ja: Venedig mag sehr schön sein, ich will es nicht bestreiten, aber ich bin nicht gern da. Ich komme mir wie zu Besuch vor, ich werde nicht heimisch – es ist ein bißchen wie im Ausland.«

»Schläfst du nicht bei deinen Verwandten?«

»Doch, schlafen und essen.«

»Ich verstehe. Also jedenfalls bin ich dir dankbar, daß du damals vor zwei Jahren, als in Ca' Foscari die Littoriali stattfanden, nicht gekommen bist. Ich betrachte es als das traurigste Kapitel in meinem Leben.«

»Warum? Schließlich ... Ich kann dir sogar sagen, daß ich einen Augenblick lang, als ich erfuhr, daß du dabei warst, mit dem freundlichen Gedanken gespielt habe, zu kommen und ein bißchen Claqueur zu spielen – um die Fahne hochzuhalten. Aber sag mir lieber etwas anderes: Erinnerst du dich noch an damals, an der Mura degli Angeli, hier draußen? Es war in dem Jahr, wo du im Oktober die Mathematikprüfung wiederholen mußtest. Du mußt damals Bäche an Tränen vergossen haben, *armer Kerl!* Man sah es an deinen Augen. Ich wollte dich trösten. Mir kam sogar der Gedanke, dich aufzufordern, über die Mauer zu klettern und in den Garten zu kommen. Und warum bist du dann nicht gekommen? Ich weiß, daß du *nicht* herübergekommen bist, aber ich erinnere mich nicht mehr an den Grund.«

»Weil uns im schönsten Augenblick jemand gestört hat.«

»Ach ja, Perotti, dieser *Hund* Perotti, der Gärtner.«

»Gärtner? Kutscher, dachte ich.«

»Gärtner, Kutscher, Chauffeur, Pförtner, alles.«

»Lebt er noch?«

»Und ob!«

»Und der Hund, der richtige Hund, der damals gebellt hat?«

»Wer? Jor?«

»Ja, die dänische Dogge.«

»Auch er lebt und ist rüstig.«

Sie wiederholte die Einladung ihres Bruders (»Ich weiß nicht, ob Alberto dich schon angerufen hat, aber warum kommst du nicht heraus und schlägst ein paar Bälle mit uns?«), aber ohne darauf zu bestehen und, im Gegensatz zu ihrem Bruder, ohne von dem Brief des Marchese Barbicinti zu reden. Sie erwähnte nichts anderes als das reine Vergnügen an unserem Wiedersehen nach so langer Zeit und die Freude darüber, allen Verboten zum Trotz gemeinsam zu genießen, was die Jahreszeit an Schönem bot.

2

Ich war nicht allein eingeladen worden.

Als ich an jenem Sonnabendnachmittag, unter Umgehung des Corso Giovecca und des Zentrums, vom Platz der Certosa her auf den Corso Ercole I gelangte, bemerkte ich sofort, daß im Schatten vor dem Tor des Hauses Finzi-Contini eine kleine Gruppe von Tennisspielern wartete. Es waren vier junge Männer und ein junges Mädchen, auch sie alle mit dem Fahrrad gekommen. Mein Mund verzog sich zu einem verstimmten Lächeln. Was waren das für Leute? Außer einem, den ich nicht einmal vom Sehen her kannte, ein etwas älterer Bursche, um die fünfundzwanzig, in langer weißer Leinenhose und einer Jacke aus braunem Flanell, trugen sie alle bunte Pullover und kurze Hosen und sahen aus, als seien sie regelmäßige Besucher des Klubs Eleonora d'Este. Eben angekommen, warteten sie auf Einlaß. Doch das Tor öffnete sich nicht. Zum Zeichen ihres gutgelaunten Protests unterbrachen sie daher von Zeit zu Zeit ihr lautes Gespräch und Gelächter, um gemeinsam in einem bestimmten Rhythmus ihre Fahrradglocken läuten zu lassen.

Ich war versucht, wieder umzukehren. Aber es war schon zu spät. Sie hatten bereits aufgehört zu läuten und musterten mich neugierig. Einer, in dem ich, als ich näher kam, plötzlich Bruno Lattes erkannte, machte mir sogar Zeichen, indem er einen langen, mageren Arm mit dem Schläger in der Hand schwenkte. Er wollte sich mir damit zu erkennen geben (wir waren nie befreundet gewesen; er war zwei Jahre jünger als ich, und selbst bei den Vorlesungen in Bologna waren wir uns nur selten begegnet) und mich gleichzeitig ermuntern, näher zu kommen.

Genau vor ihm machte ich halt, die linke Hand auf das glatte Eichentor gestützt.

»Guten Tag«, sagte ich und grinste. »Wie erklärt sich dieser Andrang heute an dieser Stelle? Ist das Klubturnier zu Ende? Oder stehe ich vor einer Schar von bereits Ausgeschiedenen?«

Ich hatte beim Sprechen genau auf meine Stimme und Wortwahl geachtet. Währenddessen betrachtete ich sie nacheinander: Adriana Trentini, ihr schönes hellblondes Haar und die, gewiß, prachtvollen langen Beine, die aber eine zu weiße Haut hatten, auf der sich seltsame rote Flecken bildeten, sobald sie erhitzt war; den schweigsamen jungen Mann mit der Pfeife, in Leinenhose und brauner Jacke (Wer war es? Bestimmt war er nicht aus Ferrara, dachte ich sofort); die beiden anderen jungen Leute, sehr viel jünger als er, sogar als Adriana, vielleicht noch auf dem Gymnasium oder der Oberrealschule und mir, weil sie erst im Laufe dieses letzten Jahres ›groß geworden‹ waren, in dem mir die Stadt allmählich in allen Winkeln fremd geworden war, so gut wie unbekannt; schließlich dort vor mir Bruno, immer größer und dürrer und, mit seinem dunklen Teint, immer mehr wie ein junger Neger aussehend, bebend vor ängstlicher Erregung – ja, seine nervöse Erregung war auch an diesem Tage so groß, daß sie sich mir selbst durch den leisen Kontakt der Vorderreifen unserer beiden Fahrräder mitteilte.

Rasch ging der unvermeidliche Blick einer jüdischen Konnivenz zwischen uns hin und her, den ich ebenso begierig wie widerwillig vorausgesehen hatte. Dann fügte ich, ihn vielsagend anblickend, hinzu:

»Ich will nur hoffen, daß ihr, bevor ihr so kühn wart, auf einem anderen Platz spielen zu wollen, *Herrn* Barbicinti um Erlaubnis gebeten habt.«

Der Unbekannte neben mir, der nicht aus Ferrara stammen konnte und den mein sarkastischer Ton offenbar verwunderte, vielleicht auch peinlich berührte, zeigte eine kleine ungeduldige Bewegung. Aber statt mich daraufhin zu mäßigen, erregte ich mich nur noch mehr.

»Seid so gut und klärt mich zu meiner Beruhigung auf«, wiederholte ich meine Frage. »Handelt es sich bei dem, was ihr da tut, um einen Abstecher mit höherer Genehmigung oder um einen Ausbruch?«

»Aber was denn!« stieß Adriana mit ihrer gewohnten Impulsivität hervor, mit der sie gewiß nichts Böses meinte, die aber dennoch verletzte. »Weißt du denn nicht, was am vergangenen Mittwoch beim Finale im Gemischten Doppel geschehen ist? Erzähl uns nicht, daß du nicht dabei warst, und hör endlich auf mit deinem erhabenen Getue. Während wir spielten, habe ich dich unter den Zuschauern gesehen. Ich habe dich genau erkannt.«

»Ich war überhaupt nicht da«, gab ich trocken zurück. »Seit mindestens einem Jahr nicht mehr.«

»Und warum?«

»Weil ich überzeugt war, daß ich eines Tages ebenso vor die Tür gesetzt werden würde wie andere. Ich habe mich tatsächlich nicht geirrt; hier ist die Mitteilung über meinen Ausschluß.«

Ich zog aus der Tasche meines Jacketts den Briefumschlag.

»Ich nehme an, daß du die gleiche Mitteilung bekommen hast«, fuhr ich, zu Bruno gewandt, fort.

Erst jetzt schien sich Adriana zu erinnern. Sie verzog den Mund, aber die Aussicht, mir etwas Wichtiges mitteilen zu können, etwas, wovon ich offenbar noch nichts wußte, verdrängte sofort jeden anderen Gedanken in ihr.

Sie hob eine Hand.

»Wir sollten es ihm erklären«, sagte sie.

Sie seufzte und drehte die Augen zum Himmel.

Es war etwas sehr Unsympathisches geschehen, begann sie in belehrendem Ton zu berichten, während einer der beiden jüngsten neuerlich auf den kleinen schwarzen Klingelknopf neben der Tür drückte. – Vielleicht wußte ich es nicht, aber sie und Bruno hatten in dem soeben im Tennisklub zu Ende gegangenen Turnier das Finale erreicht, ein Erfolg, mit dem sie nie und nimmer, und zwar weder sie noch Bruno, zu rechnen gewagt hatten. Genug, das entscheidende Spiel war in vollem Gange, und noch einmal bahnte sich eine ganz unwahrscheinliche Wendung an (Ehrenwort, die Leute kamen aus dem Staunen nicht heraus: Désirée Baggioli und Claudio Montemezzo, zwei ›Fünfzehner‹, werden von einem Paar von Nichtklassifizierten in die Enge getrieben. Den ersten Satz hatten sie acht zu zehn verloren und auch im zweiten lagen sie schon zurück), als der Schiedsrichter, Marchese Barbicinti, das Spiel unversehens abbrechen ließ. Es war sechs Uhr geworden, und man konnte, zugegeben, nicht mehr gut sehen. Aber doch noch nicht so schlecht, als daß man nicht wenigstens noch zwei weitere *games* hätte machen können! Hat man denn, du lieber Himmel, bei vier zu zwei Spielen im zweiten *set* eines wichtigen Entscheidungsspiels, hat man denn da – bis zum Beweis des Gegenteils – das Recht, plötzlich ›Halt!‹ zu schreien und mit erhobenen Armen auf den Platz zu stürzen und die Partie ›wegen Eintritts der Dunkelheit‹ für unterbrochen zu erklären, ihre Fortführung und ihren Abschluß aber auf den Nachmittag des folgenden Tages zu verschieben? Barbicinti hatte es keineswegs ehrlich gemeint, das hatte man wohl verstanden. Wenn sie, Adriana, nicht bereits nach dem Ende des ersten Satzes bemerkt hätte, wie der Marchese angeregt mit diesem Bösewicht Gino Cariani, dem Sekretär des GUF, plauderte (sie hatten sich etwas abseits gestellt, nahe den Umkleideräumen. Cariani, vielleicht um nicht so sehr aufzufallen, mit dem Rücken zum Tennisplatz, wie um sagen zu wollen: ›Spielt nur ruhig weiter, von euch ist hier nicht die Rede!‹), nun, ihr hätte das Gesicht des Marchese genügt, so bleich und verzerrt, wie man es noch nie bei ihm gesehen hatte – als ob ihm plötzlich himmelangst geworden wäre! –, um zu erraten, daß der ›Eintritt der Dunkelheit‹ nur ein Vorwand, nur eine armselige Ausrede war. Gab es noch irgendeinen Zweifel? Von dem unterbrochenen Match wurde nicht einmal mehr gesprochen, da Bruno schon am nächsten Morgen den gleichen Eilbrief erhalten habe wie ich – wie um den Beweis zu liefern. Und sie, Adriana, hatte diese ganze Geschichte dermaßen angewidert, daß sie geschworen hatte, nie wieder den Klub Eleonora d'Este zu betreten, jedenfalls für eine Weile. Hatten sie etwas gegen Bruno? Wenn ja, so konnten sie ihm doch verbieten, sich für das Turnier zu melden, ihm ehrlich sagen: ›Da die Dinge nun einmal so und so liegen, tut es uns furchtbar leid, deine Anmeldung nicht annehmen zu können.‹ Nachdem das Turnier aber einmal angefangen hatte, vielmehr so gut wie beendet war und er obendrein um ein Haar schon der Sieger in einem der Ausscheidungskämpfe geworden war, durften sie sich unter keinen Umständen in dieser Weise benehmen. Vier zu zwei! Was für eine Schweinerei! Derlei mochten sich die Zulukaffer leisten, nicht aber Menschen von Erziehung und Zivilisation!

Adriana ereiferte sich beim Reden mehr und mehr; auch Bruno nahm hin und wieder das Wort, um eine Einzelheit hinzuzufügen.

Nach seiner Meinung war vor allem Cariani an der Unterbrechung des Spiels schuld gewesen, von dem man, wenn man ihn kannte, nichts Besseres hätte erwarten können. Es lag ja nur allzu offen zutage: eine ›halbe Portion‹ seines Schlags, mit dem Brustkasten eines Schwindsüchtigen und den Knochen eines Distelfinks, war sein einziger Gedanke vom Augenblick seines Eintritts in den GUF an der gewesen, sich eine Karriere zu sichern, weshalb er keine öffentliche oder private Gelegenheit vorübergehen ließ, dem Federale die Stiefel zu lecken (hatte ich ihn nie im Caffè della Borsa beobachtet, die seltenen Male, wenn es ihm gelungen war, am Tisch der ›alten Füchse der Bombamano-Gruppe‹ Platz zu nehmen? Er plusterte sich auf, fluchte und prunkte mit zotigen Ausdrücken, für die er viel zu klein war, aber sobald ihm der Konsul Bolognesi oder Sciagura oder sonst ein Kopf der Gruppe widersprach, zog er rasch den Schwanz ein und war, um nur wieder in Gnaden aufgenommen zu werden, zu den niedersten Diensten bereit, etwa in den Zigarrenladen unter den Arkaden des Städtischen Theaters zu laufen und für den Federale ein Päckchen Giubek-Zigaretten zu kaufen, oder im ›Hause Sciagura‹ anzurufen und seiner Gattin, einer ›einstigen Waschfrau‹, die baldige Heimkehr des großen Mannes anzukündigen, und ähnliches mehr) –, nun, ein ›solcher Wurm‹ hatte sich, darauf wollte er seinen Kopf wetten, bestimmt nicht die Gelegenheit entgehen lassen, sich wieder einmal eine gute Nummer bei der Federazione, der Gauleitung, zu sichern! Den Marchese Barbicinti mußte man nehmen, wie er war: ein distinguierter Herr, selbstverständlich, aber, was geistige Selbständigkeit anbetraf, von der Natur nicht sehr bedacht, und alles eher denn ein Held. Wenn sie ihn behalten hatten, um den Tennisklub weiterzuführen, dann weil er eine gute Figur machte und, vor allem, seines Namens wegen, von dessen Anziehungskraft sie sich weiß Gott was für phantastische Vorstellungen machen mochten. Für Cariani dürfte es ein Kinderspiel gewesen sein, dem armen Marchese angst zu machen. »Und morgen?« hatte er vielleicht gefragt, »haben Sie schon an morgen abend gedacht, Marchese, wenn der Federale zum Ball hierherkommt und sich gezwungen sieht, einem … Lattes den silbernen Pokal zu überreichen, mit dazugehörigem Römischen Gruß? Ich für meinen Teil sehe einen großen Skandal voraus. Und Unannehmlichkeiten ohne Ende. Ich an Ihrer Stelle würde es mir nicht zweimal überlegen, das Spiel zu unterbrechen, zumal es bereits dunkel wird.« Eines weiteren hatte es nicht bedurft, seien Sie versichert, um den Marchese zu seinem grotesken und peinlichen Auftritt zu veranlassen.

Noch bevor Adriana und Bruno mit ihrem Bericht ganz fertig waren (Adriana hatte dabei auch Gelegenheit gefunden, mich mit dem fremden jungen Mann bekannt zu machen, einem gewissen Malnate, Giampiero Malnate aus Mailand, der erst seit kurzem als Chemiker bei einer dieser neuen Fabriken im Industrieviertel angestellt war, die synthetischen Gummi herstellen), war endlich die Tür aufgegangen. Auf der Schwelle erschien ein Mann von etwa sechzig Jahren, stark und vierschrötig, mit kurzgeschnittenem grauem Haar, das in der in fast senkrechtem Strahl durch die Tür flutenden Sonne – der Sonne von halb drei Uhr – metallisch blinkte, und mit einem gleichermaßen kurz gestutzten grauen Schnurrbart unter der fleischigen violetten Nase – ein bißchen nach Art von Hitler, kam mir in den Sinn, und zwar Nase wie Schnurrbart. Es war der alte Perotti, kein anderer, der Gärtner, Kutscher, Chauffeur, Pförtner und was sonst noch alles, wie Micòl mir erklärt hatte. Im großen ganzen unverändert seit den Zeiten des Guarini-Gymnasiums, als er, auf dem Kutschbock sitzend, gleichmütig darauf wartete, daß die düstere, drohende Höhle, die seine ›jungen Herrschaften‹ verschluckt hatte – unerschrocken, ein Lächeln auf den Lippen, waren sie verschwunden –, sie endlich wieder freigab, unvermindert in ihrer heiteren Gelassenheit und ihrem Selbstvertrauen, und sie wieder Platz nehmen konnten in der Kutsche aus Glas, Lack, Nickel, Plüsch und edlem Holz – einem kostbaren Schrein gleich –, deren Wartung und Lenkung ihm allein anvertraut war. Seine kleinen Augen, grau und stechend, funkelnd von der Schläue eines venetischen Bauern, lachten gutmütig unter den dichten, fast schwarzen Brauen: genau wie damals. Aber worüber heute? Darüber, daß wir mindestens zehn Minuten hier hatten warten müssen? Oder über sich selbst, der sich uns in gestreiftem Jackett und weißen Zwirnhandschuhen präsentierte, die Handschuhe funkelnagelneu und vielleicht bei dieser Gelegenheit zum erstenmal getragen?

Wir waren also eingetreten, hinter der Tür, die sofort vom fleißigen Perotti mit kräftigem Stoß zugeschlagen worden war, von dem lauten Gebell Jors, der schwarz-weißen dänischen Dogge, empfangen. Er kam die Allee heruntergelaufen, auf uns zu, aber in müdem Trab und alles andere als bedrohlich aussehend. Dennoch verstummten Bruno und Adriana sofort.

»Er wird doch nicht beißen?« fragte Adriana ängstlich.

»Seien Sie unbesorgt, Signorina«, antwortete Perotti. »Was soll er wohl mit seinen drei, vier Zähnen, die ihm noch geblieben sind, beißen können? Gerade noch seine Polenta ...«

Und während uns der altersschwache Jor, der mitten auf der Allee, in einer Pose, wie aus Stein gehauen, stehenblieb, mit seinen kalten ausdruckslosen Augen, von denen das eine dunkel, das andere hell und blau war, starr fixierte, begann sich Perotti zu entschuldigen. Es tue ihm leid, erklärte er, daß er uns habe warten lassen. Aber die Schuld liege nicht bei ihm, sondern daran, daß von Zeit zu Zeit der elektrische Strom aussetzte (ein Glück, daß Signorina Micòl es bemerkt und ihn sogleich zur Tür geschickt hatte, um nachzusehen, ob wir vielleicht schon dort wären), sowie an der Entfernung, die leider über einen halben Kilometer betrug. Radfahren konnte er nicht, aber wenn sich Signorina Micòl etwas in den Kopf gesetzt hatte ...

Er seufzte, hob die Augen zum Himmel und lächelte wieder, wer weiß warum, wobei seine schmalen Lippen ein Gebiß entblößten, das, recht verschieden von dem der dänischen Dogge, vollständig und kräftig war; mit dem ausgestreckten Arm aber wies er währenddessen auf die Allee, die nach etwa hundert Metern durch ein Bambusdickicht führte. Selbst wenn man radfahren könnte, fügte er hinzu, brauchte man immer noch drei bis vier Minuten, um nur bis zum Palazzo zu gelangen.

3

Wir hatten wirklich großes Glück mit dem Wetter. Zehn oder zwölf Tage lang blieb es heiter, in jenem Zustand eines magischen Schwebens, einer – ohne alle Härte – gläsernen, leuchtenden Unbewegtheit, so charakteristisch für manche Herbsttage in unserer Gegend. Im Garten war es heiß, beinahe als ob es noch Sommer wäre. Wer dazu Lust hatte, konnte bis halb sechs und länger Tennis spielen, ohne fürchten zu müssen, daß die Feuchtigkeit des Abends, sonst im November bereits sehr fühlbar, der Bespannung der Tennisschläger schadete. Natürlich konnte man um diese Stunde auf dem Platz kaum mehr etwas erkennen. Aber das Licht, das die grasbewachsenen Abhänge der Mura degli Angeli dort unten, am Ende des Gartens, noch vergoldete – zumal an Sonntagen voller Besucher: Jungen, die hinter ihrem Ball herliefen; Kindermädchen, die strickend neben den Kinderwagen saßen; Soldaten, die dienstfrei hatten; Pärchen auf Suche nach einem ungestörten Platz, wo sie sich umarmen konnten –, dieses letzte Licht des Tages verführte dazu, weiterzuspielen und, wenngleich nun so gut wie blindlings, seine Bälle zu schlagen. Noch war der Tag nicht zu Ende, noch war es jedenfalls der Mühe wert, ein wenig auf dem Platz zu bleiben.

Wir kamen jeden Nachmittag wieder, erst nach einer kurzen telefonischen Anmeldung, dann sogar ohne diese, und immer war es die gleiche Gesellschaft, mit der gelegentlichen Ausnahme von Giampiero Malnate, den Alberto seit 1933 aus Mailand kannte und der, entgegen meiner Vermutung vom ersten Tag, als ich ihn vor dem Gartentor des Hauses Finzi-Contini getroffen hatte, nicht nur nie zuvor die vier jungen

Leute gesehen hatte, in deren Begleitung er war, sondern auch weder mit dem Tennisklub Eleonora d'Este noch mit dessen Vizepräsidenten und Sekretär, dem Marchese Ippolito Barbicinti, je etwas zu tun gehabt hatte. Diese Tage schienen gar zu schön und zugleich von dem nun nicht lange mehr aufzuhaltenden Winter bedroht, als daß es nicht geradezu ein Verbrechen gewesen wäre, auch nur einen einzigen zu verlieren. Ohne daß wir es verabredet hätten, erschienen wir immer ungefähr um zwei Uhr, gleich nach dem Essen. Anfangs kam es noch oft vor, daß wir wie am ersten Tage alle vor der Tür standen und darauf warteten, daß Perotti öffnete. Aber später, wohl nach einer Woche, machte es nach der Einrichtung einer Sprechanlage mit automatischer Bedienung der Tür vom Haus aus keine Schwierigkeit mehr, in den Garten zu gelangen, so daß wir nun meistens einzeln, wie es sich gerade traf, ankamen. Was mich anging, so fehlte ich an keinem Nachmittag und verzichtete sogar auf meine gewohnten Ausflüge nach Bologna. Aber auch die anderen, wenn ich mich recht erinnere, waren immer da: Bruno Lattes wie Adriana Trentini, Carletto Sani und Tonio Collevatti, zu denen sich in den letzten Tagen neben meinem Bruder Ernesto noch drei oder vier junge Menschen gesellt hatten. Der einzige, wie bereits erwähnt, der nicht ganz so regelmäßig erschien, war *der* Giampiero Malnate (wie ihn Micòl neuerdings nannte, und bald nannte ihn jeder so). Er mußte auf die Arbeit in der Fabrik Rücksicht nehmen, die zwar, wie er einmal gestand, nicht allzu anstrengend war, da das Werk, dessen Etablierung zur Zeit der ›schändlichen Sanktionen‹ vom Regime der Montecatini aufgezwungen und das dann ausschließlich aus Propagandagründen weitergeführt worden war, noch nicht ein einziges Kilo synthetischen Gummi hergestellt hatte, aber man hatte schließlich doch Dienststunden. Jedoch fehlte er auf dem Tennisplatz nie länger als zwei Tage hintereinander. Andrerseits war er außer mir der einzige, der auf das Spiel selbst keinen übertrieben großen Wert zu legen schien (um die Wahrheit zu sagen, spielte er ziemlich schlecht), und oft, wenn er nach der Arbeit im Laboratorium gegen fünf Uhr mit dem Fahrrad bei uns eintraf, begnügte er sich damit, während einer Partie als Schiedsrichter zu fungieren, oder er setzte sich ein wenig abseits, um eine Pfeife zu rauchen und sich dabei mit seinem Freund Alberto zu unterhalten.

Unsere Gastgeber waren noch eifriger als wir. Man konnte sehr früh zu ihnen kommen, noch bevor es von der fernen Piazza zwei Uhr geschlagen hatte – aber wie zeitig man auch kam, man durfte sicher sein, sie bereits auf dem Platz zu finden, doch ohne daß sie miteinander spielten wie an jenem Samstag, an dem wir das erste Mal auf die Lichtung hinter dem Haus getreten waren, wo sich der Tennisplatz befand, sondern nur um nachzusehen, ob alles in Ordnung sei, das Netz gut gespannt, der Boden glatt gewalzt und gehörig gesprengt, die Bälle in gutem Zustand; oder aber sie lagen unbewegt, große Strohhüte auf dem Kopf, im Liegestuhl und sonnten sich. Sie hätten jedenfalls keine besseren Gastgeber sein können. Obwohl es deutlich war, daß Tennis, als bloße körperliche Übung und Sport verstanden, sie nur bis zu einem gewissen Grade interessierte, blieben sie bis zur letzten Partie auf dem Platz – fast stets alle beide, mindestens aber einer von ihnen –, ohne sich je unter dem Vorwand einer anderweitigen Verpflichtung, dringender Erledigungen oder eines Unwohlseins vorher von uns zu verabschieden. Im Gegenteil, zuweilen bestanden gerade sie darauf, trotz nahezu völliger Dunkelheit noch ›ein paar Bälle, die allerletzten‹ zu schlagen und die Spieler, die schon vom Platz gingen, noch einmal zurückzuhalten.

Daß der Platz viel taugte, konnte man, wie Carletto Sani und Tonino Collevatti gleich am ersten Tage festgestellt hatten, gewiß nicht behaupten.

Als fünfzehnjährige Jungen von praktischem Sinn, zu jung, um je einen Platz betreten zu haben, der anders beschaffen war als die Plätze, die zu Recht den Stolz des Marchese Barbicinti ausmachten, hatten sie sogleich und ohne die Stimme so weit zu senken, daß die Hausherren sie nicht hören konnten, mit dem Katalog der Mängel begonnen, die ›dieses Kartoffelfeld‹, oder was es sonst war, aufwies (so hatte sich einer der beiden, den Mund zu einer Grimasse der Verachtung verzogen, ausgedrückt). Nämlich: so gut wie gar kein *out,* zumal hinter den rückwärtigen Outlinien; weißer Boden, überdies schlecht dräniert, so daß er sich beim ersten Regenfall in einen Sumpf verwandeln würde, und keine immergrüne Hecke vor dem den Platz umgebenden Zaun.

Nur daß die Geschwister, sobald sie ihre Teufelspartie aufgegeben hatten (Micòl war es nicht gelungen, zu verhindern, daß ihr Bruder sie beim fünften Spiel mit einem Unentschieden eingeholt hatte, und dabei hatten sie es dann gelassen), nur daß also Alberto und Micòl sich beeilt hatten, eben diese Mängel ohne das geringste schamhafte Verschweigen, ja, im Gegenteil mit einer begeistert sarkastischen Selbstkritik um die Wette anzuprangern.

Ach ja, hatte Micòl heiter bemerkt, während sie sich noch mit einem Frottiertuch das erhitzte Gesicht abwischte – für Leute wie uns, die wir von den roten Hartplätzen des Tennisklubs Eleonora d'Este ›verwöhnt‹ waren, würde es recht schwierig werden, sich mit ihrem staubigen ›Kartoffelfeld‹ abzufinden! Und das *out?* Wie würden wir es wohl anstellen, mit so wenig Platz in unserem Rücken zu spielen? Ach, in welchen Abgrund waren wir Ärmsten gestürzt! Sie selbst allerdings habe ein gutes Gewissen. Unzählige Male hatte sie ihrem Vater gesagt, daß er sich dazu entschließen müsse, die Vorder- und Hinterzäune um mindestens drei Meter, die seitlichen um zwei Meter zu verlegen. Aber ach! Er, mit seiner typischen Mentalität des Landwirts, dem jedes Stück Boden, auf dem nichts angebaut wurde, vergeudet schien, hatte sich bisher taub gestellt, zumal er sich sagte, daß sie und Alberto ja von jeher, schon als Kinder, auf diesem scheußlichen Platz gespielt hatten und deshalb auch als Erwachsene sehr gut dort weiter Tennis spielen konnten. Jetzt allerdings war alles anders; jetzt hatten sie Gäste, ›illustre Gäste‹, weswegen sie auch mit frischen Kräften den Angriff wiederaufnehmen und ihrem ›weißhaarigen Erzeuger‹ dermaßen zusetzen und auf die Nerven gehen wollte, daß sie und Alberto mit neunundneunzigprozentiger Wahrscheinlichkeit imstande sein würden, ihnen zum nächsten Frühjahr endlich ›etwas Würdiges‹ zu bieten.

Sie sprach mehr als sonst in ihrer typischen Art und zeigte dabei ein unverhohlenes Grinsen. Also war uns nichts weiter übriggeblieben, als ihr zu widersprechen und zu beteuern, daß auch so alles in bester Ordnung sei, daß es auf den Platz nicht ankomme und er außerdem gar nicht so schlecht sei, und zum Ausgleich rühmten wir den Rahmen, das heißt den Park, neben dem – Bruno Lattes hatte es gesagt, gerade in dem Augenblick, als Micòl und Alberto Hand in Hand vom Tennisplatz auf uns zukamen – alle anderen privaten Parks in der Stadt, nicht ausgenommen der des Herzogs von Massari, auf den Rang von gepflegten kleinen bürgerlichen Gärtchen herabsanken.

Aber der Tennisplatz war wirklich nicht ›würdig‹, und außerdem zwang er, da es nur ein einziger war, zu gar zu langen Pausen, bis man wieder an die Reihe kam. Unweigerlich, pünktlich um vier Uhr jeden Nachmittag – vielleicht vor allem, damit die beiden Fünfzehnjährigen in unserer heterogenen Gesellschaft nicht allzusehr den sportlich sehr viel ergiebigeren Stunden nachtrauerten, die sie sonst unter den Fittichen des Marchese Barbicinti hätten verbringen können –, erschien denn auch Perotti, mit rotem Stiernacken, angespannt infolge der Anstrengung, die es ihm bereitete, ein großes silbernes Tablett in seinen behandschuhten Händen zu tragen.

Es war ein übervolles Tablett, beladen mit Butterbrötchen, die belegt waren mit Sardinen, geräuchertem Lachs, Kaviar,

Gänseleber und Schinken; mit kleinen *vol-au-vents*, gefüllt mit Hühnerragout in Béchamelsoße, und mit den winzigen *buricchi*, die gewiß aus dem wunderbaren koscheren Lädchen kamen, das die berühmte Signora Betsabea (Da Fano) seit Jahrzehnten in der Via Mazzini führte – zur Wonne und Ehre der gesamten Bürgerschaft. Damit nicht genug, mußte der gute Perotti noch alles, was auf seinem Tablett stand, auf dem eigens vor dem Seiteneingang, unter dem großen rot und blau gemusterten Sonnenschirm, bereitgestellten Korbtisch aufbauen, während sich nun eins der beiden Mädchen, Dirce oder Gina, dazugesellte – beide etwa im Alter von Micòl, beide ›Hausangestellte‹, Dirce als Zimmermädchen und Gina als Köchin (die beiden männlichen Angestellten dagegen, Titta und Bepi, der erste etwa dreißig-, der zweite achtzehnjährig, waren für den Park da, mit den doppelten Obliegenheiten eines Gärtners und Gemüsegärtners; aber mehr als sie nur gelegentlich und von weitem zu sehen, wenn sie, gebückt bei ihrer Arbeit, uns auf unseren Rädern einen raschen Blick aus ironischen blauen Augen nachsandten, war uns nie gelungen). Das Mädchen nun hatte eine Art Teewagen auf Gummirädern den Weg von der *magna domus* bis zum Tennisplatz hinter sich hergezogen, beladen mit Karaffen und Kannen, mit Gläsern und Tassen. Und die Porzellan- und Zinnkannen waren gefüllt mit Tee, mit Milch und mit Kaffee; und die betauten Karaffen aus böhmischem Kristall enthielten Limonade, Fruchtsäfte oder *Skiwasser,* ein durstlöschendes Getränk, das zu gleichen Teilen aus Wasser und Himbeersirup bestand und einer Zitronenscheibe und einigen Weinbeeren sein besonderes Aroma verdankte – ein Getränk, das Micòl allen anderen vorzog und auf das sie besonders stolz war.

Ach, ja, das *Skiwasser*! Nicht nur, daß sie in den Spielpausen heißhungrig in ein Brötchen biß, das sie – nicht ohne damit ostentativ religiösen Nonkonformismus zu bekunden – stets unter den mit Schinken belegten wählte – sie trank auch oft genug mit gierigen Zügen ein ganzes Glas ihres geliebten ›Gesöffs‹, wobei sie uns fortwährend aufforderte, es ihr gleichzutun, ›zu Ehren‹, wie sie lachend erklärte, ›der dahingegangenen Österreichisch-Ungarischen Monarchie‹. Das Rezept, so berichtete sie, hatte man ihr in Österreich gegeben, in Hofgastein, im Winter 1934, dem einzigen Winter, in dem sie und Alberto es als ›Verbündete‹ geschafft hatten, für vierzehn Tage allein dorthin zu reisen, um Ski zu laufen. Und obwohl das *Skiwasser* – der Name sagte es – ein Wintergetränk war, weshalb es kochend heiß serviert werden müßte, gab es auch in Österreich Leute, die es ebenfalls im Sommer tranken, dann allerdings in dieser eiskalten ›Version‹ und ohne Zitronenscheibe; in diesem Fall sprach man von *Himbeerwasser*.

Wohlgemerkt aber, fügte sie mit komischer Emphase hinzu und hob einen Finger, die Weinbeeren, ›von größter Wichtigkeit dabei‹, hatte sie aus eigener Initiative dem klassischen Tiroler Rezept hinzugefügt. Das war ihre eigene Idee gewesen, und sie legte Wert darauf, da gab es nichts zu lachen. Die Weintraube bedeutete den besonderen Beitrag Italiens zur heiligen und edlen Sache des *Skiwassers*, oder, genauer gesagt, die besondere ›italienische Variante des *Skiwassers*, um nicht zu sagen, die ferraresische Variante, um nicht zu sagen – und so weiter und so fort‹.

4

Es sollte noch eine gewisse Zeit vergehen, ehe sich auch die übrigen Mitglieder der Familie zu zeigen begannen.

In dieser Hinsicht war es sogar am ersten Tage zu einem merkwürdigen Vorfall gekommen, der mir, als ich mich gegen Mitte der folgenden Woche seiner erinnerte, nachdem bis zu diesem Zeitpunkt weder der Professor noch Signora Olga erschienen waren, den Verdacht eingab, daß all jene im Hause, die Adriana Trentini in Bausch und Bogen ›den Hof der Alten‹ nannte, einmütig beschlossen hatten, sich dem Tennisplatz fernzuhalten – vielleicht, um niemanden zu genieren und mit ihrer Anwesenheit den Charakter eines Besuchs zu verfälschen, der eben kein gesellschaftlicher Empfang war, sondern ein schlichtes Zusammensein von jungen Leuten im Garten.

Der merkwürdige Vorfall hatte sich gleich zu Beginn ereignet, kurz nachdem wir uns von Perotti und Jor getrennt hatten, die uns nachsahen, wie wir auf der zum Hause führenden Allee davonradelten. Nach Überquerung des Panfilio-Kanals auf einer merkwürdigen massiven Brücke aus schwarzen Balken hatte sich unsere Radfahrpatrouille bis auf etwa hundert Meter dem einsam ragenden neugotischen Bau der *magna domus* genähert oder, um ganz genau zu sein, dem kiesbestreuten großen, unfreundlichen, ganz im Schatten liegenden Platz davor, als zwei Personen unsere Aufmerksamkeit auf sich zogen, die sich mitten auf diesem Platz befanden: eine alte Dame im Sessel, mit einem Berg von Kissen zur Stütze ihres Rückens, und aufrecht hinter ihr stehend ein blühendes blondes junges Mädchen, das das Zimmermädchen zu sein schien. Kaum hatte uns die Dame bemerkt, als sie wie unter einem Schlag zusammenzuckte. Darauf hatte sie uns sofort mit großen Armbewegungen zu verstehen gegeben, daß wir keinesfalls weiter auf den Platz zufahren durften, da es dort, hinter ihr, weiter nichts als das Haus gab, daß wir vielmehr links weiterfahren müßten, auf dem von Kletterrosen überwachsenen Weg, den sie uns zeigte und an dessen Ende wir (Micòl und Alberto spielten bereits; hörten wir nicht schon jetzt das regelmäßige Geräusch des auf den Tennisschläger aufprallenden und wieder zurückgeworfenen Balls?) ohne weiteres den Tennisplatz finden würden. Die Dame war Regina Herrera, die Mutter der Signora Olga. Ich hatte sie sofort an dem besonderen, intensiven Weiß ihres dichten, im Nacken geknoteten Haars erkannt – ein Haar, das ich stets bewundert hatte, wenn ich es als Kind in der Synagoge zufällig durch das Gitter des Matroneums hatte leuchten sehen. Sie bewegte Arme und Hände mit zorniger Energie und gab zu gleicher Zeit dem Mädchen, das übrigens Dirce war, zu verstehen, es möge ihr helfen, aufzustehen; sie war es satt, dort draußen zu sitzen, und wollte ins Haus gehen. Und das Mädchen hatte dem Befehl auf der Stelle gehorcht.

Eines Abends jedoch erschienen wider alle Vermutung der Professor und Signora Olga in höchsteigener Person. Es machte den Eindruck, als wären sie zufällig, zurück von einem langen Spaziergang durch den Park, am Tennisplatz vorbeigekommen. Sie gingen Arm in Arm. Er, kleiner als seine Frau und sehr viel gebeugter, als er es noch vor zehn Jahren gewesen war, zur Zeit unserer Flüstergespräche in der Italienischen Synagoge von Bank zu Bank, trug einen seiner üblichen leichten Anzüge aus weißem Leinen und einen Panamahut mit schwarzem Band, dessen Rand bis über die dicken Gläser seines Pincenez reichte; er stützte sich beim Gehen auf einen Spazierstock aus Bambusrohr. Sie, ganz in Schwarz, trug im Arm einen großen Strauß von Chrysanthemen, den sie offenbar im Verlauf ihres Spaziergangs in irgendeinem abgelegenen Teil des Gartens gepflückt hatte. Sie hielt sie mit dem rechten Arm in einer zart besitzergreifenden, fast mütterlichen Gebärde quer über die Brust an sich gepreßt. Obwohl noch immer von aufrechter Haltung, ihren Mann um Haupteslänge überragend, schien auch sie sehr gealtert. Ihr Haar war vollkommen ergraut, von einem häßlichen trüben Grau. Aber ihre tiefschwarzen Augen unter der knochigen vorspringenden Stirn glänzten wie eh und je in einer leidenschaftlichen, schmerzlichen Glut.

Wer von uns unter dem Sonnenschirm saß, erhob sich, und wer auf dem Tennisplatz war, unterbrach das Spiel.

»Bitte, bitte«, rief der Professor mit seiner freundlichen, angenehm klingenden Stimme. »Lassen Sie sich doch bitte nicht stören! Spielen Sie ruhig weiter!«

Natürlich folgte niemand dieser Aufforderung. Micòl und Alberto übernahmen es sogleich, uns vorzustellen – vor allem Micòl. Außer daß sie unsere Namen und Vornamen nannte, nahm sie sich bei jedem von uns die Zeit, ihrem Vater diejenigen Erläuterungen zu geben, die ihn ihrer Meinung nach interessieren müßten, über Studium und Tätigkeit an erster Stelle. Sie hatte mit mir und Bruno Lattes angefangen und dabei von uns beiden gleichermaßen in einem neutralen, betont objektiven Ton gesprochen, wie um ihren Vater zumindest bei dieser Gelegenheit von jeder möglichen Bekundung einer besonderen Anerkennung und Bevorzugung zurückzuhalten. Wir waren ›die beiden Literaten der Bande, zwei sehr tüchtige Burschen‹. Darauf wandte sie sich Malnate zu, mit einem Scherz über die ›ungewöhnliche‹ Leidenschaft für die Chemie, die ihn bewogen habe, eine Metropole, die so viel zu bieten hatte wie Mailand *(Mailand ist eben Mailand),* zu verlassen, um sich in einem ›elenden Städtchen‹ wie Ferrara zu begraben.

»Er arbeitet im Industrieviertel«, erklärte Alberto schlicht und sachlich. »In einem Werk der Montecatini.«

»Das synthetischen Gummi herstellen sollte«, fiel Micòl ein, »was ihnen aber anscheinend noch nicht gelungen ist.«

Professor Ermanno hustete und zeigte mit dem Finger auf Malnate.

»Sie waren ein Studienkamerad Albertos, nicht wahr?« fragte er in freundlichem Ton.

»In einem gewissen Sinne, ja«, bestätigte der Gefragte. »Ich war zwar drei Jahre weiter als er, außerdem an einer anderen Fakultät. Aber wir haben uns trotzdem sehr gut verstanden.«

»Ich weiß, ich weiß. Mein Sohn hat uns oft von Ihnen erzählt. Er hat uns auch gesagt, daß er oft in Ihrem Hause gewesen ist und daß Ihre Eltern ihm bei verschiedenen Gelegenheiten die größte Liebenswürdigkeit erwiesen haben. Wollen Sie ihnen unseren Dank sagen, wenn Sie sie wiedersehen? Jetzt aber ist es uns eine große Freude, Sie hier bei uns zu haben. Und kommen Sie wieder, ja – kommen Sie doch, sooft Sie nur Lust haben.«

Er wandte sich Micòl zu und fragte mit einem Blick auf Adriana:

»Und wer ist diese junge Dame? Wenn ich mich nicht irre, eine Zanardi. Oder täusche ich mich?«

So zog sich die Unterhaltung hin bis zur vollkommenen Erledigung der Vorstellungen einschließlich der von Carletto Sani und Tonino Collevatti, von Micòl als die beiden ›Hoffnungen des Tennissports von Ferrara‹ bezeichnet. Endlich entfernten sich der Professor und Signora Olga, die während der ganzen Zeit an der Seite ihres Mannes geblieben war, ohne selbst ein Wort zu sagen, sich nur auf ein wohlwollendes Lächeln hin und wieder beschränkend, und gingen, Arm in Arm, auf das Haus zu.

Obwohl sich der Professor mit einem herzlichen »Auf Wiedersehen!« verabschiedet hatte, wäre es niemandem in den Sinn gekommen, dieses Versprechen besonders ernst zu nehmen.

Und doch, während am folgenden Sonntag Adriana Trentini und Bruno Lattes auf der einen Seite und Désirée Baggioli und Claudio Montemezzo auf der anderen mit dem höchsten Eifer einen Kampf austrugen, dessen Ergebnis nach der erklärten Absicht Adrianas, die dieses Spiel angeregt und organisiert hatte, sie und Bruno ›wenigstens moralisch‹ entschädigen sollte für den bösen Streich, den ihnen der Marchese Barbicinti gespielt hatte (aber die Geschichte verlief diesmal anscheinend in anderen Bahnen: Adriana und Bruno waren im Begriff zu verlieren, und zwar ziemlich eindeutig), trat plötzlich, gegen Ende des Kampfes, nacheinander aus dem Laubengang der Kletterrosen der ganze ›Hof der Alten‹. Sie kamen wie in einer kleinen Prozession. Voran der Professor und die Signora. Es folgten, im Abstand voneinander, die beiden Onkel Herrera – der eine, der mit der Zigarette zwischen den dicken, aufgeworfenen Lippen, die Hände auf dem Rücken gefaltet, mit der ein wenig verlegenen Miene des Städters, der wider Willen aufs Land verschlagen ist, um sich blickte; der andere, ein paar Meter hinter ihm, Signora Regina am Arm führend und seinen Schritt dem der Mutter anpassend, die sich nur überaus langsam vorwärts bewegte. Wenn der Lungenarzt und der Ingenieur in Ferrara waren, sagte ich mir, dann mußte der Grund irgendein religiöser Feiertag sein. Aber welcher? Nach Rosch ha-Schana, dem Neujahrsfest, das in den Oktober gefallen war, wußte ich nicht mehr, welches Fest es noch im Herbst gab. Vielleicht Sukkot, das Laubhüttenfest? Wahrscheinlich. Es sei denn, daß die nicht minder wahrscheinliche Entlassung des Ingenieurs aus dem Dienst der Italienischen Staatsbahn zur Einberufung eines außerordentlichen Familienrats geführt hatte ...

Sie setzten sich ruhig, fast ohne das geringste Geräusch zu verursachen. Die einzige Ausnahme bildete Signora Regina. In dem Augenblick, als sie behutsam auf einen Liegestuhl gebettet wurde, äußerte sie mit der lauten Stimme der Schwerhörigen ein paar Worte im Familienjargon. Ich glaube, sie beklagte sich über die große Feuchtigkeit, die zu dieser Stunde im Garten herrschte. Aber ihr Sohn Federico, der Eisenbahningenieur, der noch neben ihr stand und auf sie achtgab, brachte sie rasch mit nicht minder lauter Stimme (die allerdings leidenschaftslos klang – es war ein bestimmter Ton, den auch mein Vater jedesmal anschlug, wenn er sich in einem *gemischten* Milieu mit einem Familienmitglied verständigen wollte, und zwar nur mit ihm) zum Schweigen. Sie solle ›*callada*‹ sein, ruhig, sagte er ihr. Ob sie nicht sah, daß ein Musafir dabei war?

Ich beugte mich zu Micòl und flüsterte ihr ins Ohr:
»*Callada* verstehe ich gerade noch, aber was bedeutet Musafir?«
»Gast«, gab sie im gleichen Flüsterton zur Antwort, »aber wenn es ein Goi ist.«
Eine Hand auf dem Mund, lachte sie mir zwinkernd zu; es war eine kindliche Gebärde: Stil Micòl 1929.
Später, nach dem Spiel und nachdem auch die ›Neuerwerbungen‹, Désirée Baggioli und Claudio Montemezzo, vorgestellt worden waren, ergab es sich, daß ich ein wenig abseits von den anderen mit Professor Finzi-Contini zusammentraf. Im Park ging der Tag wie immer in einem diffusen, milchigen Dämmerlicht zu Ende. Ich hatte mich etwa zehn Schritte von den anderen entfernt. Hinter mir übertönte die scharfe Stimme Micòls alle anderen. Wer weiß, auf wen sie jetzt böse war und warum.
Ich sah zur Mura degli Angeli hinüber, auf welcher der letzte Sonnenschein des Tages lag.
»*Era già l'ora che volge il disìo ...*«, deklamierte leise eine ironische Stimme neben mir.
Verwundert wandte ich mich um. Es war der Professor Ermanno. Er lächelte gutmütig, vergnügt darüber, daß er mir einen Schrecken eingejagt hatte. Er faßte mich behutsam beim Arm, und wir machten, immer wieder stehenbleibend, langsam einen weiten Spaziergang um den Tennisplatz. Wir hielten uns dabei in gehöriger Entfernung vom Zaun, so daß wir einen weiten Bogen beschrieben. Zuletzt machten wir kehrt. Dieses Hin und Her wiederholten wir in der zunehmenden Dunkelheit mehrere Male. Währenddessen unterhielten wir uns, oder besser gesagt, währenddessen sprach fast ausschließlich der Professor.
Er fing damit an, daß er mich fragte, wie mir der Tennisplatz gefalle und ob ich ihn wirklich so unmöglich finde. Micòls Meinung stand fest. Sie erklärte, er müßte von Grund

aus, nach modernen Gesichtspunkten, neu angelegt werden. Er aber hegte Zweifel; vielleicht übertrieb sein ›geliebtes Erdbeben‹ wie gewöhnlich, und es mußte nicht einfach alles über den Haufen geworfen werden, wie sie es verlangte.

»Aber wie dem auch sei«, fuhr er fort, »in ein paar Tagen beginnt die Regenzeit – es hat keinen Zweck, sich darüber etwas vorzumachen –, da ist es besser, wenn wir jede eventuelle Initiative auf das nächste Jahr verschieben. Meinst du nicht auch?«

Er ging dann dazu über, mich nach meiner Arbeit zu fragen und nach meinen Absichten für die nächste Zukunft. Er fragte auch, wie es meinen Eltern gehe.

Während er mich nach meinem ›Papa‹ fragte, fielen mir zwei Dinge auf – als erstes, daß es ihm schwerfiel, mich zu duzen, und zwar so sehr, daß er bald darauf plötzlich stehenblieb und mir das ausdrücklich erklärte; darauf bat ich ihn aufrichtig und herzlich, mir doch die Freude zu machen und mich unter keinen Umständen zu siezen, falls er mich nicht kränken wollte. Als zweites: daß das Interesse und der Respekt, die sich in seiner Stimme und in seiner Miene ausdrückten, als er sich nach dem Ergehen meines Vaters erkundigte (vor allem in seinen Augen; die Brillengläser, die sich über seinen Augen wie ein Vergrößerungsglas auswirkten, ließen den Ernst und die Milde in ihrem Ausdruck noch deutlicher erkennen), keineswegs erzwungen und geheuchelt wirkten. Er trug mir Grüße an meinen Vater auf. Auch seine ›Komplimente‹ – wegen der vielen Bäume, die in unserem Friedhof gepflanzt worden waren, seitdem sich mein Vater im Auftrag der Gemeinde darum kümmerte. Übrigens: Konnte er Pinien brauchen? Zedern? Tannen? Trauerweiden? Ich solle den Papa danach fragen. Wenn er zufällig dafür Verwendung hätte (bei den Hilfsmitteln, über die die moderne Landwirtschaft verfügte, war es heutzutage ein Kinderspiel geworden, große Stämme umzupflanzen), würde es ihm die größte Freude bereiten, ihm Bäume in der gewünschten Anzahl zur Verfügung zu stellen. Wirklich, eine großartige Idee! Dicht bepflanzt mit stattlichen und schönen Bäumen, würde es mit der Zeit auch unser Friedhof mit dem von San Niccolò am Lido in Venedig aufnehmen können.

»Kennst du ihn nicht?«

Ich verneinte.

»Aber dann *mußt* du sehen, ihn so bald wie möglich kennenzulernen!« erklärte er mit großer Lebhaftigkeit. »Er ist ein nationales Monument! Übrigens, als Mann der Literatur erinnerst du dich gewiß an den Anfang der *Edmenegarda* von Giovanni Prati.«

Wieder mußte ich meine Unwissenheit bekennen.

»Nun, Prati läßt seine *Edmenegarda* ebendort, auf dem Jüdischen Friedhof am Lido, beginnen, der im neunzehnten Jahrhundert als einer der romantischsten Plätze Italiens galt. Aber denke daran, wenn du dort bist, dem Aufseher des Friedhofs gleich zu sagen – er verwahrt den Schlüssel –, daß du, wohlgemerkt, den *alten* Friedhof zu besichtigen wünschst, den, auf dem seit dem achtzehnten Jahrhundert keine Begräbnisse mehr stattgefunden haben, und nicht den andern, neuen, der an den alten angrenzt, aber von ihm getrennt ist. Ich entdeckte diesen Friedhof 1905, stell dir vor! Obwohl ich damals schon beinahe doppelt so alt war wie du jetzt, war ich noch unverheiratet. Ich wohnte in Venedig (für zwei Jahre hatte ich dort meinen festen Wohnsitz), und wenn ich nicht im Staatsarchiv saß, in Campo dei Frari, und in alten Handschriften blätterte, die von den verschiedenen sogenannten Nationen handelten, in die sich im sechzehnten und siebzehnten Jahrhundert die jüdische Gemeinde in Venedig geteilt hatte – die levantinische, die ponentinische, die deutsche, die italienische –, dann verbrachte ich meine Zeit dort unten, zuweilen sogar im Winter. Zwar machte ich den Weg selten allein« – hier lächelte er –, »und die Wahrheit ist, daß ich, wenn ich dort nacheinander die Grabinschriften des Friedhofs entzifferte, von denen viele noch aus dem Anfang des sechzehnten Jahrhunderts stammen und spanische oder portugiesische Inschriften zeigen, gewissermaßen meine Archivarbeit unter freiem Himmel fortsetzte. Es waren entzückende Nachmittage, damals, voller Frieden und Heiterkeit – mit der kleinen Gittertür an der Lagune, die sich nur für uns öffnete. Und dort haben wir uns verlobt, Olga und ich.«

Für eine Weile schwieg er. Ich benutzte die Pause, um ihn zu fragen, was der eigentliche Zweck seiner Archivforschungen war.

»Ursprünglich war es meine Absicht gewesen, eine Geschichte der Juden in Venedig zu schreiben«, antwortete er, »ein Thema, auf das mich gerade Olga gebracht hatte und das Roth, der Engländer Cecil Roth (Jude), ein Jahrzehnt später so glänzend behandelt hat. Aber dann geschah das, was allzu passionierten Historikern oft widerfährt: Gewisse Dokumente aus dem siebzehnten Jahrhundert, die mir zufällig in die Hände gekommen waren, absorbierten mein Interesse so völlig, daß sie mich schließlich auf einen ganz anderen Weg führten. Das erzähle ich dir einmal, wenn du wiederkommst ... Ein richtiger Roman, in jeder Hinsicht ... Jedenfalls hatte ich am Ende von zwei Jahren statt des dicken historischen Wälzers nichts weiter zustande gebracht – außer einer Ehefrau natürlich – als zwei kleine Bändchen: eins, das ich noch heute für nützlich halte, in dem ich alle Inschriften des Friedhofs gesammelt habe, und ein anderes, in dem ich von diesen Papieren aus dem siebzehnten Jahrhundert Kunde gebe, die ich schon erwähnte, wobei ich allerdings lediglich die Tatsachen darstelle, ohne irgendeine Interpretation zu wagen. Interessiert es dich, die Broschüre einmal anzusehen? Ja? Ich werde mir in den nächsten Tagen erlauben, dir ein Exemplar zu schenken. Aber ganz abgesehen davon: sieh dir bitte einmal diesen jüdischen Friedhof am Lido an (den *alten* Teil, meine ich)! Es lohnt sich, du wirst es sehen. Du wirst ihn genauso vorfinden, wie er vor fünfunddreißig Jahren war, vollkommen unverändert.«

Langsam gingen wir zum Tennisplatz zurück. Dem Augenschein nach war niemand mehr dort. Und doch spielten in der fast vollkommenen Dunkelheit Micòl und Carletto Sani weiter. Micòl klagte, daß der Junge sie zuviel laufen lasse und sich als schlechter Kavalier erweise; aber auch die Dunkelheit sei entschieden zu weit fortgeschritten.

»Micòl hat mir erzählt, daß du noch unentschlossen bist, ob du deinen Abschluß in Kunstgeschichte oder in italienischer Literatur machen willst«, setzte der Professor indessen das Gespräch fort. »Oder bist du inzwischen zu einem Entschluß gekommen?«

Ich antwortete, daß ich mich entschieden hätte, und zwar für eine Arbeit über irgendein Thema aus der italienischen Literatur. Ich erklärte ihm, daß meine Unentschlossenheit lediglich darauf zurückzuführen sei, daß ich bis vor wenigen Tagen noch die Hoffnung gehabt hätte, mein Examen bei Professor Longhi machen zu können, dem Ordinarius für Kunstgeschichte, Professor Longhi im letzten Augenblick aber seine Versetzung in den Wartestand für zwei Jahre erbeten und erreicht habe. Die Arbeit, die ich unter seiner Anleitung hätte schreiben wollen, sollte von einer Gruppe ferraresischer Maler aus der zweiten Hälfte des Cinquecento und der ersten des Seicento handeln, den Scarsellino, Bastianino, Bastarolo, Bonone, Caletti und Calzolaretto. Nur von Longhi beraten, hätte ich über ein solches Thema etwas Gutes zustande bringen können. Weil Longhi nun aber für zwei Jahre vom Ministerium beurlaubt worden sei, wolle ich mich lieber mit irgendeinem Thema aus der italienischen Literatur begnügen.

Nachdenklich hörte er mir zu.

»Longhi?« fragte er am Ende, den Mund zu einem Ausdruck des Zweifels verzogen. »Wieso? Haben sie *so schnell* einen neuen Ordinarius für Kunstgeschichte ernannt?«

Ich verstand nicht.

»Aber ja doch«, insistierte er. »Ich habe doch immer gehört«, erklärte er, »daß Igino Benvenuto Supino Professor für Kunstgeschichte in Bologna ist, eine der größten Zierden des italienischen Judentums. Also ...«

Er war es, unterbrach ich ihn, bis zum Jahre 1933. 1934 aber war an Stelle Supinos, der wegen Erreichung der Altersgrenze emeritiert worden war, Roberto Longhi berufen worden. Kannte er nicht, so fuhr ich fort, froh, nun auch bei ihm eine Unkenntnis feststellen zu können – kannte er denn nicht den grundlegenden Essay Roberto Longhis über Piero della Francesca? Und seine übrigen Arbeiten über Caravaggio und seine Schule? Und die *Officina ferrarese,* ein Werk, das 1933 so großes Aufsehen erregt hatte, zur Zeit der Ausstellung ferraresischer Renaissance, die im gleichen Jahr in Ferrara, im Palazzo dei Diamanti, stattgefunden hatte? Um das Thema meiner Arbeit zu entwickeln, sei ich ausgegangen von den letzten Seiten seiner *Officina,* auf denen es nur berührt wurde – meisterhaft, gewiß, aber ohne Vertiefung.

Ich redete, und Professor Finzi-Contini, gebückter denn je, hörte mir schweigend zu. Woran dachte er? An die Zahl der ›Zierden‹, die das italienische Judentum von den Tagen der nationalen Einigung an bis in unsere Zeit den Hochschulen geschenkt hatte? Wahrscheinlich.

Aber plötzlich sah ich, wie sich sein Gesicht belebte.

Indem er sich umblickte und die Stimme zu einem erstickten Flüstern senkte, als müßte er mich in ein Staatsgeheimnis einweihen, teilte er mir die große Neuigkeit mit: er besaß eine Reihe unveröffentlichter Briefe Carduccis, die der Dichter seiner Mutter im Jahre 1875 geschrieben hatte. Interessierte es mich, sie zu sehen, fragte er mich. Wenn ich sie vielleicht für geeignet hielte, sie zum Thema einer Abschlußarbeit zu machen, so sei er gern bereit, sie mir zur Verfügung zu stellen.

Ich mußte an Meldolesi denken und konnte mich eines Lächelns nicht erwehren. Und sein Aufsatz für die *Nuova Antologia?* Nach all seinem Reden darüber hatte er also nichts zustande gebracht? Armer Meldolesi! Vor ein paar Jahren war er zu seiner höchsten Genugtuung ans Minghetti-Gymnasium in Bologna versetzt worden. Ich mußte ihn nächstens wirklich einmal aufsuchen...

Trotz der Dunkelheit bemerkte der Professor mein Lächeln.

»Ach, ja, ich weiß«, sagte er, »seit einiger Zeit gilt er euch Jungen nichts mehr – Giosuè Carducci! Ich weiß, daß euch ein Pascoli und ein D'Annunzio lieber ist.«

Ich vermochte ihn ohne Schwierigkeiten davon zu überzeugen, daß ich aus einem ganz anderen Grunde gelächelt hatte, nämlich aus Enttäuschung. Hätte ich nur gewußt, daß sich in Ferrara unveröffentlichte Briefe Carduccis befanden! Statt Professor Calcaterra eine Arbeit über Panzacchi vorzuschlagen, wie ich es leider schon getan hatte, hätte ich ihm sehr wohl einen ›Carducci in Ferrara‹ von zweifellos sehr viel größerem Interesse anbieten können. Aber vielleicht, wenn ich ganz offen mit Professor Calcaterra darüber sprach, der ein sehr umgänglicher Mann war, vielleicht würde ich es dann noch schaffen, von Panzacchi zu Carducci überzugehen, ohne allzusehr das Gesicht zu verlieren.

»Wann rechnest du damit, dein Examen zu machen?« fragte mich schließlich der Professor.

»Ich hoffe, im nächsten Jahr, im Juni. Aber Sie dürfen nicht vergessen, daß *auch ich* von der Teilnahme an den Vorlesungen ausgeschlossen bin.«

Schweigend nickte er mehrmals mit dem Kopf.

»Von den Vorlesungen ausgeschlossen?« seufzte er schließlich. »Na, wenn es weiter nichts ist.«

Und er vollführte eine vage Geste mit der Hand, als wollte er sagen, daß wir angesichts all dessen, was heute geschah, Zeit hatten, ich nicht weniger als seine Kinder – mehr Zeit als nötig sogar.

Aber mein Vater hatte recht: im Grunde schien er darüber nicht besonders betrübt zu sein. Im Gegenteil.

5

Micòl bestand darauf, mir den Garten selbst zu zeigen. Sie ließ es sich nicht nehmen. »Ich meine, daß ich ein gewisses Anrecht darauf habe!« hatte sie mit einem Blick auf mich und einem anzüglichen Lächeln bemerkt.

Am ersten Tage wurde nichts daraus. Ich hatte bis zum späten Abend Tennis gespielt. Danach begleitete mich Alberto, nachdem er und seine Schwester ihr Spiel beendet hatten, zu einer Art von Alpenhütte in Miniaturausgabe, die, etwa hundert Meter vom Tennisplatz entfernt, halb versteckt in einem Tannenwäldchen lag (die Geschwister sprachen, mit dem deutschen Wort, von ihrer *Hütte*). Sie war als Umkleideraum eingerichtet, in dem ich mich umziehen und abends nach dem Spiel warm duschen konnte.

Am folgenden Tag dagegen nahmen die Dinge einen anderen Verlauf. Ein Doppel, in dem Adriana Trentini und Bruno Lattes gegen die beiden Fünfzehnjährigen spielten (mit Malnate auf dem Schiedsrichterstuhl in der Rolle des geduldigen Punktezählers), hatte sogleich eine Wendung genommen, die eines jener Spiele erwarten ließ, die kein Ende finden.

»Was tun wir?« fragte mich Micòl, die mit einem Ruck aufgestanden war. »Ich habe den Eindruck, daß wir – ich, du, Alberto und unser Mailänder Freund – eine gute Stunde warten müssen, ehe wir diese vier ablösen können. Wie wäre es, wenn wir beide zusammen fortgingen und eine erste Bestandsaufnahme vom Garten machten?« Sobald der Platz frei sei, fügte sie hinzu, werde Alberto gewiß daran denken, sie zu rufen. Er werde drei Finger in den Mund stecken und einen seiner berühmten Pfiffe hören lassen!

Sie wandte sich Alberto zu, der neben uns auf einem dritten Liegestuhl in der Sonne lag und vor sich hin träumte, das Gesicht unter einem großen Strohhut versteckt, wie ihn die Erntearbeiter tragen.

»Nicht wahr, mein Pascha?«

Unter dem Hut deutete der Pascha ein Kopfnicken an, und wir machten uns auf den Weg. Ja, ihr Bruder war phantastisch, erklärte mir Micòl. Wenn es not tat, konnte er mit solcher Gewalt pfeifen, daß daneben selbst der Pfiff eines Schäfers nur zum Lachen war. Merkwürdig, nicht wahr, bei einem Menschen seines Typs. Wenn man ihn so sah, würde man ihm nicht viel Kraft zutrauen. Und doch ... Weiß der Himmel, wo er so viel Atem hernahm!

So hatten unsere langen Streifzüge zu zweit begonnen, mit denen wir uns zumeist die Wartezeit zwischen zwei Partien vertrieben. Die ersten Male hatten wir unsere Fahrräder benutzt. Ein Fahrrad war unerläßlich, erklärte meine Begleiterin sogleich, wenn ich mir eine einigermaßen klare Vorstellung vom Ganzen machen wollte. Der Garten war ungefähr zehn Hektar groß, und die Alleen, darunter größere und kleinere, bildeten insgesamt eine Strecke von rund zwölf Kilometern. Heute, so hatte sie bekannt, würden wir uns damit begnügen, bis zu jener Stelle im Westen zu gelangen, von der aus sie und Alberto, als sie Kinder waren, zugesehen hatten, wie die Züge auf dem Bahnhof rangiert wurden! Wollten wir zu Fuß gehen, riskierten wir, daß wir vom Signal aus Albertos ›Olifant‹ überrascht wurden, ohne noch rechtzeitig zurückkehren zu können.

An diesem ersten Tag also hatten wir beobachtet, wie die Züge auf der Station rangiert wurden. Und dann? Dann waren wir umgekehrt. Wir waren am Tennisplatz vorbeigekommen, hatten den großen Platz vor der *magna domus* überquert (verlassen wie gewöhnlich und unfreundlicher wirkend denn je) und fuhren, nachdem wir die schwarze Holzbrücke, die über den Panfilio-Kanal führte, passiert hatten, auf der Zufahrtsallee nun in der umgekehrten Richtung bis zu dem Tunnel aus Bambusrohr und zum Parktor am Corso Ercole I. Dort angelangt, bestand Micòl darauf, daß wir links in einen kurvenreichen Weg einbogen, der aber immer wieder der Parkmauer in ihrem ganzen Umfang folgte – zunächst auf der Seite der Mura degli Angeli, so daß wir nach einer Viertelstunde wieder an dem Punkt angekommen waren, von dem aus man den Bahnhof sah; dann folgte er auf der entgegengesetzten Seite – die sehr viel waldiger, düsterer und melancholischer war – der einsamen Via Arianuova in ihrer ganzen Länge. Wir waren gerade dabei, uns mit Mühe einen Weg zu bahnen durch das Gestrüpp von Farnen, Brennesseln und Dornen, als plötzlich von sehr weit hinter der Mauer des Dikkichts der Schäferpfiff Albertos drang und uns eilig zu unserer ›harten Arbeit‹ rief.

Mit wenigen Abänderungen der Route wiederholten wir diese weiten Streifzüge an den folgenden drei oder vier Nachmittagen. Wenn die Alleen und Wege breit genug waren, fuhren wir nebeneinander. Oft lenkte ich mein Rad mit nur einer Hand, während ich die andere auf die Lenkstange ihres Rads stützte. Dabei unterhielten wir uns; vor allem, wenigstens anfänglich, über Bäume.

Ich wußte über diesen Gegenstand nichts oder so gut wie nichts, und Micòl wurde nicht müde, sich darüber zu wundern. Sie sah mich an, als wäre ich ein Monstrum.

»Ist es möglich, daß du ein solcher Ignorant bist?« rief sie immer wieder aus. »Du wirst doch schließlich auf dem Gymnasium ein bißchen Botanik gelernt haben!«

»Laß hören«, forderte sie, schon bereit, die Augenbrauen

angesichts irgendeiner neuen Ungeheuerlichkeit hochzuziehen. »Dürfte ich vielleicht erfahren, für was für einen Baum *Sie* dieses Exemplar dort unten halten?«

Die Frage konnte sich auf alles mögliche beziehen: auf eine brave Ulme oder heimische Linde wie auf die seltensten exotischen Pflanzen aus Afrika, Asien oder Amerika, die nur ein Mann vom Fach hätte bestimmen können, denn im Barchetto del Duca kamen einfach alle Pflanzen vor. Ich aber antwortete immer aufs Geratewohl, teils, weil ich wirklich eine Ulme nicht von einer Linde unterscheiden konnte, teils auch, weil ich bemerkt hatte, daß ihr nichts soviel Freude machte, wie eine falsche Antwort von mir zu hören.

Es erschien ihr absurd, daß es einen Menschen wie mich gab, der für die Bäume, ›die großen, stillen, starken, nachdenklichen Bäume‹, nicht das gleiche Gefühl einer leidenschaftlichen Bewunderung aufbrachte wie sie. Wie brachte ich es fertig, nicht zu *begreifen*? Wie konnte ich nur leben, ohne zu *empfinden*? Am Rand der Lichtung um den Tennisplatz zum Beispiel, und zwar westlich vom Platz, stand eine Gruppe von sieben hohen, schlanken *Washingtoniae graciles* oder Wüstenpalmen, ein wenig abseits von den Bäumen im Hintergrund (dunklen Gewächsen mit kräftigem Stamm, die dem europäischen Wald angehören, wie Eichen, Steineichen, Platanen und Roßkastanien), umgeben von einer nicht eben kleinen Wiese. Sooft wir nun auf unseren Rädern an dieser Stelle vorbeikamen, fand Micòl immer von neuem Worte der Zärtlichkeit für diese einsam stehende Baumgruppe von *Washingtoniae*.

»Schau, da sind meine sieben rüstigen Alten«, konnte sie etwa sagen. »Sieh doch, was für einen ehrwürdigen Bart sie haben!«

Im Ernst, verfolgte sie das Thema weiter: kamen sie nicht auch mir wie die sieben Eremiten aus der Thebais vor, ausgedörrt von der Sonne und vom Fasten?

Welche Eleganz, welche *Heiligkeit* lag in ihren braunen, dürren, gebeugten und schuppigen Stämmen! Sie glichen den Beinen eines Johannes des Täufers, der sich nur von Heuschrecken nährte. Wirklich.

Ihre Sympathien beschränkten sich aber keineswegs auf exotische Bäume – auf die verschiedenen Palmenarten.

Ihre Bewunderung für eine riesige Platane mit weißlichem, knorrigem Stamm, der stärker als jeder Baumstamm sonst im Garten und, wie ich glaube, in der ganzen Provinz war, ging in der Tat in Verehrung über. Selbstverständlich war die Platane nicht von der Großmutter Josette gepflanzt worden, sondern von Ercole I d'Este persönlich oder gar von Lucrezia Borgia.

»Begreifst du? Sie ist fast fünfhundert Jahre alt!« flüsterte Micòl mit aufgerissenen Augen. »Denke nur, was alles sie, seit sie auf der Welt ist, gesehen haben muß!«

Und es schien, als hätte sie auch Augen, die riesige Platane, dieses gewaltige Tier – Augen, um uns zu sehen, und Ohren, um uns zu hören.

Für die Obstbäume, denen ein breiter Geländestreifen unmittelbar vor der Mura degli Angeli vorbehalten war, wo sie auf der Sonnenseite standen und vor dem Nordwind geschützt waren, empfand Micòl eine ganz ähnliche Zuneigung wie für Perotti und alle Mitglieder ihrer Familie. Sie sprach von diesen schlichten, gewissermaßen zum Haushalt gehörenden Bäumen mit der gleichen gutmütigen Nachsicht; sehr oft bediente sie sich dabei des Dialekts, den sie sonst nur im Verkehr mit Perotti oder mit Titta und Bepi gebrauchte, wenn wir sie zufällig trafen und stehen blieben, um ein paar Worte mit ihnen zu wechseln. Es war zur Tradition geworden, jedesmal vor einem großen Pflaumenbaum haltzumachen, der einen so mächtigen Stamm hatte wie eine Eiche – es war ihr Lieblingsbaum, *il brogn sèrbi*. Die sauren Pflaumen, die auf ihm wuchsen – so erzählte sie mir –, waren ihr in ihrer Kindheit als etwas Außerordentliches erschienen. Sie hatte sie jeder Praline von Lindt vorgezogen. Dann, mit etwa sechzehn Jahren, hatte sie auf einmal jede Lust darauf verloren; sie schmeckten ihr nicht mehr, und nun zog sie den *brogne* – den Pflaumen – die Pralinen vor, ob von Lindt oder nicht (aber nur bittere, ausschließlich bittere!). Von all diesen Dingen aber konnte man nur im Dialekt sprechen. So waren die Äpfel *i pum*, die Feigen *i figh*, die Aprikosen *i mugnàgh* und die Pfirsiche *il pèrsagh*. Nur der Dialektausdruck erlaubte ihr, den Mund bei der Nennung von Bäumen und Früchten zu diesem zugleich gerührten und verächtlichen Ausdruck zu verziehen, den das Herz ihr eingab.

Später, nachdem unsere Streifzüge zur Erkundung des Gartens ihr Ende gefunden hatten, begannen wir mit unseren ›frommen Wallfahrten‹. Und da eine Wallfahrt nach Meinung Micòls stets zu Fuß zu bewerkstelligen war (wie könnte es sonst eine Wallfahrt sein?), verzichteten wir fortan auf unsere Fahrräder. Wir gingen also zu Fuß, zumeist gemächlich begleitet von Jor.

Um einen Anfang zu machen, wurde ich zu einem kleinen einsamen Landeplatz am Panfilio-Kanal geführt, der versteckt hinter dichten Gruppen von Weiden, Silberpappeln und Drachenwurz lag. Von diesem winzigen Hafen aus, ganz eingefaßt von einer moosbewachsenen roten Backsteinbank, war man wahrscheinlich einst aufgebrochen, um zum Po und zum Kastellgraben zu gelangen. Und hier hatten auch sie und Alberto, wie Micòl erzählte, als Kinder die Anker gelichtet zu weiten Ruderfahrten im Kajak mit dem Doppelpaddel. Freilich, bis vor die Türme des Kastells mitten im Zentrum der Stadt waren sie mit ihrem Boot nie gelangt (wie ich wohl wußte, gab es heutzutage nur noch eine unterirdische Verbindung zwischen dem Panfilio-Kanal und dem Burggraben). Aber bis zum Po, und zwar genau bis vor die Isola Bianca, waren sie wohl gekommen, das konnte sie beschwören. Jetzt, *ça va sans dire*, war allerdings nicht mehr daran zu denken, das

Paddelboot zu benutzen. Mit halb eingebrochenem Boden, staubbedeckt, zu so etwas wie dem ›Gespenst eines Kajaks‹ geworden, lag das Wrack im Schuppen, wo ich es mir nächstens einmal ansehen konnte, wenn sie nicht vergaß, mich dort hinzuführen. Die Bank am Landeplatz jedoch hatte sie auch weiterhin immer und immer wieder aufgesucht. Sie war ihre geheime Zufluchtsstätte geblieben. Übrigens auch ein idealer Platz, um sich in ungestörter Ruhe auf die Prüfungen vorzubereiten, wenn die warme Jahreszeit gekommen war, und vielleicht auch ... Jedenfalls war dies in gewisser Hinsicht *ihr* Ort geblieben, ihr ganz persönliches geheimes Versteck.

Ein andermal endete unser Ausflug bei den Perottis, die in einem richtigen Bauernhaus wohnten, mit zugehörigem Heuschober und Stall, auf halbem Wege zwischen dem Herrenhaus und den Obstgärten.

Vittorina, die Frau des alten Perotti, empfing uns, eine farblose Frau von unbestimmbarem Alter, trübselig und spindeldürr, und Italia, die mit dem ältesten Sohn, Titta, verheiratet war, eine dicke, kräftige Frau von etwa dreißig Jahren, mit wässerig-blauen Augen und roten Haaren, die aus Codigoro stammte. Italia saß in einem Korbsessel vor der Haustür und stillte ihr Kind, umgeben von einer Schar von Hühnern. Micòl beugte sich zu dem Kind herab, um es zu streicheln.

Währenddessen fragte sie Vittorina im Dialekt: »Sag einmal, wann lädst du mich wieder zu einer Bohnensuppe ein?«

»Wann Sie wollen, *sgnurina*. Wenn Sie nur vorlieb nehmen wollen ...«

»Wir müssen demnächst wirklich etwas verabreden.« Zu mir gewandt, fügte sie hinzu: »Du mußt wissen, daß Vittorinas Bohnensuppen einfach phantastisch sind. Mit Schweinebauch natürlich ...«

Sie lachte und wandte sich dann mit der Frage an mich:

»Willst du einen Blick in den Stall werfen? Wir haben *gut und gern* sechs Kühe.«

Vittorina ging uns auf dem Weg zum Stall voran. Sie schloß die Tür mit einem großen Schlüssel auf, den sie aus der Tasche ihrer schwarzen Schürze gezogen hatte; dann trat sie beiseite, um uns vorbeizulassen. Während wir die Schwelle zum Stall überschritten, bemerkte ich, wie sie einen verstohlenen Blick auf uns warf, voller Besorgnis, wie mir schien, und zugleich voll geheimer Freude.

Eine dritte Wallfahrt galt dem heiligen Ort, dem ›*vert paradis des amours enfantines*‹.

Wir waren in den vorangegangenen Tagen immer wieder auf dem Fahrrad dort vorbeigekommen, ohne jedoch haltzumachen. Hier sei genau die Stelle an der Mauer, erklärte mir Micòl jetzt mit ausgestrecktem Zeigefinger, wo sie ihre Leiter anzulehnen pflegte; und hier sei die ›Spalte‹ in der Mauer (›jawohl, mein Herr, *Spalte*!‹), deren sie sich bediente, wenn ihr die Leiter – was vorkam – nicht zur Verfügung stand.

»Meinst du nicht, daß es nur billig wäre, an dieser Stelle ein kleines Gedenktäfelchen anzubringen?« fragte sie mich.

»Ich vermute, daß du die Inschrift schon im Kopf hast.«

»So ungefähr. ›Auf diesem Wege – der Wachsamkeit zweier gewaltiger böser Hunde entgehend ...‹«

»Halt. Du sprachst von einem Täfelchen, aber wenn du so weitermachst, wirst du, fürchte ich, eine Riesentafel brauchen wie die für das Siegeskommuniqué von 1918. Die zweite Zeile ist zu lang.«

Wir begannen uns zu streiten. Ich spielte die Rolle des Starrköpfigen, der immer wieder unterbricht, und sie, mit erhobener Stimme und dem Tonfall eines kleinen Kindes, bezichtigte mich ›der gewohnten Pedanterie‹. Es lag ja auf der Hand, rief sie mit lauter Stimme, ich *mußte* es erraten haben, daß sie nicht daran dachte, meinen Namen auf die Tafel zu setzen, und deshalb, aus reiner Eifersucht, weigerte ich mich, sie anzuhören.

Dann beruhigten wir uns. Von neuem begann sie, von der Zeit zu sprechen, als sie und Alberto noch Kinder gewesen waren. Wenn ich die Wahrheit wissen wollte, so hatten sie und Alberto immer jeden beneidet, der wie ich das Glück hatte, eine öffentliche Schule zu besuchen. Glaubte ich es? Das ging so weit, daß sie jedes Jahr sehnsüchtig auf die Examenszeit warteten, nur aus Freude daran, auch einmal in die Schule gehen zu können.

»Aber wenn ihr so gern in die Schule gegangen wäret, warum habt ihr dann euren Unterricht zu Hause erhalten?«

»Papa und Mama wollten es unter keinen Umständen, besonders Mama nicht. Sie hat immer eine panische Angst vor Mikroben gehabt. Sie behauptete, Schulen wären nur dazu da, die fürchterlichsten Krankheiten zu verbreiten, und es führte auch zu nichts, daß Onkel Giulio ihr bei jedem Besuch begreiflich zu machen suchte, daß dies nicht zutraf. Onkel Giulio machte sich über sie lustig; aber er, obwohl selber Arzt, glaubt nur sehr relativ an die Kunst der Medizin, vielmehr an die Unvermeidbarkeit und den Nutzen der Krankheiten. Sag selbst, ob Mama, die nach dem Unglück mit Guido – unserem älteren kleinen Bruder, der 1914 starb, bevor Alberto und ich geboren waren – praktisch das Haus nicht mehr verlassen hat, für Onkel Giulios Meinung Verständnis aufbringen konnte! Später haben wir uns natürlich ein wenig gegen sie aufgelehnt; wir erreichten es, daß wir beide die Universität besuchen und in einem Winter sogar nach Österreich zum Skilaufen fahren durften, wie ich dir, glaube ich, schon einmal erzählt habe. Aber was konnten wir als Kinder tun? Ich lief sehr oft von zu Hause fort (Alberto nicht; er ist immer sehr viel ruhiger und folgsamer gewesen als ich). Aber als ich einmal ein bißchen zu lange unterwegs geblieben war, draußen am Stadtwall, um mich von einer Horde von Jungen, mit denen ich Freundschaft geschlossen hatte, auf ihren Rädern mitnehmen zu lassen, habe ich beide,

Mama und Papa, so verzweifelt vorgefunden, als ich nach Hause kam, daß ich mich entschloß, von Stund an (denn Micòl ist ein guter Kerl mit einem goldenen Herzen!) – von Stund an ein braves Kind zu sein, und ich bin nie mehr fortgelaufen. Der einzige Rückfall war der im Juni 1929, *Ihnen* zu Ehren, verehrter Herr!«

»Und ich hatte geglaubt, der einzige zu sein!« seufzte ich.

»Also wenn nicht der einzige, so gewiß der letzte. Außerdem habe ich keinen anderen je aufgefordert, in den Garten zu kommen!«

»Ist das wahr?«

»Vollkommen wahr. In der Synagoge habe ich immer zu dir hinübergesehen ... Wenn du dich umgedreht hast, um mit Papa oder Alberto zu sprechen, hattest du immer so blaue Augen! Ich hatte dir sogar insgeheim einen Spitznamen gegeben.«

»Einen Spitznamen? Und wie lautete er?«

»Celestino«.

»*Che fece per viltade il gran rifiuto* ...« zitierte ich leise.

»Ebender!« rief sie lachend. »Jedenfalls glaube ich, daß ich eine Zeitlang wirklich ein bißchen in dich verliebt war!«

»Und danach?«

»Nachher hat uns das Leben getrennt.«

»Aber was für ein Einfall war das gewesen, daß ihr, man kann sagen, für euch allein eine Synagoge eingerichtet habt? Was war der Grund? Noch immer die Furcht vor Mikroben?«

»So etwas ähnliches ...«, erwiderte sie.

»Wie, etwas ähnliches?«

Aber sie ließ sich nicht dazu bringen, die Wahrheit zu sagen. Ich wußte genau, welches der Grund war, daß Professor Finzi-Contini 1933 darum gebeten hatte, für sich und die Seinen die Spanische Synagoge wiederherstellen zu dürfen: es war der beschämende und groteske ›Aufnahmeschub‹ neuer Parteimitglieder anläßlich der Zehnjahrfeier des Regimes gewesen, der ihn dazu veranlaßt hatte. Micòl aber blieb dabei, daß auch hier wieder der Wille ihrer Mutter ausschlaggebend gewesen sei. Die Herreras in Venedig gehörten der Spanischen ›Schul‹ an. Ihre Mutter hatte stets ebenso wie ihre Großmutter Regina und ihre Onkel Giulio und Federico großen Wert auf die Traditionen der Familie gelegt. Und um ihrer Mutter eine Freude zu machen, hatte ihr Vater also ...

»Aber, entschuldige die Frage, warum seid ihr jetzt wieder in die Italienische Synagoge zurückgekehrt?« wandte ich ein. »Ich selbst bin am Abend von Rosch ha-Schana nicht im Tempel gewesen; ich habe ihn seit mindestens drei Jahren nicht mehr betreten. Aber mein Vater, der dabei war, hat mir die Szene ganz genau geschildert.«

»Seien Sie unbesorgt, Herr Freidenker, *Ihre* Abwesenheit wurde durchaus bemerkt!« antwortete sie. »Auch von mir.«

Wieder ernst werdend, fuhr sie fort:

»Was willst du, jetzt sitzen wir doch alle im selben Boot. Ich meine, wenn wir in der heutigen Situation noch immer so feine Unterschiede machen wollten, wäre das doch ziemlich lächerlich.«

Ein andermal, es war unser letzter Tag draußen gewesen, hatte es angefangen zu regnen. Während die andern in der *Hütte* Zuflucht gesucht und dort Rommé oder Pingpong gespielt hatten, waren wir beide, unbekümmert darum, daß uns der Regen vollkommen durchnäßte, quer durch den halben Park gelaufen, um in der Remise Schutz zu suchen. Heute, hatte mir Micòl erklärt, diente sie tatsächlich nur als Remise. Früher aber war sie zur Hälfte als Turnhalle eingerichtet gewesen, mit Kletterstangen und Seilen, mit Schwebebalken, Ringen, einer Sprossenwand und ähnlichem, und all das zu dem einzigen Zweck, daß sie und Alberto auch zur jährlichen Prüfung im Turnen wohlvorbereitet antreten konnten. Sehr ernsthaft war der Unterricht allerdings nicht gewesen, den ihnen einmal in der Woche Professor Anacleto Zaccarini gegeben hatte, der, ein Mann über achtzig (man denke!), längst pensioniert war. Aber vergnüglich war dieser Unterricht gewesen, vielleicht der amüsanteste überhaupt. Niemals hatte Micòl vergessen, eine Flasche Bosco-Wein in die Turnhalle mitzubringen. Und wie der alte Zaccarini sie gemächlich leerte, bis zum letzten Tropfen, ging das Rot, die normale Farbe seiner Nase und seiner Wangen, allmählich immer mehr ins Violette über. An manchen Winterabenden schien er, wenn er fortging, geradezu ein eigenes Licht auszustrahlen...

Es war ein brauner Ziegelsteinbau, niedrig und langgestreckt, mit zwei mit einem starken Eisengitter versehenen Seitenfenstern, einem ziegelgedeckten Giebeldach und von Efeu fast ganz überwachsenen Mauern. Man betrat den Bau, der nicht weit von dem Heuschober Perottis und dem gläsernen Rautenprisma eines Treibhauses gelegen war, durch ein breites, sorgfältig mit grüner Ölfarbe gestrichenes Tor, das an der der Mura degli Angeli entgegengesetzten Seite, also zum Haus hingewandt lag.

An die Tür gelehnt, blieben wir ein Weilchen vor der Remise stehen. Es regnete in Strömen, in schrägen, langen Wasserstreifen, die auf alles niedergingen, auf die Wiesen und auf die grünen Laubmassen der Bäume. Es war kalt geworden. Mit den Zähnen klappernd, blickten wir in den Regen. Der Zauber, der bis jetzt die Jahreszeit gleichsam in der Schwebe gehalten hatte, war unwiderruflich gebrochen.

»Wollen wir nicht hineingehen?« schlug ich schließlich vor. »Drinnen wird es wärmer sein.«

Im Innern des weiten Raums, wo aus dem Hintergrund der obere Teil zweier bis zur Decke reichender blanker, blinkender Kletterstangen durch das Halbdunkel leuchtete, im Innern dieses Raums stand ein merkwürdiger Geruch – nach Benzin und Schmieröl, nach altem Staub und Südfrüchten. Doch, es sei ein guter Geruch, behauptete Micòl, sowie sie bemerkte, daß ich neugierig prüfend die Luft durch die Nase zog. Auch sie liebe ihn sehr. Und sie zeigte auf eine Art hohes, aus dunklem Holz gezimmertes Regal an einer der Seitenwände, angefüllt mit großen gelben, runden Früchten – größer als Orangen und Zitronen –, wie ich sie noch nie gesehen hatte. Es waren Pampelmusen, erklärte sie, im Treibhaus gewachsen, die hier nachreifen sollten. Ob ich noch nie eine gekostet hätte, fragte sie und reichte mir eine der Früchte, damit ich den Geruch kennenlernte. Schade, daß sie kein Messer zur Hand habe, um die Frucht in ihre beiden ›Hemisphären‹ zu zerlegen. Der Saft habe einen vieldeutigen Geschmack; er ähnele zugleich dem der Orange und der Zitrone. Und dazu komme, als besondere Eigentümlichkeit, ein Stich ins Bittere.

In der Mitte der Remise standen nebeneinander zwei Wagen, ein langer grauer Dilambda und eine blaue Kutsche, deren hochgestellte Deichselgabel kaum niedriger war als die hinteren Stangen.

»Die Kutsche benutzen wir heute nicht mehr«, erklärte Micòl indessen. »Die seltenen Male, die Papa aufs Land fahren muß, läßt er sich im Auto hinausbringen. Und ebenso machen es Alberto und ich, wenn wir reisen müssen – er nach Mailand und ich nach Venedig. Es ist immer wieder Perotti, der uns zum Bahnhof bringt. Es gibt in diesem Hause nur zwei Leute, die ein Auto fahren können, er (ein ganz schlechter Fahrer) und Alberto. Nein, ich nicht, ich habe meinen Führerschein noch nicht gemacht. Ich muß mich wirklich im nächsten Frühjahr dazu entschließen, bevor sie einem auch da mit Schwierigkeiten kommen ... Das Schlimme ist nur, daß dieser Riesenwagen *zuviel* Benzin verbraucht!«

Nun trat sie an die Kutsche heran, die nicht minder blank und mächtig aussah als das Auto.

»Erkennst du sie wieder?«

Sie öffnete den Wagenschlag, stieg ein und setzte sich; schließlich forderte sie, mit der Hand auf den gepolsterten Sitz neben sich schlagend, mich auf, das gleiche zu tun.

Ich stieg nun ebenfalls in den Wagen und setzte mich zu ihrer Linken. Ich hatte kaum Platz genommen, als die Wagentür, aus reinem Beharrungsvermögen sich langsam in ihren Angeln bewegend, mit dem kurzen trockenen Geräusch einer Falle von selbst zuschlug.

Man konnte das Prasseln des Regens auf dem Remisendach nun nicht mehr hören. Es war wirklich, als befände man sich in einem Salon, einem kleinen Salon, in dem man zu ersticken meinte.

»Wie gut ihr die Kutsche instand haltet«, sagte ich, ohne meine plötzliche Erregung ganz meistern zu können, die sich in einem leichten Zittern meiner Stimme äußerte. »Sie sieht wie neu aus. Es fehlen nur die Blumen in der Vase.«

»Ach, für die Blumen sorgt Perotti auch, wenn er die Großmutter ausfährt.«

»Dann benutzt ihr den Wagen also doch noch!«

»Nur zwei- oder dreimal im Jahr, und dann nur für eine kleine Rundfahrt durch den Garten.«

»Und das Pferd? Ist es noch immer dasselbe?«

»Noch immer der alte Star. Er ist jetzt zweiundzwanzig Jahre alt. Hast du ihn nicht neulich im Stall gesehen? Er ist nun schon halb blind, aber vor den Wagen gespannt, macht er immer noch ... einen *miserablen Eindruck*.«

Sie lachte unvermittelt auf und schüttelte den Kopf.

»Perotti hat eine wahre Manie für diesen Wagen«, fuhr sie voller Bitterkeit fort, »und nur um ihm einen Gefallen zu tun (er haßt und verachtet die Automobile – du kannst dir nicht vorstellen, wie weit das geht!), lassen wir ihn von Zeit zu Zeit Großmutter auf den Alleen auf und ab spazierenfahren. Alle zehn oder vierzehn Tage kommt er mit Eimern voll Wasser, Schwämmen, Fensterleder und Teppichklopfer her, und das ist das ganze Wunder, und es erklärt, warum die Kutsche, zumal in der Dämmerung gesehen, noch einigermaßen Eindruck machen kann.«

»Einigermaßen?« widersprach ich. »Wenn sie doch wie funkelnagelneu aussieht!«

Sie stieß die Luft kurz durch die Nase und sagte ärgerlich: »Bitte, sag nicht solche Dummheiten!«

Einem plötzlichen Impuls folgend, rückte sie brüsk von mir ab und kauerte sich in ihrem Winkel zusammen. Jetzt blickte sie vor sich hin, die Stirn gerunzelt und das Gesicht verzerrt von einem seltsamen Ausdruck des Grolls. Sie schien plötzlich um zehn Jahre gealtert zu sein.

Ein paar Augenblicke blieben wir so, schweigend, sitzen. Aber dann nahm Micòl von neuem das Wort, ohne ihre Haltung zu ändern, die Arme um die gebräunten Knie geschlungen, als fröre sie sehr (sie hatte nur Shorts und ein Baumwollhemd an und ihren Pullover mit den Ärmeln um den Hals geschlungen).

»Perotti«, erklärte sie, »möchte wer weiß wieviel Zeit und Mühe an dieses peinlich anzusehende Wrack wenden! Nein, höre auf mich: hier, in diesem Halbdunkel kann man vielleicht noch von einem Wunder reden, aber draußen, bei Tageslicht, ist nichts zu machen. Da fallen einem plötzlich endlose Schäden und Gebrechen ins Auge: da und dort ist der Lack abgeblättert, Naben und Speichen der Räder sind vom Holzwurm zerfressen, der Bezug dieser Bank ist an manchen Stellen (du kannst es jetzt nicht feststellen, aber ich verbürge mich dafür) nur noch ein wahres Spinngewebe. Darum frage ich mich: wozu diese ganze *Geschäftigkeit* Perottis? Lohnt sich die Mühe? Der arme Kerl möchte meinem Vater die Erlaubnis entreißen, alles neu zu lackieren und nach Herzenslust wieder aufzufrischen und zurechtzuschminken; aber Papa schwankt wie üblich und kann sich nicht entscheiden ...«

Sie schwieg, fast ohne sich zu rühren.

»Sieh dir dagegen das Paddelboot an«, fuhr sie fort und zeigte mir durch die Fensterscheibe, die unser Atem zu trüben begann, eine graue, längliche und skeletthafte Form an der Wand gegenüber dem Regal mit den Pampelmusen. »Sieh es dir an und bewundere bitte, mit wie großer Ehrlichkeit, Würde und welch moralischem Mut es aus dem Verlust jeglicher Funktion alle nötigen Konsequenzen gezogen hat. Auch die Dinge sterben, mein lieber Freund. Und wenn sie also sowieso sterben müssen, dann ist es besser, man läßt sie in Ruhe. Außerdem ist es auch besserer Stil, findest du nicht?«

Dritter Teil

1

Unendlich oft kehrten meine Gedanken im Lauf des folgenden Winters, dann des Frühlings und Sommers zurück zu dem, was damals zwischen Micòl und mir in der von dem alten Perotti so geliebten Kutsche geschehen (oder, besser, nicht geschehen) war. Hätte ich es an jenem Regennachmittag, mit dem der leuchtende Altweibersommer von 1938 plötzlich sein Ende fand, wenigstens über mich gebracht, mit ihr zu sprechen, so sagte ich mir voller Bitterkeit, dann wäre zwischen uns vielleicht alles anders gekommen. Mit ihr sprechen und sie küssen – das, so wiederholte ich mir immer wieder, hätte ich damals, als noch alles möglich war, tun müssen! Und ich vergaß dabei, mir die wesentliche Frage zu stellen, ob ich in diesem äußersten, einmaligen und unwiederbringlichen Augenblick, der vielleicht über mein und ihr Leben entschieden hatte, wirklich imstande gewesen war, irgendeine Geste oder irgendein Wort zu wagen. Wußte ich zum Beispiel schon damals, daß ich tatsächlich *verliebt* war? Die Wahrheit war, daß ich es noch nicht wußte. Damals noch nicht und ebensowenig in den folgenden zwei Wochen, als das nunmehr ständig schlechte Wetter unsere Tennisgesellschaft mit einem Mal wieder zerstreut hatte.

Ich weiß es noch gut: der anhaltende Regen, der ununterbrochen fiel, Tag für Tag – und danach würde der Winter kommen, der strenge, düstere Winter der Po-Ebene –, hatte plötzlich jeden weiteren Besuch im Garten unwahrscheinlich gemacht. Und doch war trotz des Wechsels der Jahreszeit alles in einer Weise weitergegangen, daß ich die Illusion hatte, im Grunde habe sich nichts geändert.

Um halb drei Uhr des auf unseren letzten Besuch im Hause Finzi-Contini folgenden Tages – zur selben Stunde ungefähr, als sie uns sonst einen nach dem andern aus dem Rosenlaubengang herauskommen sah und wir sie mit lauten Rufen begrüßten – läutete bei mir zu Hause das Telefon, und es ließ mich durch alle Regenböen, die in diesem Augenblick die Stadt peitschten, die Stimme Micòls hören. Am Abend des gleichen Tages rief ich sie an, und am Nachmittag des folgenden Tages war es wieder sie, die anrief. Wir konnten uns, kurz gesagt, weiterhin genauso unterhalten wie bisher, froh, jetzt ebenso wie früher, daß uns Bruno Lattes, Adriana Trentini, Giampiero Malnate und all die anderen in Ruhe ließen und mit keinem Zeichen verrieten, daß sie sich unser erinnerten. Übrigens, wann hätten wir auf unseren langen Streifzügen durch den Park, zuerst auf dem Fahrrad, später zu Fuß, je an sie gedacht – auf Streifzügen, die so lange dauerten, daß wir manchmal bei unserer Rückkehr keine Menschenseele mehr vorfanden, weder auf dem Tennisplatz noch in der *Hütte?*

Zumeist von den besorgten Blicken meiner Eltern begleitet, schloß ich mich in dem Kämmerchen ein, in dem das Telefon stand. Ich wählte die Nummer, und oft war Micòl selbst am Apparat und übrigens so rasch, daß ich vermuten mußte, sie habe das Telefon ständig in Reichweite.

»Von wo aus sprichst du?« hatte ich einmal versucht, sie zu fragen.

Sie hatte zu lachen begonnen.

»Aber ... von zu Hause, möchte ich meinen.«

»Danke für die Auskunft! Ich wollte nur wissen, wie du es anstellst, immer so *zack, zack* zu antworten, ich meine, so rasch da zu sein. Wie machst du es? Hast du das Telefon auf dem Schreibtisch wie ein Geschäftsmann? Oder läufst du vom Morgen bis zum Abend um den Apparat, wie der Tiger im Käfig in dem Film *Nocturno* von Machaty?«

Ich meinte, am anderen Ende der Leitung ein leichtes Zögern zu bemerken. Wenn sie vor den anderen am Telefon wäre, hatte sie schließlich erklärt, so läge das allein an der sagenhaften Geschwindigkeit ihrer Muskelreflexe und an sonst gar nichts; allerdings auch an dem ihr verliehenen Ahnungsvermögen, das es ihr jedesmal, wenn es mir in den Sinn käme, sie anzurufen, erlaubte, gerade in der Nähe des Telefons zu sein. Dann hatte sie das Thema gewechselt. Was machte meine Arbeit über Panzacchi? Und wann gedachte ich, mein gewohntes Pendeln zwischen Bologna und Ferrara, und sei es nur, um ein bißchen Luftveränderung zu haben, wiederaufzunehmen?

Zuweilen aber nahmen die anderen den Hörer ab – Alberto oder der Professor oder eins der beiden Mädchen, ja, einmal sogar Signora Regina, die am Telefon ein überraschend scharfes Gehör bewies. In diesen Fällen konnte ich nicht umhin, meinen Namen zu sagen, und natürlich ebensowenig, zu erklären, daß ich mit ›Signorina‹ Micòl zu sprechen wünschte. Doch nach einigen Tagen (etwas, was mir anfänglich erst recht Verlegenheit bereitete, bis ich mich allmählich daran gewöhnte), nach einigen Tagen genügte es, daß ich mein »*Pronto?*« ins Mikrophon fallen ließ, damit man sich am anderen Ende beeilte, mir die gewünschte Person an den Apparat zu holen. Sogar Alberto verhielt sich nicht anders, wenn er den Hörer aufgenommen hatte. Und immer war sofort Micòl da und riß den Hörer aus der Hand dessen, der ihn aufgenommen hatte; es war gerade so, als ob sie alle ständig in einem einzigen Zimmer versammelt wären, in einem *living room,* einem Salon, der Bibliothek oder was immer es war, wo jeder in einem tiefen Ledersessel versunken saß, nur ein paar Schritte vom Telefon entfernt. Im Ernst, man mußte es annehmen. Um Micòl zu rufen, die beim Schrillen des Telefons automatisch den Blick hob (ich meinte, sie dabei zu sehen), beschränkten sie sich vermutlich darauf, ihr von weitem den

Hörer hinzuhalten, und nur Alberto mochte ihr allenfalls dabei noch, halb spöttisch, halb liebevoll, zuzwinkern.

Eines Tages entschloß ich mich, mir die Richtigkeit meiner Vermutungen von ihr bestätigen zu lassen. Schweigend hörte sie mich an.

»Ist es nicht so?« fragte ich drängend.

Aber es war nicht so. Da mir so viel daran liege, zu erfahren, wie es sich wirklich verhalte, hier die Aufklärung: in ihrem Hause, erklärte sie, verfügte jeder über einen Nebenanschluß in seinem Zimmer (nachdem sie ihn sich hatte legen lassen, hatten ihn auch die übrigen Familienmitglieder eingeführt); es war ein außerordentlich zweckmäßiges und sehr zu empfehlendes System, das erlaubte, zu jeder Tages- und Nachtzeit, ohne einen andern zu stören oder selbst gestört zu werden, zu telefonieren und sogar, was vor allem nachts ein Vorteil war, ohne das Bett verlassen zu müssen. – Was für eine Idee, meinte sie dann lachend, wie war ich nur darauf gekommen, daß sie immer alle wie in der *hall* eines Hotels zusammensäßen? Und warum wohl? Immerhin sei es merkwürdig, daß ich nie, wenn sie sich nicht sofort gemeldet hatte, das *klick* des Umschalters gehört hätte.

»Nein«, wiederholte sie entschieden, »zur Verteidigung der persönlichen Freiheit gibt es nichts Besseres als einen guten Nebenanschluß. Im Ernst, du solltest dir auch einen legen lassen. Was meinst du, wieviel du telefonieren würdest, besonders nachts!«

»Also jetzt sprichst du von deinem Zimmer aus mit mir?«

»Sicher. Und obendrein vom Bett aus.«

Es war elf Uhr vormittags.

»Du bist keine ausgesprochene Frühaufsteherin«, bemerkte ich.

»Ach, nun auch noch du!« beklagte sie sich. »Wenn mein Vater mit siebzig Jahren und bei dem, was heute vorgeht, immer noch um halb sieben Uhr aufsteht, um, wie er sagt, ein gutes Beispiel zu geben und uns davon abzuhalten, im weichen Daunenpfuhl zu faulenzen, dann mag es noch hingehen, aber wenn jetzt auch noch die besten Freunde anfangen, den Erzieher zu spielen, finde ich das wirklich zuviel. Weißt du, seit wann ich auf den Beinen bin, mein Lieber? Seit sieben Uhr. Und du wagst dich zu wundern, daß du mich um elf Uhr wieder im Bett antriffst! Übrigens schlafe ich keineswegs; ich lese, ich kritzele ein paar Zeilen an meiner Arbeit, und ich schaue aus dem Fenster. Ich tue immer eine Unmenge von Dingen, wenn ich im Bett bin. Die Bettwärme steigert meine Aktivität ganz unvergleichlich.«

»Beschreibe mir doch dein Zimmer.«

Sie ließ, zum Zeichen ihrer Weigerung, mehrmals einen schnalzenden Laut hören.

»Das niemals. *Verboten. Privat.* Ich kann dir, wenn du willst, beschreiben, was ich sehe, wenn ich aus dem Fenster schaue.«

Im Vordergrund erblickte sie die bartähnlichen Wipfel ihrer *Washingtoniae graciles*, die Regen und Wind ›in unwürdiger Weise‹ peitschten; und wer weiß, ob Tittas und Bepis Pflege – sie hatten schon begonnen, die Stämme mit den üblichen winterlichen Strohmänteln zu umwickeln – ausreichen würde, die Bäume in den kommenden Monaten vor dem Tod durch Erfrieren zu bewahren, der ihnen bei jedem Winterbeginn von neuem drohte, bisher aber glücklicherweise immer vermieden worden war. Dann, weiter hinten, sah sie, hin und wieder verborgen von ziehenden Nebelfetzen, die vier Türme des Kastells, die von den Regengüssen so schwarz wie ausgebrannte Holzscheite geworden waren. Und hinter den Türmen, so fahl, daß es einen schaudern machte, und auch sie ab und an vom Nebel verborgen, die fernen Marmorbilder der Domfassade und des Campanile ... Ach, der Nebel! Sie mochte ihn nicht, wenn er so war wie jetzt, daß man dabei an schmutzige Lappen denken mußte. Aber früher oder später hörte der Regen einmal auf, und dann wurde aus dem Nebel, wenn ihn des Morgens die schwachen Strahlen der Sonne durchdrangen, etwas Kostbares, zart Opalisierendes mit schillernden Reflexen – ganz ähnlich wie ihre *làttimi*, von denen sie das Zimmer voll hatte. Der Winter war langweilig, zugegeben, auch deshalb, weil man nicht Tennis spielen konnte; aber er bot auch manchen Ausgleich. »Denn es gibt keine Situation, wie trist und unerfreulich sie auch sei«, schloß sie, »die nicht am Ende auch eine Kompensation, und oft eine gewichtige, bietet.«

»*Làttimi?*« fragte ich. »Was ist das? Etwas zu essen?«

»Aber nicht doch«, erklärte sie in klagendem Ton, wie gewöhnlich über meine Unwissenheit entsetzt. »Das sind Dinge aus Glas, wie Trinkgläser und Kelche, kleine bauchige Fläschchen und Kästchen – Nippes, der Abfall des Antiquitätenhandels. In Venedig nennt man sie *làttimi*, anderswo *opalines* oder auch *flûtes*. Du kannst dir nicht vorstellen, *wie* ich in diese Dinge verliebt bin. Über dieses Thema weiß ich buchstäblich alles. Frag mich etwas, und du wirst es sehen.«

Es war in Venedig gewesen, fuhr sie fort, vielleicht unter dem Einfluß des dort herrschenden Nebels, der so grundverschieden war von unserem düsteren und dichten Flußnebel, unendlich viel leuchtender und vager (nur ein Maler auf der Welt hatte verstanden, ihn wiederzugeben, mehr noch als der späte Monet, *unser* De Pisis), es war in Venedig gewesen, daß sie begonnen hatte, sich für diese Dinge zu begeistern. Sie verbrachte viele Stunden reihum bei den Antiquitätenhändlern. Es gab unter ihnen, besonders in der Gegend von Campo San Samuele, Campo Santo Stefano oder im alten Ghetto, in der Richtung zum Bahnhof hin, solche, die, man kann sagen, gar nichts anderes zu verkaufen hatten. Ihre Onkel Giulio und Federico wohnten in der Calle del Cristo nahe der Kirche San Moisè. Gegen Abend ging sie, da sie nicht wußte, was sie sonst tun sollte, natürlich stets in Begleitung der Haushälterin Fräulein Blumenfeld (eine Jodé, eine feine jüdische Dame von sechzig Jahren aus Frankfurt am Main, in Italien bereits seit mehr als dreißig Jahren: ein wahres Klebepflaster!), gegen Abend ging sie in die Calle XXII Marzo auf die Jagd nach Glasnippes, nach *làttimi*. Campo Santo Stefano nun war nur wenige Schritte von San Moisè entfernt. Nicht aber San Geremia, wo das Ghetto liegt, das von San Moisè, wenn man über San Bartolomio und die Lista di Spagna geht, mindestens eine halbe Stunde entfernt ist; doch ist es ganz nahe: man braucht nur auf der Höhe des Palazzo Grassi über den Canal Grande zu setzen und dann seinen Weg über die Frari zu nehmen ... Aber um auf die *làttimi* zurückzukommen: Was für ein seliges Erschauern, das Erschauern eines Wünschelrutengängers, immer wenn es ihr gelungen war, etwas Neues und Seltenes aufzuspüren! Ich wollte wissen, auf wieviel Stücke sie ihre Sammlung gebracht hatte. Auf fast zweihundert.

Ich hütete mich wohl, ihr zu erklären, wie wenig, was sie mir da sagte, zu ihrer erklärten Abneigung paßte gegen jeden Versuch, die Dinge auch nur wenigstens für ein Weilchen dem unvermeidlichen Tod zu entreißen, der auch sie erwartete, gegen die Bewahrungssucht Perottis im besonderen. Worauf es mir ankam, war, daß sie mir von ihrem Zimmer erzählte, daß sie vergaß, eben erst ›verboten‹ und ›privat‹ gesagt zu haben.

Mein Wunsch wurde erfüllt. Sie sprach weiter von ihren Glasnippes (sie hatte sie wohlgeordnet in drei hohen dunklen Mahagoni-Regalen aufgestellt, die fast die ganze Wand gegenüber der, an der ihr Bett stand, bedeckten), und mittlerweile nahm ihr Zimmer – ich weiß nicht, wie weit es ihr selbst bewußt wurde – immer mehr Gestalt an und wurde allmählich in allen seinen Einzelheiten sichtbar.

Also, es hatte – der Vollständigkeit halber sei es erwähnt – zwei Fenster. Beide gingen nach Süden und waren so hoch über dem Boden angebracht, daß, wenn man am Fensterbrett stand und auf die weite Fläche des Parks hinuntersah und, weiter hinten, auf die Dächer, die sich jenseits des Parks, so weit der Blick reichte, erstreckten, man meinen konnte, auf dem Deck eines Überseedampfers zu stehen. Zwischen den beiden Fenstern stand ein viertes Regal, das für die englischen und französischen Bücher bestimmt war. Vor dem linken Fenster ein Schreibtisch mit grünem Bezug und einer Lampe, flankiert von einem Schreibmaschinentischchen und einem fünften Regal für Werke der italienischen Literatur, Klassiker wie Moderne, und Übersetzungen, aus dem Russischen vor allem, Puschkin, Gogol, Tolstoi, Dostojewski und Tschechow. Auf dem Fußboden ein großer Perserteppich, und in der Mitte des zwar langen, aber ein wenig schmalen Raums drei Sessel und ein Diwan à la Récamier, auf dem sie sich ausstrecken und ein Buch lesen konnte. Zwei Türen: eine, die zum Zimmer führte, hinten, neben dem linken Fenster, und umgekehrt unmittelbar zur Treppe und zum Fahrstuhl hinausführte, und die andere, wenige Zentimeter neben dem genau entgegengesetzten Zimmerwinkel, war die Tür zum Badezimmer. Nachts schlief sie, ohne die Jalousien ganz anzulehnen, mit einer stets brennenden kleinen Lampe auf dem Tischchen neben dem Bett, dazu den Teewagen mit der Thermosflasche voll *Skiwasser* (und dem Telefon!) – so nahe, daß sie nur den Arm auszustrecken brauchte, um ihn zu erreichen. Wenn sie in der Nacht aufwachte, genügte es ihr, einen Schluck *Skiwasser* zu trinken (es war ja *so* bequem, es immer schön warm zur Verfügung zu haben – warum besorgte ich mir nicht auch eine Thermosflasche?) und sich dann wieder zurückzulehnen und den Blick über den opalisierenden Nebel ihrer geliebten *làttimi* schweifen zu lassen, damit der Schlaf, so unmerklich wie die Flut der Lagune in Venedig, langsam wiederkam und sie hinabzog und vernichtete.

Aber das blieben nicht unsere einzigen Gesprächsthemen.

Als wollte mich auch Micòl in der Illusion bestärken, es habe sich nichts geändert und zwischen uns gehe alles so weiter wie ›vorher‹, das heißt, als wir uns noch jeden Nachmittag sehen konnten, ließ sie keine Gelegenheit ungenutzt, mir jene wundervollen, ›unglaublichen‹ Tage ins Gedächtnis zurückzurufen.

Damals, bei unseren Gängen durch den Park, hatten wir von allem möglichen gesprochen, von Bäumen und Pflanzen, von unserer Kindheit und unseren Eltern. Von Bruno Lattes und Adriana Trentini aber, von *dem* Malnate, Carletto Sani, Tonino Collevatti und allen später noch Dazugekommenen war nur hin und wieder mit einer Kopfbewegung, einer Anspielung die Rede gewesen, ja, meist wurden sie von uns nur mit einem summarischen und etwas hochmütigen ›die da‹ bedacht.

Dagegen kehrte jetzt, am Telefon, unser Gespräch immer wieder auf jene zurück, und zwar besonders auf Bruno Lattes und Adriana Trentini, zwischen denen sich, wie Micòl überzeugt war, *etwas angesponnen* hatte. Aber wie denn! fragte sie immer wieder, war es möglich, daß ich es nicht bemerkt hatte? Es lag doch auf der Hand! Er ließ sie nicht einen Augenblick aus den Augen, und auch sie, obwohl sie ihn wie ihren Sklaven behandelte und gleichzeitig mit allen kokettierte, mit mir, mit diesem ungeselligen Malnate, sogar mit Alberto, auch sie schickte sich im Grunde gern darein. Der *liebe* Bruno! Mit seiner Sensibilität (einer, sagen wir es ruhig, ein wenig krankhaften Sensibilität – um sich davon zu überzeugen, brauchte man nur zu beobachten, wie er diese beiden sympathischen kleinen Dummköpfe vom Schlage des kleinen Sani und des jungen Collevatti buchstäblich verehrte!), mit seiner Sensibilität mußte er sich auf gewiß nicht leichte Monate vorbereiten, wenn man die gegenwärtige Situation bedachte. Adriana hatte sich zwar zweifellos engagiert (ja, eines Abends hatte sie die beiden in der *Hütte* überrascht, wie sie sich, auf dem Diwan halb ausgestreckt, mit aller Leidenschaft küßten), aber ob sie der Mensch war, eine derart folgenschwere *Geschichte* durchstehen zu können, allen Rassengesetzen zum Trotz und gegen den Willen seiner und ihrer Eltern, das war eine andere Frage. Bruno sah jedenfalls keinem leichten Winter entgegen, wirklich nicht. Nicht etwa, daß Adriana ein schlechtes Mädchen wäre, o nein! Fast so groß wie Bruno, blond und mit dem klaren Teint einer Carole Lombard, wäre sie vielleicht in einer anderen Zeit genau das Mädchen gewesen, das Bruno brauchte, der, wie man sah, eine Vorliebe für den ›betont arischen‹ Typ hatte. Daß sie im übrigen ein bißchen leichtsinnig und oberflächlich war und, ohne es zu wissen, grausam, nun ja, auch das war nicht zu leugnen. Ob ich mich nicht erinnere, was für ein böses Gesicht sie damals dem unglücklichen Bruno gezeigt habe, als sie mit ihm das berühmte Revanchespiel gegen das Paar Désirée Baggioli und Claudio Montemezzo verloren hatte? Es war vor allem sie, die den Kampf verloren hatte, mit der Unmenge von Doppelfehlern, die sie sich geleistet hatte – wenigstens drei für jedes *game* –, und durchaus nicht Bruno! Aber gewissenlos, wie sie war, tat sie im Verlauf des ganzen Spiels nichts anderes, als ihm die schlimmsten Vorwürfe an den Kopf zu werfen, als ob er nicht, der Ärmste, schon selbst ganz niedergeschlagen gewesen wäre. Es sei ja eigentlich zum Lachen gewesen, wenn die Sache, recht besehen, nicht ziemlich bittere Folgen gehabt hätte! Aber, als steckte eine Absicht dahinter, Moralisten wie Bruno verliebten sich sowieso stets in kleine Mädchen vom Typ Adrianas, und das bedeutete Eifersuchtsszenen, Verfolgungsjagden, Tränen, Schwüre, wenn nicht gar Ohrfeigen und ... Liebhaber ohne Ende, mit denen sie ihn betrog. Nein, nein, alles in allem mußte Bruno den Rassengesetzen noch eine Kerze stiften. Ihm stand wohl ein schwieriger Winter bevor, aber vor der schlimmsten Torheit würden ihn die, wie man sieht, zuweilen auch nützlichen Rassengesetze bewahren: sie zu heiraten.

»Findest du nicht?« wandte sie sich an mich. »Außerdem ist auch er, wie du, ein Literat mit dem Ehrgeiz zu schreiben. Ich glaube, vor zwei oder drei Jahren einmal Gedichte von ihm auf der Feuilletonseite des *Padano* gelesen zu haben. Sie hatten einen Sammeltitel: *Gedichte eines Avantgardisten.*«

»Ojemine!« entfuhr es mir. »Aber was willst du damit sagen? Ich sehe den Zusammenhang nicht.«

Ich hörte sehr wohl ihr lautloses Lachen.

»Aber doch«, sagte sie. »Ein bißchen Liebeskummer wird ihm am Ende nicht schlecht bekommen. ›*Non mi lasciare ancora, sofferenza*‹, sagt Ungaretti. Will er schreiben? Nun, dann lassen wir ihn einstweilen im eigenen Saft schmoren. Dann werden wir sehen. Übrigens braucht man ihn nur zu beobachten: man sieht ihm doch an, daß er im Grunde nichts anderes will als leiden.«

»Du bist von einem ekelhaften Zynismus; du und Adriana, ihr paßt gut zusammen.«

»Hier irrst du. Du beleidigst mich sogar. Adriana ist ein Unschuldsengel. Vielleicht kapriziös, aber unschuldig wie ›all die Weibchen all der Tiere, die sich heiter-gelassen um Gott scharen‹. Während Micòl gut ist – ich habe es dir schon einmal gesagt, und ich wiederhole es dir – und immer weiß, was sie tut; denk daran.«

Sie sprach auch, wenngleich seltener, von Giampiero Malnate, dem gegenüber sie immer eine merkwürdige Haltung eingenommen hatte, die im Grunde kritisch und sarkastisch war, als wäre sie auf seine Freundschaft mit Alberto eifersüchtig – die allerdings ein wenig exklusiv war –, wollte aber gleichzeitig ihre Eifersucht nicht eingestehen und täte gerade deswegen alles, um ›das Idol zu zerstören‹.

Nach ihrer Ansicht war an Malnate nichts Besonderes, nicht einmal in physischer Hinsicht. Zu groß, zu dick, zu sehr ›Vater‹, als daß er in dieser Hinsicht ernsthaft in Betracht käme. Er war einer dieser stark behaarten Männer, die, sooft sie sich auch am Tage rasieren mögen, immer ein bißchen schmutzig und ungewaschen aussehen – und das war, gradheraus gesagt, *unmöglich*. Vielleicht waren seine Augen, nach dem bißchen, was man davon durch die fingerdicken Gläser, mit denen er sich zu tarnen pflegte, erkennen konnte (sie schienen ihn in Schweiß zu setzen, so daß man sie ihm am liebsten abgenommen hätte), vielleicht also waren seine Augen nicht übel, graue, ›stahlgraue‹, sehr männliche Augen. Jedenfalls aber waren es zu ernste und strenge Augen. Von Konstitutions wegen allzu ehemännlich. Ungeachtet aller zur Schau getragenen trotzigen Frauenfeindschaft drohten da derart ewige Gefühle, daß sie jedes, selbst das ruhigste und sittsamste Mädchen zum Erschauern bringen müßten.

Er war ein richtiger Muffel, und dabei gar nicht so originell, wie er anscheinend glaubte. Ob ich darauf wetten wolle, daß er, wenn man ihn nur einmal gründlich ausfragte, plötzlich mit der Erklärung herausrückte, daß er sich im Stadtanzug nicht wohl fühle und selbstverständlich lieber die Windjacke und Knickerbockers anziehe zu Bergstiefeln, wie es sich gehörte für das unvermeidliche Weekend auf dem Monte Mottarone oder Monte Rosa? Seine Pfeife, von der er sich nie trennte, war in dieser Hinsicht einigermaßen aufschlußreich; sie bedeutete ein ganzes Programm männlich-strenger, alpinistischer Einfachheit; ja, sie war wie ein Banner.

Richtig, die Freundschaft mit Alberto war groß, obwohl Alberto, vom Charakter her passiver als ein Punchingball, im Grunde mit allen und mit keinem befreundet war. Sie hatten ganze Jahre in Mailand zusammen gelebt, und das fiel gewiß ins Gewicht. Aber hielt ich nicht auch ihr ständiges Die-Köpfe-Zusammenstecken für etwas übertrieben? *Pissi pissi, bau bau* – kaum hatten sie sich getroffen, als bereits nichts und niemand mehr sie zurückhalten konnte, sich gemeinsam abzusondern und unaufhörlich miteinander zu reden. Und wovon wohl? Frauen? Ach, was! Darauf würde sie keine zwei

Soldi wetten, da sie ja Alberto kannte und wußte, wie zurückhaltend, um nicht zu sagen rätselhaft er in dieser Beziehung war.

»Kommt ihr immer noch mit ihm zusammen?« entschloß ich mich eines Tages zu fragen, und zwar in einem so gleichgültigen Ton, wie es mir nur möglich war.

»Aber ja – ich glaube, er kommt immer noch von Zeit zu Zeit, um seinen Alberto zu sehen«, antwortete sie ruhig. »Sie ziehen sich in sein Zimmer zurück, trinken Tee und rauchen Pfeife (auch Alberto hat damit vor kurzem angefangen) und – die Glücklichen! – tun nichts anderes als reden, reden, reden.«

Sie war zu intelligent und sensibel, um nicht zu erraten, was sich hinter meiner Gleichgültigkeit in Wahrheit verbarg, nämlich der unversehens brennend gewordene – und verräterische – Wunsch, sie wiederzusehen. Aber sie benahm sich so, als hätte sie nichts bemerkt, und deutete auch nicht einmal indirekt die Möglichkeit an, daß auch ich früher oder später Gast in ihrem Hause sein könne.

2

Die Nacht, die auf dieses Gespräch folgte, verbrachte ich in großer Erregung. Ich schlief ein, wachte auf und schlief schließlich wieder ein. Und immer träumte ich weiter von ihr. Ich träumte zum Beispiel, wieder genau wie am ersten Tage im Garten der Finzi-Contini zu sein und ihr zuzusehen, wie sie mit Alberto Tennis spielte. Auch jetzt, in meinem Traum, ließ ich sie keinen Moment aus den Augen. Wieder sagte ich mir, daß sie herrlich war und mir gerade so gefiel, gerötet und schwitzend und mit dieser senkrechten Stirnfalte, die ihren Eifer und ihre fast wilde Entschlossenheit verriet – gerade so, ganz angespannt, wie sie war, in dem Bemühen, den lächelnden, ein wenig schlappen und gelangweilten großen Bruder zu schlagen. Aber jetzt fühlte ich mich beklommen von einem Unbehagen, einer Bitterkeit und einem kaum erträglichen Schmerz. Was, fragte ich mich verzweifelt, war von dem Mädchen von vor zehn Jahren in dieser Micòl von zweiundzwanzig Jahren in Shorts und Baumwollhemd geblieben, in dieser so unabhängig, sportlich und modern wirkenden Micòl (vor allem unabhängig!), daß man glauben konnte, sie hätte die letzten Jahre ausschließlich an den Kultstätten des internationalen Tennissports in London, Paris, an der Côte d'Azur und in Forest Hills verbracht? Doch, das da – stellte ich vergleichend fest – war von dem kleinen Mädchen geblieben: das weiche blonde Haar mit den fast weißen Strähnen darin, die nordischblauen Augen, die Honigfarbe ihrer Haut und auf der Brust die kleine Goldmedaille von El-schaddaj, die hin und wieder im Halsausschnitt ihres Hemds aufblitzte. Aber sonst?

Dann saßen wir wieder in der geschlossenen Kutsche mit ihrem grauen, muffigen Dämmer – und oben, auf dem Bock, Perotti, bewegungslos, stumm, bedrückend. Wenn Perotti da oben saß, überlegte ich mir, und uns hartnäckig den Rücken zeigte, dann tat er das gewiß, um nicht sehen zu müssen, was im Innern des Wagens geschah oder doch geschehen könnte, mit anderen Worten: aus der Diskretion des Dieners heraus. Dabei war er trotzdem über *alles* im Bilde, der alte Fuchs, und ob er es war! Seine Frau, die blasse Vittorina, die zwischen den halb angelehnten Torflügeln der Remise hereinspähte (von Zeit zu Zeit sah ich ihren kleinen Reptilskopf mit den blanken, glatten rabenschwarzen Haaren vorsichtig hinter der Tür hervorkommen, auch ein Auge, von gleicher Farbe, das mißvergnügt und besorgt dreinblickte), seine Frau stand dort, halb drinnen, halb draußen, Wache, und verständigte sich mit ihm wie vereinbart mit verstohlenen kleinen Gebärden und Grimassen.

Sogar in ihrem Zimmer waren wir, Micòl und ich, aber auch diesmal nicht allein, vielmehr ›geniert‹ – sie hatte mir das Wort zugeflüstert –, geniert durch die unvermeidliche Gegenwart Fremder – diesmal war es Jor, der inmitten des Zimmers kauerte wie ein gewaltiges Idol aus Granit und uns starr aus seinen Eisaugen anblickte, von denen eins schwarz, das andere blau war. Das Zimmer war lang und eng, genau wie die Remise, und wie die Remise voll von eßbaren Dingen, von Pampelmusen, Orangen, Mandarinen – und vor allem von *làttimi,* die reihenweise wie Bücher auf den Brettern der hohen, bis zur Decke reichenden schwarzen Regale standen, die so streng und irgendwie sakral wirkten; denn die *làttimi* waren keineswegs Glasnippes, wie mir Micòl hatte einreden wollen, sondern im Gegenteil, genau wie ich vermutet hatte, Käse, und zwar kleine, tropfende, weißliche Käsestücke in Flaschenform. Lachend bestand sie darauf, daß ich einen ihrer Käse probierte, und schon stellte sie sich auf die Zehenspitzen, schon war sie im Begriff, mit der Hand einen von den obersten zu erreichen (die, die oben lagen, waren die besten, erklärte sie mir, nämlich die frischesten), aber ich weigerte mich entschieden, verängstigt, wie ich war, nicht nur durch die Anwesenheit des Hundes, sondern auch durch das Bewußtsein, daß, während wir hier diskutierten, draußen in der Lagune die Flut rasch stieg. Wenn ich nur noch ein wenig zögerte, hatte mich die Flut endgültig blockiert, und ich konnte ihr Zimmer nicht mehr unbemerkt verlassen. Ich war nämlich nachts und in aller Heimlichkeit in Micòls Schlafzimmer gekommen – hinter dem Rücken von Alberto, dem Professor, der Signora Olga, der Großmutter Regina, den beiden Onkeln Giulio und Federico sowie dem treuherzigen Fräulein Blumenfeld. Und Jor, der einzige, der Bescheid wußte, der einzige Zeuge der *Geschichte,* die es *auch* zwischen uns gab, konnte nichts darüber erzählen.

Ich träumte auch, daß wir miteinander redeten, und zwar endlich ohne Verstellung, endlich mit offenen Karten.

Ein wenig stritten wir uns, wie gewöhnlich. Micòl behauptete, daß die *Geschichte* zwischen uns am ersten Tag begonnen habe, als wir, noch ganz unter dem Eindruck unseres überraschenden Wiedersehens und Wiedererkennens, von den anderen fort und in den Garten gelaufen waren, während ich widersprach: meiner Meinung nach hatte es schon vorher begonnen, damals am Telefon, als sie mir erklärt hatte, sie sei eine ›häßliche alte Jungfer mit einer roten Nase‹ geworden. Natürlich hatte ich ihr so ganz im Grunde nicht geglaubt. Und doch würde sie sich wohl kaum vorstellen können, sagte ich mit tränenerstickter Stimme, welchen Schmerz mir ihre Worte bereitet hatten. In all den folgenden Tagen bis zu unserem Wiedersehen hatte ich ständig darüber nachgedacht und mich nicht mehr beruhigen können.

»Na, schön, vielleicht hast du recht«, gab hier Micòl mitleidig nach und griff nach meiner Hand. »Wenn dir die Vorstellung, ich wäre häßlich geworden und hätte eine rote Nase bekommen, gleich so unangenehm war, dann gebe ich mich geschlagen, will sagen, daß du recht hast. Aber was können wir jetzt tun? Die Ausrede mit dem Tennisspiel haben wir nicht mehr, und andererseits, dich ins Haus kommen zu lassen, bei der Gefahr, daß du von der Flut blockiert wirst (da siehst du, wie es in Venedig ist), wäre weder sinnvoll noch gemütlich.«

»Ich sehe auch gar keine Notwendigkeit dazu«, erwiderte ich. »Schließlich könntest ja auch du das Haus verlassen.«

»Das Haus verlassen, *ich*?« rief sie laut und riß die Augen weit auf. »Nun möchte ich aber doch gern wissen, *dear friend*, wohin ich denn gehen sollte.«

»Ich – ich weiß nicht«, stammelte ich. »Auf den Montagnone zum Beispiel oder auf den Exerzierplatz in der Gegend vom Aquädukt oder, wenn du fürchtest, dich zu kompromittieren, auf den Platz der Certosa an der Seite der Via Borso. Dorthin gehen, wie du genau weißt, *alle* Liebespaare. Ich weiß nicht, wie es bei deinen Eltern war, aber meine sind zu ihrer Zeit auch dort hingegangen. Und was ist denn Schlimmes dabei, wenn man nur ein bißchen miteinander allein sein will? Es ist doch noch nicht so, als ob man eine richtige Liebschaft miteinander hätte. Noch steht man auf der ersten Stufe, am Rande des Abgrunds. Und von da bis in die Tiefe ist es noch ein weiter Weg!«

Schon war ich im Begriff hinzuzufügen, daß wir, wenn auch die Certosa nicht nach ihrem Geschmack war, ebensogut getrennt, in zwei verschiedenen Zügen, nach Bologna fahren könnten, um uns dort zu treffen. Aber sogar im Traum verlor ich den Mut und schwieg. Überdies schüttelte sie den Kopf und erklärte bereits lächelnd, daß dies alles vergeblich, unmöglich und ›verboten‹ sei; niemals würde sie mit mir zusammen das Haus und den Garten verlassen. Was sollte das heißen? Amüsiert blinzelte sie mir zu. Plante ich vielleicht, nachdem ich sie der Reihe nach zu all den bekannten Plätzen ›im Freien‹ gebracht hätte, die dem ›rohen Eros des heimischen Dorfs‹ so teuer waren, plante ich vielleicht schon jetzt, mit ihr nach Bologna zu fahren? Jawohl, nach Bologna, vielleicht in irgendein Grand Hotel, wie sie ihre Großmutter Josette bevorzugte, vom Typ *Brun* oder *Baglioni* – jedenfalls aber nach vorheriger Angabe unserer Personalien an der Rezeption, vollkommen gleichlautend in puncto Rassenzugehörigkeit?

Als ich am Abend des nächsten Tages aus Bologna, von der Universität, zurückkam – ich hatte mich plötzlich zu der Fahrt entschlossen –, hängte ich mich sogleich ans Telefon.

Es meldete sich Alberto.

»Wie geht's?« fragte er spöttisch, mit säuselnder Stimme, um mir wieder einmal zu zeigen, daß er meine Stimme erkannt hatte. »Es ist eine Ewigkeit her, daß wir uns gesehen haben. Wie geht es dir? Was machst du?«

Verwirrt und im Innersten aufgewühlt, begann ich Hals über Kopf drauflozureden. Ich sprach von allem möglichen:

von meiner Abschlußarbeit, die (was zutraf) wie eine unübersteigbare Mauer vor mir stünde; ich stellte Betrachtungen über das Wetter an, das nach dem Unwetter der letzten vierzehn Tage heute morgen einen Hoffnungsschimmer zu bieten schien (aber man konnte sich nicht allzusehr darauf verlassen – die scharfe kalte Luft sprach eine deutliche Sprache –, es war entschieden Winter geworden, und die schönen Tage vom Oktober mußten wir vergessen); außerdem gab ich einen detaillierten Bericht von meinem in aller Eile abgestatteten Besuch in Bologna.

Am Morgen, so berichtete ich, war ich in der Universität in der Via Zamboni gewesen, wo ich einiges im Sekretariat zu erledigen hatte, dann oben in der Bibliothek, um eine Reihe von Titeln der Bibliographie Panzacchis zu verifizieren, an der ich arbeitete. Später, gegen ein Uhr, war ich zum Essen ins Restaurant ›Pappagallo‹ gegangen, allerdings nicht in das sogenannte ›Pappagallo asciutto‹ zu Füßen der Torre degli Asinelli, das, abgesehen davon, daß es überaus teuer war, mir auch kulinarisch hinter seinem Ruf zurückzustehen schien, vielmehr in das andere Restaurant ›Pappagallo‹, das ›Pappagallo in brodo‹ in einer kleinen Seitenstraße der Via Galliera, dessen Spezialität eben gekochtes Rindfleisch und Suppen waren, und zwar zu wahrhaft bescheidenen Preisen. Am Nachmittag hatte ich ein paar Freunde gesehen, war durch die Bücherläden im Zentrum geschlendert, hatte Tee im Zanarini getrunken, an der Piazza Galvani, am Ende des Portico del Pavaglione; kurz, ich hatte den Tag dort nicht schlecht verbracht, schloß ich, »beinahe wie früher, als ich noch regelmäßig die Vorlesungen besuchte«.

»Stell dir vor«, erzählte ich plötzlich weiter – und wer weiß, welcher Dämon mir eine solche, völlig aus der Luft gegriffene Geschichte eingab –, »bevor ich wieder zum Bahnhof ging, fand ich sogar noch Zeit, einen Blick in die Via dell'Oca zu werfen.«

»In die Via dell'Oca?« fragte Alberto mit plötzlich lebhafterer Anteilnahme, dabei wie eingeschüchtert.

Mehr war nicht nötig, um mich die gleiche ein wenig grausame Neigung in mir entdecken zu lassen, die meinen Vater dazu vermochte, den Finzi-Contini gegenüber sehr viel grobschlächtiger und sehr viel ›assimilierter‹ aufzutreten, als er es wirklich war.

»Was?« fragte ich laut. »Du hast noch nie etwas von der Via dell'Oca gehört? Aber da ist doch eine der ... berühmtesten kleinen Familienpensionen von Italien!«

Er hüstelte verlegen.

»Nein, ich kenne sie nicht«, sagte er.

Unvermittelt Ton und Thema wechselnd, sprach er nun davon, daß auch er bald nach Mailand fahren und sich dort mindestens eine Woche aufhalten müßte. Bis Juni war es nicht mehr so lange, wie es scheinen mochte, und einen Professor, der ihn in den Stand setzte, über ›irgendein beliebiges Thema eine dahingehuschte Arbeit zusammenzuschreiben‹, hatte er noch nicht gefunden – und auch nicht gesucht, um die Wahrheit zu sagen.

Darauf wechselte er neuerdings das Thema und fragte mich, ob ich vielleicht vor kurzem auf dem Rad die Mura degli Angeli entlanggekommen sei. Er sei in diesem Augenblick gerade im Garten gewesen, um zu sehen, in welchem Zustand wohl der Tennisplatz nach dem Regen war. Aber er hatte wegen der großen Entfernung und auch, weil man kaum noch sehen konnte, nicht mit Sicherheit feststellen können, ob tatsächlich ich der Bursche auf dem Rad gewesen war, der, ohne abzusteigen, sich mit einer Hand an einen Baum stützend, dort oben gestanden und herübergesehen hatte. So, dann war ich es also gewesen, fuhr er fort, nachdem ich nicht ohne Zögern zugegeben hatte, daß ich für den Heimweg vom Bahnhof aus die Straße an der Mura gewählt hatte – und zwar, wie ich ihm erklärte, aus meinem tiefen Abscheu heraus, der mich jedesmal packte, wenn ich an gewissen ›widerlichen Fratzen‹ vor dem Caffè della Borsa auf der Via Roma oder, in Abständen verteilt, längs des ganzen Corso Giovecca vorbeikam. – Ach so, dann sei ich es also gewesen, wiederholte er. Das habe er sich doch gleich gedacht! Warum ich dann aber nicht auf sein Rufen und Pfeifen reagiert hatte? Hätte ich es nicht gehört?

Nein, ich hatte es nicht gehört, log ich noch einmal, ja, ich hatte nicht einmal bemerkt, daß er im Garten gewesen war. Und nun hatten wir uns wirklich nichts mehr zu sagen, nichts, mit dem sich das Schweigen, das plötzlich zwischen uns stand, überbrücken ließ.

»Aber ... du wolltest Micòl sprechen, nicht wahr?« fragte er endlich, als erinnerte er sich plötzlich.

»Ja«, antwortete ich. »Macht es dir nichts aus, wenn du sie mir gibst?«

Mit dem größten Vergnügen hätte er mich mit ihr verbunden, erwiderte er, nur daß sie – und es war schon *sehr* merkwürdig, daß mir ›dieser Engel‹ allem Anschein nach nichts davon gesagt hatte –, daß Micòl also am frühen Nachmittag nach Venedig abgereist war, auch sie mit dem Programm, ihre Abschlußarbeit endlich hinter sich zu bringen. Zum Mittagessen war sie, fix und fertig für die Reise angezogen, erschienen, mit Koffern und allem, was dazugehörte, und hatte ›der bestürzten Familie‹ mitgeteilt, was sie vorhatte. Sie war es leid, hatte sie erklärt, sich noch länger mit ihrer kleinen Schulaufgabe herumzuschleppen. Darum wollte sie statt im Juni schon im Februar ihr Examen machen, was ihr in Venedig, mit den Bibliotheken Marciana und Querini-Stampalia zur Verfügung, sehr wohl gelingen werde, während in Ferrara ihre Arbeit über Emily Dickinson niemals mit der nötigen Leichtigkeit vonstatten gehen konnte, und zwar aus einer ganzen Reihe von Gründen. So hatte das Mädchen gesagt. Allerdings war es die Frage, ob Micòl sich mit der niederdrückenden Atmosphäre von Venedig und einem Hause, das sie nicht liebte – dem ihrer Onkel –, würde abfinden können. Nichts war leichter vorzustellen, als daß wir sie in einer oder in zwei Wochen mit einem langen Gesicht zurückkommen sähen. Er würde glauben zu träumen, wenn Micòl es nur ein einziges Mal aushielte, länger als drei Wochen am Stück von Ferrara fortzubleiben ...

»Nun, wir werden ja sehen«, schloß er. »Aber was hältst du davon, wenn wir (diese Woche paßt es nicht, die nächste auch nicht, aber die übernächste, ja, ich denke wirklich, dann ginge es), was hieltest du davon, wenn wir mit dem Auto nach Venedig führen? Es wäre doch amüsant, wenn wir dem Schwesterchen plötzlich auf die Bude rückten, ich, du und *der* Giampi Malnate zum Beispiel!«

»Das wäre eine Idee«, sagte ich. »Warum nicht? Darüber ließe sich reden.«

»Einstweilen«, fuhr er fort – und ich spürte in seinen Worten deutlich den Wunsch, mir sofort einen Ausgleich zu bieten für das, was er mir soeben hatte mitteilen müssen –, »einstweilen – verzeih, natürlich nur, wenn du nichts Besseres zu tun hast –, warum kommst du nicht einmal zu mir, sagen wir, morgen, gegen fünf Uhr nachmittags? *Der* Malnate wird, glaube ich, auch kommen. Wir werden zusammen Tee trinken – ein paar Platten hören – und miteinander plaudern. Ich weiß zwar nicht, ob dir als Mann der Literatur der Sinn danach steht, mit einem Ingenieur (das wäre ich) und einem Industriechemiker zusammenzusein. Aber wenn du zu kommen *geruhst*, dann mach keine Umstände und komm, denn uns würdest du nur eine Freude machen.«

So ging es noch ein Weilchen weiter, Alberto immer eifriger und ganz begeistert von seiner Idee, mich einzuladen, die ihm, wie es schien, spontan gekommen war, und ich zugleich davon verlockt und abgestoßen. Allerdings, er hatte recht gehabt – ich sah die Szene wieder vor mir –, vor kurzem hatte ich oben auf der Mura gestanden und fast eine halbe Stunde lang in den Garten geschaut; vor allem das Haus hatte ich betrachtet, das sich, von meinem Standort aus und durch die fast kahlen Zweige der Bäume hindurch gesehen, von der Basis bis zum spitzen Dach mit feiner, scharfer Kontur wie ein heraldisches Emblem in den abendlichen Himmel einzeichnete. Zwei Fenster im Mezzanin, auf der Höhe der Terrasse, von der aus man in den Garten hinabstieg, waren bereits erleuchtet, und auch aus dem einzigen kleinen Fenster ganz oben, das knapp unter der Spitze des krönenden Türmchens lag, drang ein Lichtschein. Lange Zeit hatte ich mit schmerzenden Augen auf dieses kleine Licht aus dem obersten Fenster gestarrt, ein friedlicher, ein wenig zitternder Schimmer, schwebend in der allmählich wachsenden Dunkelheit, wie von einem Stern –, und erst Albertos Pfeifen und Jodeln, das von weitem herüberdrang und zusammen mit der Furcht vor Entdeckung den brennenden Wunsch in mir weckte, sogleich die Stimme Micòls am Telefon wiederzuhören, hatte mich am Ende von dort vertrieben ...

Und nun? fragte ich mich untröstlich, was bedeutete es mir jetzt noch, in *ihr* Haus zu kommen, wenn ich dort Micòl nicht mehr sehen konnte?

Aber die Mitteilung, die mir meine Mutter machte, als ich das Telefonkämmerchen verließ, nämlich daß Micòl Finzi-Contini mich um die Mittagszeit angerufen hatte (»Sie hat mich gebeten, dir zu sagen, daß sie nach Venedig fahren mußte; sie läßt dich grüßen und wird dir schreiben«, fügte meine Mutter hinzu, ohne mich dabei anzusehen), diese Mitteilung genügte, um meine Stimmung im Nu zu ändern. Ja, von diesem Augenblick an schien mir die Zeit bis zum nächsten Nachmittag fünf Uhr unerträglich langsam zu vergehen.

3

Von dieser Zeit an wurde ich nun, man kann sagen, täglich in der kleinen Privatwohnung Albertos (er selbst sprach von seinem Studio, und ein Studio war es tatsächlich, an das Schlafzimmer und Bad anstießen) empfangen, in dem berühmten ›Zimmer‹ hinter der Doppeltür, aus dem Micòl, wenn sie nebenan den Korridor entlangging, nur verworren die Stimmen ihres Bruders und seines Freundes Malnate hörte, und in dem mir, abgesehen von dem Dienstmädchen, das den Teewagen hereinschob, im Laufe des ganzen Winters nie irgendein anderes Familienmitglied begegnete. Ach, der Winter 1938 auf 39! Ich erinnere mich gut an diese langen Monate, in denen nichts geschah, die wie herausgehoben waren aus der Zeit und ihrer Hoffnungslosigkeit (im Februar fiel Schnee; Micòl zögerte ihre Rückkehr aus Venedig noch hinaus), und noch heute, nach mehr als zwanzig Jahren, fühle ich wieder, wie damals die vier Wände des Studios von Alberto Finzi-Contini für mich täglich so unentbehrlich geworden waren wie irgendein Laster oder eine Droge, nur daß es mir selbst unbewußt geblieben war ...

Gewiß, ich war durchaus nicht hoffnungslos oder verzweifelt an jenem ersten Abend im Dezember, an dem ich wieder auf dem Rad durch den Barchetto del Duca fuhr. Micòl war verreist, und doch radelte ich bei Dunkelheit und Nebel über die Zufahrtsallee, als ob ich erwartete, in wenigen Augenblicken sie und nur sie wiederzusehen. Ich war froh erregt, beinahe glücklich. Ich blickte geradeaus und suchte mit dem Scheinwerfer all die Orte einer Vergangenheit, die mir wohl fern schien, die aber noch erreichbar, noch nicht verloren war.

Da war die Bambuspflanzung, und etwas weiter, auf der rechten Seite, der undeutliche Umriß des Bauernhauses der Perottis – aus einem Fenster im ersten Stock drang schwach ein gelblicher Lichtschein; dann kam mir geisterhaft der Aufbau der Brücke über den Panfilio-Kanal entgegen, und schließlich, sich bereits ankündigend durch das Knirschen der Reifen auf dem kiesbestreuten Platz, tauchte die *magna domus* mit ihren gewaltigen Umrissen vor mir auf, unzugänglich wie ein einsamer Fels, vollkommen dunkel, abgesehen von dem grellweißen Licht, das zu ebener Erde aus einer kleinen Tür flutete, die sich augenscheinlich zu meinem Empfang geöffnet hatte.

Ich stieg vom Rad und blieb einen Augenblick stehen, um durch die Tür zu blicken, in der sich niemand zeigte. Ich sah, schräg abgeschnitten durch die schwarze Kulisse des linken Türflügels, der geschlossen geblieben war, eine steile, mit einem roten Läufer bedeckte Treppe – es war ein leuchtendes, scharlachfarbenes, blutiges Rot –, an jeder Stufe von einer Messingstange gehalten, die blitzte und funkelte, als wäre sie aus Gold.

Ich lehnte das Rad an die Mauer und bückte mich, um es mit dem Vorhängeschloß abzuschließen. In dieser Haltung stand ich noch, im Schatten, neben der Tür, durch die nicht nur Licht, sondern auch die wohltuende Wärme der Zentralheizung drang (es gelang mir in der Dunkelheit nicht, das Schloß zu schließen, so daß ich bereits daran dachte, ein Streichholz anzuzünden, um besser zu sehen), als ich plötzlich die bekannte Stimme des Professors neben mir vernahm.

»Was machst du da? Schließt du es ab?« fragte Professor Finzi-Contini von der Schwelle her. »Aber ja, du hast recht. Man kann nie wissen. Man kann nicht vorsichtig genug sein.«

Wie gewöhnlich im Zweifel darüber, ob er sich mit seiner ein wenig wehleidigen Liebenswürdigkeit heimlich über mich lustig machte, richtete ich mich auf.

»Guten Abend«, grüßte ich, zog meinen Hut und gab ihm die Hand.

»Guten Abend, lieber Freund«, erwiderte er. »Aber bitte, behalte doch den Hut auf!«

Ich fühlte, wie sich seine kleine dicke Hand träge in die meine schob, aber sofort wieder zurückgezogen wurde. Statt eines Hutes trug er eine alte Sportmütze, die seine Brille fast verdeckte, und um den Hals hatte er einen wollenen Schal geschlungen.

Er blickte mit einem mißtrauischen Blinzeln zur Seite, in die Richtung, wo mein Fahrrad stand.

»Du hast es doch abgeschlossen, nicht wahr?«

Ich verneinte. Und jetzt war er es, der unwillig darauf bestand, daß ich umkehre und ihm den Gefallen tue, das Rad abzuschließen, denn, so wiederholte er, man wisse ja nie. Ein Diebstahl sei zwar unwahrscheinlich, fuhr er, auf der Schwelle stehend, fort, während ich von neuem bemüht war, den Bügel meines Vorhängeschlosses zwischen die Speichen des Hinterrads zu schieben – aber andererseits könne man sich auf die Gartenmauer auch nur bis zu einem gewissen Grade verlassen. Es gab in ihrem Verlauf, zumal an der Seite der Mura degli Angeli, zumindest ein Dutzend Stellen, an denen es einem auch nur einigermaßen aufgeweckten Jungen keine Schwierigkeit bereiten würde, sie zu erklimmen. Dann wieder zu verschwinden, wenn auch mit der Last des Fahrrads auf den Schultern, wäre für einen solchen Jungen ein fast ebenso leicht zu bewerkstelligendes Unternehmen.

Endlich war es mir gelungen, das Schloß zum Einschnappen zu bringen. Ich hob den Blick, aber in der Tür stand niemand mehr.

Der Professor erwartete mich in dem kleinen Flur vor der Treppe. Ich betrat das Haus und zog sorgfältig die Tür hinter mir ins Schloß; erst in diesem Augenblick bemerkte ich, wie er mich ansah, unschlüssig und als bereute er etwas.

»Ich frage mich«, erklärte er, »ob du nicht das Rad besser gleich mit hereingebracht hättest ... Doch, höre auf mich: beim nächsten Mal bring dein Rad mit herein. Wenn du es da unter der Treppe unterstellst, stört es nicht im geringsten.«

Er wandte sich um und stieg vor mir die Treppe hinauf. Er ging langsam, gebeugter denn je, sich mit der Hand am Geländer festhaltend; er hatte noch immer die Mütze auf und den Schal um den Hals. Er sprach, besser, murmelte vor sich hin, als ob er mehr zu sich selber als zu mir spräche.

Alberto habe ihm gesagt, daß er heute meinen Besuch erwarte. So daß er, da sich Perotti heute morgen mit leichtem Fieber ins Bett gelegt hatte (es war nur eine kleine Bronchitis, aber sie wurde behandelt, schon um einer eventuellen Ansteckungsgefahr vorzubeugen), so daß er wieder einmal die Aufgabe des Wächters übernehmen mußte. Denn auf Alberto, immer vergeßlich und zerstreut, mit dem Kopf in den Wolken, war bekanntlich kein Verlaß. Wäre Micòl dagewesen, hätte er sich nicht im mindesten zu beunruhigen brauchen, denn Micòl – weiß der Himmel, wie sie es fertigbrachte – fand stets die Zeit, sich um alles zu kümmern, nicht nur um ihr Studium, sondern auch um das gute Funktionieren des ganzen Haushalts, welche Sorge sich auch, gewiß, auf die Küche erstreckte, der sie ein beinahe ebenso passioniertes Interesse bezeigte wie der Literatur. (Sie war es, die am Ende der Woche mit Gina und Vittorina abrechnete, sie besorgte persönlich das Schächten des Geflügels, wenn es nötig war, und das, obwohl sie die Tiere so sehr liebte, die Ärmste!) Nur war Micòl heute nicht im Hause (hatte mir wohl Alberto gesagt, daß sie nicht da war?), da sie leider gestern nachmittag nach Venedig reisen mußte; das erklärte denn auch, warum er, in Abwesenheit des ›Schutzengels‹ und Perottis, zu allem übrigen auch noch gezwungen war, vorübergehend den Portier zu spielen.

Er sprach noch von anderen Dingen, an die ich mich aber nicht mehr erinnere. Doch am Schluß kam er wieder auf

Micòl zurück, und diesmal nicht, um sie zu loben, sondern um sich über ihre ›Unruhe‹ zu beklagen, die ›sie seit kurzem ergriffen habe‹ –, eine Unruhe, die seiner Meinung nach von ›sehr vielen Faktoren‹ abhing, wie sich versteht, vor allem aber ... Hier schwieg er plötzlich, ohne noch irgend etwas hinzuzufügen. Während dieser ganzen Zeit waren wir nicht nur die Treppe hinaufgestiegen, hatten bereits zwei Korridore durchschritten, sondern waren auch durch mehrere Zimmer gekommen, wobei mir der Professor voranging und nur dann zurückblieb, wenn er auf unserem Weg nach und nach das Licht wieder ausschaltete.

Ganz in Anspruch genommen von dem, was ich über Micòl gehört hatte (das Detail, daß sie in der Küche eigenhändig den Hühnern den Hals durchschnitt, hatte mich merkwürdig fasziniert), sah ich, ohne eigentlich zu sehen. Übrigens waren die Zimmer, durch die wir kamen, nicht gar so verschieden von denen in anderen Häusern der guten Gesellschaft Ferraras, ob jüdisch oder nicht; auch sie zeigten die übliche Einrichtung: monumentale Schränke, schwere Barocktruhen mit Füßen in Form der Löwenklaue, Tische wie aus einem Refektorium, ›Savonarola‹-Stühle aus Leder mit Bronzebeschlägen, Klubsessel, komplizierte Kronleuchter aus Glas oder Schmiedeeisen, die von der Mitte der Kassettendecke herabhingen, dazu überall auf dem dunkelleuchtenden Parkett dicke Teppiche von der Farbe des Tabaks, der Karotte und des Ochsenbluts. Vielleicht gab es hier eine größere Zahl von Bildern aus dem neunzehnten Jahrhundert, Landschaften und Porträts, sowie von Büchern, großenteils gebunden, die in Reihen hinter den Glasscheiben der großen Bücherschränke aus dunklem Mahagoni standen. Und die großen Heizkörper der Zentralheizung strahlten eine Wärme aus, wie sie zum Beispiel bei uns zu Hause mein Vater als irre Verschwendung bezeichnet hätte (ich meinte, ihn zu hören!) – eine Wärme, wie sie eher einem Grandhotel als einem Privathaus entsprach, und tatsächlich so groß, daß ich sofort zu schwitzen begann und das Bedürfnis verspürte, den Mantel auszuziehen.

So schritten wir, er voran, ich ihm folgend, durch mindestens ein Dutzend Zimmer von ungleicher Größe – zuweilen weit wie wahre Säle, dann wieder klein, sogar winzig, und manchmal durch Gänge miteinander verbunden, die aber nicht immer gerade oder auch nur auf einer Ebene verliefen. Schließlich blieb der Professor mitten auf einem dieser Korridore vor einer Tür stehen.

»Da sind wir angekommen«, sagte er. Mit dem Daumen auf die Tür zeigend, blinzelte er mir zu.

Er entschuldigte sich, nicht mit mir kommen zu können, weil er noch einige Abrechnungen vom Gut durchzusehen habe; doch versprach er, uns sogleich ›eins der Mädchen mit etwas Warmem‹ zu schicken; dann, nachdem er mir die Hand gedrückt und das Versprechen abgenommen hatte, wiederzukommen (er halte noch immer die beiden Bändchen mit seinen kleinen Untersuchungen aus der Geschichte Venedigs für mich bereit; das solle ich nicht vergessen!), dann also wandte er sich um, ging auf dem Korridor weiter, bis er an seinem Ende rasch meinen Blicken entschwand.

Ich trat ein.

»Aha, du bist schon da«, begrüßte mich Alberto bei meinem Eintritt.

Er saß tief in seinem Sessel versunken. Er erhob sich, indem er sich mit den Händen von den Lehnen abstützte, legte das Buch, in dem er gelesen hatte, aufgeschlagen und mit dem Rücken nach oben, auf ein niedriges Tischchen neben dem Sessel und kam mir schließlich entgegen.

Er trug graue Hosen aus Vigognewolle, dazu einen seiner schönen Pullover in der Farbe welken Laubs, braune englische Schuhe (echte Dawson-Schuhe, wie er mir später erklärte; er bekam sie in Mailand, in einem ganz kleinen Geschäft in der Nähe der Kirche San Babila), ein am Halse offenes Flanellhemd ohne Krawatte; und zwischen den Zähnen stak ihm die Pfeife. Er drückte mir ohne übertriebene Herzlichkeit die Hand. Währenddessen blickte er über meine Schulter hinweg auf einen Punkt hinter mir. Was mochte dort seine Aufmerksamkeit erregen? Ich begriff es nicht.

»Entschuldige«, murmelte er.

Mit einer Seitwärtsbewegung seines langen Rückens ließ er mich stehen und ging an mir vorbei. Erst in diesem Augenblick wurde mir bewußt, daß ich die Doppeltür halb offengelassen hatte. Aber Alberto war schon zur Stelle, um sie selbst zu schließen. Er ergriff die Klinke der äußeren Tür, doch bevor er sie zuzog, streckte er den Kopf vor, um auf den Korridor hinauszusehen.

»Und Malnate?« fragte ich. »Ist er noch nicht gekommen?«

»Nein, noch nicht«, antwortete er, sich mir wieder zuwendend.

Er ließ sich meinen Hut, Schal und Mantel geben und verschwand damit in dem anstoßenden Zimmer. Von diesem Zimmer bekam ich bereits bei dieser Gelegenheit durch die Verbindungstür etwas zu sehen: einen Teil des Bettes mit einer sportlich wirkenden, rot und blau karierten Wolldecke darauf, am Fußende einen ledernen *pouf* und an der Wand neben der kleinen Tapetentür, die zum Bad führte und die ebenfalls halb geöffnet war, einen kleinen männlichen Akt von De Pisis in einem einfachen hellen Rahmen.

»Setz dich doch«, sagte Alberto. »Ich komme gleich.«

Tatsächlich erschien er sofort wieder, und wie er jetzt mir gegenübersaß, in dem gleichen Sessel, aus dem er sich soeben nicht ohne leichte Ostentation von Anstrengung, vielleicht auch Gelangweiltheit, erhoben hatte, musterte er mich mit dem merkwürdigen Ausdruck einer kühlen, objektiven Sympathie, die bei ihm, wie ich wußte, das höchste Interesse für einen anderen Menschen bekundete, dessen er fähig war. Er lächelte und entblößte dabei seine großen Schneidezähne, die für die Familie seiner Mutter charakteristisch waren – zu groß und zu kräftig für dieses längliche bleiche Gesicht, selbst für das Zahnfleisch, das nicht weniger blutleer schien als das Gesicht.

»Möchtest du etwas Musik hören?« fragte er mit einem Blick auf einen Radioapparat mit Plattenspieler, der in einer Ecke neben dem Eingang stand. »Es ist ein Philips, wirklich ausgezeichnet.«

Er machte Anstalten, sich wieder aus seinem Sessel zu erheben, aber ich hielt ihn zurück.

»Nein, warte«, sagte ich, »vielleicht später.«

Ich sah mich mit musternden Blicken im Zimmer um.

»Was für Platten hast du?«

»Ach, ein bißchen von allem: Monteverdi, Scarlatti, Bach, Mozart, Beethoven. Aber du brauchst nicht zu erschrecken, ich habe *auch* allerlei Jazzplatten: Armstrong, Duke Ellington, Fats Waller, Benny Goodman, Charlie Kunz ...«

Er fuhr fort, Namen und Titel aufzuführen, höflich und gelassen wie stets, aber auch voller Gleichgültigkeit – nicht mehr und nicht weniger, als stellte er mir zur Auswahl eine ganze Liste von Speisen zur Verfügung, die aber selbst zu probieren er sich sehr wohl gehütet hätte. Lebhaft – in Grenzen – wurde er erst, als er mir die Vorzüge *seines* Philipsapparates erläuterte. Es war, wie er sich ausdrückte, ein ziemlich außergewöhnlicher Apparat, und zwar auf Grund einiger ›genialer Abänderungen‹, von ihm ersonnen und mit Hilfe eines tüchtigen Mailänder Technikers ins Werk gesetzt. Diese Modifikationen wirkten sich vor allem auf die Qualität des Tons aus, der nicht mehr nur von einem einzigen Lautsprecher ausgesendet wurde, sondern von sage und schreibe vier verschiedenen ›Tonquellen‹. Da gab es also einen Lautsprecher für die tiefen, einen für die mittleren, einen für die hohen und einen für die ganz hohen Töne, so daß zum Beispiel durch den für die höchsten Töne bestimmten Lautsprecher – und hier grinste er – sogar das Pfeifen vollkommen echt ›kam‹. Und ich sollte nun nicht etwa denken, daß die vier Lautsprecher nebeneinander angebracht worden wären, o nein! *Innerhalb des Apparats* befanden sich nur zwei: der Lautsprecher für die mittleren und der für die hohen Töne. Was den Lautsprecher für die höchsten Töne betraf, so hatte er den Einfall gehabt, ihn da hinten neben dem Fenster zu verstecken, während er den vierten, für die tiefen Töne, gerade unter dem Diwan, auf dem ich saß, aufgestellt hatte – und das alles zu dem Zweck, damit auch eine gewisse stereophonische Wirkung zu erzielen.

In diesem Augenblick trat Dirce ein, im blauen Leinenkittel mit enggebundener weißer Schürze, und zog den Teewagen hinter sich her.

Ich entdeckte im Gesichtsausdruck Albertos eine leichte Verstimmung. Auch das Mädchen mußte sie bemerkt haben.

»Der Professor hat mir aufgetragen, den Tee sofort zu bringen«, sagte sie.

»Macht nichts. Dann werden wir einstweilen eine Tasse Tee trinken.«

Mit dem gelockten blonden Haar und den roten Wangen der Mädchen aus dem Voralpenland Venetiens hantierte die Tochter Perottis schweigend und mit gesenkten Augen mit dem Teegeschirr, setzte die Tassen auf den kleinen Tisch und zog sich dann zurück. In der Luft blieb ein guter Geruch nach Seife und Talkumpuder zurück. Sogar der Tee schmeckte ein wenig danach, wie mir schien.

Während ich trank, sah ich mich noch immer um. Ich bewunderte die Einrichtung dieses Zimmers, die so rational, funktionell, modern war, so von Grund aus anders als das ganze übrige Haus, und doch erfüllte mich – ich wußte nicht, warum – ein allmählich wachsendes Gefühl des Unbehagens und der Beklemmung.

»Gefällt dir, wie ich mein Studio eingerichtet habe?« fragte Alberto.

Er schien auf einmal begierig, meine Zustimmung zu hören – mit der ich dann selbstverständlich auch nicht zurückhielt, indem ich mich lobend über die Schlichtheit des Mobiliars verbreitete und vom Diwan aufstand, um aus der Nähe einen großen Zeichentisch zu mustern, der schräg vor dem Fenster stand und mit einer nach allen Seiten schwenkbaren metallenen Lampe versehen war, und schließlich, indem ich besonders die indirekte Beleuchtung lobte, die ich, wie ich erklärte, zugleich sehr wohltuend und für die Arbeit überaus günstig fand.

Er ließ mich sprechen und schien zufrieden zu sein.

»Hast du die Möbel selbst entworfen?«

»Das nicht; ich habe sie teils aus *Domus* und *Casabella*, teils aus *Studio*, weißt du, dieser englischen Zeitschrift, kopiert und dann hier in Ferrara von einem kleinen Schreiner in der Via Coperta anfertigen lassen.

Es freue ihn sehr, fügte er hinzu, daß mir seine Möbel gefielen. Wozu mußte man sich – sei es zum Wohnen, sei es zum Arbeiten – mit häßlichen Dingen oder altem Gerümpel umgeben? Giampi Malnate mochte (er errötete ein wenig bei der Nennung dieses Namens), Giampi Malnate mochte ruhig sagen, daß das Studio mit dieser Einrichtung mehr Ähnlichkeit mit einer *garconnière* als mit einem Arbeitszimmer habe, und überdies behaupten, als guter Kommunist, daß die *Dinge* an und für sich bestenfalls ein Palliativ, ein Surrogat, zu bieten vermögen, er aber ein grundsätzlicher Gegner aller Surrogate und Palliative sei, ein Gegner sogar der Technik, und zwar immer dann, wenn sie sich den Anschein gab, die Lösung sämtlicher Probleme des Individuums, einschließlich der moralischen und politischen, einer perfekt schließenden Schublade – um ein Beispiel zu geben – anzuvertrauen. Er jedenfalls – und er wies mit der Hand auf die eigene Brust – war anderer Meinung. Bei allem Respekt vor den Meinungen Giampis (doch, er war Kommunist – das wußte ich nicht?) fand er, daß das Leben ohnehin eine rechte Konfusion und Plage war, als daß es auch noch unsere Möbel und Geräte sein müßten, diese stummen, getreuen Zimmergefährten.

Es war das erste und das letzte Mal, daß ich ihn in Hitze kommen sah, daß ich erlebte, wie er für bestimmte Ideen Partei nahm. Wir tranken eine zweite Tasse Tee, aber die Unterhaltung ging nur noch stockend weiter, so daß wir Zuflucht in der Musik suchen mußten.

Wir hörten ein paar Platten. Dann kam Dirce mit einem Tablett voller Törtchen, bis gegen sieben Uhr endlich das Telefon läutete, das auf dem Schreibtisch gegenüber dem Zeichentisch stand.

»Wetten, daß es Giampi ist?« brummte Alberto und eilte an den Apparat.

Bevor er den Hörer abnahm, zögerte er einen Augenblick – wie der Spieler, der soeben seine Karten bekommen hat, um ein weniges den Augenblick hinauszögert, wo er dem, was ihm der Zufall bestimmt, ins Gesicht sieht.

Aber es war wirklich Malnate, wie mir sofort klar wurde.

»Und nun? Was machst du? Kommst du nicht mehr?« fragte Alberto mit einer fast kindlichen Enttäuschung in seiner Stimme.

Der andere antwortete ziemlich ausführlich. Ohne daß ich verstehen konnte, was Malnate sagte, hörte ich doch vom Diwan aus, wie vom Anprall seiner Stimme die Hörmuschel vibrierte, dieser breiten, ruhigen lombardischen Stimme. Schließlich vernahm ich ein *ciao,* und das Gespräch wurde beendet.

»Er kommt nicht«, sagte Alberto.

Langsam kehrte er zu seinem Sessel zurück, ließ sich hineinfallen und reckte sich gähnend.

»Er wird in der Fabrik noch aufgehalten«, fuhr er dann fort. »Wahrscheinlich hat er noch zwei oder drei Stunden zu tun. Er entschuldigt sich und hat mir aufgetragen, auch dich zu grüßen.«

4

Mehr als das oberflächliche ›Auf bald!‹, das Alberto und ich bei meinem Abschied gewechselt hatten, bewog mich ein Brief Micòls, der einige Tage darauf gekommen war, meinen Besuch zu wiederholen.

Es war ein geistreicher kleiner Brief, nicht allzu lang und auch nicht zu kurz, geschrieben auf vier Seiten blauen Briefpapiers, die sie mit ihrer stürmisch vorwärtseilenden und dabei leichten Handschrift, ohne jede Unsicherheit und ohne Korrekturen, rasch gefüllt haben mochte. Micòl begann mit einer Entschuldigung: sie sei ganz plötzlich abgereist und habe mir nicht einmal Auf Wiedersehen gesagt, und das, sie war bereit, es einzugestehen, sei nicht fein gewesen. Jedoch, so fügte sie hinzu, habe sie vor ihrem Aufbruch versucht, mich telefonisch zu erreichen, leider sei ich aber nicht zu Hause gewesen; überdies habe sie Alberto gebeten, sich um mich zu kümmern, falls ich mich nicht selbst wieder meldete. Hatte nun Alberto seinen Schwur gehalten, mich ›um jeden Preis‹ ins Haus zu holen? Mit seinem berühmten Phlegma verlor er am Ende jeden Kontakt wieder, und ich könnte mir nicht vorstellen, wie dringend er solche Kontakte brauchte, der Unglückliche! Der Brief ging noch zwei und eine halbe Seite weiter; er handelte von ihrer Abschlußarbeit, mit der sie nunmehr ›im Endspurt begriffen‹ war, erwähnte Venedig, das im Winter ›einfach zum Weinen‹ war, und schloß überraschend mit einem Gedicht von Emily Dickinson, das in ihrer Übersetzung folgendermaßen lautete:

*Ich starb für die Schönheit
und war kürzlich erst ins Grab gelegt,
als einer, der für die Wahrheit starb,
in das Grab neben dem meinen gelegt wurde.*

*Leise fragte er mich: »Warum bist du gestorben?«
»Für die Schönheit«, erwiderte ich.
»Und ich für die Wahrheit
– beide sind ein und dasselbe –
wir sind Geschwister«, sagte er.*

*Und so, als Kinder der gleichen Familie,
die sich eines Nachts begegneten,
unterhielten wir uns von Grab zu Grab,
bis das Gras uns den Mund
und den Namen bedeckte.*

Es folgte eine Nachschrift; hier ihr Wortlaut: »*Alas, poor Emily.* So sehen also die Kompensationen aus, an denen sich eine alte Jungfer schadlos halten muß!«

Die Übersetzung gefiel mir, doch vor allem gab mir die Nachschrift zu denken. Auf wen mußte ich sie beziehen? Wirklich auf *poor Emily* oder nicht vielmehr auf Micòl, Micòl in einer Phase der Depression und Selbstbemitleidung?

Bei meiner Antwort tat ich wieder einmal alles, um mich sozusagen hinter einem dichten Rauchvorhang zu verstecken. Nachdem ich zwar meinen ersten Besuch in ihrem Hause erwähnt und auch versprochen hatte, ihn bald zu wiederholen, dabei aber verschweigend, wie enttäuschend er für mich gewesen war, hielt ich mich klüglich strikt an das literarische Thema. Wundervoll, dieses Gedicht von der Dickinson, schrieb ich, aber prachtvoll auch ihre Übersetzung. Mich interessiere es gerade deshalb, weil es in einem etwas antiquierten, ›an Carducci gemahnenden Stil‹ geschrieben sei.

Mir habe vor allem anderen die Worttreue gefallen. Ich hatte dann, das Wörterbuch neben mir, ihre Übersetzung mit dem englischen Text verglichen, mit dem Ergebnis, daß ich sie vielleicht nur in einem einzigen Punkt fragwürdig fand, nämlich da, wo sie *moss,* was eigentlich Moos, Schimmel, Steinbewuchs bedeutet, mit ›Gras‹ übersetzt hatte. Wohlverstanden, schrieb ich weiter, ihre Übersetzung sei auch in ihrer jetzigen Form sehr gut, da beim Übersetzen immer eine schöne Ungenauigkeit einer pedantischen Plumpheit vorzuziehen ist. Jedenfalls aber lasse sich der von mir beanstandete Fehler aufs leichteste beheben. Man brauche dazu nur die letzte Strophe folgendermaßen umzubauen:

Und so, als Kinder der gleichen Familie,
die sich eines Nachts begegneten,
unterhielten wir uns von Grab zu Grab,
bis unsere Münder und Namen
das Moos bedeckte.

Zwei Tage darauf antwortete mir Micòl mit einem Telegramm, in dem sie mir ›von ganzem Herzen, wirklich!‹ für meine literarischen Ratschläge dankte. Am folgenden Tag kam ein Brief mit zwei neuen, auf der Maschine geschriebenen Fassungen der Übersetzung. Ich antwortete darauf mit einer Epistel von rund zehn Seiten, in der ich Punkt für Punkt auf ihren Brief einging. Alles in allem waren wir aber brieflich sehr viel verlegener und steifer als am Telefon, so daß wir es bald aufgaben, uns zu schreiben. Inzwischen aber hatte ich meine Besuche in Albertos Studio wieder aufgenommen, wo ich nun regelmäßig, man kann sagen täglich erschien.

Auch Giampiero Malnate pflegte zu kommen, fast so häufig und pünktlich wie ich. Bei unseren Gesprächen, Diskussionen, oft auch Streitereien – wir hatten uns vom ersten Augenblick an gehaßt und gleichzeitig gern gemocht – lernten wir uns rasch gründlich kennen und sagten sehr bald du zueinander.

Ich erinnerte mich an das, was Micòl über seine ›körperliche Erscheinung‹ gesagt hatte. Auch ich fand ihn, *den* Malnate, zu gewaltig und erdrückend, auch mir war wie ihr diese Aufrichtigkeit und Ehrlichkeit, diese ewige Beteuerung männlicher Offenheit oft genug geradezu unerträglich, ebenso wie seine ruhige Zuversicht in eine lombardisch und kommunistisch bestimmte Zukunft, die aus seinen allzu menschenfreundlich blickenden grauen Augen leuchtete. Desungeachtet hatte ich vom ersten Male an, da ich ihm gegenüber in Albertos Zimmer Platz nahm, nur den einen Wunsch gehabt, daß er mich achten und in mir keinen Eindringling sehen möge, der zwischen ihn und Alberto trat, und daß er schließlich die Zusammensetzung unseres Trios, dem er nun – und gewiß nicht aus eigenem Antrieb – angehörte, nicht schlecht gewählt fände. Daß auch ich zum Pfeifenraucher wurde, geht, glaube ich, auf eben diese Zeit zurück.

Wir sprachen von allem möglichen, Malnate und ich (Alberto zog es vor zuzuhören), aber selbstverständlich hauptsächlich von Politik.

Es war in den Monaten, die unmittelbar auf das Münchner Abkommen folgten, und dieses Abkommen mit seinen Konsequenzen war denn auch das häufigste Thema unserer Gespräche. Was würde Hitler jetzt tun, nachdem das Sudetenland glücklich dem Großdeutschen Reich einverleibt worden war? Nach welcher Richtung würde der nächste Schlag erfolgen? Ich für meinen Teil war nicht pessimistisch, und hier gab mir Malnate einmal recht. Meiner Ansicht nach werde das Abkommen, das Frankreich und England nach der Krise vom vorigen September hatten unterzeichnen müssen, nicht von langer Dauer sein. Gewiß, Hitler und Mussolini hatten Chamberlain und Daladier dazu gebracht, die Tschechoslowakei Beneschs ihrem Schicksal zu überlassen. Aber weiter? Chamberlain und

Daladier brauchten nur jüngeren und entschlosseneren Männern Platz zu machen (und das war gerade der Vorteil der parlamentarischen Demokratie, beteuerte ich lautstark), und sehr bald würden Frankreich und England in der Lage sein, die Zähne zu zeigen. Die Zeit, behauptete ich, konnte nur für sie arbeiten.

Aber es genügte, daß wir auf den Spanienkrieg kamen, der nunmehr in sein Endstadium getreten war, oder in irgendeiner Weise von der Sowjetunion sprachen, so daß Malnates Haltung gegenüber den westlichen Demokratien und mir, in dem er, der Argumentation zuliebe, ironischerweise ihren Vertreter und Paladin sah, im Handumdrehen an Konzilianz verlor. Ich sehe noch, wie er seinen großen braunen Kopf mit der schweißglänzenden Stirn vorstreckte und mich mit seinen Blicken durchbohrte in seinem üblichen unerträglichen Nötigungsversuch – moralisch und sentimental verstanden –, den er immer wieder gern unternahm und bei welchem seine Stimme einen tiefen warmen, geduldig überredenden Klang annahm. Wer war denn, bitte, in Wahrheit für die Franco-Revolte verantwortlich zu machen? fragte er. Etwa nicht die französische und englische Rechte, die sie zuerst geduldet, dann aber offen unterstützt und für sie Partei ergriffen hatte? So wie es 1935 die englisch-französische Haltung, formal korrekt, in Wahrheit aber zweideutig, Mussolini erlaubt hatte, Abessinien zu schlucken, so hatte auch in Spanien vor allem die fahrlässige Unentschlossenheit Baldwins und Halifax', ja sogar Léon Blums, den Ausschlag zugunsten Francos gebracht. Es war sinnlos, der Sowjetunion und den Internationalen Brigaden die Schuld zu geben, fuhr er mit immer schmeichelnderer Beredsamkeit fort, sinnlos, es Rußland anzukreiden, das zu einem bequemen Prügelknaben für jeden Dummkopf geworden war, wenn sich die Ereignisse in Spanien jetzt überstürzten. In Wahrheit verhielt es sich ganz anders: Rußland allein hatte von Anfang an erkannt, welcher Art der Duce und der Führer waren, und hatte allein das unvermeidliche Bündnis zwischen den beiden klar vorausgesehen und sich schon frühzeitig dementsprechend verhalten. Die Rechte in Frankreich und England dagegen, Feinde der demokratischen Ordnung wie die Rechtsparteien in jedem Lande und zu jeder Zeit, hatten von jeher mit schlecht verhohlener Sympathie auf das faschistische Italien und das nazistische Deutschland geblickt. Für die Reaktionäre in Frankreich und England mochten der Duce und der Führer sicherlich etwas unbequeme, nicht sehr feine Leute mit übertriebenen Ansprüchen sein, jedoch unter jedem Gesichtspunkt Stalin vorzuziehen, denn Stalin war ja bekanntlich schon immer der Teufel gewesen. Nachdem Deutschland Österreich und die Tschechoslowakei überfallen und annektiert hatte, begann es bereits, Druck auf Polen auszuüben. Nun, wenn es mit Frankreich und England so weit gekommen war, wie es ja tatsächlich der Fall war, daß sie nur noch zusahen und stillhielten, dann werde es keine Hindernisse geben; die Verantwortung für ihre jetzige Ohnmacht trug niemand sonst als eben jene braven, würdigen und dekorativen Gentlemen in Zylinder und Gehrock (so ganz geschaffen, um der Sehnsucht so *vieler* dekadenter Literaten nach dem neunzehnten Jahrhundert, zumindest in ihrer Art sich zu kleiden, entgegenzukommen), jene Ehrenmänner also, die noch immer Frankreich und England regierten.

Besonders lebhaft wurde Malnate mit seiner Polemik jedoch, sooft die Rede auf die italienische Geschichte der letzten Jahrzehnte kam.

Es war ja offensichtlich, erklärte er, für mich und im Grunde auch für Alberto war der Faschismus nichts anderes als die unversehens ausgebrochene, unerklärbare Krankheit, die heimtückisch den gesunden Organismus angreift, oder auch, um eine ›eurem gemeinsamen Meister‹ Benedetto Croce teure Wendung zu gebrauchen (Alberto schüttelte dabei, mit einer Geste verzweifelten Widerspruchs, den Kopf, aber Malnate achtete nicht darauf), oder der Einbruch der Hyksos. Für uns beide war, kurz gesagt, das liberale Italien Giolittis, Nittis, Orlandos, ja noch Sonninos, Salandras und Factas in jeder Hinsicht schön und gut gewesen, eine Art goldenes Zeitalter, in das man, wenn das möglich wäre, am besten sofort zurückkehrte. Aber wir täuschten uns, und wie wir uns täuschten! Das Übel war nicht unversehens hereingebrochen. Im Gegenteil, es kam von weit her – und zwar bereits von den Anfängen des Risorgimento, das ja praktisch in Abwesenheit des Volkes, des wirklichen Volkes, stattgefunden hatte. Giolitti? Wenn Mussolini die Krise, die infolge der Ermordung Matteottis 1924 ausgebrochen war, überwinden konnte, als alles von ihm abzufallen schien und selbst dem König Zweifel gekommen waren, dann hatten wir das *unserem* Giolitti und auch Benedetto Croce zu danken, alle beide bereit, jede Pille zu schlucken, nur um den Vormarsch der Arbeiterklasse aufzuhalten. Gerade sie waren es gewesen, die Liberalen unserer Träume, die Mussolini die nötige Atempause gewährt hatten. Keine sechs Monate später hatte der Duce ihnen ihre Dienste dadurch gelohnt, daß er die Pressefreiheit abschaffte und die Parteien auflöste. Giovanni Giolitti hatte sich aus dem politischen Leben auf seine Güter in Piemont zurückgezogen; Benedetto Croce war zurückgekehrt zu seinen geliebten philosophischen und literarischen Studien. Aber es hatte andere gegeben, bei weitem weniger schuldig, ja sogar vollkommen schuldlos, die einen härteren Tribut zu zahlen hatten. Amendola und Gobetti hatte man zu Tode geprügelt; Filippo Turati war im Exil gestorben, fern von seinem Mailand, wo er wenige Jahre zuvor seine Frau Anna begraben hatte; Antonio Gramsci hatte den Weg durch die Zuchthäuser Italiens antreten müssen (im vorigen Jahr war er im Kerker gestorben – hatten wir das nicht gewußt?); die Arbeiter und Bauern Italiens hatten zusammen mit ihren natürlichen Führern jede Hoffnung auf soziale Befreiung und menschliche Würde verloren, sie vegetierten und starben in stummer Resignation seit nunmehr fast zwanzig Jahren.

Es war nicht leicht für mich, diesen Gedanken zu widersprechen, und das aus verschiedenen Gründen. In erster Linie, weil die politische Bildung Malnates, der den Sozialismus und Antifaschismus schon im zartesten Kindesalter mit der Muttermilch in sich eingesogen hatte, die meine weit überragte; zweitens, weil die Rolle, auf die er mich festlegen wollte – die Rolle des dekadenten Literaten oder, wie er sich ausdrückte, ›Hermetikers‹, der seine politische Formung durch die Schriften Benedetto Croces erfahren hatte –, mir ungemäß, nicht im Einklang mit meiner wirklichen Persönlichkeit zu stehen schien, also abzulehnen war, bevor es überhaupt zu einer Diskussion zwischen uns kam. Das Ende war, daß ich es vorzog zu schweigen und dazu ein unbestimmt ironisches Lächeln zeigte. Ich duldete und schwieg.

Was Alberto betraf, so schwieg er natürlich auch, teils, weil er für gewöhnlich nichts einzuwenden hatte, hauptsächlich aber, um seinem Freunde Gelegenheit zu geben, gegen mich zu Felde zu ziehen, was ihm, wie nur allzu deutlich war, eine besondere Genugtuung bereitete. Wenn sich drei Personen Tag um Tag in ein Zimmer einschließen, um zu diskutieren, ist es so gut wie unvermeidlich, daß am Ende zwei von ihnen Front gegen die dritte machen. Wie dem auch sei, dem Einvernehmen mit Giampi zuliebe und um ihm seine Solidarität beweisen zu können, schien Alberto bereit, alles von ihm hinzunehmen, sogar, daß er ihn, Alberto, oft mit mir in einen Topf warf. Tatsache sei – sagte zum Beispiel Malnate –, daß Mussolini und Genossen ihren Infamien und Schikanen schlimmster Art gegen die italienischen Juden immer neue hinzufügten; was zum Beispiel das berüchtigte Rassenmanifest vom vorigen Juli angehe, das von zehn sogenannten ›faschistischen Gelehrten‹ abgefaßt war, so wisse man nicht, ob man es mehr schändlich oder lächerlich finden solle. Aber, dies vorausgeschickt, fuhr er fort, könnten wir ihm vielleicht sagen, wieviel antifaschistische ›Israeliten‹ es vor 1938 in Italien gegeben habe? Nur sehr wenig, fürchte er, eine winzige Minderheit, wenn auch die Zahl der jüdischen Parteimitglieder in Ferrara immer besonders hoch gewesen sei, wie ihm Alberto mehrmals gesagt habe. Ich selbst hatte 1936 an den Littoriali für Kunst und Kultur teilgenommen. Hatte ich vielleicht schon damals Croces *Geschichte Europas im neunzehnten Jahrhundert* gelesen? Oder hatte ich mir diese Offenbarung bis zum nächsten Jahr aufgespart, dem Jahr des *Anschlusses* und der ersten Vorpostengefechte des italienischen Rassenkults?

Ich hörte geduldig zu und lächelte; manchmal widersprach ich, doch öfter, wie gesagt, schwieg ich, wider Willen für ihn eingenommen durch seinen Freimut und seine Aufrichtigkeit, die zwar etwas plump und rücksichtslos anmuteten, ein wenig zu sehr den Goi zeigten, wie ich bei mir dachte, im Grunde aber doch wahres Mitgefühl verrieten, weil sie aus brüderlichem Geiste kamen. Und als Malnate sich einmal nicht mit mir beschäftigte, sondern sich Alberto zuwandte und ihm und seiner Familie gutmütig vorwarf, ›schließlich und endlich‹ dreckige Agrarier, eklige Großgrundbesitzer und obendrein Aristokraten voller Sehnsucht nach dem Feudalismus des Mittelalters zu sein, so daß es ›schließlich und endlich‹ nicht gar so ungerecht war, wenn sie jetzt in irgendeiner Weise für die Privilegien zahlten, deren sie sich so lange Jahre erfreut hatten (gebeugt, als wolle er sich vor einem gewaltigen Sturm schützen, lachte Alberto unter seinen Schmähungen, daß ihm die Tränen kamen, während er gleichzeitig durch Kopfnicken zu verstehen gab, daß er für sein Teil vollkommen bereit war zu zahlen), da hörte ich ihn nicht ohne ein geheimes Vergnügen gegen den Freund wettern. Denn das Kind aus den Jahren vor 1929, das immer, wenn es neben der Mutter die Friedhofswege entlangging, sie jedesmal das einsame, monumentale

Grabmal der Finzi-Contini ›einen wahren Greuel‹ nennen hörte, dieses Kind war plötzlich aus der Tiefe meines Herzens heraus wieder lebendig geworden; und boshaft klatschte es Beifall.

Aber es gab Augenblicke, in denen Malnate meine Gegenwart beinahe zu vergessen schien, meistens nämlich, wenn er mit Alberto gemeinsam ihre Mailänder Jahre wachrief, die gemeinsamen Freundschaften, die Männer- wie Mädchenfreundschaften, aus jener Zeit beschwor, oder die Restaurants, deren Stammgäste sie gewesen waren, die Abende in der Scala, die Fußballspiele in der Arena oder in San Siro, die winterlichen Ausflüge ins Gebirge oder an die Riviera. Sie hatten beide einer ›Gruppe‹ angehört, so geruhte er mir eines Abends zu erklären, in der man nur Aufnahme fand, wenn man einstimmig eine unerläßliche Forderung erfüllte: Intelligenz. Großartige Zeiten damals, wirklich, hatte er geseufzt. Geprägt von der Verachtung für jeglichen Provinzialismus und alle Rhetorik, konnte man diese Zeit als die Jahre ihrer schönsten Jugend bezeichnen, und darüber hinaus als die Jahre Gladys', einer Varietétänzerin, die im Lirico auftrat und die eine Zeitlang Giampis Freundin gewesen war (wirklich nicht übel, diese Gladys – fröhlich, ›ein guter Kamerad‹, im Grunde uneigennützig und gerade so weit verhurt, wie es sich gehörte). Sie hatte sich dann in Alberto verliebt, der übrigens nichts davon wissen wollte, bis sie schließlich alle beide sitzenließ.

»Ich habe nie verstanden, warum Alberto die arme Gladys immer zurückgewiesen hat«, erklärte er eines Abends und blinzelte mir plötzlich zu.

Dann, wieder zu Alberto gewandt:

»Faß dir ein Herz! Inzwischen sind drei Jahre vergangen, und wir sind fast dreihundert Kilometer vom Tatort entfernt – wollen wir da nicht endlich die Karten auf den Tisch legen?«

Aber Alberto wehrte errötend ab, und über Gladys wurde nie mehr geredet.

Die Arbeit, wegen der er in unsere Gegend gekommen war, gefalle ihm gut, erklärte Malnate oft; auch Ferrara, als Stadt, gefiel ihm, und er konnte nicht begreifen, wie ich und Alberto in ihr das sahen, was wir nun einmal in ihr sahen, nämlich so etwas wie ein Grab oder ein Gefängnis. Gewiß, wir waren in einer besonderen Lage. Aber wie gewöhnlich begingen wir das Unrecht, daß wir uns für Angehörige der einzigen Minorität hielten, die in Italien verfolgt wurde. Wie einfältig! Was glaubten wir zum Beispiel von den Arbeitern, die in dem Werk beschäftigt waren, in dem er arbeitete? Daß es Wesen ohne Empfindung seien? Er hätte uns einige nennen können, die nicht nur niemals der Partei beigetreten waren, sondern, Sozialisten oder Kommunisten, und deshalb mehrmals verprügelt und ›mit Rizinusöl behandelt‹, noch heute unbeirrbar ihren Überzeugungen treu blieben. Er hatte gelegentlich an ihren heimlichen Zusammenkünften teilgenommen und dabei die angenehme Überraschung erlebt, dort neben Arbeitern und Bauern, die bis aus Mésola und Goro gekommen waren, auch drei oder vier der bekanntesten Rechtsanwälte der Stadt zu treffen – ein Beweis, daß auch hier, in Ferrara, nicht die gesamte Bourgeoisie auf Seiten des Faschismus stand, nicht alle ihre Teile verräterisch waren. Hatten wir nie etwas von Clelia Trotti gehört, nein? Nun, das war eine frühere Volksschullehrerin, jetzt ein altes Frauchen, das aber, wie man ihm erzählt hatte, in seiner Jugend die Seele des hiesigen Sozialismus gewesen war; ja, Clelia Trotti war es noch heute, da es keine Versammlung gab, an der sie mit ihren sechzig Jahren nicht teilnahm. Bei einer solchen Gelegenheit hatte er sie auch kennengelernt. Mit ihrem Sozialismus humanitärer Spielart, ganz nach Andrea Costa, war freilich nicht viel anzufangen. Aber wie groß war ihre Leidenschaft, ihr Glaube, ihre Hoffnung! Sie hatte ihn, auch in ihrer Erscheinung, zumal durch ihre blauen Augen (sie war früher blond gewesen) an Anna, die Gefährtin Filippo Turatis, erinnert, die er als Kind in Mailand so um 1922 herum sehr gut gekannt hatte. Sein Vater, Rechtsanwalt von Beruf, hatte 1898 fast ein Jahr lang zusammen mit dem Ehepaar Turati im Gefängnis gesessen. Als vertrauter Freund von beiden gehörte er zu den wenigen, die es gewagt hatten, sie noch weiterhin am Sonntagnachmittag in ihrer bescheidenen Wohnung in der Galleria zu besuchen. Und oft hatte er ihn dorthin begleitet.

Nein, um Himmels willen, Ferrara war durchaus nicht dieses Zuchthaus, wie man glauben konnte, wenn man auf uns hörte. Gewiß, wenn man die Stadt vom Industrieviertel aus sah, eingeschlossen in den Ring ihrer alten Mauern, rief sie, zumal bei schlechtem Wetter, leicht einen Eindruck von Einsamkeit und Isolierung hervor. Aber rund um Ferrara lag fruchtbares Land, das von Leben und Arbeit zeugte, und dahinter, nur vierzig Kilometer entfernt, das Meer mit seinem einsamen Strand, von wunderbaren Steineichen- und Pinienwäldern gerahmt. Und das Meer birgt immer großen Reichtum. Aber davon abgesehen barg auch diese Stadt, wenn man sich, wozu er entschlossen war, mit ihr vertraut machte und sie ohne Voreingenommenheit von nahem betrachtete, wie jede andere solche Schätze an Redlichkeit, Intelligenz, Güte und auch Mut, daß man blind und taub oder vollkommen gefühllos sein mußte, um sie nicht zu sehen oder sie zu verkennen.

5

In der ersten Zeit kündigte uns Alberto ständig seine bevorstehende Abreise nach Mailand an. Dann sprach er allmählich nicht mehr davon, und unmerklich wurde die Frage seiner Abschlußarbeit zu einem peinlichen, vorsichtig zu umgehenden Thema. Er sprach nicht davon, und man merkte seinen Wunsch, daß auch wir darüber schweigen.

Wie schon erwähnt, beteiligte er sich an unseren Diskussionen nur selten und in unerheblichem Ausmaß. Er stand auf seiten Malnates, darüber bestand kein Zweifel; froh, wenn dieser triumphierte, und umgekehrt besorgt, wenn sich mein Sieg abzuzeichnen begann. Im übrigen schwieg er und beschränkte sich auf irgendeinen Ausruf hin und wieder, (»Das ist ja allerhand!«; »Nun, in gewisser Hinsicht aber ...«; oder »Einen Augenblick, bitte! Wir wollen doch einmal in Ruhe ...«), und manchmal folgte ein kurzes Lachen oder leises Räuspern.

Selbst physisch neigte er dazu, sich zurückzuziehen, zu verschwinden, sich auszublenden. Ich und Malnate saßen uns für gewöhnlich gegenüber, und zwar in der Mitte des Zimmers, einer auf dem Diwan, der andere in einem der beiden Sessel, zwischen uns den Tisch, und beide im vollen Licht; und wenn wir einmal saßen, standen wir praktisch nicht wieder auf, außer um das kleine Badezimmer hinter dem Schlafzimmer aufzusuchen oder um mit einem Blick durch die Scheiben des großen breiten Fensters, das auf den Park ging, festzustellen, wie das Wetter war. Alberto dagegen zog es vor, im Hintergrund zu bleiben, wohlabgeschirmt hinter der doppelten Barrikade des Schreibtischs und des Zeichentischs. Häufiger jedoch sahen wir ihn im Zimmer hierhin und dorthin gehen, auf Zehenspitzen und mit an die Seite gepreßten Ellenbogen. Er wechselte die Platten auf dem Radiogrammophon aus, stets darauf bedacht, daß sie nicht unsere Stimmen übertönten; er hatte acht auf die Aschenbecher und leerte sie, sobald sie voll waren, im Bad; er sorgte für den rechten Helligkeitsgrad der indirekten Beleuchtung; er fragte leise, ob wir noch Tee haben wollten, und rückte hier und da einen Gegenstand zurecht. Er hatte das geschäftige und zugleich diskrete Gehaben des Hausherrn, der nur die eine Sorge kennt, für seine Gäste jene Umweltbedingungen zu schaffen, die für ihre bedeutsame Verstandestätigkeit am förderlichsten sind.

Und doch bin ich überzeugt, daß die unbestimmt bedrükkende Atmosphäre des Zimmers hauptsächlich von ihm mit seiner pedantischen Ordnung, seiner ganzen emsigen, zwanghaft anmutenden Besorgtheit ausging. Wenn er zum Beispiel in den Gesprächspausen damit begann, etwa die Vorzüge des Sessels, in dem ich saß, zu erläutern – seine Rückenlehne ›garantierte‹ der Wirbelsäule die ›anatomisch‹ richtige und vorteilhafteste Haltung –, oder wenn er mir seinen dunkelledernen Tabaksbeutel reichte, damit ich mich daraus bediente, und mich dabei auf die verschiedenen Tabakqualitäten aufmerksam machte, die nach seiner Meinung unerläßlich waren, damit wir aus unseren Pfeifen, der eine aus seiner Dunhill, der andere aus seiner G.B.D., den höchstmöglichen Genuß zögen (so viel Feinschnitt, so viel Grobschnitt und so viel Maryland), oder schließlich, wenn er aus nie ganz erklärlichen und nur ihm bekannten Gründen lächelnd ankündigte, daß er nun für eine Zeitlang einen oder zwei der für den Plattenspieler bestimmten Lautsprecher ausschalten würde – dann war bei all diesen Gelegenheiten die Gefahr, daß ich die Nerven verlor und offen rebellierte, stets sehr nahe.

Eines Abends vermochte ich mich nicht mehr zurückzuhalten. Natürlich, ereiferte ich mich laut, Malnate zugewandt, seine amateurhafte, im Grunde touristische Einstellung erlaube ihm, unserer Stadt mit einer Nachsicht und Langmut zu begegnen, um die ich ihn beneidete. Wie aber beurteile er, der so viel von Schätzen an Redlichkeit, Intelligenz und Güte spreche, einen Vorfall, wie er mir, jawohl mir selber, vor wenigen Tagen begegnet sei?

Ich hatte die gute Idee gehabt, so begann ich meinen Bericht, mich mit meinen Büchern und Papieren in den Lesesaal der Stadtbibliothek in der Via Scienze zu setzen – ein Ort, den ich in den letzten Jahren oft aufgesucht hatte, wo ich bereits seit meiner Gymnasiastenzeit bekannt war. Er war für mich ein zweites Zuhause geworden, wo mich jeder mit Liebenswürdigkeiten überhäufte. Seit ich mich für das Studium der Literatur hatte immatrikulieren lassen, hatte der Direktor, Doktor Ballola, begonnen, einen Kollegen in mir zu sehen, und es geschah kein einziges Mal, daß er sich nicht zu mir setzte, sobald er meiner im Saal ansichtig wurde, und mich nicht über seine Fortschritte in seinen nun schon jahrzehntelang betriebenen Arioststudien in seinem Privatbüro unterrichtete, biographische Forschungen, mit denen er sich versprach (es waren seine Worte), »entschieden über die von Catalano auf diesem Gebiet erreichten und durchaus beachtlichen Ergebnisse hinaus zu gelangen«. Und was sollte ich erst von den verschiedenen Angestellten sagen? Ich stand auf so gutem Fuß mit ihnen, daß sie mir für gewöhnlich das langweilige Ausfüllen der Bestellzettel erließen und mir an Tagen, wo die Bibliothek wenig besucht war, sogar erlaubten, eine Zigarette zu rauchen.

An jenem Morgen hatte ich, wie gesagt, den ausgezeichneten Gedanken, ihn in der Bibliothek zu verbringen. Aber ich hatte kaum die Zeit gehabt, mich im Lesesaal an einen Tisch zu setzen und aus der Aktenmappe alles zu meiner Arbeit Nötige hervorzuholen, als einer der Angestellten, ein gewisser Poledrelli, ein Mann von etwa sechzig Jahren, dick, jovial, ein berühmter Spaghettiesser und außerstande, zwei Worte zu sprechen, ohne dabei in Dialekt zu verfallen, auf mich zutrat und mich aufforderte, unverzüglich wieder zu gehen. Indem er seinen Bauch einzog, so daß er kerzengerade vor mir stand, und es sogar fertigbrachte, ein dialektfreies Italienisch zu sprechen, erklärte mir der brave Poledrelli mit einer hohen amtlichen Stimme, daß der Herr Direktor diesbezüglich bindende Anordnungen gegeben habe, weshalb er mich noch einmal bitte, so gut zu sein, umgehend aufzustehen und den Saal zu verlassen. An diesem Morgen war der Lesesaal von besonders vielen Schülern unserer höheren Lehranstalten besucht. Es herrschte eine Grabesstille, während nicht weniger als fünfzig

Paar Augen und Ohren der Szene folgten. Nun, auch aus diesem Grunde, fuhr ich in meinem Bericht fort, sei es wirklich kein Vergnügen für mich gewesen, aufzustehen, meine Bücher und Papiere vom Tisch zu nehmen und alles wieder in die Aktenmappe stecken zu müssen, um dann Schritt für Schritt bis zur Glastür des Eingangs zu gehen. Gut, dieser unglückselige Poledrelli hatte nur einen Befehl ausgeführt. Aber er, Malnate, solle doch recht vorsichtig sein, falls er ihn zufällig kennengelernt habe (es war nicht ausgeschlossen, daß auch Poledrelli dem Kreis um die Lehrerin Trotti angehörte!), er solle nur achtgeben, sich nicht durch den falschen Schein von Gutmütigkeit in diesem Plebejergesicht täuschen zu lassen. In dieser Brust, breit wie ein Kleiderschrank, wohnte nur ein kleines Herz; zugegeben, das Herz eines Mannes aus dem Volke, aber darum keineswegs auch ein ehrliches Herz.

Und dann, fuhr ich erbittert fort, und dann ... War es dann nicht zumindest unangebracht, wenn er ausgerechnet mir – nicht etwa Alberto, dessen Familie sich immer vom gesellschaftlichen Leben der Stadt ferngehalten hatte, sondern mir –, geboren und groß geworden in einem Milieu, das nur allzu willig sich vertrauensvoll der Umwelt aufgeschlossen hatte, mir also zu predigen, man müsse rückhaltlos mit den anderen zusammenleben? Mein Vater war Kriegsfreiwilliger gewesen und 1919 der Faschistischen Partei beigetreten; ich hatte bis vor kurzem der faschistischen Studentenorganisation angehört. Mit anderen Worten: wir waren immer ganz nach der Norm lebende Leute gewesen, geradezu banal vor Normalität, und darum schien es mir wirklich grotesk, daß man gerade von uns von einem Tag zum andern ein besonderes Verhalten erwartete. Auf einmal wurde mein Vater zur Federazione bestellt, um zu erfahren, daß er aus der Partei ausgestoßen worden sei; darauf schloß ihn der Klub der Kaufleute als unerwünschtes Mitglied aus – nun, es wäre wirklich merkwürdig, wenn mein Vater, der Ärmste, angesichts einer solchen Behandlung weniger als gewöhnlich bekümmert und ratlos dreinschaute. Und mein Bruder Ernesto, der, weil er studieren wollte, nach Frankreich auswandern mußte und sich nun in Grenoble an der Technischen Hochschule immatrikulieren ließ? Und meine knapp dreizehnjährige Schwester Fanny, die ihren Gymnasialunterricht von nun an in der Israelitischen Schule in der Via Vignatagliata empfangen mußte? Erwartete man vielleicht auch von ihnen, die man jäh von ihren Schulkameraden und Kindheitsfreunden weggerissen hatte, daß sie nun ein besonderes, ungewöhnliches Verhalten an den Tag legten? Aber lassen wir's gut sein – eine der abscheulichsten Formen des Antisemitismus bestand darin, zu beklagen, daß die Juden *nicht* wie die anderen seien, um dann, wenn man ihre fast vollständige Assimilation an ihre Umgebung festgestellt hatte, gerade das Gegenteil zu bedauern: daß sie genauso wie die andern waren, das heißt, sich auch kein bißchen vom Durchschnitt unterschieden.

Ich hatte mich von meinem Zorn hinreißen lassen und war dabei ein wenig über das Ziel hinausgeschossen; Malnate, der mir aufmerksam zugehört hatte, versäumte nicht, mich am Ende darauf aufmerksam zu machen. Er ein Antisemit?, brummte er – offen gesagt, es war das erste Mal, daß er einen solchen Vorwurf zu hören bekam! In meiner anhaltenden Erregung war ich bereits im Begriff, scharf zu erwidern und noch schwereres Geschütz aufzufahren. Doch in diesem Augenblick warf mir Alberto, der mit der fassungslosen Hast eines aufgescheuchten Vogels hinter meinen Gegner getreten war, einen flehenden Blick zu. »Genug! Ich bitte dich!« sagte dieser Blick. Daß er, in Heimlichkeit vor seinem Herzensfreund, einmal an das, was es zwischen uns beiden an Geheimstem gab, appellierte, traf mich als ein ganz ungewöhnliches Ereignis. Ich verzichtete auf meine Entgegnung und schwieg. Sogleich erklangen die ersten Töne eines Beethoven-Quartetts, gespielt vom Busch-Quartett, in der rauchigen Atmosphäre des Zimmers und besiegelten meinen Sieg.

Aber nicht nur deshalb war dieser Abend wichtig. Gegen acht Uhr begann es dermaßen heftig zu regnen, daß uns Alberto nach rascher telefonischer, im Familienjargon geführter Beratung, vermutlich mit seiner Mutter, den Vorschlag machte, zum Essen zu bleiben.

Malnate nahm mit Freuden an. Für gewöhnlich aß er bei ›Giovanni‹, berichtete er, »allein wie ein Hund«; es kam ihm wie ein Traum vor, einen Abend »im Familienkreis« zu verbringen.

Auch ich nahm die Einladung an. Doch bat ich, zu Hause anrufen zu dürfen.

»Aber selbstverständlich!« sagte Alberto eifrig.

Ich setzte mich an den Schreibtisch, an den Platz, an dem sonst Alberto saß, und wählte die Nummer. Während ich wartete, blickte ich zur Seite durch die Fensterscheibe, über die der Regen rann. In dem dichten Dunkel waren die Baumgruppen kaum zu erkennen. Erst hinter dem schwarzen Park blitzte ab und zu irgendwo ein kleines Licht auf.

Endlich hörte ich die klagende Stimme meines Vaters.

»Ach, du bist es?« sagte er. »Wir haben uns schon Sorgen um dich gemacht.

Von wo telefonierst du?«

»Ich komme nicht zum Essen nach Hause«, antwortete ich.

»Bei diesem Regen!«

»Eben darum.«

»Bist du noch bei den Finzi-Contini?«

»Ja.«

»Wenn du nach Hause kommst, egal wie spät es ist, schau bitte noch bei mir herein. Schlafen kann ich ja sowieso nicht, weißt du ...«

Ich legte den Hörer auf und hob den Blick. Alberto sah mich an.

»Erledigt?« fragte er.

»Erledigt.«

Wir traten alle drei auf den Gang hinaus und gingen dann durch mehrere Säle und kleinere Räume, bis wir eine breite Treppe hinunterstiegen, an deren Fuß uns Perotti in weißer Jacke und weißen Handschuhen erwartete. Von dort gelangten wir unmittelbar in den Speisesaal.

Die übrigen Familienmitglieder hatten sich bereits versammelt. Der Professor und Signora Olga waren anwesend, ebenso wie Signora Regina und einer der beiden Onkel aus Venedig, der Lungenspezialist, der sich bei Albertos Eintritt erhob, ihm entgegenkam und ihn auf beide Wangen küßte, worauf er, während er ihm zerstreut eines der unteren Augenlider mit dem Finger herabzog, zu erzählen begann, warum er da war. Er war zu einem Patienten in Bologna gerufen worden, sagte er, und auf der Rückreise hatte er sich entschlossen, zwischen zwei Zügen zum Essen zu bleiben. Als wir hereinkamen, saßen der Professor, seine Frau und sein Schwager vor dem Feuer im offenen Kamin, mit Jor, der Länge nach ausgestreckt, zu ihren Füßen. Signora Regina dagegen saß bereits am Tisch, gerade unter dem Kronleuchter.

Es ist unvermeidlich, daß sich die Erinnerungen an dieses erste Essen in der *magna domus* (ich glaube, es war noch im Januar) verbinden mit denen an so manches andere Abendessen, an dem ich im Hause der Finzi-Contini noch im selben Winter teilnahm. Aber ich weiß noch mit einer merkwürdigen Genauigkeit, was wir an jenem ersten Abend aßen; es war eine Bouillon mit Reis und Geflügelleber, Truthahnklöße in Aspik, Pökelzunge, garniert mit schwarzen Oliven und Spinat in Essig, eine Schokoladentorte, Obst, Walnüsse und Haselnüsse, Rosinen und Pinienkerne. Und ebenso genau erinnere ich mich, wie es Alberto, kaum daß wir Platz genommen hatten, unternahm, der Familie die Geschichte meiner Ausweisung aus der Stadtbibliothek zu erzählen, und wie ich mich wieder einmal wunderte, daß eine solche Geschichte so wenig Erstaunen bei den vier Alten erregte. Ihre Bemerkungen über die allgemeine Situation wie auch über das Duo Ballola-Poledrelli, auf das während des Essens in Abständen immer wieder das Gespräch kam, diese Bemerkungen waren nicht einmal besonders bitter, sondern meist von elegantem Sarkasmus, ja, beinahe heiter. Und heiter, ganz entschieden froh und befriedigt, klang die Stimme des Professors, als er mich später am Arm nahm und mir vorschlug, von nun an frei, wie und wann ich wollte, über die rund zwanzigtausend Bände seiner Bibliothek zu verfügen, die zu einem beträchtlichen Teil die italienische Literatur aus der Mitte und vom Ende des neunzehnten Jahrhunderts enthielt.

Aber was mir bereits an jenem ersten Abend den stärksten Eindruck machte, war zweifelsohne der Speisesaal selbst mit seinen Jugendstilmöbeln aus einem rötlichen Holz, seinem gewaltigen Kamin mit der gekrümmten, gewundenen Öffnung, fast wie ein menschlicher Mund, mit den ledergepolsterten Wänden – bis auf die eine, ganz aus Glas, die auf den dunklen Park ging, in Nacht und Sturm, wie das Bullauge des *Nautilus* –, dieser Saal, der, so intim und geborgen, beinahe hätte ich gesagt: so in die Erde gesenkt, ganz meinem damaligen Wesen entgegenkam, vor allem – jetzt begreife ich es! –, weil er wie gemacht schien, diese träge Glut zu hüten, aus der, symbolisch gesprochen, so oft das Herz der Jugend besteht.

Wir wurden, Malnate ebenso wie ich, als wir den Saal betraten, mit großer Liebenswürdigkeit aufgenommen, und zwar nicht nur von Professor Ermanno, freundlich, jovial und lebhaft wie stets, sondern sogar von Signora Olga. Sie hatte die Tischordnung bestimmt. Malnate erhielt den Platz zu ihrer Rechten; ich wurde, am anderen Tischende, rechts neben ihren Mann gesetzt, während ihrem Bruder Giulio der Platz zu ihrer Linken, rechts von ihrer alten Mutter, angewiesen wurde. Die alte Dame, prächtig anzusehen mit ihren rosigen

Wangen und dem schneeweißen seidigen Haar, das dichter und leuchtender war denn je, blickte indessen wohlwollend und belustigt um sich.

Das Gedeck mir gegenüber, komplett mit Tellern, Gläsern und Bestecken, schien für einen siebenten Tischgast bestimmt zu sein. Während noch Perotti die Suppenschüssel herumreichte, fragte ich leise den Professor, für wen der Stuhl links neben ihm reserviert sei. Und er antwortete mir ebenso leise, daß sich auf diesen Stuhl ›vermutlich‹ niemand mehr setzen werde (er blickte auf seine große Omega-Armbanduhr und schüttelte seufzend den Kopf), da dies der Stuhl war, auf dem für gewöhnlich seine Micòl saß – ›meine Micòl‹, wie er wörtlich sagte.

6

Professor Ermanno Finzi-Contini hatte nicht zuviel versprochen. Unter den fast zwanzigtausend Bänden seiner Bibliothek, von denen sehr viele wissenschaftliche, historische oder gelehrte Werke aus den verschiedensten Fachrichtungen – von diesen die meisten deutsch – waren, befanden sich auch einige Hunderte, die zur Literatur des Neuen Italien gehörten. Zumal von dem, was von Carducci und aus seinem Kreis Ende des Jahrhunderts, in den Jahrzehnten seiner Lehrtätigkeit in Bologna, hervorgegangen war, fehlte, wie man behaupten konnte, einfach nichts. Da waren die Vers- und Prosabände nicht nur des Meisters selbst, sondern auch die Bücher Panzacchis, Severino Ferraris, Lorenzo Stecchettis, Ugo Brillis, Guido Mazzonis, des jungen Pascoli und des jungen Panzini sowie des ganz jungen Valgimigli; im allgemeinen waren es Erstausgaben, und fast alle trugen eigenhändige Widmungen für die Baronessa Josette Artom di Susegana. Aufgereiht in drei mit

Glasscheiben versehenen Regalen, die zusammen, in einem Raum unmittelbar neben dem Arbeitszimmer des Professors, eine ganze Saalwand einnahmen, stellten diese, übrigens sorgfältig katalogisierten, Bücher eine Sammlung dar, die jede öffentliche Bibliothek, zum Beispiel auch die Stadtbibliothek von Bologna im Archiginnasio, gern zu ihrem Besitz gezählt hätte. In dieser Sammlung fehlten nicht einmal die so gut wie nirgends zu findenden Bändchen lyrischer Prosa von Francesco Acri, dem berühmten Platon-Übersetzer, der mir bis dahin als Dichter noch nicht bekannt gewesen war. Übrigens war er gar kein solcher ›Heiliger‹, wie uns Professor Meldolesi in der Untersekunda versichert hatte – Meldolesi war nämlich auch ein Schüler Acris gewesen –, denn seine Widmungen, die der Großmutter Albertos und Micòls galten, erwiesen sich als die vielleicht galantesten im Chor der Dedikationen; das männliche Bewußtsein von der stolzen Schönheit, der sie huldigten, war in ihnen am stärksten spürbar.

Da hatte ich denn eine ganze spezialisierte Bibliothek bequem zu meiner Verfügung, und außerdem hatte es einen merkwürdigen Reiz für mich, jeden Morgen mich wieder dort einzufinden, in dem großen, stillen, gutgeheizten Saal mit den drei großen hohen Fenstern, vor denen Vorhänge aus weißer Seide mit roten Längsstreifen hingen, und in dessen Mitte, mit einem mausfarbenen Überzug versehen, der lange Billardtisch stand; und so gelang es mir, in den folgenden zweieinhalb Monaten meine Arbeit über Panzacchi zu Ende zu führen. Wenn ich durchaus gewollt hätte, wäre ich wahrscheinlich auch früher fertig geworden. Aber war das meine Absicht gewesen? Hatte ich mich nicht vielmehr bemüht, mir so lange wie möglich das Recht zu bewahren, *auch* am Morgen das Haus der Finzi-Contini zu betreten? Gewiß ist jedenfalls, daß ich noch Mitte März (inzwischen war die Nachricht von Micòls glänzend bestandenem Examen eingetroffen) mich stumpfsinnig an dieses bescheidene Privileg klammerte, dasselbe Haus auch am Morgen zu betreten, dem sie, Micòl, wer weiß aus welchem Grunde so beharrlich fernblieb. Es waren nur noch wenige Tage bis zum christlichen Osterfest, das dieses Jahr beinahe mit Pessach, dem jüdischen Ostern, zusammenfiel. Obwohl der Frühling vor der Tür stand, hatte es noch vor einer Woche ungewöhnlich stark geschneit, wonach es wieder grimmig kalt geworden war. Es sah, kurz gesagt, so aus, als ob der Winter nicht weichen wollte, und auch ich, mit einem Herzen, das wie ein dunkler, rätselvoller See von Furcht war, klammerte mich an den kleinen Schreibtisch, den mir Professor Ermanno im letzten Januar vor das Mittelfenster im Billardsaal hatte stellen lassen, wie wenn ich damit den unaufhaltsamen Fortgang der Zeit hätte aufhalten können. Ich stand auf, trat ans Fenster und sah hinunter in den Park. Unter einer vierzig Zentimeter starken Schneedecke begraben lag der Barchetto del Duca wie eine Eislandschaft der nordischen Saga vor mir. Manchmal überraschte ich mich geradezu bei dieser Hoffnung, daß Schnee und Eis nie mehr tauten und für immer blieben.

Zweieinhalb Monate lang verging für mich beinahe ein Tag wie der andere. Pünktlich wie ein Angestellter verließ ich das Haus bei schneidender Kälte, wie sie um halb neun Uhr herrschte; meistens fuhr ich mit dem Rad, zuweilen ging ich auch zu Fuß. Spätestens nach zwanzig Minuten läutete ich an der Tür unten am Corso Ercole I d'Este, dann durchquerte ich den Park, in dem es gegen Februar zart nach den gelben Calicantusblüten duftete; um neun war ich schon an der Arbeit im Billardsaal, wo ich bis ein Uhr blieb. Nachmittags gegen drei Uhr kam ich zurück; etwa um sechs Uhr ging ich zu Alberto, wo ich mit Sicherheit auch Malnate traf, und oft wurden, wie gesagt, er sowie ich zum Abendessen gebeten. Ja, es wurde bald so sehr die Regel für mich, abends nicht zu Hause zu essen, daß ich gar nicht mehr anrief, man möge nicht auf mich warten. Allenfalls sagte ich meiner Mutter beim Fortgehen: »Ich glaube, ich werde heute Abend zum Essen dort bleiben.« Dort: weiterer Erläuterungen bedurfte es nicht.

Ich arbeitete lange Stunden, ohne daß ich irgend jemanden zu Gesicht bekam außer Perotti, der um elf Uhr auf silbernem Tablett ein Täßchen Kaffee brachte. Auch dies, der Elfuhrkaffee, war beinahe von Anbeginn zum täglich sich wiederholenden Ritus geworden, eine Gepflogenheit, über die ein Wort zu verlieren er sowie ich überflüssig fanden. Wovon Perotti allenfalls sprach, während er wartete, bis ich den Kaffee getrunken hatte, war das ›Funktionieren‹ des Haushalts, stark beeinträchtigt seiner Meinung nach durch die lange Abwesenheit der ›Signorina‹, die, zugegeben, Lehrerin werden mußte, obwohl ... (und dieses ›obwohl‹, von einer Grimasse des Zweifels begleitet, konnte alles mögliche andeuten: daß seine Herrschaften – die Glücklichen! – es nicht nötig hatten, ihren Lebensunterhalt zu verdienen, ebenso wie den Umstand, daß die Rassengesetze *unsere* Diplome zu bloßen Fetzen Papier ohne jeden praktischen Nutzen machen würden) ..., aber nichtsdestoweniger war es nicht recht, daß sie nicht, sagen wir, eine Woche um die andere einmal herüberkam, da es ohne sie im Haushalt zunehmend drunter und drüber ging. Wenn Perotti mit mir zusammen war, fand er immer einen Weg, sich über seine Herrschaft zu beklagen. Er preßte die Lippen aufeinander, zwinkerte mit den Augen und schüttelte den Kopf zum Zeichen seines mangelnden Vertrauens und seiner Mißbilligung. Wenn er gar von Signora Olga sprach, trieb er die Grobheit so weit, daß er sich mit dem Zeigefinger an die Stirn tippte. Natürlich ermunterte ich ihn in keiner Weise, vollkommen standhaft gegenüber seinen wiederholten Versuchen, zwischen uns ein serviles Einvernehmen herzustellen – eine ebenso abstoßende wie beleidigende Vorstellung für mich. Und so blieb ihm angesichts meiner Schweigsamkeit und meines kühlen Lächelns nichts weiter übrig, als sehr bald wieder zu gehen und mich von neuem allein zu lassen.

Eines Tages erschien an seiner Stelle Dirce, seine jüngere Tochter. Auch sie blieb neben dem Schreibtisch stehen und wartete, bis ich den Kaffee getrunken hatte. Während ich trank, musterte ich sie verstohlen.

Als ich ihr die leere Tasse zurückgab, fragte ich sie – und mein Herz hatte plötzlich stürmisch zu klopfen begonnen:

»Wie heißen Sie?«

»Dirce«, antwortete sie lächelnd und errötete dabei.

Sie trug ihren Hauskittel aus grobem blauem Leinen, der kurioserweise nach *nursery* roch. Sie eilte davon, wobei sie meinen Blick, der den ihren suchte, vermied. Und schon einen Augenblick später schämte ich mich des Vorgefallenen (aber was war eigentlich vorgefallen?) wie des feigsten, gemeinsten Verrats.

Von der Familie war der einzige, der ab und zu bei mir erschien, Professor Ermanno. Er öffnete die Tür seines Arbeitszimmers, am anderen Ende des Saales gelegen, mit solcher Vorsicht und kam dann auf Zehenspitzen bis an meinen Platz, daß ich ihn meistens erst bemerkte, wenn er bereits neben mir stand, respektvoll gebeugt über die Papiere und Bücher, die vor mir auf dem Schreibtisch lagen.

»Wie geht's?« fragte er freundlich. »Ich glaube, man kommt mit vollen Segeln voran!«

Ich machte Miene aufzustehen.

»Aber nein, lassen Sie sich nicht in Ihrer Arbeit stören«, wehrte er ab. »Ich gehe gleich wieder.«

Für gewöhnlich blieb er tatsächlich höchstens fünf Minuten, während der er stets eine Gelegenheit fand, mir seine ganze Sympathie und Achtung zu bekunden, die ihm mein Arbeitseifer einflößte. Er sah mich mit glänzenden, leuchtenden Augen an, als ob er sich von meiner literarischen Zukunft wer weiß was erwartete, als ob er auf mich baute bei einem geheimen Vorhaben, das nicht nur seine, sondern auch meine Kräfte überstieg ... Und ich erinnere mich, daß diese seine Haltung mir gegenüber, so schmeichelhaft sie war, mich auch ein wenig betrübte. Warum erwartete er nicht, was er von mir erwartete, von Alberto, der doch sein Sohn war, fragte ich mich. Warum nahm er es ohne Widerspruch und Klage hin, daß dieser darauf verzichtet hatte, sein Studium abzuschließen? Und Micòl? Micòl tat in Venedig nichts anderes als ich hier: sie schrieb ihre Arbeit zu Ende. Und doch geschah es nie, daß er ihren Namen nannte, oder, wenn er ihn erwähnte, nicht dabei einen Seufzer ausstieß. Er schien sagen zu wollen: »Sie ist ein Mädchen, und Frauen sollten sich lieber um den Haushalt kümmern statt um Literatur!« Aber mußte ich ihm das wirklich glauben?

Eines Morgens jedoch blieb er länger als gewöhnlich im Gespräch mit mir zusammen. Beim Sprechen kam er wieder einmal auf die Briefe von Carducci und seine eigenen ›kleinen Arbeiten‹ über venezianische Themen: alles Dinge, sagte er, mit einer Geste auf sein Arbeitszimmer hinter mir deutend, die er ›da drüben‹ verwahrte. Dabei lächelte er geheimnisvoll; eine listige Aufforderung lag in seinen Blicken. Es war klar: er wollte mich nach ›drüben‹ führen, und gleichzeitig wollte er, daß ich den Wunsch aussprach, von ihm in sein Zimmer gebeten zu werden.

Kaum hatte ich seinen Wunsch begriffen, als ich mich schon beeilte, ihn zu erfüllen.

Wir gingen also in sein Arbeitszimmer hinüber, das zwar nur wenig kleiner als der Billardsaal war, doch klein, ja, eng wurde durch eine unglaubliche Anhäufung der verschiedensten Dinge.

Bücher, um damit anzufangen, gab es auch hier in großer Zahl. Neben Werken der Literatur fanden sich wissenschaftliche Bücher, zum Beispiel aus den Gebieten der Mathematik, Physik, Wirtschaft, Landwirtschaft, Medizin und Astronomie, und solche der Geschichtsschreibung, wie über Italien, oder Einzeldarstellungen der Geschichte Ferraras oder Venedigs, dazu ›alte judaistische Literatur‹: All diese Bände standen dicht gedrängt in den bekannten Regalen hinter Glas, ganz ungeordnet, wie es der Zufall mit sich gebracht hatte, und sie bedeckten zu einem guten Teil den großen Arbeitstisch aus Nußbaumholz, so daß von dem Professor Ermanno, wenn er am Tische saß, vermutlich nur noch seine Mütze zu sehen war; auf den Stühlen bildeten sie gefährlich hohe Stapel, und schließlich lagen sie in Haufen mehr oder weniger über den ganzen Boden verstreut. Dazu der große Globus, das Lesepult, ein Mikroskop, ferner ein halbes Dutzend Barometer, ein Stahlschrank, dunkelrot lackiert, ein schneeweißes Klinikbett, mehrere Sanduhren von verschiedener Größe, eine Kesselpauke aus Messing, ein kleines hohes deutsches Klavier, an dem zwei Metronome in ihren pyramidenförmigen Etuis angebracht waren, und noch viele andere Gegenstände von unklarer Verwendung, an die ich mich jetzt nicht mehr erinnere, verliehen dem Raum eine Atmosphäre wie von Faustens Studierzimmer. Aber er, der Professor Ermanno, war der erste, der darüber lächelte und darin so etwas wie eine ganz persönliche, private Schwäche sah – gleichsam ein Überbleibsel jugendlicher Torheiten, für das er um Entschuldigung bat. Ich vergaß zu sagen, daß hier, im Gegensatz zu fast allen anderen Räumen des Hauses, die mit Bildern geradezu überladen waren, daß also hier, in diesem Zimmer, nur ein einziges Bild zu sehen war: ein gewaltiges Porträt in Lebensgröße von Lenbach, das wie ein Altarbild ragend an der Wand hinter dem Arbeitstisch hing. Die prächtige blonde Dame, die es darstellte, hoch aufgerichtet, mit nackten Schultern, den Fächer in der behandschuhten Hand und die seidene Schleppe des weißen Kleides nach vorn drapiert, um die langen Beine und die vollen Formen damit hervorzuheben, konnte selbstverständlich niemand anders als die Baronessa Josette Artom di

Susegana sein. Diese marmorglatte Stirn, diese Augen, dieser hochmütige Mund, und was für eine Büste! Sie schien wahrhaftig eine Königin zu sein. Unter allen Dingen in diesem Zimmer war das Bildnis seiner Mutter das einzige, worüber Professor Finzi-Contini nicht lächelte – nicht an diesem Morgen und überhaupt nie.

Nun, an diesem Morgen machte mir der Professor wirklich seine beiden Bändchen über Venedig zum Geschenk. In dem einen, erklärte er mir, hatte er alle Grabschriften des Israelitischen Friedhofs vom Lido gesammelt und übersetzt. Das zweite Bändchen dagegen handelte von einer jüdischen Dichterin, die in der ersten Hälfte des siebzehnten Jahrhunderts in Venedig gelebt hatte und die zu ihrer Zeit so berühmt gewesen war, wie sie jetzt ›leider‹ vergessen war. Sie hieß Sara Enriquez (oder Enriques) Avigdòr. Sie hatte in ihrem Haus im alten Ghetto einige Jahrzehnte lang einen bedeutenden literarischen Salon unterhalten, der unter seinen zahlreichen Besuchern nicht nur den hochgelehrten ferraresisch-venezianischen Rabbiner Leone da Modena sah, sondern auch viele bekannte Literaten der Zeit, und nicht nur italienische. Sie hatte viele ›hervorragende‹ Sonette geschrieben, die noch dessen harrten, der befähigt war, ihrer Schönheit Geltung zu verschaffen; sie hatte vier Jahre lang eine geistvolle Korrespondenz mit dem ausgezeichneten Ansaldo Cebà geführt, einem Genueser Edelmann, der ein episches Gedicht über die Königin Esther geschrieben und es sich in den Kopf gesetzt hatte, Sara Enriquez zum katholischen Glauben zu bekehren, aber am Ende hatte verzichten müssen, nachdem er eingesehen, wie nutzlos all sein Drängen bleiben mußte. Eine bedeutende Frau, alles in allem, Ruhm und Ehre des italienischen Judentums mitten in der Zeit der Gegenreformation und gewissermaßen auch zur ›Familie‹ gehörig, fügte der Professor hinzu, während er sich an den Schreibtisch setzte, um mir ein paar Widmungsworte in das Büchlein zu schreiben, da festzustehen schien, daß seine Frau mütterlicherseits von Sara Enriquez abstammte.

Er stand auf, ging um den Schreibtisch, faßte mich unter den Arm und führte mich in die Fensternische.

Es gab da allerdings einen Umstand, fuhr er fort, die Stimme senkend, als ob er fürchtete, es könne uns jemand belauschen, auf den mich aufmerksam zu machen er sich verpflichtet fühlte. Wenn es sich ergeben sollte, daß auch ich mich einst mit dieser Sara Enriquez (oder Enriques) Avigdòr beschäftigte – und es war ein Thema, das ein sehr viel sorgfältigeres und gründlicheres Studium verdiente, als er es in seiner Jugend daran zu wenden vermocht hatte –, dann würde ich mich unvermeidlich einmal mit einigen gegnerischen, einigen ... abweichenden Stimmen auseinanderzusetzen haben ..., mit gewissen Schriften viertklassiger Literaten, zumeist Zeitgenossen der Dichterin (arge Schmähschriften, triefend von Neid und Antisemitismus), die zu unterstellen suchten, daß nicht alle Sonette, die unter ihrem Namen die Runde machten, und sogar nicht alle Briefe, die sie an Cebà geschrieben hatte, wie sollte man es ausdrücken – nun, nicht auf ihrem Mist gewachsen waren. Gewiß, als er ihre Biographie schrieb, konnte er nicht gut dieses Gerede ignorieren, und wie ich sehen würde, hatte er es in der Tat genau registriert; jedenfalls aber ...

Er unterbrach sich und sah mir, ungewiß, wie ich reagieren würde, forschend ins Gesicht.

Er rate mir jedenfalls schon jetzt, fuhr er fort, falls ich mich »zu einem gegebenen Zeitpunkt« zu einer ... neuen Auswertung dieses Themas ... entschließen sollte, solchen allenfalls phantasievollen, vielleicht auch ergötzlichen, letzten Endes aber doch irreführenden Bosheiten nicht gar zuviel Glauben zu schenken. Was ist denn schließlich die Aufgabe des wirklich guten Historikers? Gewiß, als Ideal gilt ihm die Wahrheitssuche, doch ohne auf dem Wege zu ihr je den Sinn für

Richtigkeit und Gerechtigkeit zu verlieren. War ich nicht auch dieser Meinung?

Ich senkte den Kopf zum Zeichen der Zustimmung, und wie von einer Last befreit, gab er mir mit der offenen Hand einen leichten Schlag auf die Schulter.

Dann wandte er sich um und ging, in gebeugter Haltung, quer durchs Zimmer bis zum Panzerschrank, machte sich gebückt daran zu schaffen, öffnete ihn endlich und zog ein mit blauem Samt überzogenes Kästchen heraus.

Lächelnd kam er damit zurück zum Fenster, und noch bevor er das Kästchen öffnete, erklärte er, wohl verstanden zu haben, daß ich es bereits erraten hatte: in diesem Kästchen befanden sich die berühmten Carducci-Briefe. Es waren ihrer fünfzehn, und vielleicht, fügte er hinzu, würde ich nicht alle von großem Interesse finden, da allein fünf von ihnen von nichts anderem als einer Salamispezialität handelten, wie sie ›bei uns auf dem Lande‹ hergestellt wird – eine sogenannte *salama da sugo*, die man dem Dichter geschenkt hatte und die er, wie sich zeigte, ›überaus‹ zu schätzen wußte. Aber ein Brief würde mich gewiß interessieren. Es war ein Brief vom Herbst des Jahres 1875, als sich am Horizont bereits die Krise der ›Historischen Rechten‹ abzeichnete. Im Herbst dieses Jahres 75 war die politische Stellung Carduccis die folgende: als Demokrat, als Republikaner und Revolutionär konnte er, wie er erklärte, gar nichts anderes tun, als sich auf die Seite der Linken unter Agostino Depretis zu stellen. Andrerseits erschienen ihm ›der rauhbeinige Weinhändler aus Stradella‹ und der ›Haufen‹ seiner Anhänger niederes Volk, ›kleine Leute‹. Sie würden niemals imstande sein, Italien seine alte Sendung wiederzugeben und aus ihm eine große Nation, würdig seiner Vorfahren im Altertum, zu machen ...

Wir blieben zusammen und sprachen miteinander bis zur Stunde des Mittagessens. Mit dem Ergebnis, daß von jenem Morgen an die Verbindungstür zwischen dem Billardsaal und dem anstoßenden Arbeitszimmer des Professors, statt wie bisher ständig geschlossen zu sein, nun häufig offenstand. Die meiste Zeit verbrachten wir natürlich weiterhin im eigenen Zimmer. Aber wir sahen uns viel öfter als zuvor; bald kam der Professor zu mir, oder ich ging zu ihm. Ja, wir wechselten sogar durch die offene Tür hin und wieder ein paar Worte, »Wie spät ist es?« oder »Wie geht die Arbeit voran?« und ähnliches. Die Worte, die ich ein paar Jahre darauf, im Frühling 1943, im Gefängnis mit meinem unbekannten Zellennachbar wechselte, indem ich sie nach oben zu dem Mauerspalt hinaufrief, dürften von der gleichen Art gewesen sein – vor allem gesagt, um die eigene Stimme zu hören, um sich am Leben zu fühlen.

7

Ostern wurde in diesem Jahr bei uns mit nur einem Abendessen gefeiert.

Mein Vater hatte es so gewollt. Mit Ernesto in Frankreich, um dort studieren zu können, bestand, wie er erklärte, wirklich keine Veranlassung, daß wir an ein Osterfest wie in den vergangenen Jahren dachten. Aber davon abgesehen, wie hätte man es auch bewerkstelligen können? *Meine* Finzi-Contini waren auch bei dieser Gelegenheit sehr tüchtig gewesen; unter dem Vorwand ihres Gartens war es ihnen gelungen, so viele Dienstmädchen, wie sie nur wollten, zu behalten, indem sie sie als Bauernmädchen ausgaben, die im Gemüsegarten beschäftigt waren. Aber wir? Seitdem wir Elisa und Mariuccia hatten kündigen und an ihrer Stelle die alte Cohen hatten annehmen müssen, die so frisch wie ein gekochter Fisch daherkam, waren wir praktisch ohne Dienstpersonal. Unter solchen Umständen konnte selbst unsere Mutter nicht zaubern.

»Nicht wahr, mein Engel?«

›Mein Engel‹ nährte für die sechzigjährige Signorina Ricca Cohen, distinguierte Pensionistin der jüdischen Gemeinde, keine wesentlich größeren Sympathien als mein Vater. Abgesehen davon, daß sie sich – wie immer – freute, wenn sie einen von uns schlecht von der armen Person reden hörte, hatte sie sogleich dankbar den Vorschlag aufgegriffen, Ostern einmal sozusagen in Moll zu feiern. Ausgezeichnet, stimmte sie zu, nur ein Essen, am Abend des ersten Feiertags, das war doch zu machen! Mit Fanny zusammen würde sie so gut wie ohne Hilfe mit allem fertig werden, ohne daß ›die da‹ – und damit spielte sie auf die Cohen an, die sich spontan in die Küche zurückgezogen hatte – deshalb wieder einmal ihr Gesicht aufsetzen mußte. Was man allenfalls machen konnte, und zwar, um ›der da‹ das viele Hin- und Hergelaufe mit Schüsseln und Platten zu ersparen, wobei unter anderem noch die Gefahr bestand, daß sie, schlecht im Stande wie sie war, irgendein Malheur anrichtete, was man also tun konnte, war, in diesem Jahr einmal nicht im Salon, der so weit von der Küche lag und in dem bei diesem Schneewetter eine mehr als sibirische Kälte herrschte, sondern hier im Wohnzimmer den Tisch zu decken …

Es wurde kein fröhliches Festessen. Der Korb, der zusammen mit den rituellen ›Bissen‹ die Terrine mit dem Haróset, einem Brei aus Früchten mit Pinienkernen, dazu Sträußchen bitterer Kräuter, Matze und das mir als dem Erstgeborenen vorbehaltene harte Ei enthielt, dieser Korb unter seiner Decke aus weißer und blauer Seide, die Großmutter Esther vor vierzig Jahren bestickt hatte, thronte sinnlos inmitten der Tafel. Bei aller Sorgfalt, mit der der Tisch im Wohnzimmer gedeckt war, und vielleicht gerade wegen dieser Sorgfalt, erinnerte er stark an die Tafel der Kippurabende, wenn der Tisch nur für Jene bestellt wurde, für die verstorbenen Familienangehörigen, deren Gebeine in dem Friedhof am Ende der Via Montebello ruhten und die dennoch sehr wohl zugegen waren, im Geist und im Bild. An diesem Abend saßen zwar wir, die Lebenden, an ihrer Stelle. Doch geringer an Zahl, verglichen mit einst, und auch nicht mehr fröhlich, lachend und in lautem Gespräch, sondern traurig und still wie Tote. Ich musterte meinen Vater und meine Mutter; beide waren in wenigen Monaten sehr gealtert. Und ich sah Fanny an, die nun schon fünfzehn Jahre alt war, aber, als ob eine rätselhafte Furcht ihre Entwicklung zum Stehen gebracht hätte, noch immer wie eine Zwölfjährige wirkte. Reihum betrachtete ich Onkel und Tanten, Vettern und Cousinen, von denen die meisten wenige Jahre später in den deutschen Verbrennungsöfen enden sollten; ganz gewiß ahnten sie dieses Ende nicht, ebensowenig wie ich, und doch waren sie schon damals für mich – auch wenn ich sie in ihrer ganzen Durchschnittlichkeit sah, ihre unbedeutenden Gesichter unter den spießigen Hüten oder gerahmt von Dauerwellen, und obwohl ich wußte, wie borniert sie waren, wie unfähig, das, was heute geschah, in seiner wahren Bedeutung zu erkennen und daraus auf die Zukunft zu schließen –, und doch waren sie schon damals für mich von jener Aura geheimnisvoller Todgeweihtheit umgeben, die sie gleichsam zu Statuen ihrer selbst machte und mit der sie heute die Erinnerung umgibt. Ich blickte auf die alte Cohen, bei den seltenen Gelegenheiten, da sie es wagte, sich in der Küchentür zu zeigen – auf Ricca Cohen, das feine alte Fräulein von sechzig Jahren, das das Altersheim in der Via Vittoria verlassen hatte, um bei wohlhabenden Glaubensgenossen als Dienstmädchen zu arbeiten, sich aber gar nichts anderes wünschte, als ins Heim zurückzukehren und dort zu sterben, bevor die Zeiten noch schlechter wurden. Schließlich betrachtete ich mich selbst, wie ich mich in der trüben Spiegelscheibe gegenüber sah, nicht anders als die anderen, auch ich schon ein wenig gealtert, schon vom gleichen Räderwerk ergriffen, aber noch widerstrebend, noch nicht ins Verhängnis ergeben. Ich war kein Toter, dachte ich, ich war noch höchst lebendig! Aber warum war ich dann hier, zusammen mit den anderen, wenn ich noch lebte? Wie ertrug ich es? Warum verließ ich nicht sogleich diese verzweifelte und groteske Gespenstergesellschaft oder hielt mir nicht wenigstens die Ohren zu, um nicht länger von ›Diskriminierungen‹, ›nationalen Verdiensten‹, ›Ariernachweisen‹ und ›Blutsanteilen‹ reden zu hören, dies kleinliche Gejammer, dies eintönige, triste und sinnlose Klagelied, das rings um mich Rassengenossen und Verwandte leise anstimmten? Auf diese Weise konnte sich das Essen wer weiß wie viele Stunden hinziehen, unter Gesprächen, die allzu Bekanntes wiederkäuten; mein Vater würde, zugleich erbittert und genießerisch, von den verschiedenen ›Kränkungen‹ berichten, die er in den letzten Monaten hatte hinnehmen müssen, angefangen damit, wie ihm in der Federazione der Segretario Federale, Console Bolognesi, mit schuldbewußten und betrübten Blicken mitteilte, daß er sich gezwungen sähe, ihn aus der Liste der Parteimitglieder zu ›löschen‹, bis zu dem Tag, an dem ihn der Präsident vom Klub der Kaufleute rief, um ihm, mit nicht minder betrübter Miene, zu eröffnen, daß er ihn als ›aus dem Klub ausgetreten‹ betrachten müsse. O ja, er hatte etwas zu erzählen! Bis Mitternacht, bis ein, bis zwei Uhr nachts! Und dann? Dann kam die letzte Szene, die Abschiedsszene. Im Geiste sah ich sie schon vor mir. Wir waren alle zusammen die dunkle Treppe hinuntergestiegen wie eine bedrückte Herde. Unten, im Hausflur, war dann einer (vielleicht ich) vorausgegangen, um die Haustür zu öffnen, und nun sagte man sich auf allen Seiten, ich nicht ausgenommen, zum letzten Mal, bevor man auseinanderging, noch einmal gute Nacht, wünschte sich ein frohes Fest, drückte sich die Hände und küßte einander auf die Wange. Aber plötzlich fährt ein Windstoß durch die in das nächtliche Dunkel hinein halbgeöffnete Haustür in den Flur. Es ist ein orkanartiger Wind, und er kommt aus der Nacht. Er fällt in den Flur, fegt hindurch, wirbelt pfeifend durch das

Gitter zum Garten und hat sogleich mit Gewalt die Zögernden auseinandergetrieben und mit seinem wilden Geheul jählings zum Schweigen gebracht, wer noch im Gespräch stand. Dünne Stimmen, schüchterne Schreie, sogleich übertönt. Fortgeweht sie alle wie abgefallene Blätter, wie Papierfetzen, wie Haar, weiß geworden vom Alter oder vom Grauen ... Ach, im Grunde hatte Ernesto Glück gehabt, daß er nicht in Italien studieren durfte. Er schrieb aus Grenoble, daß er hungerte und mit seinem bißchen Französisch von den Vorlesungen an der Technischen Hochschule so gut wie nichts verstand. Und doch konnte er sich glücklich schätzen, er, der hungerte und der fürchtete, mit den Prüfungen nicht fertig zu werden! Ich war hiergeblieben, und für mich, der ich ausgeharrt und wieder einmal aus Hochmut und Gefühlskälte die Einsamkeit gewählt hatte, die ich mit unbestimmten, nebulosen, ohnmächtigen Hoffnungen erfüllte, für mich gab es keine Hoffnung, gab es *gar keine* Hoffnung.

Aber wer kann je in die Zukunft sehen?

So erlebte ich es, daß ich etwa um elf Uhr, als mein Vater gerade begonnen hatte – offenbar um die allgemein herrschende schlechte Stimmung zu zerstreuen –, das langatmige Ostergedicht vom *Caprét ch'avea comperà il signor Padre* vorzutragen (es war seine Lieblingsnummer, sein ›Paradepferd‹, wie er es ausdrückte), daß ich also, während ich zufällig in den Spiegel mir gegenüber blickte, plötzlich sah, wie sich in meinem Rücken die Tür zur Telefonkammer langsam öffnete. Im Türspalt erschien diskret das Gesicht der alten Cohen. Sie sah gerade zu mir herüber, und wie mir schien, mit einem um Hilfe flehenden Blick.

Ich stand auf und trat auf sie zu.

»Was gibt es denn?«

Sie wies auf den vom Apparat herabbaumelnden Hörer und verschwand durch die Tür auf der anderen Seite, die in den Vorraum führte.

Plötzlich allein in dem vollkommen dunklen Raum, erkannte ich die Stimme Albertos, noch bevor ich den Hörer am Ohr hatte.

»Ich höre singen«, rief er laut in den Apparat, in einer merkwürdig freudigen Erregung. »Wie weit seid ihr mit dem Fest?«

»Beim *Osterlamm, das der Herr Vater gekauft hatte*«, antwortete ich.

»Ach, so. Wir sind schon fertig. Warum kommst du nicht vorbei?«

»Um diese Zeit?« fragte ich überrascht.

»Warum nicht? Bei uns gerät die Unterhaltung allmählich ins Stocken, und du könntest sie, bei deinen bekannten gesellschaftlichen Gaben, sofort wieder beleben.«

Er lachte vergnügt.

»Und außerdem«, fügte er hinzu, »haben wir eine Überraschung für dich.«

»Eine Überraschung? Und worin könnte die bestehen?«

»Komm her, und du wirst es sehen.«

»Wie geheimnisvoll!«

Das Herz klopfte mir zum Zerspringen.

»Sag schon, was es ist!«

»Los, laß dich nicht lange bitten. Ich sage nur: komm und sieh selber!«

Ich ging von der Kammer aus unmittelbar in den Flur, nahm Mantel, Schal und Hut, steckte noch einmal den Kopf in die Küche und bat leise die Cohen, falls man nach mir fragte, zu sagen, daß ich für einen Augenblick hatte fortgehen müssen. Zwei Minuten später war ich bereits unterwegs.

Es war eine strahlend helle, eisige Mondnacht. Auf den Straßen war so gut wie niemand zu sehen, und Corso Giovecca und Corso Ercole I d'Este rollten sich, glatt und leer, wie eine große Rennbahn vor mir auf. Ich fuhr mit dem Rad auf der Straßenmitte, im vollen Mondschein, in den Ohren ein taubes Gefühl vor eisiger Kälte; aber ich hatte beim Essen ein paar Glas Wein getrunken, und so spürte ich die Kälte nicht, sondern schwitzte sogar. Die Reifen knirschten leise in dem hart gewordenen Schnee, und der trockene, pulverige Schnee, den sie aufwirbelten, erfüllte mich mit einem Gefühl leichtsinniger Fröhlichkeit, wie wenn ich Ski liefe. Ich fuhr mit höchster Geschwindigkeit, ohne Furcht, zu stürzen. Dabei dachte ich an die Überraschung, die mich nach den Worten Albertos im Haus der Finzi-Contini erwartete. Vielleicht war Micòl da? Aber es war doch merkwürdig – warum war dann sie nicht an den Apparat gekommen? Und warum war sie vor dem Abendessen nicht in der Synagoge erschienen? Wenn sie dort gewesen wäre, hätte ich es bereits erfahren. Mein Vater hätte gewiß nicht vergessen, ihren Namen zu erwähnen, als er bei Tisch wie üblich alle aufzählte, die dem Gottesdienst beigewohnt hatten (er tat es nicht zuletzt meinetwegen, um mir damit indirekt mein Fernbleiben vorzuwerfen). Er hatte sie alle aufgezählt, die Finzi-Contini und die Herrera, aber Micòl nicht. Vielleicht war sie noch im letzten Augenblick, mit dem Schnellzug um neun Uhr fünfzehn gekommen?

In der strahlenden Helligkeit von Schnee und Mondschein fuhr ich durch den Barchetto del Duca. Ich erinnere mich, wie sich mir auf halbem Wege, bevor ich über die Brücke des Panfilio-Kanals radelte, plötzlich ein riesiger Schatten entgegenstellte. Es war Jor. Ich erkannte ihn erst eine Sekunde später, als ich schon drauf und dran war zu schreien. Aber kaum hatte ich ihn entdeckt, als sich bereits mein Erschrecken in ein beinahe ebenso lähmendes Gefühl von Vorahnung verwandelte. Es war also wahr, überlegte ich; Micòl war heimgekommen. Sie hatte die Türglocke läuten hören, war vom Tisch aufgestanden, die Treppe heruntergeeilt, hatte mir Jor entgegengeschickt und erwartete mich nun an der kleinen Nebenpforte, die nur von Familienangehörigen und vertrauten Freunden benutzt wurde. Noch ein paar Tritte auf die

Pedale, und da würde sie stehen: eine schmale braune Figur vor dem Hintergrund weißesten Lichts, das an ein Kraftwerk erinnerte, und an den Schultern umschmeichelt vom wärmenden Hauch der Zentralheizung. Nur noch wenige Sekunden, und ich würde ihre Stimme hören – ihr *ciao*.

»*Ciao*«, sagte Micòl von der Schwelle her. »Sehr brav, daß du gekommen bist.«

Ich hatte alles recht genau vorausgesehen, alles bis auf den Kuß, den ich ihr gab. Ich war vom Rad gestiegen und hatte geantwortet: »*Ciao*. Seit wann bist du hier?« Sie hatte gerade noch Zeit gehabt zu sagen: »Seit heute nachmittag, ich bin mit meinen Onkeln gekommen«, und dann ... dann hatte ich sie geküßt. Es war ganz plötzlich geschehen. Aber wie? Ich barg das Gesicht noch an ihrem Hals und spürte seine duftende Wärme (es war ein merkwürdiger Duft, ein Geruch von kindlicher Haut und Talkumpuder), als ich mir schon diese Frage stellte. Wie hatte es dazu kommen können? Ich hatte sie umarmt, und sie hatte sich schwach dagegen gewehrt. Schließlich hatte sie mich gewähren lassen. War es so gewesen? Vielleicht. Aber nun?

Ich löste mich langsam von ihr. Jetzt war sie dort, ihr Gesicht zwanzig Zentimeter von meinem entfernt, und ich blickte sie an, ohne zu sprechen oder mich nur zu rühren, schaute sie ungläubig, schon ungläubig, an. An den Türpfosten gelehnt, die Schultern mit einem schwarzen Wollschal bedeckt, blickte auch sie starr und wortlos auf mich. Sie sah mir in die Augen, und ihr Blick drang gerade, fest und bestimmt in mich ein – mit der Unerbittlichkeit eines Schwertes.

Ich senkte als erster den Blick.

»Entschuldige«, murmelte ich.

»Warum entschuldigst du dich? Vielleicht war es mein Irrtum, daß ich dir entgegenkam. Ich habe schuld.«

Sie schüttelte den Kopf. Dann zeigte sie ein freundliches, herzliches Lächeln.

»Wie schön der viele Schnee!« sagte sie und deutete mit dem Kinn nach dem Park. »Stell dir vor, in Venedig nicht mal einen Zentimeter. Wenn ich gewußt hätte, daß hier so viel gefallen ist ...«

Sie schloß mit einer Gebärde ihrer rechten Hand. Sie hatte sie unter dem Schal hervorgezogen, und sogleich bemerkte ich, daß sie einen Ring trug.

Ich faßte sie am Handgelenk.

»Was bedeutet das?« fragte ich und tippte mit dem Zeigefinger an den Ring.

Sie zog eine Grimasse, wie um Verachtung auszudrücken.

»Ich habe mich *verlobt,* weißt du das nicht?«

Doch unmittelbar darauf brach sie in schallendes Gelächter aus.

»Aber nein, so höre doch – merkst du nicht, daß ich einen Scherz mache? Es ist doch nur ein kleiner, ganz unbedeutender Ring. Sieh ihn dir an.«

Sie streifte ihn vom Finger, wobei sie heftig ihre Ellbogen bewegte, und gab ihn mir. Wahrhaftig, es war ein ganz unbedeutender Ring, ein goldener Reif mit einem kleinen Türkis. Er war ihr vor vielen Jahren von der Großmutter Regina geschenkt worden, wie sie erklärte, und zwar verpackt in einem Osterei.

Nachdem ich ihr den Ring zurückgegeben hatte, schob sie ihn wieder auf den Finger und nahm mich dann an der Hand.

»Nun komm«, flüsterte sie mir zu, »sonst machen sie sich oben noch Sorgen.« Sie lachte. »Imstande sind sie dazu.«

Sie hörte, während wir hinaufgingen, wobei sie mich fest bei der Hand hielt (auf der Treppe blieb sie einmal stehen, um meine Lippen bei Licht zu mustern und ihre Prüfung mit einem unbefangenen ›*Tadellos!*‹ zu beenden), nicht für einen Augenblick auf, von allem möglichen zu sprechen.

Doch, die Geschichte mit ihrer Abschlußarbeit, berichtete sie, sei besser gegangen, als sie zu hoffen gewagt habe. Bei der mündlichen Prüfung hatte sie eine gute Stunde lang ›die Bank gehalten‹ und munter ›gepredigt‹. Schließlich wurde sie hinausgeschickt, konnte aber hinter der Milchglastür der *Aula Magna* ungeniert mit anhören, was das Professorenkollegium über sie sagte. Die Mehrheit neigte dazu, ihr das *cum laude* zuzubilligen, aber einer war dabei, der Deutschprofessor (ein Nazi vom reinsten Wasser!), der davon nichts wissen wollte. Er war sehr bestimmt gewesen, der ›würdige Herr‹. Das könne man ihr nicht zuerkennen, meinte er, ohne einen gewaltigen Skandal zu provozieren. Und was für einen! Die junge Dame war Jüdin und dazu, wie sich gezeigt hatte, in keiner Weise benachteiligt worden, und nun sprach man davon, sie auch noch zu belobigen! Pfui! Sie sollte froh sein, daß es ihr gestattet worden war, ihren Universitätsabschluß zu machen ... Der Referent, der Englischprofessor, erklärte dagegen, auch von anderen unterstützt, mit großem Nachdruck, daß Schule Schule war und Intelligenz und Fleiß (wie nett von ihm!) nichts mit Blut und Rasse zu tun hatten und so weiter. Aber als es zur Abstimmung kam, zeigte es sich natürlich, daß der Nazi, wie vorauszusehen, gesiegt hatte. Und ihr blieb keine andere Genugtuung – abgesehen von den Entschuldigungen des Englischprofessors hernach, der sie auf der Treppe der Ca' Foscari eingeholt hatte (der Ärmste, das Kinn zitterte ihm, und in den Augen standen ihm Tränen) keine andere Genugtuung, als das Urteil mit dem schönsten, untadeligen Römischen Gruß anzunehmen. Der Dekan der Fakultät hatte in dem Augenblick den Arm erhoben, als er ihr die Examensurkunde überreichte. Wie hätte sie sich nun verhalten sollen? Hätte sie sich auf ein anmutiges Neigen des Kopfes beschränken sollen? O nein!

Sie lachte voll ausgelassener Fröhlichkeit, und auch ich lachte, wie elektrisiert, als ich ihr nun meinerseits, mit einer verschwenderischen Fülle an komischen Einzelheiten, von meiner Ausweisung aus der Stadtbibliothek erzählte. Als ich sie aber fragte, warum sie nach bestandenem Examen noch einen ganzen Monat in Venedig geblieben war – in Venedig, fügte ich hinzu, das ihr, wenn man sie reden hörte, nicht nur als Stadt nie zugesagt hatte, sondern wo sie auch keinen einzigen Freund hatte, weder männlichen noch weiblichen Geschlechts –, wurde sie plötzlich ernst, ließ meine Hand los und warf mir statt aller Antwort rasch einen Blick von der Seite zu.

Einen Vorgeschmack von dem freundlichen Empfang, der uns im Speisesaal zuteil wurde, gab uns Perotti, der uns im Vestibül erwartete. Sobald er uns, mit Jor hinter uns, die große Treppe herunterkommen sah, zeigte er uns ein im höchsten Grade wohlgefälliges, beinahe schon komplizenhaftes Lächeln. Bei anderer Gelegenheit hätte mich sein Benehmen verletzt; ich hätte es als Beleidigung empfunden. Aber seit einigen Minuten befand ich mich in einer merkwürdigen geistigen Verfassung. Jeden Zweifel in mir erstickend, ging ich durch Zimmer und Säle, in einer seltsamen Schwerelosigkeit, wie von unsichtbaren Flügeln getragen. Im Grunde, dachte ich, war Perotti doch ein braver Kerl. Auch er freute sich, daß die ›Signorina‹ heimgekehrt war. Konnte man es ihm verargen, dem armen alten Mann? Nun würde es mit seinem Murren gewiß ein Ende haben.

Wir erschienen in der Tür des Speisesaals Seite an Seite, und festlich-herzlich wurden wir begrüßt. Die Gesichter aller in der Tafelrunde waren rosig und animiert, und in ihren Blicken standen ohne Ausnahme Sympathie und Wohlwollen. Aber sogar der Raum selbst kam mir, so wie ich ihn an diesem Abend auf einmal sah, freundlicher und wärmer vor als sonst; auch er schien irgendwie rosig mit dem hellen glatten Holz seiner Möbel, denen die hohe züngelnde Flamme des Kaminfeuers weiche fleischfarbene Reflexe lieh. So hell hatte ich den Speisesaal noch nie gesehen. Denn abgesehen von dem Glutschein aus dem Kamin ergoß sich über die Tafel, bedeckt

mit einem Tischtuch aus schneeweißem Leinen (Teller und
Geschirr waren bereits abgedeckt, versteht sich), ein wahrer
Katarakt von Licht aus der großen umgestülpten Blumen-
krone der Mittellampe.
»So kommen Sie doch herein!«
»Seien Sie uns willkommen!«
»Wir glaubten schon, daß du dich nicht mehr bemühen
wolltest!«
Dieser letzte Satz war von Alberto gesprochen worden,
doch fühlte ich, wie ihn mein Kommen ehrlich freute. Aller
Blicke waren besonders auf mich gerichtet. Da war der Professor Ermanno, der sich ganz auf seinem Stuhl umgedreht
hatte; ein anderer drängte sich hart an den Tischrand, wieder
ein anderer schob sich dagegen mit steifen Armen vom Tische
ab oder verhielt sich wie Signora Olga, die den Ehrenplatz an
der Tafel innehatte, mit dem Kaminfeuer im Rücken, und die
nun mit halbgeschlossenen Lidern das Gesicht vorstreckte.
Sie alle betrachteten mich mit prüfendem Blick, musterten
mich von oben bis unten, und alle schienen recht zufrieden
mit mir, zufrieden mit dem Eindruck, den ich an der Seite
Micòls machte. Nur Federico Herrera, der Eisenbahningenieur, zögerte einen Augenblick, bevor er das allgemeine Wohl-
gefallen teilte. Aber es war tatsächlich nur ein Augenblick.
Nachdem er sich bei seinem Bruder Giulio erkundigt hatte
(ich sah, wie sie hinter dem Rücken ihrer alten Mutter die
kahlen Köpfe zusammensteckten), verdoppelte er sofort seine
Sympathiebezeigungen für mich. Nicht nur, daß er den Mund
zu einem Lächeln verzog, das seine kräftigen oberen Schneidezähne entblößte, sondern er hob sogar den Arm in einer
Gebärde, die, mehr als bloßer Gruß, eine Geste der Solidarität, einer fast sportlichen Ermunterung schien.
Professor Ermanno bestand darauf, daß ich zu seiner Rechten Platz nahm. Es sei mein Stammplatz, erklärte er Micòl,
die sich inzwischen links von ihm, mir gegenüber, gesetzt

hatte – mein Platz, den ich ›für gewöhnlich‹ einnahm, wenn ich zum Essen blieb. Giampiero Malnate dagegen, fügte er hinzu, Albertos Freund, pflegte ›dort drüben‹ zu sitzen, rechts von der Mama. Und Micòl hörte ihm zu mit einem seltsamen Ausdruck, zugleich pikiert und spöttisch, als ob es ihr mißfiele, zu sehen, daß sich das Leben der Familie in ihrer Abwesenheit in einer Richtung weiterentwickelt hatte, die sie nicht ganz vorausgesehen, und zugleich zufrieden, daß die Dinge eben diesen Lauf genommen hatten.

Ich setzte mich, und überrascht, daß ich so falsch gesehen hatte, stellte ich fest, daß der Tisch durchaus nicht abgedeckt war. In der Mitte stand ein großes, rundes, silbernes Tablett, in dessen Mitte wiederum, zwei Handbreit im Umkreis von einem Strahlenkranz weißer Kärtchen umgeben, deren jedes einen mit Rotstift geschriebenen Buchstaben des Alphabets zeigte, ein einzelner Champagnerkelch.

»Und was bedeutet das?« fragte ich Alberto.

»Das ist die *große* Überraschung, von der ich gesprochen habe!« rief er. »Es ist einfach phantastisch: es brauchen nur drei oder vier Personen im Kreise zu sitzen und den Finger auf den Rand dieses Glases zu legen, und sofort antwortet es, indem es einen Buchstaben nach dem andern aufhebt und wieder ablegt.«

»Es antwortet?!«

»Gewiß! Es schreibt ganz langsam alle Antworten. Und verständige Antworten, weißt du; du kannst dir gar nicht vorstellen, wie vernünftig sie sind!«

Seit langem hatte ich Alberto nicht so euphorisch, so angeregt gesehen.

»Und woher stammt diese hübsche Neuheit?« fragte ich ihn.

»Es ist nur ein Spiel«, mischte sich der Professor Ermanno ein, den Kopf schüttelnd, eine Hand auf meinen Arm gelegt. »Micòl hat es aus Venedig mitgebracht.«

»Also dann bist du die Verantwortliche!« wandte ich mich an Micòl. »Kann dein Sektkelch auch in die Zukunft sehen?«
»Wie wohl nicht!« antwortete sie mit einem verschmitzten Augenzwinkern. »Ich kann dir sagen, daß das geradezu *seine* Spezialität ist.«
In diesem Augenblick kam Dirce herein, die eine Schüssel aus dunklem Holz, beladen mit süßem Ostergebäck, auf der erhobenen Hand balancierend, hereinbrachte. Auch ihre Wangen waren rosig, leuchtend vor Gesundheit und guter Laune.
Mir als Gast und als dem zuletzt Gekommenen wurde die Schüssel zuerst gereicht. Das Backwerk – sogenannte *zucarìn*, aus Mürbeteig und Rosinen hergestellt – war ungefähr dasselbe, das ich noch vor kurzem bei mir zu Hause mißvergnügt gekostet hatte. Aber die *zucarìn*, die im Hause Finzi-Contini gebacken worden waren, schienen mir sofort viel besser, ja, ungewöhnlich schmackhaft, und ich sagte es auch der Signora Olga, die aber gerade dabei war, ein *zucarìn* von dem Teller, den Dirce ihr reichte, auszuwählen, und mein Kompliment nicht zu hören schien.
Sodann erschien Perotti, in den großen Bauernhänden ein zweites Tablett (dieses aus Hartzinn) haltend, auf dem ein Fiasco mit weißem Wein und Gläser für alle standen. Und während wir nun geruhsam bei Tische saßen, jeder in kleinen Schlucken seinen Albanawein trinkend und dazu *zucarìn* knabbernd, erläuterte Alberto mir besonders die ›prophetischen Gaben des Pokals‹, der jetzt dort mitten auf der Tafel stand, stumm wie jedes ehrliche Glas in dieser Welt, der aber vor kurzem auf ihre Fragen noch mit außergewöhnlicher und bewunderungswürdiger Verve geantwortet hatte.
Ich wollte wissen, was für eine Art Fragen gestellt worden waren.
»Oh, alle möglichen.«
So hatten sie zum Beispiel das Glas gefragt, fuhr er fort, ob es ihm, Alberto, eines Tages gelingen werde, sein Ingenieurs-

examen zu bestehen; der Kelch hatte darauf sofort mit einem
bündigen ›Nein‹ geantwortet. Dann hatte Micòl wissen wollen,
ob sie sich verheiraten würde und wann; hier war die Antwort
des Glases sehr viel weniger zwingend gewesen, vielmehr recht
verworren nach Art eines echten klassischen Orakels, das heißt,
daß es ganz entgegengesetzte Deutungen zuließ. Schließlich
hatten sie ›das arme Glas‹ auch nach dem Tennisplatz gefragt.
Sie wollten wissen, ob ihr Vater endlich mit der alten Leier auf-
hören würde, den Beginn der Arbeiten von einem Jahr auf das
andere zu verlegen. Und bei diesem Thema zeigte die ›Pythia‹
eine schöne Portion Geduld, indem sie wieder einmal deutlich
und ausführlich wurde und versicherte, daß die ersehnten Ver-
besserungen ›so bald wie möglich‹ und noch innerhalb des lau-
fenden Jahres ins Werk gesetzt werden würden.

Aber vor allem auf dem Gebiet der Politik hatte der Champagnerkelch Wunder vollbracht. In Bälde, so hatte er verkün-
det, in wenigen Monaten schon, würde es zum Kriege kommen, zu einem Krieg, der lang, blutig und für *alle* schmerzlich
sein würde – ein Krieg, der die ganze Welt erschüttern, aber
nach langen Jahren der Ungewißheit mit dem vollkommenen
Sieg der Mächte des Guten enden würde. »Des Guten?« hatte
an dieser Stelle Micòl gefragt, die stets eine besondere Begabung für *gaffes* gehabt hatte. »Und wer sind, wenn ich fragen
darf, die Mächte des Guten?« Worauf das Weinglas zur Ver-
blüffung aller Anwesenden mit einem einzigen Wort geantwortet hatte: »Stalin«.

»Stell dir vor«, sagte Alberto unter dem Gelächter der
Tischgesellschaft, »wie sich Giampi gefreut hätte, wenn er
hiergewesen wäre! Ich will es ihm schreiben.«

»Ist er nicht in Ferrara?«

»Nein, er ist vorgestern nach Hause gefahren, um Ostern
bei seinen Eltern zu sein.«

Alberto berichtete noch ziemlich ausführlich über das, was
das Glas alles gesagt hätte, bis das Spiel wieder aufgenommen

wurde. Auch ich wurde aufgefordert, meinen Zeigefinger auf den Rand des ›Kelches‹ zu legen, und auch ich stellte meine Frage und wartete auf Antwort. Doch jetzt gab das Orakel, weiß der Himmel warum, nichts Verständliches mehr von sich. Alberto mochte es, eigensinnig und halsstarrig wie noch nie, immer wieder versuchen – nichts kam.

Ich jedenfalls war an dem Orakel nicht sonderlich interessiert. Statt auf Alberto und das Glasspiel zu achten, schaute ich lieber um mich, in den Speisesaal und hinaus, durch das große Bullauge, in den Park, und vor allem sah ich auf Micòl, die mir an der anderen Tischseite gegenübersaß und, wenn sie meinen Blick spürte, die kraus gezogene Stirn (wie sie sie beim Tennisspiel gehabt hatte) glättete und mir ein rasches Lächeln schenkte, nachdenklich und beruhigend.

Ich heftete den Blick auf ihre Lippen, die kaum vom Lippenstift getönt waren. Ich hatte sie vor kurzem geküßt – wirklich ich! Aber war es nicht schon zu spät gewesen? Warum hatte ich es nicht vor sechs Monaten getan, als noch alles möglich gewesen war, oder wenigstens im Laufe des Winters? Wieviel Zeit hatten wir verloren, ich hier, in Ferrara, sie in Venedig! Ich hätte sehr wohl sonntags einmal in den Zug steigen und sie in Venedig aufsuchen können. Es gab einen D-Zug, der um acht Uhr früh von Ferrara abfuhr und um halb elf in Venedig ankam. Gleich vom Bahnhof aus hätte ich bei ihr anrufen und ihr den Vorschlag machen können, mit mir zusammen zum Lido zu fahren (so würde ich, von allem anderen abgesehen, endlich einmal den berühmten Jüdischen Friedhof von San Niccolò zu sehen bekommen – wie ich ihr am Telefon erklärt hätte). Später saßen wir zusammen dort draußen und machten dann, nach vorangegangenem Anruf im Hause der Onkel, um das *Fräulein* zu beruhigen (und ich sah, während ich telefonierte, Micòl die komischsten Gesichter schneiden), machten dann einen Spaziergang am verlassenen Strand. Auch dafür war reichlich Zeit vorhanden. Zur

Rückfahrt hatte ich zwei Züge zur Auswahl: einen um fünf Uhr nachmittags und einen um sieben Uhr abends, und bei keinem von beiden würden meine Eltern auch nur das Geringste merken. Ach ja, wenn ich es damals getan hätte, als ich es hätte tun *müssen,* wäre alles sehr leicht gewesen.

Ein Kinderspiel.

Wieviel Uhr war es? Halb zwei, vielleicht schon zwei. Bald würde ich gehen müssen, und wahrscheinlich begleitete mich dann Micòl nach unten, bis zur Gartentür.

Vielleicht war es das, woran sie gerade dachte, war es das, was sie beunruhigte. Wir würden nebeneinander gehen, durch ein Zimmer nach dem andern, einen Korridor nach dem andern, ohne den Mut zu haben, noch einen Blick oder ein Wort miteinander zu wechseln. Ich fühlte, daß wir beide das gleiche fürchteten: den Abschied, den immer näher kommenden und sich immer mehr der Vorstellung versagenden Augenblick des Abschieds, des Abschiedskusses. Und doch, wenn – um nur einmal den Fall zu setzen – Micòl darauf verzichtete, mich hinunterzubegleiten, und diese Aufgabe Alberto oder gar Perotti überließ, woher sollte ich dann die Kraft nehmen, den Rest dieser Nacht zu bestehen? Und den morgigen Tag?

Aber vielleicht – und schon träumte ich wieder, eigensinnig und verzweifelt –, vielleicht war es zwecklos, ja, gar nicht nötig, vom Tisch aufzustehen. Denn diese Nacht würde niemals enden.

Vierter Teil

1

Schon am nächsten Tag wurde ich mir darüber klar, daß es mir sehr schwerfallen würde, die alte Beziehung zu Micòl wiederherzustellen.

Nach langem Zögern versuchte ich gegen zehn Uhr, sie anzurufen. Ich erhielt (von Dirce) die Auskunft, daß die ›jungen Herrschaften‹ noch nicht aufgestanden seien, ich möge so freundlich sein, es ›gegen Mittag‹ noch einmal zu versuchen. Um mir die Wartezeit zu vertreiben, warf ich mich aufs Bett. Ich hatte aufs Geratewohl ein Buch herausgegriffen; es war *Le Rouge et le Noir*. Aber wie sehr ich mich auch auf die Lektüre zu konzentrieren suchte, es gelang mir nicht. Und wie, wenn ich mittags nicht noch einmal anriefe? Aber bald änderte ich wieder meine Meinung. Plötzlich schien mir, ich wollte von Micòl nur noch eins: ihre Freundschaft. Statt zu verschwinden – überlegte ich –, war es viel besser, wenn ich mich so verhielt, als ob am gestrigen Abend nichts vorgefallen wäre. Sie würde verstehen. Von meinem Takt beeindruckt und wieder vollkommen beruhigt, würde sie mir bald wieder wie früher ihr ganzes Vertrauen schenken, das mir so teuer war.

So faßte ich Mut und wählte Punkt zwölf Uhr noch einmal die Nummer der Finzi-Contini.

Ich mußte lange warten, länger als sonst üblich.

»*Pronto*«, meldete ich mich endlich, mit vor innerer Bewegung erstickter Stimme.

»Ach, du bist es?«

Es war die Stimme Micòls.

Sie gähnte.

»Was gibt es denn?«

Verwirrt und ohne eigentlich etwas zu sagen zu haben, fiel mir im Augenblick nichts besseres ein, als zu erklären, daß ich bereits vor zwei Stunden einmal angerufen hatte. Dirce hätte mir nahegelegt, es gegen Mittag erneut zu versuchen, fügte ich stammelnd hinzu.

Micòl hörte mir zu. Dann begann sie sich zu beklagen über den Tag, der ihr bevorstand, mit so vielen Dingen, die nach monatelanger Abwesenheit zu erledigen waren, mit Kofferauspacken, dem Einordnen von Büchern und Papieren und so weiter und schließlich mit der für sie nicht gerade verlokkenden Aussicht auf ein zweites ›Liebesmahl‹. Das Schlimme bei jeder Trennung war eben dies, so murrte sie, daß man, um nachher wieder ins Geleise zu kommen und den alten Trott wiederaufzunehmen, eine noch größere Mühe brauchte als zuvor – und die war auch schon groß gewesen –, als es galt, ›sich loszureißen‹.

Ich fragte sie, ob sie später in die Synagoge kommen werde.

Sie sagte, sie wissen es nicht. Vielleicht, vielleicht auch nicht. In diesem Augenblick jedenfalls fühlte sie sich nicht danach, es mir zu garantieren.

Sie hängte den Hörer ein, ohne mich aufzufordern, am Abend zu ihnen zu kommen, und ohne zu vereinbaren, wie und wann wir uns wiedersehen wollten.

An diesem Tage vermied ich es, sie noch einmal anzurufen, ja, sogar in die Synagoge zu gehen. Aber als ich um sieben Uhr durch die Via Mazzini kam und den großen grauen Dilambda der Finzi-Contini an der Ecke der Via Scienze bei den Sassi am Straßenrand stehen sah, mit Perotti, in der Mütze und der Uniform des Chauffeurs, wartend am Steuer, konnte ich der Versuchung nicht widerstehen, an der Ecke der Via Vittoria Posten zu beziehen und zu warten. Ich wartete lange, bei schneidender Kälte. Es war die Stunde des größten Fußgängerverkehrs, die Stunde vor dem Abendessen. Auf den beiden Bürgersteigen der Via Mazzini, voll Schnee, der schmutzig und schon halb zu Matsch geworden war, drängten und eilten die Menschen nach beiden Richtungen. Aber am Ende wurde ich belohnt, denn plötzlich sah ich, wenn auch nur von weitem, wie Micòl aus der Tür der Synagoge trat und allein auf der Schwelle stehenblieb. Sie trug eine Pelzjacke aus Leopardenfell, in der Taille durch einen ledernen Gürtel zusammengehalten, und ihr blondes Haar leuchtete im Licht der Schaufenster. Ich sah, wie sie hierhin und dorthin blickte, wie wenn sie jemanden suchte. War ich es, nach dem sie suchte? Schon war ich im Begriff, aus dem Schatten hervorzutreten und mich ihr zu nähern, als ihre Angehörigen, die augenscheinlich in einigem Abstand hinter ihr die Treppe heruntergekommen waren, erschienen. Sie waren vollzählig, einschließlich der Großmutter Regina. Ich drehte mich auf dem Absatz um und ging mit raschen Schritten auf der Via Vittoria davon.

An den folgenden Tagen setzte ich meine telefonischen Bemühungen hartnäckig fort, doch gelang es mir nur ziemlich selten, mit Micòl selber zu sprechen. Fast immer war ein anderer am Apparat, entweder Alberto oder der Professor oder Dirce oder sogar Perotti, die mich sämtlich – abgesehen von Dirce, die kurz und gleichgültig wie eine Telefonistin war und mich gerade deshalb verlegen und unbeholfen machte – in lange und unnütze Unterhaltungen verwickelten. Perotti unterbrach ich zwar irgendwann. Aber mit Alberto und dem Professor war das weit weniger leicht zu machen. Ich ließ sie sprechen und hoffte immer, daß sie Micòl von selbst erwähnen würden. Vergebens. Als ob sich beide vorgenommen hätten, diesen Namen zu vermeiden, ja, als hätten sie es untereinander verabredet, überließen ihr Vater und ihr Bruder ausschließlich mir jede Initiative in Hinblick auf Micòl. Die Folge war, daß ich sehr oft den Hörer auflegte, ohne daß ich den Mut gefunden hatte, nach Micòl zu fragen.

Ich nahm nun meine Besuche wieder auf, entweder des Morgens unter dem Vorwand meiner Abschlußarbeit, oder nachmittags, um Alberto zu besuchen. Ich unternahm nichts, um Micòl zu benachrichtigen, daß ich im Hause war. Ich war überzeugt, daß sie es ohnehin wußte und irgendwann von selbst erscheinen würde.

Meine Arbeit hatte ich zwar schon zu Ende geführt, doch mußte ich sie noch abschreiben. Ich hatte mir deshalb von zu Hause meine Schreibmaschine mitgebracht, deren Geklapper gleich das erstemal, als sie die Stille des Billardsaals unterbrach, Professor Ermanno auf die Schwelle seines Studierzimmers lockte.

»Was stellst du denn da an? Bist du schon bei der Reinschrift?« rief er mir fröhlich zu.

Er kam herein und wollte die Maschine sehen. Es war eine italienische Reiseschreibmaschine, eine Littoria, die mir mein Vater vor ein paar Jahren nach bestandenem Abitur geschenkt hatte. Die Marke rief bei ihm keineswegs ein Lächeln hervor, wie ich gefürchtet hatte. Er schien sich vielmehr zu freuen, daß jetzt ›auch‹ in Italien Schreibmaschinen hergestellt wurden, die, wie die meine, ganz so aussahen, als ob sie tadellos funktionierten. Sie besaßen drei Maschinen, erklärte er mir, eine für Alberto, eine für Micòl und eine für ihn, alle drei amerikanisch, Marke Underwood. Die der Kinder waren Reisemaschinen, sehr stabil, zweifellos, dafür aber gewiß nicht so leicht wie die meine (er wog sie dabei in der Hand). Seine Maschine dagegen war eine normale Schreibmaschine, eine Büromaschine, wenn man so will, aber oho!

Er machte eine kleinen Luftsprung.

Was meinte ich wohl, wie viele Durchschläge er auf dieser Maschine machen konnte, wenn es sein mußte, fügte er zwinkernd hinzu. Bis zu sieben.

Er führte mich in sein Arbeitszimmer und zeigte sie mir, indem er den scheußlichen, schwarzlackierten Metalldeckel hochhob, den ich bisher noch nie bemerkt hatte. Vor einem derartigen Museumsstück, das offenbar auch, als es noch neu gewesen, nur sehr selten benutzt worden war, schüttelte ich den Kopf. »Nein, danke«, sagte ich. Mit meiner Littoria würde ich es zwar nur auf drei Kopien, davon zwei auf Durchschlagpapier, bringen, dennoch bliebe ich lieber bei ihr.

Einen Abschnitt nach dem andern hämmerte ich in die Maschine, aber mit meinen Gedanken war ich anderswo. War es auch nachmittags, wenn ich wieder in Albertos Studio saß. Eine gute Woche nach Ostern war Malnate aus Mailand zurückgekommen, empört über die jüngsten politischen Ereignisse (den Fall Madrids – aber das war nicht das Ende!; die Besetzung Albaniens – welche Schmach, und was für eine Hanswurstiade!). Was das letztgenannte Ereignis betraf, so berichtete er voller Sarkasmus, was er darüber von einigen gemeinsamen Freunden in Mailand erfahren hatte. Mehr als vom Duce, berichtete er, war das Albanien-Unternehmen demnach von Galeazzo Ciano gefordert worden, der in seiner Eifersucht auf von Ribbentrop der Welt mit diesem widerlichen Schurkenstreich beweisen wollte, daß er dem Deutschen nicht nachstand auf dem Felde der Blitzdiplomatie. Sollten wir das glauben? Selbst der Kardinal Schuster sollte sich mit Worten des Bedauerns und Mahnens geäußert haben, und obwohl er sich nur im vertrautesten Kreise ausgesprochen hatte, war es doch ganz Mailand zu Ohren gekommen. Giampi erzählte auch anderes aus Mailand, von einer Aufführung von Mozarts *Don Giovanni* in der Scala, der er hatte beiwohnen dürfen; von der Ausstellung einer ›neuen Gruppe‹ in der Via Bagutta, dann von Gladys, die er – doch, ausgerechnet sie – zufällig in der Galleria getroffen hatte, in einen Nerz gehüllt und am Arm eines bekannten Industriellen aus der Stahlbranche. Und Gladys, reizend wie stets, hatte ihm im Vorübergehen ein kleines Zeichen mit dem Finger gegeben, als wollte sie sagen: ›Ruf mich an‹ oder ›Ich rufe dich an‹. Nur schade, daß er gleich wieder ›zur Firma‹ zurückkehren mußte! Dem bekannten Stahlindustriellen und Kriegsgewinnler von morgen hätte er mit Vergnügen ein paar Hörner aufgesetzt ... Er sprach und sprach, wie üblich meistens zu mir gewandt, aber, wie mir schien, nicht mehr ganz so lehrhaft und peremptorisch wie in den vergangenen Monaten, so als hätte er von seiner Reise nach Mailand und dem Besuch bei seinen Eltern und Freunden eine für ihn neue Neigung zur Nachsicht mitgebracht, Nachsicht mit anderen Menschen und ihren Meinungen.

Mit Micòl hatte ich, wie gesagt, nur wenig Verbindung, und auch die nur in Form von Telefongesprächen, bei denen wir es beide vermieden, von persönlichen Dingen zu sprechen. Immerhin konnte ich, ein paar Tage, nachdem ich über eine Stunde auf sie vor der Synagoge gewartet hatte, nicht der Versuchung widerstehen, mich bei ihr über ihre Gleichgültigkeit zu beklagen.

»Weißt du«, begann ich, »am Abend des zweiten Ostertages habe ich dich gesehen.«

»Ach ja? Warst du auch in der Synagoge?«

»Nein, ich war nicht da. Ich kam nur durch die Via Mazzini und sah euren Wagen, aber ich wollte lieber draußen warten.«

»Was für ein Einfall!«

»Du sahst sehr elegant aus. Soll ich dir sagen, was du anhattest?«

»Ich glaube dir so, ich glaube dir aufs Wort. Wo hast du *gestanden*?«

»Auf dem Bürgersteig gegenüber, an der Ecke der Via Vittoria. Einmal hast du zu mir herübergesehen. Sei ehrlich: hast du mich erkannt?«

»Nein, warum sollte ich dir nicht die Wahrheit sagen? Aber, entschuldige, ich verstehe nicht, warum du nicht selber ... Konntest du nicht *deine Füße bewegen*?«

»Ich war im Begriff, es zu tun. Aber als ich dann entdeckte, daß du nicht allein warst, habe ich's sein lassen.«

»Auch eine Entdeckung: daß ich nicht allein war! Aber du bist ein komischer Mensch; ich finde, du hättest mich trotzdem begrüßen können.«

»Sicherlich, wenn man es sich richtig überlegt. Das Schlimme ist nur, daß man es nicht immer fertigbringt, vernünftig zu überlegen. Übrigens: hättest du dich denn gefreut?«

»Lieber Gott, was für Geschichten!« seufzte sie.

Als es mir ein zweites Mal gelang, sie telefonisch zu sprechen, rund vierzehn Tage später, sagte sie mir, daß sie krank sei. Sie habe eine tüchtige Erkältung und ein paar Grad Fieber. Wie lästig! Warum besuchte ich sie niemals? Ich hatte sie wohl wirklich vergessen!

»Bist du ... bist du im Bett?« stammelte ich verwirrt und sah in mir das Opfer einer gewaltigen Ungerechtigkeit.

»Natürlich bin ich im Bett, und obendrein gut zugedeckt. Nun wirst du aus Angst vor der Grippe nicht kommen.«

»Nein, nein, Micòl«, erwiderte ich mit Bitterkeit, »mach mich nicht feiger, als ich bin. Ich wunderte mich nur, daß du mir vorwirfst, ich habe dich vergessen, während im Gegenteil ... Ich weiß nicht, ob du dich erinnerst«, fuhr ich fort, und meine Stimme klang ein wenig heiser, »aber früher, vor deiner Reise nach Venedig, war es mir ein leichtes, dich telefonisch zu erreichen, während jetzt, wie du zugeben mußt, das Telefonieren mit dir zu einem schwierigen Unternehmen geworden ist. Weißt du auch, daß ich dieser Tage mehrmals in deinem Hause war. Hat man es dir nicht gesagt?«

»Doch.«

»Nun, also! Wenn du mich sehen wolltest, hättest du recht gut gewußt, wo ich zu finden war: morgens im Billardsaal und nachmittags bei deinem Bruder. Die Wahrheit aber ist, daß du nicht die geringste Lust dazu hattest.«

»Was sind das für Albernheiten! Zu Alberto bin ich noch nie gern gegangen, zumal dann nicht, wenn er Besuch hat.

Und wenn ich morgens zu dir käme, so wärst du doch bei deiner Arbeit? Wenn es aber etwas gibt, was ich geradezu *verabscheue*, dann dies: die Leute bei ihrer Arbeit zu stören. Jedenfalls aber werde ich, wenn dir wirklich daran liegt, morgen oder übermorgen auf einen Augenblick zu dir hereinkommen und dich begrüßen.«

Am nächsten Morgen kam sie nicht, dagegen erschien am Nachmittag Perotti, während ich noch bei Alberto war (es mochte so um sieben Uhr sein; Malnate hatte sich vor wenigen Minuten ohne viele Worte verabschiedet). Die ›Signorina‹ bäte mich, für einen Augenblick heraufzukommen, erklärte er mit gleichgültiger Miene, doch, wie mir schien, schlecht gelaunt. Sie entschuldige sich: sie sei noch bettlägerig, andernfalls wäre sie selbst heruntergekommen. Was wäre mir nun lieber: sofort hinaufzugehen oder zum Essen zu bleiben und danach zu ihr zu kommen? Die Signorina hätte es lieber gesehen, wenn ich sogleich käme, da sie ein wenig Kopfschmerzen hatte und recht bald das Licht ausmachen wollte. Wenn ich allerdings vorhatte, zu bleiben ...

»Nein, um Gottes willen«, sagte ich mit einem Blick auf Alberto. »Ich komme sofort.«

Ich stand auf und schickte mich an, Perotti zu folgen.

»Ich bitte dich, mach keine Umstände«, forderte mich indessen Alberto zum Bleiben auf, als er mich höflich zur Tür geleitete. »Ich glaube, daß heute Abend nur mein Vater und ich bei Tisch sein werden. Meine Großmutter liegt ebenfalls mit Grippe im Bett, und meine Mutter will sie auch nicht für eine Minute allein lassen. Also, wenn es dir recht ist, mit uns einen Bissen zu essen und danach zu Micòl hinaufzugehen ... Du weißt, wie sehr dich mein Vater schätzt.«

Ich lehnte seine Einladung ab, indem ich sagte, ich müsse um neun ›auf der Piazza jemanden‹ treffen, und eilte Perotti nach, der bereits bis zum Ende des Korridors vorausgegangen war.

Ohne ein Wort miteinander zu wechseln, waren wir bald an einer langen Wendeltreppe angelangt, die hoch hinaufführte bis zum Fuß des glasgedeckten Türmchens. Micòls kleine Wohnung war, wie ich wußte, die höchstgelegene des Hauses, nur eine halbe Treppe unter dem letzten Treppenabsatz.

Ich hatte den Fahrstuhl nicht bemerkt und schickte mich an, die Treppe hinaufzusteigen.

»Das mag angehen für Sie, der Sie jung sind«, bemerkte Perotti mit einem Grinsen, »aber hundertdreiundzwanzig Stufen sind eine ganze Menge. Wollen wir nicht den Fahrstuhl nehmen? Er funktioniert, müssen Sie wissen.«

Er öffnete ohne weiteres die Gittertür des dunklen Fahrstuhlschachts, dann die Schiebetür der Kabine, worauf er zur Seite trat, um mir den Vortritt zu lassen.

Den Fahrstuhl betreten, der ein vorsintflutlicher Kasten war, aus blankpoliertem, weinfarbenem Holz und funkelndem Glas, auf dem sich die Buchstaben M, F und C kunstvoll miteinander verschlangen, gewürgt werden von dem scharfen, ein wenig erstickenden Geruch nach Muff und Terpentin, der die Luft in diesem engen Raum durchdrang – und ganz plötzlich ein durch nichts motiviertes Gefühl fatalistischer Ruhe, ja, ironischer Überlegenheit spüren, war eins. Wo hatte ich schon einmal einen ähnlichen Geruch eingeatmet, überlegte ich mir? Und wann?

Langsam begann der Fahrstuhl den Treppenschacht hinaufzuschweben. Prüfend atmete ich die Luft ein und blickte dabei auf die gestreifte Jacke Perottis, der mit dem Rücken vor mir stand. Der alte Mann hatte mir die mit weichem Samt gepolsterte Bank allein überlassen. Er stand ganz nahe vor mir, in sich gekehrt, auf seine Aufgabe konzentriert, die eine Hand am Messinggriff der Schiebetür, die andere wie besitzergreifend, freilich auf seine weiche Art, an der Schalttafel, die mit ihrem blank geputzten Messing wie alles andere funkelte, und er hatte sich wieder in eine Schweigsamkeit zurückgezogen, die alles mögliche bedeuten konnte. Aber da kam mir eine Erinnerung, und plötzlich begriff ich ihn. Perotti schwieg keineswegs – wie ich einen Augenblick gemeint hatte –, weil er es etwa mißbilligte, daß mich Micòl in ihrem Zimmer empfing, sondern weil ihn die Gelegenheit, den Fahrstuhl bedienen zu können – eine vielleicht nur selten vorkommende Gelegenheit –, mit einer Genugtuung erfüllte, die um so stärker war, als sie unausgesprochen und geheim blieb. Er hing an dem Fahrstuhl nicht weniger als an der Kutsche dort unten in der Remise. An diese Dinge, diese verehrungswürdigen Zeugen einer Vergangenheit, die längst auch die seine geworden war, verschwendete er seine oft zurückgewiesene Liebe zu der Familie, der er seit seiner Kindheit diente, und bewahrte ihnen die verbissene Treue eines alten Haustiers.

»Gut fährt er hinauf«, sagte ich laut. »Was für eine Marke ist es?«

»Amerikanisch«, antwortete er und drehte das Gesicht halb zu mir um und verzog dabei den Mund zu jenem merkwürdigen Ausdruck von Geringschätzung, hinter dem die Leute vom Lande oft ihre Bewunderung verbergen. »Er ist schon über vierzig Jahre alt, aber er würde noch ein ganzes Regiment hinaufziehen.«

»Es wird ein Westinghouse sein«, sagte ich auf gut Glück.

»Mah«, brummte er, »irgend so ein ausländischer Name.«

Dann begann er, mir zu erzählen, wie und wann die Fahrstuhlanlage ›aufmontiert‹ worden war. Doch zwang ihn das ruckartige Halten des Fahrstuhls, offenbar zu seinem Mißvergnügen, den Bericht sogleich wieder abzubrechen.

2

In der seelischen Verfassung, in der ich mich in diesem Augenblick befand – einer gleichsam nur provisorischen und illusionslosen Gelassenheit – überraschte mich die Art und Weise, wie mich Micòl empfing, wie ein unvermutetes und unverdientes Geschenk. Ich hatte befürchtet, von ihr schlecht behandelt zu werden, mit der grausamen Gleichgültigkeit der letzten Wochen. Aber ich brauchte nur ihr Zimmer zu betreten (Perotti hatte, nachdem er mich hereingelassen, diskret die Tür hinter mir geschlossen), um sogleich zu sehen, wie wohlwollend, liebenswürdig und freundschaftlich sie mir zulächelte. Mehr als ihre ausdrückliche Aufforderung, näher zu kommen, war es dieses leuchtende Lächeln, so zärtlich und verzeihend, das mir Mut machte, aus dem dunklen Hintergrund des Zimmers hervorzutreten und mich ihr zu nähern.

Ich trat also ans Fußende ihres Bettes und blieb dort stehen, die Hände auf das Geländer gestützt. Sie lag halb aufgerichtet, mit zwei Kissen zur Stütze im Rücken; die zurückgeschlagene Decke gab den Oberkörper frei. Sie trug einen dunkelgrünen, hochschließenden Pullover mit langen Ärmeln; auf der dunklen Wolle funkelte das kleine goldene Medaillon von El-schaddaj. Sie hatte, als ich hereinkam, gelesen, und zwar einen französischen Roman, wie ich von weitem an dem weiß-roten Umschlag erkannt hatte, und wahrscheinlich rührten die Zeichen der Ermüdung unter ihren Augen eher vom Lesen als von ihrer Erkältung. Nein, sie war noch immer schön, befand ich, während ich sie betrachtete, und vielleicht war sie noch nie so schön und anziehend gewesen wie jetzt.

Am Kopfende des Bettes stand ein Teewagen aus Nußbaum mit zwei Platten; auf der oberen befanden sich eine verstellbare Lampe, die eingeschaltet war, das Telefon, eine rote Keramik-Teekanne, zwei weiße Porzellantassen mit goldenem Rand und eine Thermosflasche aus Alpaka. Micòl reckte sich, um das Buch auf die untere Platte zu legen, wandte sich dann um und suchte die Schnur für den Lichtschalter zu ergreifen, die an der Wand hinter dem Kopfende ihres Bettes hing. Armer Kerl, sprach sie währenddessen vor sich hin; es wäre wirklich nicht nötig, daß sie mir eine Beleuchtung wie bei einer Trauerfeier zumute! Und kaum war es heller im Zimmer geworden, als sie die größere Lichtfülle mit einem langen befriedigten »Aah« begrüßte.

Sie fuhr fort zu sprechen von ihrer ›elenden‹ Erkältung, die sie seit vier Tagen ans Bett fesselte, und wie sie vergeblich versucht hatte, mit Aspirintabletten den Ablauf der Krankheit zu beschleunigen, was allerdings nur möglich gewesen war hinter dem Rücken ihres Vaters wie ihres Onkels Giulio, der ein geschworener Feind aller schweißtreibenden Mittel war (sie schadeten dem Herzen, wenn man ihnen glauben wollte, was aber einfach nicht wahr war!) –, und sie sprach von der Langeweile der endlosen Stunden auf dem Krankenlager, ohne Lust, irgend etwas zu tun, nicht einmal zu lesen. Ach ja, das Lesen! Früher einmal, zur Zeit ihrer berühmten Grippen, als sie etwa dreizehn Jahre alt gewesen war und Fieber wie ein Pferd gehabt hatte, da war sie imstande gewesen, innerhalb weniger Tage den ganzen *Krieg und Frieden* auszulesen, um nur ein Beispiel zu nennen, oder auch den gesamten Zyklus der *Drei Musketiere,* während sie jetzt, in diesen Tagen, bei einer elenden kleinen Erkältung, wenn auch mit Schnupfen, es gerade mit knapper Not fertiggebracht hatte, ein paar französische Romänchen, von der Sorte, wo wenig auf der Seite steht, ›zu bewältigen‹. Ob ich *Les enfants terribles* von Cocteau kenne, fragte sie und nahm das Buch vom Teetisch wieder auf, um es mir zu reichen. Nicht übel, meinte sie, amüsant und *chic*. Aber wenn ich dagegen einmal die *Drei Musketiere, Zwanzig Jahre später* und *Der Vicomte von Bragelonne* ansehen wollte? Ja, das waren Romane! Seien wir ehrlich: alles recht besehen, waren sie auch in puncto *chic* ›unendlich viel‹ gelungener.

Plötzlich unterbrach sie sich.

»Ja, warum bleibst du denn da steif wie ein Pfahl stehen?« entrüstete sie sich. »Herrgott im Himmel, du bist wirklich schlimmer als ein kleines Kind! Nimm dir das Sesselchen da« (sie zeigte es mir) »und setz dich hier zu mir.«

Ich beeilte mich, ihr zu gehorchen, aber damit war es noch nicht genug. Jetzt *mußte* ich etwas trinken.

»Was darf ich dir anbieten?« fragte sie. »Willst du Tee haben?«

»Nein, danke«, sagte ich, »nicht vor dem Essen. Er spült den Magen und vertreibt den Appetit.«

»Vielleicht ein bißchen *Skiwasser*?«

»Idem wie oben.«

»Es ist kochend heiß, weißt du. Wenn ich mich nicht irre, kennst du nur die sommerliche Version, die eisgekühlte und im Grunde *ketzerische* Variante: *Himbeerwasser*.«

»Nein, nein, danke!«

»Lieber Gott«, klagte sie mit weinerlicher Stimme, »willst du denn, daß ich läute und dir einen Apéritif bringen lasse? Wir trinken nie so etwas, aber ich glaube, daß sich irgendwo im Hause eine Flasche Bitter Campari befindet. Perotti – *honni soit ...!* – weiß bestimmt, wo sie steht.«

Ich schüttelte den Kopf.

»Du willst überhaupt nichts!« rief sie enttäuscht aus. »Du bist ein komischer Mensch!«

»Ich möchte lieber nicht.«

Ich sagte: »Ich möchte lieber nicht«, und schon brach sie in lautes Gelächter aus.

»Warum lachst du?« fragte ich, ein wenig gekränkt.

Sie beobachtete mich, als ob sie mein wahres Gesicht zum ersten Mal erkannte.

»Du hast ›ich möchte lieber nicht‹ genau wie Bartleby gesagt. Mit demselben Gesicht.«

»Bartleby? Und wer wäre dieser Herr?«

»Man sieht, daß du Melvilles Erzählungen nicht gelesen hast.«

Von Melville, erklärte ich, kannte ich nur *Moby Dick* in der Übersetzung von Cesare Pavese. Nun wollte sie, daß ich aufstand und aus dem Regal gegenüber, zwischen den beiden Fenstern, den Band *Piazza Tales* herausnahm und ihr brachte. Während ich noch das Buch suchte, erzählte mir Micòl die Handlung der Erzählung. Bartleby war ein Schreiber, erklärte sie mir, ein Schreiber, den ein bekannter New Yorker Anwalt (ein in seinem Beruf hervorragender Mann, aktiv, begabt, liberal, ›einer von diesen Amerikanern des neunzehnten Jahrhunderts, die so gute Rollen für Spencer Tracy abgeben‹) in seine Dienste genommen hatte, damit er für ihn Akten, Rechtsurkunden und so weiter abschriebe. Nun, solange Bartleby etwas zum Abschreiben bekam, arbeitete er fleißig und gewissenhaft darauf los. Aber wenn es Spencer Tracy einfiel, ihm irgendeine zusätzliche kleine Arbeit anzuvertrauen, wie etwa, eine Abschrift mit dem Originaltext zu vergleichen oder einen Sprung bis zum Tabakladen an der Ecke zu machen, um eine Briefmarke zu holen, dann weigerte sich Bartleby. Er beschränkte sich auf ein ausweichendes Lächeln und die mit höflicher Festigkeit gegebene Antwort: »*I prefer not to*«.

»Und warum nur?« fragte ich, während ich, das Buch nun in der Hand, auf meinen Platz ging.

»Weil es ihm nicht paßte, etwas anderes als den Schreiber zu machen. Den Schreiber und basta.«

»Aber entschuldige«, wandte ich ein. »Ich nehme doch an, daß ihm Spencer Tracy ein reguläres Gehalt zahlte.«

»Gewiß«, erwiderte Micòl. »Aber was bedeutet das? Mit dem Gehalt bezahlt man die Arbeit, aber nicht die *Person*, die sie leistet.«

»Das kann ich nicht verstehen«, erklärte ich eigensinnig. »Spencer Tracy hatte Bartleby zwar als Kopisten angestellt, aber doch wohl auch, damit er dazu beitrug, den Laden ganz allgemein in Gang zu halten. Was verlangte er denn im Grunde von ihm? Ein *Mehr,* das vielleicht eher ein *Weniger* war. Für jemand, der immer sitzen muß, kann der kurze Weg zum Laden an der Ecke die nützliche Zerstreuung, die notwendige Pause bedeuten, in jedem Fall eine prächtige Gelegenheit, sich die Beine zu vertreten. Nein, tut mir leid, meiner Meinung nach hatte Spencer Tracy allen Grund, von deinem Bartleby zu erwarten, daß er nicht den Schwierigen spielte, sondern tat, was man von ihm forderte.«

Wir diskutierten ziemlich lange über den armen Bartleby und Spencer Tracy. Sie warf mir vor, nicht zu *begreifen* und ein banaler Mensch zu sein, ein alter eingefleischter Konformist. Konformist? Sie fuhr mit ihren Scherzen fort. So viel aber war gewiß, daß sie mich zunächst mit einer Miene des Mitleids mit Bartleby verglichen hatte. Jetzt hingegen, da sie mich auf der Seite der ›verworfenen Arbeitgeber‹ sah, hatte sie begonnen, in Bartleby ›das unveräußerliche Recht jedes Menschen auf die Verweigerung der Zusammenarbeit‹, das heißt auf seine Freiheit, zu preisen. Sie fuhr also, mit anderen Worten, fort, mich zu kritisieren, nur aus ganz entgegengesetzten Motiven.

Plötzlich läutete das Telefon. Man fragte aus der Küche an, ob und wann das Abendessen heraufgebracht werden sollte. Micòl erklärte, daß sie im Augenblick keinen Hunger habe und später selbst noch einmal anrufen werde. Ob ihr eine *Minestrina in brodo*, eine Bouillon mit Einlage, recht sei?, wiederholte sie, nicht ohne Gesichterschneiden, eine präzise Frage aus dem Hörer, aber ja, selbstverständlich. Nur sollten sie sie, bitte, nicht schon jetzt kochen; ›aufgewärmtes Essen‹ sei noch nie nach ihrem Geschmack gewesen.

Sie legte den Hörer auf und wandte sich mir zu. Mit einem Ausdruck von Sanftmut und Ernst zugleich ruhten ihre Augen auf mir, und für ein paar Sekunden sagte sie nichts.

»Wie geht's denn?« fragte sie endlich, mit leiser Stimme.

Ich schluckte.

»So so«, sagte ich dann.

Ich lächelte und blickte mich im Zimmer um.

»Es ist merkwürdig«, sagte ich, »wie dieses Zimmer in allen Einzelheiten genau so ist, wie ich es mir vorgestellt habe. Da ist, zum Beispiel, der Diwan à la Récamier. Es ist, als ob ich es schon einmal gesehen hätte. Übrigens *habe* ich es ja gesehen.«

Ich erzählte ihr von meinem Traum, den ich vor einem halben Jahr, in der Nacht vor ihrer Abreise nach Venedig, gehabt hatte. Ich wies auf die Reihen von Glasnippes, von *làttimi*, die im Halbschatten der Regale funkelten, die einzigen Gegenstände hier drinnen, sagte ich ihr, die mir im Traum anders erschienen seien, als sie sich jetzt in der Wirklichkeit zeigten. Ich erklärte ihr, in welcher Gestalt ich sie gesehen hatte, und sie hörte mir ernst und aufmerksam zu, ohne mich je zu unterbrechen.

Als ich mit meiner Erzählung zu Ende gekommen war, streifte sie mit der Hand wie in zarter Liebkosung über meinen Jackettärmel. Da kniete ich vor ihrem Bett nieder, warf die Arme um sie und küßte sie auf den Hals, auf die Augen und den Mund. Und sie ließ mich gewähren, doch ohne mich aus den Augen zu lassen, wobei sie den Kopf immer wieder zur Seite bog und es mir zu verwehren suchte, sie auf den Mund zu küssen.

»Nein – nein«, sagte sie nur immer. »Hör auf! Ich bitte dich, sei so gut ... Nein, nein, es kann jemand kommen. Nicht.«

Es war zwecklos. Langsam, erst mit dem einen, dann dem

anderen Bein kletterte ich aufs Bett. Nun lag ich mit dem ganzen Gewicht meines Körpers auf ihr. Ich fuhr fort, ihr Gesicht blindlings mit Küssen zu bedecken, doch gelang es mir nur selten, ihren Mund zu treffen, und ebensowenig erreichte ich es, daß sie die Augenlider senkte. Schließlich verbarg ich ihr Gesicht an meinem Hals. Und während sich mein Körper, wie ohne mein Dazutun, konvulsivisch über dem ihren bewegte, der starr wie eine Statue unter der Decke lag, hatte ich plötzlich mit einem mich jäh durchzuckenden, furchtbaren Schmerz das ganz bestimmte Gefühl, daß ich Micòl verlor, sie schon verloren hatte.

Die ersten Worte kamen von ihr.

»Steh auf, ich bitte dich«, hörte ich sie, ganz nah an meinem Ohr, sagen. »So bekomme ich keine Luft.«

Ich war buchstäblich vernichtet. Vom Bett herunterzuklettern schien mir ein Unternehmen, das meine Kräfte überstieg. Aber mir blieb keine andere Wahl.

Ich glitt hinunter und richtete mich auf. Ich machte schwankend ein paar Schritte durch das Zimmer. Schließlich ließ ich mich wieder in den kleinen Sessel neben dem Bett fallen und verbarg das Gesicht in den Händen. Meine Wangen glühten.

»Warum tust du das?« sagte Micòl. »Es ist doch sowieso zwecklos.«

»Wieso zwecklos?« fragte ich und blickte interessiert auf. »Darf man wissen, warum?«

Sie musterte mich, die Andeutung eines Lächelns um den Mund.

»Willst du nicht einen Augenblick dort hinübergehen?« fragte sie, auf die Tapetentür zum Bad weisend. »Du bist ganz rot, *knallrot*. Wasch dir das Gesicht.«

»Danke, ja. Vielleicht ist das besser.«

Ich sprang auf und ging auf das Bad zu. Aber im gleichen Augenblick wurde die Tür, die zum Treppenhaus führte, von einem kräftigen Stoß erschüttert. Jemand schien mit den Schultern die Tür sprengen zu wollen.

»Was ist das?« fragte ich flüsternd.

»Das ist Jor«, erwiderte Micòl ruhig. »Geh, mach ihm auf.«

3

Aus dem ovalen Spiegel über dem Waschbecken sah mir mein Gesicht entgegen.

Ich musterte es aufmerksam, als wäre es nicht mein Gesicht, sondern das eines fremden Menschen. Obwohl ich es schon ein paarmal in kaltes Wasser getaucht hatte, war es noch immer ganz rot, *knallrot,* wie Micòl gesagt hatte, mit dunkleren Flecken zwischen Nase und Oberlippe und um die Backenknochen. Mit pedantischer Objektivität betrachtete ich dieses große, beleuchtete Gesicht dort vor mir, und nacheinander wurde meine Aufmerksamkeit angezogen vom Pochen der Schlagadern an Stirn und Schläfen, von dem dichten Netz der scharlachroten Äderchen, die, wenn ich die Augen aufriß, die blaue Scheibe der Iris mit einer Art Belagerungsring einzuschließen schienen, oder von den Barthaaren, die auf dem Kinn und am Unterkiefer dichter standen, oder gar von einem kaum sichtbaren, winzigen Furunkel ... Ich dachte an nichts. Durch die dünne Wand hindurch hörte ich Micòl am Telefon sprechen. Mit wem? Vermutlich wohl mit dem Küchenpersonal, um sich das Essen heraufbringen zu lassen. Das würde zweifellos den bevorstehenden Abschied für uns beide etwas weniger peinlich machen.

Ich kam ins Zimmer zurück, als sie den Hörer auflegte, und wieder stellte ich, nicht ohne Erstaunen, fest, daß sie nichts gegen mich hatte.

Sie lehnte sich aus dem Bett, um mir eine Tasse Tee einzuschenken.

»Jetzt tu mir den Gefallen und setz dich«, sagte sie, »und trinke etwas.«

Ich gehorchte schweigend. Ich trank langsam, mit kleinen Schlucken, ohne die Augen aufzuschlagen. Hinter mir lag Jor ausgestreckt auf dem Parkett und schlief. Das Zimmer war voll von seinem schweren Röcheln, das an einen betrunkenen Landstreicher erinnerte.

Ich setzte die Tasse ab.

Und auch diesmal sprach zuerst Micòl. Ohne auf das anzuspielen, was sich vor wenigen Minuten ereignet hatte, begann sie damit, mir zu sagen, wie sie sich seit langem, ja, vielleicht seit sehr viel längerer Zeit, als ich glauben mochte, vorgenommen hätte, freimütig mit mir über die Situation zu sprechen, die sich allmählich in unserem Verhältnis herausgebildet hatte. Erinnerte ich mich vielleicht noch, so fuhr sie fort, an jenen Oktobertag im vergangenen Jahr, an dem wir, um nicht vom Regen ganz durchnäßt zu werden, in die Remise gelaufen waren und uns dann in die Kutsche gesetzt hatten? Nun gut, seit jenem Tage war ihr bewußt geworden, daß unsere Beziehungen eine böse Wendung nahmen. Sie hatte es sofort begriffen, daß zwischen uns etwas Falsches, Irriges und höchst Gefährliches entstanden war, und die Hauptschuld – sie sei vollkommen bereit, es einzugestehen – trage sie, wenn die Lawine noch ein ganzes Stück weiter den Abhang herabgerollt war. Was hätte sie tun müssen? Ganz einfach: mich beiseite nehmen und offen mit mir sprechen, und zwar damals, ohne jeden Aufschub. Aber statt dessen habe sie, ein richtiger Feigling, den schlechtesten Entschluß gefaßt: sie sei davongelaufen. Ach ja, sich drücken ist leicht getan, aber wohin führt es fast immer, zumal bei ›delikaten Situationen‹? In neunundneunzig von hundert Fällen glimmt die Glut unter der Asche weiter – mit dem großartigen Ergebnis, daß es dann, wenn man sich wiedersieht, überaus schwierig, ja so gut wie unmöglich geworden ist, ruhig und wie gute Freunde miteinander zu sprechen.

Auch ich begriff das, unterbrach ich sie an dieser Stelle, und schließlich und endlich war ich ihr für ihre Aufrichtigkeit dankbar.

Aber da war ein Umstand, den sie mir erklären sollte. Sie war von einem Tag zum andern, und ohne sich von mir auch nur zu verabschieden, davongelaufen. Aber kaum in Venedig angekommen, hatte sie nur die eine Sorge gehabt, sich zu vergewissern, daß ich meine Besuche bei ihrem Bruder Alberto nicht aufgab.

»Warum denn?« fragte ich sie. »Wenn du wirklich wolltest, daß ich dich vergesse (entschuldige die Ausdrucksweise und lach mir bitte nicht ins Gesicht!), konntest du mich dann nicht einfach links liegenlassen? Es mochte schwierig sein, aber es war auch nicht ganz unmöglich, daß sozusagen aus Mangel an Nahrung die Glut allmählich ganz von selbst erloschen wäre.«

Sie blickte auf, ohne eine Geste der Überraschung unterdrücken zu können – vielleicht verwundert, daß ich die Kraft gefunden hatte, wenn auch noch so zaghaft zum Gegenangriff überzugehen.

Da hätte ich nicht unrecht, räumte sie schließlich, nachdenklich den Kopf schüttelnd, ein, ganz und gar nicht unrecht. Dennoch, bat sie, möge ich ihr glauben. Sie hatte bei dem, was sie tat, nicht die geringste Absicht gehabt, im trüben zu fischen. Ihr lag an meiner Freundschaft, das war das Ganze, vielleicht in einer allzu besitzergreifenden Art; außerdem mache sie sich ernsthaft Sorgen um Alberto, der, abgesehen von Giampiero Malnate, so gut wie keinen Menschen hatte, mit dem er hin und wieder ein paar Worte sprechen konnte. Armer Alberto! seufzte sie. War denn nicht auch mir, der ich ihn in den letzten Monaten so häufig gesehen hatte, aufgefallen, wie sehr er Menschen brauchte? Für jemand wie ihn, der gewöhnt war, den Winter in Mailand zu verbringen, mit Theater, Kino und allem übrigen zur Verfügung, hatte die Aussicht, hier in Ferrara monatelang eingesperrt zu bleiben und obendrein so gut wie nichts zu tun zu haben, sicherlich nichts Erheiterndes, wie ich wohl zugeben müßte. Armer Alberto, wiederholte sie. Sie selbst war im Vergleich zu ihm viel stärker, sehr viel autonomer: imstande, wenn es nötig war, die unerbittlichste Einsamkeit zu ertragen. Übrigens hatte sie es mir wohl schon einmal gesagt: Venedig war im Winter vielleicht noch trostloser als Ferrara, und das Haus ihrer Onkel dort nicht minder trist und von der Welt abgeschnitten wie dieses hier.

»Dieses Haus ist aber gar nicht trist«, sagte ich mit plötzlich erwachter Teilnahme.

»Gefällt es dir?« fragte sie lebhaft. »Und jetzt will ich dir etwas beichten; aber du darfst mich dann nicht schelten, mir nicht etwa Heuchelei oder gar Doppelzüngigkeit vorwerfen wollen! ... Ich hatte es mir sehr gewünscht, daß du es kennenlerntest.«

»Und warum?«

»Warum weiß ich nicht. Ich könnte dir wirklich nicht sagen, warum. Wahrscheinlich aus demselben Grund, aus dem ich dich als Kind in der Synagoge so gern unter Papas Tallit gezogen hätte ... Wenn ich es doch gekonnt hätte! Ich sehe dich noch unter dem Tallit deines Vaters auf der Bank vor unserer. Wie leid du mir tatest! Ich weiß, es ist absurd, aber wenn ich dich sah, fühlte ich ein Mitleid, als ob du Waise wärst, ein Kind, das weder Vater noch Mutter hatte.«

Nach dieser Erklärung schwieg sie ein Weilchen, den Blick zur Decke erhoben. Dann fuhr sie fort zu sprechen, den Ellbogen auf das Kissen aufgestützt, und jetzt sprach sie mit großem Ernst.

Es täte ihr leid, mir weh zu tun, erklärte sie, sehr leid, aber andererseits mußte ich es doch einsehen: es war wirklich nicht nötig, daß wir uns – und die Gefahr bestand – unsere schönen gemeinsamen Kindheitserinnerungen zerstörten. Wir beide sollten plötzlich die Verliebten spielen? Hielt ich das wirklich für möglich?

Ich fragte, warum es ihr gar so unmöglich vorkomme.

Aus unendlich vielen Gründen, erwiderte sie, deren erster dieser war: Wenn sie sich vorstellen solle, mit mir eine Liebschaft zu haben, so bereite ihr das die gleiche Verlegenheit, wie wenn sie daran dächte, einen Bruder, stell dir vor: Alberto, zum Geliebten zu haben. Allerdings, als kleines Mädchen habe sie eine kleine ›Schwäche‹ für mich gehabt, und wer weiß, vielleicht war es gerade das, was sie jetzt mir gegenüber so hemmte. Ich – ich stand ›neben‹ ihr, begriff ich das?, nicht etwa ihr ›gegenüber‹, während die Liebe – so wenigstens stellte sie sie sich vor – etwas für Leute war, die entschlossen waren, sich gegenseitig zu überwältigen – ein wilder und grausamer Sport, sehr viel wilder und grausamer als Tennis!, ein Sport, ausgeübt ohne das Verbot von Schlägen und ohne je Herzensgüte und Redlichkeit zur Milderung seiner Regeln zu bemühen.

Maudit soit à jamais le rêveur inutile
qui voulut le premier dans sa stupidité,
s'éprenant d'un problème insoluble et stérile
aux choses de l'amour mêler l'honnêteté!

so hatte Baudelaire gewarnt, der etwas davon verstand. Und wir? Lächerlich anständig alle beide, einander vollkommen gleich wie ein Wassertropfen dem andern (›und was sich gleicht, bekämpft sich nicht, glaube mir!‹), würden wir einander je überwältigen können? Könnten wir ernsthaft den Wunsch hegen, uns gegenseitig zu ›zerfleischen‹? Nein, das war unmöglich. Wie uns der liebe Gott nun einmal geschaffen hatte, war ihrer Meinung nach diese Geschichte weder zu wünschen noch überhaupt möglich.

Aber auch – um nur einmal den Fall zu setzen – wenn wir anders gewesen wären, als wir es tatsächlich waren, und es für uns auch nur die kleinste Möglichkeit einer Beziehung von der ›wilden‹ Art gäbe, wie hätten wir uns dann verhalten sollen? Uns vielleicht ›verloben‹ mit dem ganzen Drum und Dran von Ringwechsel, Besuchen bei den Eltern und so weiter? Was für eine erbauliche Geschichte! Daraus würde Israel Zangwill, wenn er noch lebte und von der Geschichte erführe, einen saftigen Roman machen und seinen *Träumern im Ghetto* hinzufügen. Und welch eine Genugtuung, welch eine fromme Genugtuung, wenn sie beim nächsten Kippur gemeinsam in der Italienischen Synagoge erschienen, mit ein wenig eingefallenen Gesichtern wegen des Fastens, aber trotzdem schön, ein Paar, wo beide aufs beste zueinander paßten! Und gewiß hätte es nicht an Leuten gefehlt, die bei unserem Anblick die Rassengesetze gesegnet und erklärt hätten, daß man von der Wirklichkeit einer so schönen Verbindung nur sagen konnte: auch das Böse kann Gutes stiften. Und vielleicht, wer weiß, wäre sogar der Segretario Federale vom Viale Cavour von der Geschichte gerührt worden! War er denn nicht insgeheim ein großer Philosemit geblieben, dieser brave Konsul Bolognesi? Puh!

Ich schwieg bedrückt.

Sie nutzte die Gelegenheit, den Hörer aufzunehmen und der Küche mitzuteilen, sie möchten ihr gern etwas zu essen heraufbringen, aber nicht vor einer halben Stunde, da sie, so wiederholte sie, heute abend ›gar keinen Hunger‹ habe. Erst am nächsten Tag, als ich alles noch einmal überdachte, sollte ich mich erinnern, wie ich sie schon vom Bad aus am Telefon hatte sprechen hören. Also hatte ich mich geirrt, sollte ich mir am folgenden Tag sagen. Sie mochte in diesem Augenblick mit jedem sonst im Hause (und auch draußen) gesprochen haben, aber *nicht* mit der Küche.

Im Augenblick war ich allerdings in ganz andere Gedanken versunken. Als Micòl den Hörer auflegte, hob ich den Kopf.

»Du hast gesagt, daß wir beide gleich seien«, begann ich. »In welchem Sinne?«

Doch, doch, rief sie, in dem Sinne, daß auch mir wie ihr die instinktive Freude an Dingen fehlte, wie sie für die normalen Leute so charakteristisch sei. Sie habe es sehr wohl erfaßt: Für mich zählte nicht weniger als für sie nicht so sehr der Besitz der Dinge als die Erinnerung an sie, die Erinnerung, mit der verglichen der Besitz an und für sich nur enttäuschend, banal und unzulänglich erscheinen kann. Wie gut sie mich verstand! Meine Sehnsucht, die Gegenwart ›sofort‹ zur Vergangenheit werden zu sehen, um sie dann mit aller Muße lieben und anschauen zu können – sie teilte sie vollkommen. Es war ›unser‹ Laster, nämlich dies: mit stets rückwärts gewandtem Kopf vorwärts zu gehen. War es nicht so?

Es war so – ich konnte nicht umhin, es insgeheim einzugestehen, es war genauso. Vor einer Stunde erst hatte ich sie umarmt. Und schon war alles, wie immer, unwirklich und märchenhaft geworden, zu einem Ereignis, an das man nicht glaubt oder vor dem man sich fürchtet.

»Wer kann's wissen«, erwiderte ich. »Vielleicht ist es einfacher; vielleicht bin ich dir körperlich nicht sympathisch. Und das ist alles.«

»Sag keine Dummheiten«, widersprach sie. »Was hat das damit zu tun?«

»Und ob es damit zu tun hat!«

»*You are fishing for compliments,* und du weißt es sehr wohl. Aber diese Genugtuung will ich dir nicht geben; du verdienst sie nicht. Außerdem, was würde ich gewinnen, wenn ich jetzt versuchen wollte, dir all das Schöne zu wiederholen, was ich immer über deine berühmten meergrünen Augen (und nicht bloß die Augen) gedacht habe? Du wärst der erste, mich als verdammte Heuchlerin zu verurteilen. Da haben wir's, würdest du denken: nach der Peitsche jetzt der Zucker ...«

»Falls nicht ...«

»Falls nicht was?«

Ich zögerte, doch endlich entschloß ich mich.

»Falls nicht ein anderer dabei im Spiel ist«, sagte ich.

Den Blick auf mich gerichtet, verneinte sie mit einer Kopfbewegung.

»Aber auch gar kein anderer ist dabei im Spiele«, antwortete sie. »Und wer sollte das wohl sein?«

Ich glaubte ihr. Aber ich war verzweifelt und wollte sie verletzen.

»Danach fragst du mich?« sagte ich, die Lippen schürzend. »Möglich ist alles. Wer bürgt mir dafür, daß du nicht in diesem Winter in Venedig irgend jemand kennengelernt hast?«

Sie brach in lautes Lachen aus, ein fröhliches, freies, kristallhelles Lachen.

»Was für Ideen! Und dabei habe ich die ganze Zeit nur für meine Abschlußarbeit gebüffelt!«

»Du wirst doch nicht behaupten wollen, daß du in all diesen fünf Universitätsjahren keinen Freund gehabt hast! Gib es schon zu, irgend jemand wird dir doch nachgelaufen sein.«

Ich war überzeugt, daß sie leugnen würde. Aber ich täuschte mich.

»Doch, Verehrer habe ich gehabt«, gab sie zu.

Es war, als ob plötzlich eine Hand nach meinem Magen griffe und ihn umdrehte.

»Viele?« fand ich die Kraft zu fragen.

Ausgestreckt auf dem Rücken ruhend und die Augen zur Decke gerichtet, hob sie kaum merkbar den Arm.

»Na, ich weiß nicht genau«, sagte sie. »Laß mich einmal nachdenken.«

»Waren es also so viele?«

Sie warf mir einen verstohlenen Seitenblick zu, mit einem Ausdruck listiger Schläue und entschiedener Abgefeimtheit, wie ich ihn an ihr noch nicht kannte und der mich mit Schrecken erfüllte.

»Nun, sagen wir drei oder vier. Das heißt fünf, um genau zu sein. Aber alles nur kleine Flirts, wohlverstanden! Sehr unschuldige Affären – und auch recht langweilig.«

»Flirts, wieso?«

»Aber ja, lange Spaziergänge am Lido, zwei- oder dreimal Torcello, ab und zu ein Kuß, viel Hand in Hand – und *viel* Kino. *Orgien* von Kino.«

»Immer mit Kommilitonen?«

»Mehr oder weniger.«

»Katholiken, nehme ich an.«

»Natürlich. Aber durchaus nicht aus Prinzip. Du verstehst: man muß mit dem vorliebnehmen, was da ist.«

»Niemals mit ...«

»Nein, mit Judim – das müßte ich, wenn ich ehrlich bin, verneinen. Nicht, daß es nicht auch einige in der Universität gegeben hätte. Aber sie waren dermaßen ernst und häßlich!«

Sie wandte mir wieder ihren Blick zu.

»Aber in diesem Winter jedenfalls nichts«, fügte sie lächelnd hinzu, »das könnte ich dir sogar schwören. Ich habe nichts anderes getan als studiert und geraucht, so daß sogar Fräulein Blumenfeld mich ermunterte, einmal auszugehen.«

Sie zog unter ihrem Kopfkissen eine frische Packung Lucky Strike hervor.

»Möchtest du eine? Ich bin jetzt auf die kräftigen Sorten gekommen, wie du siehst.«

Ich zeigte stumm meine Pfeife, die ich in der Jackettasche trug.

»Du auch!« lachte sie, höchst belustigt. »Aber euer Giampi macht wirklich Schule!«

»Und da hast du dich immer beklagt, daß du in Venedig keine Freunde hättest!« hielt ich ihr vor. »All diese Lügen! Du bist nicht besser als alle anderen.«

Sie schüttelte den Kopf, ich weiß nicht, ob aus Mitleid mit mir oder mit sich selber.

»Mit Freunden fängt man keinen Flirt an, nicht einmal einen kleinen«, sagte sie traurig, »und insofern mußt du zugeben, daß ich, als ich von Freunden sprach, dich nur bis zu einem gewissen Punkt belog. Aber du hast recht. Auch ich bin wie alle anderen: lügnerisch, verräterisch, *treulos* ... Kurz, nicht gar so verschieden von irgendeiner Adriana Trentini.«

Sie hatte das Wort ›treulos‹ jede Silbe betonend und mit einer Art von bitterem Stolz ausgesprochen. Dann erklärte sie mir, daß, wenn ich einen Fehler begangen hätte, es der war, daß ich sie immer überschätzt hatte. Womit sie sich, um Himmels willen, nicht im geringsten zu rechtfertigen suche. Jedoch, die Tatsache bestand: sie hatte in meinen Augen stets so viel Idealismus gelesen, daß sie sich gewissermaßen gezwungen fühlte, besser zu scheinen, als sie in Wirklichkeit war.

Viel mehr war nicht zu sagen. Bald darauf, als Gina mit dem Abendessen kam (es war inzwischen neun Uhr vorbei), erhob ich mich.

»Entschuldige, aber ich gehe jetzt«, sagte ich und streckte ihr die Hand entgegen.

»Du kennst doch den Weg, nicht wahr? Oder möchtest du, daß dich Gina begleitet?«

»Nein, das ist nicht nötig. Ich finde mich sehr gut schon selbst zurecht.«

»Nimm den Fahrstuhl, vergiß es nicht!«

»Aber ja.«

Auf der Schwelle wandte ich mich um. Sie führte schon den Löffel zum Munde.

»*Ciao*«, sagte ich.

Sie lächelte.

»*Ciao*. Morgen rufe ich dich an.«

4

Aber das Schlimmste begann für mich erst etwa drei Wochen später, als ich von einer Frankreichreise zurückkam, die ich in der zweiten Aprilhälfte unternommen hatte.

Ich war aus einem ganz bestimmten Grunde nach Frankreich gereist, und zwar nach Grenoble. Die paar hundert Lire, die wir meinem Bruder Ernesto monatlich auf legalem Wege schicken durften, reichten ihm nur, wie er in seinen Briefen immer wieder betonte, um die Miete für sein Zimmer an der Place Vaucanson zu bezahlen. Deshalb war es dringend nötig, ihm einen größeren Geldbetrag zukommen zu lassen. Mein Vater hatte eines Abends, als ich später als sonst nach Hause gekommen war (er sei eigens wach geblieben, um mit mir darüber zu sprechen, erklärte er), darauf gedrungen, daß ich selbst dieses Geld überbrachte. Warum nahm ich diese Gelegenheit nicht wahr? Einmal eine andere Luft zu atmen als ›diese hier‹, ein Stückchen von der Welt zu sehen und eine Ablenkung zu haben – alles das würde mir gewiß von Nutzen sein, und zwar körperlich und seelisch gleichermaßen.

So war ich denn gereist. In Turin hatte ich zwei Stunden Aufenthalt, in Chambéry vier, und schließlich kam ich in Grenoble an. Ernesto machte mich in der Pension, in der er seine Mahlzeiten einnahm, sogleich mit mehreren jungen Leuten seines Alters bekannt, Italienern, alle in der gleichen Lage wie er und alle Studenten an der Technischen Hochschule: ein Levi aus Turin, ein Segre aus Saluzzo, ein Sorani aus Triest, ein Cantoni aus Mantua, ein Castelnuovo aus Florenz und ein Mädchen namens Pincherle aus Rom. Keinen hatte ich wirklich kennengelernt. Jedenfalls verbrachte ich in den zwölf Tagen, die ich dort blieb, meine Zeit weniger mit ihnen als in der Bibliothèque Municipale, wo ich in den Manuskripten Stendhals blätterte. Es war kalt in Grenoble, und es regnete. Die hinter der Stadt aufragenden Berge ließen nur selten die von Nebel und Wolken verborgenen Gipfel erkennen, und am Abend nahmen uns die Luftschutzübungen mit totaler Verdunkelung den Mut auszugehen. Ferrara schien mir in unendlicher Ferne zu liegen, so als ob ich niemals wieder dorthin zurückkehren sollte. Und Micòl? Seitdem ich fort war, hatte ich ständig ihre Stimme im Ohr, ihre Stimme, wie sie sagte: »Warum tust du das? Es ist doch sowieso zwecklos.« Aber eines Tages geschah etwas mit mir. Als ich in einem der Notizbücher Stendhals auf die Worte stieß: *All lost, nothing lost,* fühlte ich mich plötzlich wie durch ein Wunder frei und geheilt. Ich kaufte eine Ansichtskarte, schrieb die Worte Stendhals darauf und sandte sie so an Micòl, ohne einen Gruß und sogar ohne Unterschrift, mochte sie sich dabei denken, was sie wollte. Alles verloren, nichts verloren. Wie wahr das war, sagte ich mir – und atmete auf.

Ich hatte mich natürlich getäuscht. Als ich Anfang Mai nach Italien zurückkehrte, fand ich den Frühling in voller Blüte. Die Wiesen zwischen Alessandria und Piacenza waren weithin gelb getupft, auf den Landstraßen der Emilia sah man überall junge Mädchen auf dem Fahrrad, schon mit nackten Armen und Beinen, und auf dem Stadtwall von Ferrara waren die großen Bäume dicht belaubt. Ich war an einem Sonntag gegen Mittag angekommen. Zu Hause angelangt, hatte ich sogleich ein Bad genommen, dann im Familienkreise zu Mittag gegessen und mit ziemlicher Geduld auf eine Menge Fragen geantwortet. Aber die tolle Unrast, die mich in dem Augenblick ergriffen hatte, als ich vom Zug aus die Türme und Glockentürme von Ferrara am Horizont auftauchen sah, duldete nun kein weiteres Zögern mehr. Um halb drei fuhr ich bereits auf meinem Rad auf der Mura degli Angeli, den Blick auf die starre Üppigkeit des Barchetto del Duca gerichtet, der auf der linken Seite allmählich immer näher kam. Alles war wieder wie zuvor, so als hätte ich die vergangenen vierzehn Tage verschlafen.

Auf dem Tennisplatz wurde gespielt. Micòls Partner war ein junger Mann in langen weißen Hosen, in dem ich unschwer Malnate erkannte; auch sie bemerkten und erkannten mich sehr bald, denn sie hörten auf, Bälle zu schlagen, und winkten mit großen Armbewegungen, die Schläger hoch erhoben. Aber sie waren nicht allein, auch Alberto war da. Ich sah, wie er aus dem von Bäumen und Büschen bestandenen Parkteil heraustrat, mitten auf den Platz lief, den Blick auf mich richtete und dann die Hände an den Mund hob. Er pfiff zwei-, dreimal. Was wollte ich da oben auf dem Stadtwall, schienen sie mich zu fragen. Warum kam ich nicht in den Garten, komischer Kerl, der ich war? Schon wandte ich mich der Einmündung in den Corso Ercole I d'Este zu, radelte an der Parkmauer entlang, sah schon das Portal, und Alberto ließ noch immer in Abständen seinen ›Olifant‹ erschallen. ›Achtung, drück dich jetzt nicht!‹ schienen nun seine Pfiffe zu sagen, die noch immer gewaltig tönten, aber inzwischen gewissermaßen gutmütiger geworden waren und kaum noch mahnten.

»Salve!« rief ich wie immer, als ich aus dem Kletterrosengang ins Freie trat.

Micòl und Malnate hatten das Spiel wieder aufgenommen und grüßten, ohne innezuhalten, mit »Salve« zurück. Alberto erhob sich und kam mir entgegen.

»Darf man wissen, wo du dich in all diesen Tagen versteckt hast?« fragte er mich. »Ich habe mehrmals bei dir zu Hause angerufen, aber du warst nie da.«

»Er ist in Frankreich gewesen«, antwortete Micòl vom Platz aus für mich.

»In Frankreich?« rief Alberto laut. In seinen Augen drückte sich eine Verwunderung aus, die mir ungeheuchelt schien. »Und was hast du da gewollt?«

»Ich habe meinen Bruder in Grenoble besucht.«

»Ach ja, das ist allerdings richtig, dein Bruder studiert in Grenoble. Und wie geht es ihm? Wie schlägt er sich durch?«

Wir hatten uns unterdessen auf zwei Liegestühlen niedergelassen, die nebeneinander vor dem Seiteneingang zum Platz standen, in günstigster Lage, um dem Spiel folgen zu können. Micòl trug keine Shorts wie noch im vergangenen Herbst, sondern einen Plissecrock aus weißer Wolle, der ganz alter Stil war, dazu eine weiße Bluse mit aufgekrempelten Ärmeln und merkwürdige lange, schneeweiße Baumwollstrümpfe, beinahe wie eine Krankenschwester. Erhitzt und mit gerötetem Gesicht schmetterte sie mit forcierten Schlägen grimmig ihre Bälle in die entferntesten Ecken des Platzes, aber Malnate, obwohl dicker geworden und keuchend, bot ihr mit großem Eifer Trotz.

Ein Ball rollte fast bis vor unsere Liegestühle. Micòl kam, um ihn aufzuheben, und für einen Augenblick kreuzten sich unsere Blicke.

Sie war sichtlich gereizt dadurch. Sich nach Malnate umdrehend, rief sie laut über den Platz:

»Wollen wir ein *set* miteinander probieren?«

»Probieren wir es ruhig«, brummte er. »Wieviel *games* willst du Vorgabe haben?«

»Nicht eins«, gab Micòl kurz zurück, die Stirn gerunzelt. »Ich kann dir höchstens den *service* überlassen. Los, schlag auf!«

Sie warf den Ball über das Netz und stellte sich dann in Positur, um den Schlag des Gegners zu erwidern.

Ein paar Minuten lang beobachtete ich mit Alberto ihr Spiel. Ich fühlte mich unbehaglich, ja, unglücklich. Ihr ›du‹, mit dem sie Malnate angeredet hatte, und die demonstrative

Art, mit der sie keine Notiz von mir nahm, ließen mich plötzlich ermessen, wie lange ich fort gewesen war. Was Alberto anging, so hatte er natürlich nur Augen für den Giampi. Nur, daß er ihn diesmal, statt ihn zu bewundern und zu loben, unaufhörlich kritisierte.

Da haben wir also einen Burschen, vertraute er mir flüsternd an – und das Ganze war dermaßen überraschend, daß ich bei all meinem Kummer nicht umhinkonnte, ihm zuzuhören –, einen Burschen, der, selbst wenn er Tag für Tag Tennisstunden bei einem Nüßlein oder Martin Plaa nähme, niemals auch nur ein passabler Spieler werden könnte. Was fehlte ihm, um voranzukommen? Sehen wir einmal zu. Die Beine? Die Beine sind es bestimmt nicht, sonst wäre er nicht der ganz ordentliche Bergsteiger, der er zweifellos war. Energie? An der Energie lag es auch nicht, aus dem gleichen Grunde. Muskelkraft? Davon hatte er mehr als nötig, man brauchte ihm nur die Hand zu drücken. Und was hieß das? Das hieß, daß Tennis, so gab er mit ungewöhnlicher Emphase von sich, nicht nur ein Sport, sondern auch eine Kunst war und wie alle Künste ein besonderes Talent erforderte, diese gewisse Naturbegabung, kurz gesagt, ohne die man es zu nichts brachte und sein Leben lang ein Bremsklotz blieb.

»Was ist los?« rief uns einmal Malnate zu. »Was habt ihr beide da zu kritisieren?«

»Spiel du nur«, gab Alberto sarkastisch zur Antwort, »und paß lieber auf, daß du dich nicht von einer Frau unterkriegen läßt!«

Ich traute meinen Ohren nicht. War es möglich? Wo war all die sanfte Unterwürfigkeit Albertos gegenüber seinem Freunde? Ich musterte ihn aufmerksam. Mit einemmal sah ich, daß sein Gesicht eingefallen und abgezehrt war, wie runzelig geworden von vorzeitigem Alter. Ob er krank war?

Ich hätte ihn gern danach gefragt, brachte aber nicht den Mut dazu auf. Statt dessen erkundigte ich mich, ob sie an diesem Tage zum ersten Mal wieder Tennis spielten, und warum nicht wie im vergangenen Jahr Bruno Lattes, Adriana Trentini und die übrigen Mitglieder der *Bande* da waren.

»Aber dann weißt du ja noch gar nichts!« sagte er und brach in ein schallendes Gelächter aus, das sein blutleeres Zahnfleisch entblößte.

Etwa vor einer Woche, so berichtete er nun, hatten er und Micòl, nachdem es feststand, daß die schöne Jahreszeit nunmehr gekommen war, beschlossen, ein paar Leute anzurufen, zu dem edlen Zweck, die glorreichen Tenniskämpfe vom Vorjahr wiederaufzunehmen. Sie hatten mit Adriana Trentini, Bruno Lattes, den Knaben Sani und Collevatti sowie mit verschiedenen weiteren Prachtexemplaren der jüngsten Generation beiderlei Geschlechts telefoniert, an die man im vergangenen Herbst nicht gedacht hatte. Alle, ›jung und alt‹, hatten die Einladung mit lobenswerter Bereitwilligkeit angenommen und damit der Eröffnung am Samstag, dem ersten Mai, einen, gelinde gesagt, triumphalen Erfolg gesichert. Nicht nur, daß man Tennis gespielt, geplaudert und geflirtet, man hatte auch, in der *Hütte,* nach den Klängen des ›zweckmäßigerweise dort installierten‹ Philips getanzt.

Ein noch größerer Erfolg, so fuhr Alberto fort, war der zweiten *session* am Sonntagnachmittag, dem zweiten Mai, beschieden. Aber bereits am Montagmorgen, am dritten Mai also, begann sich das Unheil abzuzeichnen. Angekündigt durch eine sibyllinische Visitenkarte, erschien um elf Uhr der Rechtsanwalt Tabet auf dem Fahrrad – ja, ganz recht, dieser große Faschist, der Rechtsanwalt Geremia Tabet in eigener Person –, der sich mit Papa im Studierzimmer einschloß und ihm den unwiderruflichen Befehl des Segretario Federale überbrachte, sofort die skandalösen und provozierenden täglichen Empfänge einzustellen, wie sie seit einiger Zeit in unserem Hause stattfänden und die überdies jeglichen gesunden sportlichen Gehalts entbehrten. Es war vollkommen ausgeschlossen, ließ uns Konsul Bolognesi durch unseren ›gemeinsamen Freund‹ Tabet mitteilen, vollkommen ausgeschlossen, und zwar aus Gründen, die auf der Hand lagen, daß der Garten des Hauses Finzi-Contini allmählich so etwas wie ein Konkurrenzunternehmen zum Tennisklub Eleonora d'Este wurde, einer um den städtischen Sport so hochverdienten Institution. Darum halt! Wollte man offizielle Sanktionen vermeiden (für die Renitenten stand noch immer das Confino von Urbisaglia bereit!), dann durfte von jetzt an kein Mitglied des Klubs Eleonora d'Este mehr sozusagen seiner natürlichen Umgebung entfremdet werden.

»Und was hat dein Vater geantwortet?« fragte ich.

»Was sollte er antworten?« sagte Alberto mit einem Lachen. »Ihm blieb nichts weiter übrig, als es wie Don Abbondio zu machen. Sich zu verbeugen und zu murmeln: ›Stets Ihr gehorsamer Diener!‹ Ich glaube, daß er sich mehr oder weniger in dieser Weise ausgedrückt hat.«

»Meiner Meinung nach ist Barbicinti schuld daran«, rief Micòl vom Spielfeld herüber, die die Entfernung offenbar nicht gehindert hatte, unserer Unterhaltung zu folgen. »Niemand kann mich von dem Gedanken abbringen, daß er zum Federale gelaufen ist und sich bei ihm beklagt hat. Ich sehe die Szene vor mir. Aber man muß den armen Teufel wohl entschuldigen; wenn man eifersüchtig ist, wird man leicht zu allem fähig ...«

Obwohl Micòl diese Worte vielleicht ohne besondere Absicht ausgesprochen hatte, trafen sie mich schmerzlich. Ich war im Begriff, aufzustehen und fortzugehen.

Und vielleicht hätte ich es wirklich fertiggebracht, wenn ich nicht im selben Augenblick, als ich mich nach Alberto umwandte, wie um ihn zum Zeugen anzurufen und um seinen Beistand zu bitten, von neuem betroffen die Blässe seines Gesichtes gesehen hätte, die krankhaft mageren Schultern, die in einem zu weit gewordenen Pullover verschwanden (er blinzelte mir zu, als wollte er mir sagen: ›Ärgere dich nicht‹, und sprach dabei schon von etwas anderem, vom Tennisplatz und von den Arbeiten zu seiner ›gründlichen Verbesserung‹ und Erweiterung, die trotz allem noch in dieser Woche beginnen sollten ...); und wenn ich nicht außerdem in diesem Augenblick im Hintergrund, am Rand der Lichtung, wie traurige schwarze Figürchen den Professor Ermanno und die Signora Olga hätte auftauchen sehen, die, von ihrem nachmittäglichen Spaziergang zurück, nun langsam auf uns zukamen.

5

Die folgende lange Zeitspanne bis zu den Schicksalstagen des August 1939 – bis zum Beginn des nationalsozialistischen Überfalls auf Polen und der *drôle de guerre* – steht in meiner Erinnerung wie das erst langsame, dann fortschreitend schnellere Abgleiten in den bodenlosen Sog eines Malstroms. Wir waren zu viert geblieben – ich, Micòl, Alberto und Malnate –, als alleinige Herren des Tennisplatzes, der nun von einer Schicht roter Erde aus Imola bedeckt war (auf Bruno Lattes, vermutlich auf den Spuren Adriana Trentinis verschwunden, war nicht zu zählen). Die Partner untereinander wechselnd, verbrachten wir ganze Nachmittage mit langen Doppel-Spielen, wobei wir Alberto, auch wenn er müde war und ihm der Atem ausging, wer weiß, warum, stets bereit fanden, ein neues Spiel zu beginnen und weder sich noch uns Ruhe zu gönnen.

Warum war ich so eigensinnig, jeden Tag an einen Ort zurückzukehren, wo ich, wie ich wohl wußte, nur Demütigungen und Kränkungen erfuhr? Ich hätte nicht genau darauf antworten können. Vielleicht hoffte ich auf ein Wunder, einen plötzlichen Umschwung der Situation, oder vielleicht suchte ich sogar gerade Demütigung und Kränkung ... Wir spielten Tennis; in den seltenen Pausen, die uns Alberto gewährte und die wir ausgestreckt auf vier Chaiseslongues, im Schatten vor der *Hütte* nebeneinander aufgestellt, verbrachten, diskutierten wir unsere üblichen Themen aus Kunst und Politik. Aber wenn ich dann Micòl, die mir gegenüber im Grunde liebenswürdig, zuweilen sogar herzlich geblieben war, einen Spaziergang im Park vorschlug, lehnte sie meist ab. Wenn sie aber einwilligte, so folgte sie mir nie gern, sondern mit einem Ausdruck von Widerwillen und Herablassung im Gesicht, der es mich bald genug bedauern ließ, daß ich sie von Alberto und Malnate fortgeholt hatte.

Dennoch streckte ich nicht die Waffen, resignierte ich nicht. Hin- und hergezogen zwischen dem Wunsch, zu brechen und für immer zu verschwinden, und dem entgegengesetzten, nicht darauf zu verzichten, hier zu sein und um keinen Preis zu weichen, war das Ende in der Praxis stets, daß ich niemals fehlte. Zuweilen allerdings genügte ein Blick Micòls, kühler als gewöhnlich, oder eine Geste der Ungeduld von ihr, ein Ausdruck von Sarkasmus oder Gelangweiltheit in ihrem Gesicht, daß ich ganz aufrichtig glaubte, mich zum Bruch entschlossen zu haben. Aber wie lange hielt ich es aus, fernzubleiben? Drei, vier Tage höchstens. Am fünften war ich dann wieder zur Stelle, mit dem ostentativ munteren und unbefangenen Gesicht eines Menschen, der von einer Reise zurückkommt (ich erzählte immer von Reisen, wenn ich wieder erschien – Reisen nach Mailand, Florenz oder Rom, und glücklicherweise machten alle drei den Eindruck, als glaubten sie mir!), aber mit schwerem Herzen und mit den Augen sogleich wieder im Blick Micòls eine unmögliche Antwort suchend. Es war die Stunde der ›Eheszenen‹, wie Micòl es nannte, bei denen ich auch, sobald sich eine Gelegenheit bot, versuchte, sie zu küssen; sie ertrug es mit großer Geduld, nie war sie unliebenswürdig.

An einem Juniabend jedoch, etwa um die Mitte des Monats, nahmen die Dinge einen anderen Verlauf.

Wir saßen nebeneinander auf den Stufen vor der *Hütte*, und obwohl es schon acht Uhr abends war, konnte man noch sehen. In der Entfernung erkannte ich Perotti, der damit beschäftigt war, auf dem Tennisplatz das Netz abzunehmen und zusammenzurollen; seitdem aus der Romagna der neue rote Sand gekommen war, schien ihm der Boden des Spielfelds niemals gut genug gepflegt. Malnate duschte in der *Hütte* (wir hörten hinter uns sein geräuschvolles Prusten unter dem Strahl des warmen Wassers); Alberto hatte sich kurz zuvor mit einem melancholischen bye-bye verabschiedet. Wir waren also allein geblieben, ich und Micòl, und sofort nahm ich die Gelegenheit wahr, um von neuem mit meiner ewigen, ebenso lästigen wie lächerlichen Belagerung zu beginnen. Wie immer versuchte ich es eigensinnig, sie davon zu überzeugen, daß sie unrecht gehabt hatte und noch hatte, wenn sie eine gefühlsmäßige Beziehung zwischen uns für unmöglich hielt; wie immer beschuldigte ich sie (wider besseres Wissen), daß sie mich belogen hätte, als sie mir vor noch nicht einem Monat versichert habe, es gebe keinen Dritten zwischen ihr und mir. Meiner Ansicht nach sei wohl ein Dritter im Spiele, war es zumindest im Winter in Venedig gewesen.

»Ich erkläre dir zum soundsovielten Male, daß du dich täuschst«, sagte Micòl mit leiser Stimme, »aber ich sehe, daß es vergebliche Mühe ist, ich weiß genau, daß du mir morgen mit denselben Geschichten kommen wirst. Was soll ich dir denn sagen: daß ich geheime *Liebschaften* habe und ein Doppelleben führe? Wenn du wirklich nichts anderes von mir verlangst, kann ich dir auch diesen Gefallen tun.«

»Nein, Micòl«, antwortete ich ebenso leise, aber erregter. »Ich mag alles mögliche sein, aber ein Masochist bin ich nicht. Wenn du wüßtest, wie normal, wie furchtbar banal meine Wünsche sind! Lache nur, wenn es dir Freude macht. Aber wenn ich mir etwas wünsche, dann allein dies: dich *schwören* zu hören, daß du mir die Wahrheit gesagt hast, und dir zu glauben.«

»Meinetwegen schwöre ich dir das sofort. Aber würdest du mir glauben?«

»Nein.«

»Dann kann ich dir nicht helfen!«

»Natürlich, dann kannst du mir nicht helfen. Aber wenn ich dir wirklich glauben *könnte* ...«

»Was tätest du dann? Laß hören.«

»Oh, ganz normale, banale Dinge, das ist ja das Schlimme! Zum Beispiel das.«

Ich ergriff ihre beiden Hände und begann, sie mit Küssen und Tränen zu bedecken.

Ein Weilchen ließ sie mich gewähren. Ich barg mein Gesicht an ihren Knien, und der ein wenig salzige Geruch ihrer glatten, weichen Haut hatte etwas Betäubendes. Ich küßte sie auf die Beine.

»Nun ist es genug«, sagte sie.

Sie entzog mir ihre Hände und stand auf.

»*Ciao*, mir ist kalt«, fuhr sie fort, »ich muß jetzt ins Haus. Das Essen wird schon aufgetragen sein, und ich muß mich noch waschen und umziehen. Los, steh auf! Benimm dich nicht wie ein kleines Kind.«

»*Addio*!« rief sie dann laut zur *Hütte* hin gewandt. »Ich gehe.«

»*Addio*!« antwortete von innen her Malnate. »Danke.«

»Auf Wiedersehen. Kommst du morgen?«

»Morgen weiß ich noch nicht. Mal sehen.«

Zwischen uns mein Fahrrad, dessen Lenkstange ich krampfhaft umklammerte, machten wir uns auf den Weg in Richtung *magna domus,* hoch und dunkel in der Luft des Sommerabends, die von Mücken und Fledermäusen durchschwirrt war. Wir schwiegen. Ein mit Heu beladener Wagen, von zwei ins Joch gespannten Ochsen gezogen, kam uns entgegen. Hoch oben auf dem Heu saß einer der Söhne Perottis, der im Vorbeifahren die Mütze zog und uns einen guten Abend wünschte. Wenn ich Micòl auch in böser Absicht Dinge vorwarf, an die ich selbst nicht glaubte, hätte ich ihr am liebsten trotzdem zugeschrien, endlich mit der Verstellung aufzuhören, und sie vielleicht sogar geohrfeigt. Aber was dann? Was hätte ich dabei gewonnen?

Jetzt aber beging ich einen Irrtum.

»Es hat keinen Zweck, daß du leugnest«, sagte ich, »da ich ohnehin weiß, wer die *Person* ist.«

Gerade hatte ich sie ausgesprochen, schon bereute ich meine Worte.

Sie sah mir, mit ernstem, traurigem Blick, ins Gesicht.

»So steht es also«, sagte sie. »Und jetzt erwartest du noch, daß ich dich auffordere, mir den vollen Namen zu nennen, den du auf dem Herzen hast, wenn du überhaupt einen hast. Aber nun ist es genug. Ich will nichts mehr hören. Nur daß ich dir, nachdem es schon so weit gekommen ist, dankbar wäre, wenn du von jetzt an etwas weniger regelmäßig – ja, wenn du, kurz gesagt, nicht mehr so oft zu uns kämst. Ich sage es dir ehrlich: Wenn ich nicht den Familienklatsch fürchtete mit den Fragen, wieso und warum, würde ich dich geradheraus bitten, überhaupt nicht mehr zu erscheinen: nie wieder.«

»Entschuldige«, brachte ich murmelnd heraus.

»Nein, ich kann dich nicht entschuldigen«, sagte sie und schüttelte den Kopf. »Wenn ich es täte, würdest du in ein paar Tagen von neuem anfangen.«

Sie fügte hinzu, daß meine Haltung schon seit langem nicht mehr würdig sei – nicht meiner und nicht ihrer würdig. Sie habe mir gesagt und es tausendmal wiederholt, daß es zwecklos sei, wenn ich versuchte, unsere Beziehung auf eine andere Ebene zu verpflanzen als die der Freundschaft und herzlichen Sympathie. Aber nein, statt dessen fiel ich, sobald ich konnte, mit Küssen über sie her, so als ob ich wirklich nicht wüßte, daß es in Situationen wie der unseren nichts gab, das mehr den Widerwillen förderte und dermaßen ›kontraindiziert‹ war. Herrgott im Himmel! Sollte ich mich denn gar nicht beherrschen können? Hätte es zwischen uns bereits eine physische Bindung gegeben, die ein bißchen stärker war als die, die von ein paar Küssen rührte, nun, dann hätte sie vielleicht begreifen können, daß ich – daß sie mir, sozusagen, ›unter die Haut gegangen‹ wäre. Aber angesichts unserer tatsächlichen Beziehung war meine Sucht, sie zu umarmen und an mich zu pressen, wahrscheinlich gar nichts anderes als das Zeichen für meine innere Sterilität, meine konstitutionelle Unfähigkeit zur wahren Liebe. Und außerdem: was sollten dieses plötzliche Fernbleiben, das unvermittelte Wiederkommen, die inquisitorischen oder ›tragischen Blicke‹, das mürrische Schweigen, die Grobheiten und die phantastischen Unterstellungen, dieses ganze Repertoire von Unbesonnenheiten und Peinlichkeiten, mit dem ich mich ständig und ohne die geringste Scham produzierte? Und wenn ich noch die ›Eheszenen‹ ausschließlich ihr vorbehielte, unter Ausschluß der Öffentlichkeit! Aber daß auch ihr Bruder und Giampi Malnate Zuschauer sein mußten, nein, da machte sie nicht mehr mit, nein und abermals nein.

»Ich glaube, daß du jetzt übertreibst«, sagte ich. »Wann habe ich dir jemals vor Malnate und Alberto Szenen gemacht?«

»Immer, ständig!« erwiderte sie.

Wenn ich zum Beispiel, fuhr sie fort, nach einer Woche der Abwesenheit wieder erschiene und etwa erkläre, ich sei in Rom gewesen, und plötzlich dabei loslachte, auf eine nervöse, verrückte Art, vollkommen ohne Grund: bildete ich mir dann vielleicht ein, daß Alberto und Malnate nicht begriffen, daß ich Flausen machte und bestimmt nicht in Rom gewesen war und daß meine Heiterkeitsausbrüche ›im Stil von *La Cena delle Beffe*‹ ihr galten? Und wenn ich bei unseren Diskussionen aufsprang und wie ein Besessener brüllte und schimpfte und aus allem eine persönliche Angelegenheit machte (und eines schönen Tages würde Giampi doch einmal böse werden, und er hätte so ganz unrecht nicht, der arme Kerl!), ja dachte ich denn, daß die Leute nicht merkten, daß sie allein und niemand sonst die wenn auch unschuldige Ursache meiner Gereiztheit war?

»Ich habe verstanden«, sagte ich, den Kopf gesenkt. »Ich habe genau verstanden, daß du mich nicht mehr sehen willst.«

»Es ist nicht meine Schuld. Aber du bist nach und nach unerträglich geworden.«

»Aber du hast gesagt«, stammelte ich nach einer Pause, »du hast gesagt, daß ich von Zeit zu Zeit wiederkommen darf, vielmehr kommen soll. Stimmt das?«

»Ja.«

»Also ... dann bestimme du. Wonach soll ich mich richten, um nichts falsch zu machen? In welchen Abständen muß ich mich sehen lassen?«

»Gott, ich weiß nicht«, antwortete sie, achselzuckend. »Ich würde sagen, daß du zuerst einmal mindestens drei Wochen verstreichen läßt. Dann komm ruhig wieder, wenn dir daran gelegen ist; aber ich bitte dich, *auch danach* komm nicht öfter als zweimal in der Woche.«

»Am Dienstag und Freitag, ist das recht? Wie zur Klavierstunde.«

»Alberner Kerl«, sagte sie und mußte wider Willen lächeln. »Du bist wirklich ein alberner Kerl.«

6

Obwohl es mir am Anfang sehr schwerfiel, machte ich es gleichsam zur Ehrensache für mich, Micòls Verbot peinlich genau zu beachten. Es genüge zu sagen, daß ich, nachdem ich am 29. Juni mein Examen gemacht und sogleich darauf von Professor Finzi-Contini einen sehr herzlich gehaltenen Glückwunsch erhalten hatte, der unter anderem eine Einladung zum Abendessen enthielt, daß ich es also für angebracht hielt abzulehnen – es täte mir sehr leid, aber ich sei verhindert. Ich schrieb etwas von Halsschmerzen und daß mir mein Vater verboten hätte, abends das Haus zu verlassen. Der wahre Grund meiner Weigerung war jedoch, daß von den mir von Micòl auferlegten drei Wochen der Verbannung erst sechzehn Tage vergangen waren.

Es kam mich sehr hart an, und ich hoffte natürlich, daß ich dafür früher oder später irgendwie belohnt werden würde. Doch war es nur eine vage Hoffnung, ohne daß ich tatsächlich auf eine solche Belohnung gerechnet hätte; vielmehr war ich für den Augenblick damit zufrieden, Micòl zu gehorchen und wenigstens auf diese Weise mit ihr und den paradiesischen Gefilden, aus denen ich zeitweilig verbannt worden war, verbunden zu bleiben. Übrigens, wenn ich vordem Micòl etwas vorzuwerfen hatte, so jetzt nichts mehr; ich war der einzig Schuldige, der einzige, der der Verzeihung bedurfte. Wieviel Fehler ich begangen hatte! sagte ich mir. Ich rief mir nacheinander alle Gelegenheiten ins Gedächtnis, bei denen es mir – oft mit Gewalt – gelungen war, sie auf den Mund zu küssen, aber nur, um ihr voll und ganz recht zu geben, die mich, auch wenn sie mich zurückstieß, so lange ertragen hatte, und um mich meiner satyrhaften Begierde zu schämen, die ich mit Sentimentalität und Idealismus getarnt hatte. Nach Ablauf der drei Wochen wagte ich wieder dort zu erscheinen, hielt mich aber von da an immer gehorsam an die zwei Besuche in einer Woche. Aber Micòl stieg deshalb nicht von dem Piedestal der Reinheit und moralischen Überlegenheit herab, auf das ich sie gestellt hatte, seitdem ich in die Verbannung gegangen war. Sie blieb dort oben. Und ich schätzte mich glücklich, ab und zu wieder von weitem dieses Bild bewundern zu dürfen, dessen innere Schönheit der äußeren nicht nachstand. ›*Come la verità – come essa triste e bella ...*‹: diese beiden ersten Verse eines nie zu Ende geschriebenen Gedichtes beziehen sich, obwohl erst viel später, unmittelbar nach dem Kriege entstanden, auf die Micòl vom August 1939, so wie ich sie damals sah.

Ich hatte mich also bei meiner Vertreibung aus dem Paradies nicht aufgelehnt, sondern stumm darauf gewartet, wieder aufgenommen zu werden. Nichtsdestoweniger litt ich, und an manchen Tagen grausam. Nur um in irgendeiner Weise die Last dieser Trennung und Einsamkeit, die oft unerträglich war, leichter zu machen, kam ich etwa eine Woche nach meiner letzten, unheilvollen Unterredung mit Micòl auf den Gedanken, Malnate aufzusuchen, um wenigstens mit ihm in Verbindung zu bleiben.

Ich wußte, wo ich ihn finden würde. Auch er wohnte, wie einst Professor Meldolesi, in dem Villenviertel vor der Porta San Benedetto, zwischen dem Hundezwinger und der Biegung der Doro. Dieses Viertel war damals, bevor es durch die heftige Immobilienspekulation der letzten 15 Jahre stark in Mitleidenschaft gezogen war, obschon ein wenig grau und einfach, bei weitem ruhiger und vornehmer als heute. Die kleinen Villen, alle zweistöckig und mit einem nicht großen, aber hübschen Garten versehen, gehörten Richtern, Lehrern, Beamten, städtischen Angestellten, die man, besonders wenn man an einem späten Sommernachmittag vorbeikam, unschwer zwischen den stachelbewehrten Gitterstäben hindurch beobachten konnte, wie sie im Pyjama die Blumen begossen oder mit Heckenschere und Jätehacke zugange waren. So war der Hausherr Malnates zum Beispiel ein Landgerichtsrat, ein Sizilianer, etwa fünfzig Jahre alt, ungewöhnlich mager, mit langer grauer Mähne, der sofort, als er mich sah, wie ich, auf den Pedalen meines Fahrrads stehend und mich mit beiden Händen an den speerförmigen Gitterstäben festklammernd, neugierig in den kleinen Garten blickte, den Schlauch niederlegte, mit dem er seine Beete besprengte.

»Sie wünschen?« fragte er, schon auf dem Wege zur Gartentür.

»Wohnt hier Doktor Malnate?«

»Er wohnt hier. Warum?«

»Ist er zu Hause?«

»Was weiß ich. Sind Sie verabredet?«

»Er ist ein Freund von mir. Ich kam gerade vorbei, und da fiel mir ein, einen Augenblick haltzumachen und ihn zu begrüßen.«

Inzwischen hatte der Richter die zehn Meter, die uns trennten, zurückgelegt. Jetzt sah ich nur den oberen Teil seines knochigen, fanatischen Gesichts mit den stechenden schwarzen Augen, die gerade über das eiserne Band hinwegblickten, das die speerförmigen Gitterstäbe in Mannshöhe miteinander verband. Er musterte mich mißtrauisch. Doch mußte die Prüfung zu meinen Gunsten ausgefallen sein, denn fast sofort schnappte das Schloß, und ich durfte eintreten.

»Gehen Sie nur da entlang«, sagte schließlich der Gerichtsrat Lalumìa und hob den skeletthaft mageren Arm, »dort den schmalen Weg um das Haus. Die kleine Tür zur ebenen Erde führt zur Wohnung des Doktors. Läuten Sie. Vielleicht ist der Doktor zu Hause, wenn nicht, wird meine Frau Ihnen öffnen, die nämlich gerade jetzt unten sein dürfte, um ihm das Bett zur Nacht zu richten.«

Damit wandte er mir den Rücken und kehrte, ohne sich weiter um mich zu kümmern, zu seinem Gartenschlauch zurück.

An Stelle von Malnate erschien auf der Schwelle der angegebenen Tür eine große, stattliche Frau im Morgenrock, blond und von reifen, üppigen Formen.

»Guten Abend«, sagte ich. »Ich wollte Doktor Malnate besuchen.«

»Er ist noch nicht nach Hause gekommen«, antwortete Signora Lalumìa mit großer Liebenswürdigkeit, »aber er dürfte bald hier sein. Er geht fast jeden Abend gleich von der Fabrik aus zum Tennisspielen zu den Finzi-Contini, wissen Sie, die am Corso Ercole I wohnen ... Aber, wie gesagt, er muß jetzt jeden Augenblick kommen. Vor dem Abendessen«, erklärte sie lächelnd und schlug dabei entzückt die Augen nieder, »vor dem Abendessen kommt er immer noch einmal vorbei, um zu sehen, ob er Post bekommen hat.«

Ich sagte ihr, daß ich später wiederkommen würde, und machte schon Anstalten, mein Rad zu nehmen, das ich an die Mauer gelehnt hatte. Aber die Signora bestand darauf, daß ich bliebe. Ich mußte hereinkommen und es mir in einem Sessel bequem machen, während sie mir, vor mir stehend, erzählte, daß sie aus Ferrara war, ›eine Ferraresin von reinstem Wasser‹, daß sie sehr gut meine Familie kenne, meine Mutter vor allem (›Ihre Mama‹), mit der sie ›vor gut und gern vierzig Jahren‹ – wobei sie wieder lächelnd die Augen senkte – zusammen in die Elementarschule Regina Elena gegangen sei, nahe bei San Giuseppe in der Via Carlo Mayr. Wie gehe es der Mama?, fragte sie. Daß ich ja nicht vergäße, sie zu grüßen, von Edvige, Edvige Santini; sie würde gewiß gleich Bescheid wissen. Sie erwähnte die drohende Kriegsgefahr, spielte seufzend und mit Kopfschütteln auf die Rassengesetze an, worauf sie sich entschuldigte (seit einigen Tagen war sie ohne Magd und mußte selber für alles sorgen, auch für das Essen und Trinken) und mich allein ließ.

Nachdem mich die Signora verlassen hatte, blickte ich mich im Zimmer um. Es war geräumig, hatte aber eine niedere Decke und diente offenbar gleichzeitig als Schlaf-, Arbeits- und Wohnzimmer. Es war acht Uhr vorbei, und die Strahlen der untergehenden Sonne, die durch das breite Fenster fielen, ließen in der Luft den feinen Staub aufleuchten. Ich musterte die Einrichtung: die Bettcouch, halb Bett, halb Diwan, mit einem großen cremefarbenen Kopfkissen am Kopfende, und am Fußende mit einer dürftigen, billigen rot geblümten Decke; den kleinen schwarzen Tisch im maurischen Stil, der zwischen der Couch und dem einzigen Sessel aus imitiertem Leder stand, in dem ich saß; die Lampen mit Schirmen aus unechtem Pergament, die mehr oder weniger überall standen; den weißen Telefonapparat, der sich kokett von dem feierlichen Schwarz eines abgenutzten Advokatenschreibtischs mit unendlich vielen Schubladen abhob; die banalen Ölbildchen an den Wänden – und obwohl ich mir sagte, daß schon eine ganze Portion Unverschämtheit dazu gehörte, wenn Giampi vor Albertos modernen sachlichen Möbeln so sehr die Nase rümpfte (war es möglich, daß sein Moralismus, der ihn zu einem so strengen Richter der anderen machte, ihm soviel Nachsicht mit sich selber und seinen eigenen Dingen erlaubte?), nahm ich mir bei dem plötzlichen, mir das Herz zusammenkrampfenden Gedanken an Micòl – es war, wie wenn sie es mir selbst mit ihren Händen zusammendrückte –, nahm ich mir von neuem vor, freundlich zu Malnate zu sein und nicht mehr zu diskutieren und zu streiten. Wenn Micòl das erfuhr, würde sie es mir sicher als Verdienst anrechnen.

In der Ferne heulte die Sirene einer der Zuckerfabriken von Pontelagoscuro. Unmittelbar darauf knirschte der Gartenkies unter einem schweren Schritt.

Ganz nahe hinter der Wand konnte ich die Stimme des Richters hören.

»Hören Sie, Doktor«, sagte er, in stark nasalem Tonfall, »in Ihrem Zimmer erwartet Sie ein Freund.«

»Ein Freund?« fragte Malnate kühl. »Und wer soll das sein?«

»Gehen Sie nur«, ermunterte ihn der Richter. »Ich habe gesagt: ein Freund.«

Groß und stark, größer und stärker denn je, vielleicht auch wegen der niederen Decke, betrat Malnate das Zimmer.

»Aber nein!« rief er laut, die Augen vor Staunen aufgerissen, und rückte die Brille auf der Nase zurecht.

Er drückte mir kräftig die Hand und schlug mir mehrmals auf die Schulter. Es war für mich sehr merkwürdig, diesen Mann, der, solange wir uns kannten, mein Gegner gewesen war, nun so liebenswürdig, aufmerksam und gesprächig zu finden. Wie kam das?, fragte ich mich verwirrt. War auch in ihm der Entschluß gereift, mir gegenüber einen vollkommen anderen Ton anzuschlagen? Wer konnte das wissen. Jedenfalls hatte er hier, in seinem Hause, nichts mehr von dem harten Widersacher, gegen den ich unter den aufmerksamen Blicken erst Albertos und später auch Micòls so manchen Kampf gefochten hatte. Aber ich brauchte ihn nur zu sehen, um sofort zu begreifen: sobald wir allein waren, außerhalb des Hauses der Finzi-Contini (und zu denken, daß wir uns in letzter Zeit bis zur persönlichen Beleidigung, ja, fast bis zur Prügelei gestritten hatten!), entfiel sogleich jeder Grund zum Streit und löste sich auf wie Nebel in der Sonne.

Malnate indessen sprach – sprach mit einer unwahrscheinlich anmutenden Mitteilsamkeit und Herzlichkeit. Er fragte, ob ich, als ich durch den Garten ging, dem Hausherrn begegnet und ob er höflich gewesen sei. Ja, ich sei ihm begegnet, antwortete ich und schilderte lachend die Szene.

»Dann ist's ja noch gut abgegangen.«

Er erzählte mir von dem Richter und seiner Frau, ohne mir Zeit zu der Bemerkung zu lassen, daß ich die Hausfrau bereits kennengelernt hatte. Vorzügliche Menschen, erklärte er, wenn auch ein bißchen auf die Nerven gehend durch ihre vereinten Bemühungen, ihn vor den Fallstricken und Gefahren der ›großen, weiten Welt‹ zu bewahren. Obwohl – als überzeugter Monarchist – durchaus antifaschistisch, wollte der Herr Landgerichtsrat keine Unannehmlichkeiten und war deshalb ständig auf der Hut davor, daß er, Malnate, in dem er, wie er erklärte, bereits einen künftigen Fall für den Sondergerichtshof witterte, ihm heimlich gefährliche Leute ins Haus brächte, als da sind ehemalige Verbannte, polizeilich Überwachte oder sonstige subversive Elemente. Was aber die Signora Edvige anging, so war auch sie ständig auf Posten und hockte ganze Tage hinter den Jalousien im ersten Stock, wo sie durch die Spalten spähte; oder er lief ihr an der Tür zu den unwahrscheinlichsten Stunden in die Arme, sogar nachts, wenn sie ihn hatte nach Hause kommen hören. Aber ihre Sorgen waren ganz anderer Art. Als gute Ferraresin – denn die Signora war aus Ferrara, eine geborene Santini –, kannte sie die Frauen der Stadt, ob verheiratet oder noch unverheiratet, nur allzu gut. Nach ihrer Meinung konnte ein alleinstehender junger Mann, Akademiker, dazu von auswärts, und im Besitz einer kleinen Wohnung mit separatem Eingang, in Ferrara sich als zugrunde gerichtet betrachten; die Frauen würden aus seinem Rückgrat eine richtiges *oss boeucc*, eine Kalbshaxe machen. Und er? Nun, er hatte selbstverständlich sein Bestes getan, sie zu beruhigen. Aber es lag auf der Hand, daß Madame Lalumìa erst dann ihren inneren Frieden fände, wenn es ihr gelungen war, aus ihm einen trübseligen Pensionär zu machen, der im Trikothemd, in Pyjamahosen und Latschen herumlief und seine Nase ständig in den Kochtopf steckte.

»Nun, warum eigentlich nicht?« wandte ich ein. »Mir ist, als hätte ich dich schon oft auf Restaurants und Trattorien schimpfen hören.«

»Das ist richtig«, räumte er mit außergewöhnlicher Nachgiebigkeit ein – einer Nachgiebigkeit, die nicht aufhörte, mich in Erstaunen zu versetzen. »Übrigens ist ihre Sorge unbegründet. Freiheit ist gewiß etwas Wunderbares, aber wenn man nicht irgendwo eine Grenze fände« (und bei diesen Worten blinzelte er mir zu), »nun, wo würde man enden?«

Es wurde allmählich dunkel. Malnate erhob sich von der Bettcouch, auf der er sich, so lang, wie er war, ausgestreckt hatte, machte Licht und ging ins Bad. Er komme sich nicht gut rasiert vor, rief er vom Badezimmer aus. Ob ich ihm Zeit ließe, sich zu rasieren? Danach könnten wir zusammen ausgehen.

So sprachen wir weiter, er vom Bad, ich vom Zimmer aus.

Er erzählte, daß er auch an diesem Nachmittag bei den Finzi-Contini gewesen sei und gerade von ihnen komme. Sie hatten über zwei Stunden gespielt, erst er und Micòl, dann er und Alberto und schließlich alle drei zusammen. Hatte ich die Partien im *amerikanischen* Stil gern?

»Nicht sehr«, antwortete ich.

»Verstehe ich«, gab er zu. »Ich kann begreifen, daß für jemand wie dich, der spielen kann, die *amerikanischen* Partien nicht sehr sinnvoll sind. Aber sie machen Spaß.«

»Wer hat gewonnen?«

»Die *amerikanische* Partie?«

»Ja.«

»Micòl natürlich!« erklärte er lachend. »Man muß schon tüchtig sein, wenn man gegen sie ankommen will. Auch auf dem Spielfeld greift sie schneidig an ...«

Dann fragte er mich, warum ich mich seit ein paar Tagen nicht mehr hatte sehen lassen. War ich verreist gewesen?

Und da ich mich an das erinnerte, was mir Micòl gesagt hatte, nämlich daß mir niemand glaubte, wenn ich nach jeder Abwesenheit behauptete, ich sei verreist gewesen, antwortete ich jetzt, daß ich mich geärgert, daß ich in letzter Zeit oft den

Eindruck gehabt hätte, nicht gern gesehen zu sein, zumal bei Micòl, und daß ich mich deshalb entschlossen hätte, um alles ›einen Bogen zu machen‹.

»Aber was sagst du da!« antwortete er. »Ich glaube nicht, daß Micòl etwas gegen dich hat. Bist du sicher, daß du dich nicht täuschst?«

»Ganz sicher.«

»Na, ich weiß nicht«, bemerkte er seufzend.

Er fügte nichts weiter hinzu, und auch ich schwieg. Kurz darauf erschien er wieder in der Tür zum Badezimmer, rasiert und lächelnd. Er sah, daß ich die häßlichen Bilder, die an den Wänden hingen, musterte.

»Und nun«, fragte er, »was sagst du zu meiner Bude? Du hast mir noch nicht deine Meinung gesagt.«

Er grinste wie früher, auf meine Antwort lauernd, aber zugleich entschlossen, wie ich ihm aus den Augen las, diesmal nicht wütend zu werden.

»Ich beneide dich aufrichtig«, sagte ich. »Ich habe immer davon geträumt, auch einmal so etwas ähnliches zu haben.«

Er warf mir einen erfreuten, dankbaren Blick zu. Dann erklärte er, daß auch er sich vollkommen klar über die dem Geschmack des Ehepaars Lalumìa gezogenen Grenzen sei, soweit es sich um die Einrichtung einer Wohnung handele. Aber ihr Geschmack, charakteristisch für das Kleinbürgertum (»das ja nicht umsonst«, bemerkte er beiläufig, »den Kern, das Rückgrat der Nation bildet«), hatte doch immer etwas Lebendiges und Gesundes, und zwar vermutlich in direktem Verhältnis zu seiner Banalität und Gewöhnlichkeit.

»Dinge sind schließlich immer nur Dinge«, erklärte er voll Eifer. »Warum sollte man sich zu ihrem Sklaven machen?«

Ich möge in diesem Zusammenhang nur einmal an Alberto denken, fuhr er fort. Was für ein Unsinn! Allein dadurch, daß er sich mit erlesenen, vollkommenen und makellosen Dingen umgab, werde er selbst früher oder später einmal ...

Er ging zur Tür, ohne seinen Satz zu beenden.

»Wie geht es ihm?« fragte ich.

Ich war ebenfalls aufgestanden und ihm zur Tür gefolgt.

»Wem? Alberto?« fragte er überrascht.

Ich nickte.

»Aber ja. In letzter Zeit schien er mir ein bißchen abgespannt und leidend zu sein. Findest du nicht? Ich habe den Eindruck, daß es ihm nicht gut geht.«

Er zuckte die Achseln und schaltete das Licht aus. Er ging mir im Dunkeln voraus und schwieg auf dem Weg zur Gartentür, abgesehen von seiner Erwiderung des ›Guten Abend‹ von Signora Lalumìa, die am Fenster stand. Das war auf halbem Weg. An der Gartentür schlug er mir dann vor, mit ihm zusammen bei ›Giovanni‹ zu essen.

7

Es war zwecklos, mir Illusionen zu machen: Malnate kannte die wahren Gründe, keinen ausgenommen, warum ich dem Haus der Finzi-Contini fernblieb, dessen war ich mir schon damals ganz und gar bewußt. Nichtsdestoweniger vermieden wir beide es in vollkommenem Einverständnis, in unseren Gesprächen dieses Thema zu berühren. Wir legten beide ein außerordentliches Maß an Zurückhaltung und Zartgefühl an den Tag. Und ich war ihm aufrichtig dankbar dafür, daß er vorgab zu glauben, was ich ihm am ersten Tag zu dem Thema gesagt hatte, und daß er es fortan vermied, noch einmal darauf zurückzukommen – dankbar, daß er auf mein Spiel einging und mir dabei half.

Wir waren sehr häufig zusammen, fast jeden Abend. Die Hitze, die Anfang Juli plötzlich erstickend geworden war, hatte die Stadt nahezu entleert. Für gewöhnlich ging ich zwischen sieben und acht Uhr zu ihm. Wenn er noch nicht da war, wartete ich geduldig, wobei mir dann Signora Edvige mit ihrem Geplauder Gesellschaft leistete. Meistens aber traf ich ihn bereits an, und zwar allein, wie er im Trikothemd, die Hände im Nacken verschränkt und den Blick zur Zimmerdecke gerichtet, auf der Bettcouch lag, oder wie er am Schreibtisch saß und einen Brief an seine Mutter schrieb, an der er, wie ich entdeckte, mit großer, ein wenig übertriebener Liebe hing. Jedenfalls eilte er, sobald ich erschien, ins Badezimmer, um sich zu rasieren, worauf wir gemeinsam ausgingen, wobei als abgemacht galt, daß wir auch zusammen aßen.

Wir gingen zu ›Giovanni‹ und nahmen draußen Platz, gegenüber den Türmen des Kastells, die wie Dolomitenwände hoch zu unseren Häuptern aufragten und wie diese an der Spitze vom letzten Tageslicht getroffen wurden, oder zu den ›Voltini‹, einer Trattoria vor der Porta Reno, von deren Tischen aus, unter einem Laubengang, der nach Süden, also aufs Land blickte, man bis zu den weiten Rasenflächen des Flughafens sehen konnte. An den heißesten Abenden jedoch fuhren wir, statt in die Stadt zu gehen, mit unseren Rädern hinaus, auf der schönen, nach Pontelagoscuro führenden Straße, bis wir über die eiserne Po-Brücke kamen; dann radelten wir nebeneinander auf dem Damm weiter, rechts den Fluß und links das offene Land Venetiens, bis wir nach fünfzehn Minuten, auf halbem Wege zwischen Pontelagoscuro und Polesella, das große, frei stehende Haus der Dogana Vecchia, das Alte Zollamt, erreichten, das berühmt war für seinen gebackenen Aal. Wir aßen stets sehr langsam. Wir blieben lange bei Tische sitzen, tranken Lambrusco und Vinello di Bosco und rauchten Pfeife. Wenn wir aber in der Stadt gegessen hatten, legten wir zu einem bestimmten Zeitpunkt unsere Servietten auf den Tisch, zahlten, jeder für sich, unsere Rechnung und begannen dann, die Fahrräder an der Hand führend, die Giovecca auf und ab zu gehen, hinauf und hinab vom Castello zur Prospettiva, oder auch den Viale Cavour vom Castello bis zum Bahnhof. Meistens war es Mitternacht geworden, wenn sich dann Malnate erbot, mich nach Hause zu begleiten. Er warf einen Blick auf die Uhr und erklärte, daß es Zeit sei, schlafen zu gehen (die Fabriksirene heulte für die ›Techniker‹ erst um acht Uhr, aber man mußte doch ›spätestens‹ um Viertel vor sieben Uhr schon aufstehen!), und wie sehr ich auch zuweilen darauf drang, daß ich ihn nach Hause brachte, er ließ es nicht zu. Das letzte Bild, das mir von ihm blieb, war ohne Ausnahme stets das gleiche – wie er mitten auf der Straße, auf seinem Fahrrad sitzend, wartete, bis ich ihm die Tür vor der Nase ordentlich zugemacht hatte.

Zwei- oder dreimal gingen wir nach dem Essen auf die Bastionen von Porto Reno, wo in diesem Sommer auf dem weiten Platz, der auf der einen Seite über dem Gasometer, auf der anderen über der Piazza Travaglio lag, ein ›Lunapark‹ seine Zelte aufgeschlagen hatte. Es handelte sich um einen Rummelplatz billigster Art, der aus einem halben Dutzend Schießbuden bestand, um den Pilz aus geflickter grauer Zeltleinwand gruppiert, als der sich der kleine Zirkus darstellte. Der Ort zog mich an. Für mich hatte die melancholische Gesellschaft von armen Huren, jugendlichen Herumtreibern, Soldaten und traurigen Vorstadt-Homosexuellen, die sich dort gewohntermaßen einfand, etwas Anziehendes und Rührendes. Ich zitierte leise Apollinaire und Ungaretti. Und obwohl mir Malnate – mit dem Gesicht eines Menschen, der sich gegen seinen Willen hatte mitschleppen lassen – eine Neigung zur ›schlimmsten Décadence‹ vorwarf, machte es im Grunde auch ihm Vergnügen, auf die Bastion zu klettern, nachdem wir bei den ›Voltini‹ zu Abend gegessen hatten, und auf dem großen staubigen Platz eine Scheibe Wassermelone bei der Azetylenlampe am Stand eines Melonenverkäufers zu verzehren oder eine halbe Stunde nach der Scheibe zu schießen. Unser Giampi war ein hervorragender Schütze. Groß und korpulent, elegant in seiner gut gebügelten cremefarbenen Sahariana, die ich zu Beginn des Sommers zum erstenmal an ihm gesehen hatte, und vollkommen ruhig, wenn er durch seine dicken, horngefaßten Brillengläser das Ziel anvisierte, hatte er offensichtlich Eindruck gemacht auf das geschminkte dreiste junge Mädchen aus der Toskana, das so etwas wie die Königin des Rummelplatzes war, die uns, sobald wir die steinerne Treppe von der Piazza Travaglio zur Bastion heraufgestiegen waren, vor ihrem Stand gebieterisch zu einem Halt aufgefordert hatte. Während Malnate schoß, sparte das Mädchen nicht mit sarkastischen Komplimenten mit obszönem Nebensinn, auf die er mit viel Witz reagierte und die ruhige Unbefangenheit eines jungen Menschen zeigte, der so manche Stunde seiner frühen Jugendjahre im Bordell verlebt hat.

An einem besonders schwülen Augustabend jedoch gerieten wir in ein Kino im Freien, wo es, wie ich mich noch erinnere, einen Film mit Christina Söderbaum zu sehen gab. Der Film hatte schon angefangen, und sobald wir auf unseren Plätzen saßen, hatte ich begonnen, im Flüsterton meine ironischen Kommentare zu geben, ohne auf Malnate zu hören, der mich immer wieder bat, aufzupassen und mit meinem *Gemecker* aufzuhören, das ohnehin die Mühe nicht lohnte. Malnate hatte nur allzu recht. Denn plötzlich erhob sich jemand in der Reihe vor uns und forderte mich, vor dem milchigen Schein der Leinwand, drohend auf zu schweigen. Ich erwiderte mit einem Schimpfwort, und der andere schrie: »*Raus, Schurke von einem Juden!*« Gleichzeitig warf er sich auf mich und packte mich am Halse. Zu meinem Glück war Malnate da, der, ohne ein Wort zu sagen, meinen Angreifer mit einem kräftigen Stoß auf seinen Platz zurückstieß und mich am Arm hinausgezerrt hatte.

»Du bist ein ausgemachter Idiot«, schalt er mich, sowie wir in aller Eile unsere Fahrräder abgeholt hatten, die auf dem Parkplatz um die Ecke zur Aufbewahrung waren. »Und jetzt los, *weg*, was die Beine hergeben! Und bete zu deinem Gott, daß dieses Aas nur auf gut Glück geraten hat.«

So verbrachten wir unsere Abende und schienen uns dabei ständig gegenseitig zu beglückwünschen, daß es uns gelang, uns zu unterhalten, ohne daß wir uns in die Haare gerieten, wie wenn Alberto dabei war, und darum zogen wir nie auch nur die Möglichkeit in Betracht, daß auch er, durch einen bloßen Anruf von uns veranlaßt, einmal ausgehen könnte, um sich uns anzuschließen.

Über Politik sprachen wir jetzt nicht viel. Beide wiegten wir uns in der Gewißheit, daß sich Frankreich und England, deren diplomatische Delegationen seit einiger Zeit in Moskau weilten, schließlich mit der Sowjetunion verständigen würden (das von uns für unvermeidlich gehaltene Übereinkommen würde gleichzeitig die polnische Unabhängigkeit und den Frieden retten und damit in letzter Konsequenz zusammen mit dem Ende des Stahlpaktes zumindest Mussolinis Sturz bewirken). Worüber wir jetzt fast immer sprachen, waren Literatur und Kunst. Obwohl sein Ton gemäßigt blieb und er sich keiner ausschweifenden Polemik überließ (übrigens, so versicherte er, verstand er von Kunst nur bis zu einem gewissen Grade etwas; sie war nicht sein Fach), blieb er starr bei seiner pauschalen Ablehnung all dessen, was ich am meisten liebte: Eliot wie Montale, Garcia Lorca wie Jessenin. Er hörte mir zu, wie ich bewegt Montale deklamierte: *Non chiederci la parola che squadri da ogni lato* oder Stellen aus Lorcas *Klage um Ignacio Sánchez Mejías,* und vergebens hoffte ich jedesmal, ihn begeistert und zu meinem Geschmack bekehrt zu haben. Den Kopf schüttelnd sagte er nein, sagte, daß ihn Montales *Ciò che* non *siamo, ciò che* non *vogliamo* (was wir *nicht* sind, was wir *nicht* wollen) kalt und gleichgültig lasse, denn die wahre Dichtung könne sich nicht auf die Verneinung gründen (ich solle um Himmels willen jetzt nicht mit Leopardi kommen! Leopardi war etwas anderes, und außerdem hatte er den *Ginster* geschrieben, wie ich nicht vergessen sollte!), sondern im Gegenteil auf die Bejahung, auf das *ja*, das der Dichter, alles recht bedacht, *gar nicht umhinkann*, der feindlichen Natur und dem Tode entgegenzusetzen. Auch die Bilder Morandis vermochten ihn nicht zu überzeugen, erklärte er – zweifellos sehr feine, sensible Arbeiten, aber seiner Meinung nach zu ›individuell‹, zu ›subjektiv‹ und ›wurzellos‹. Was die Stilleben Morandis, seine berühmten Bilder von Flaschen und Blümchen, im Grunde ausdrückten, das war die Angst vor der Wirklichkeit, die Furcht, sich zu irren, und auch in der Kunst war die Angst stets ein schlechter Ratgeber ... Worauf ich, nicht ohne ihn im geheimen zu verwünschen, nie mit einem Gegenargument zu antworten wußte. Der Gedanke, daß er, der Glückliche, am nächsten Nachmittag Alberto und Micòl sah und vielleicht mit ihnen von mir sprach, genügte, um jede rebellische Anwandlung in mir zu unterdrücken und mich in mein Schneckenhaus zurückzuzwängen.

Allem zum Trotz ballte ich die Faust in der Tasche.

»Aber im Grunde«, wandte ich eines Abends ein, »bringst du der Literatur unserer Zeit, der einzigen lebenden Literatur, die gleiche radikale Ablehnung entgegen, die du umgekehrt nicht erträgst, wenn sie von ihr, von *unserer* Literatur, dem Leben entgegengebracht wird. Findest du das gerecht? Für dich bleiben Victor Hugo und Carducci die idealen Dichter. Gib es doch zu.«

»Warum nicht?« erwiderte er. »Meiner Ansicht nach warten die republikanischen Dichtungen Carduccis, die aus der Zeit vor seiner politischen Konversion stammen – vor seinem kindischen Rückfall in Neoklassizismus und Monarchismus, besser gesagt –, auf ihre Wiederentdeckung. Hast du sie kürzlich einmal wiedergelesen? Mach eine Probe, und du wirst selber sehen.«

Ich erwiderte ihm, daß ich sie nicht wiedergelesen hätte und auch nicht die geringste Lust verspüre, sie wiederzulesen.

Für mich waren und blieben sie leerer ›Theaterdonner‹, auch die von patriotischem Pathos geschwollenen Gedichte. Geradezu unverständlich. Und amüsant – wenn überhaupt – nur deswegen, weil sie unverständlich und damit im Grunde ›surreal‹ waren.

An einem andern Abend aber gab ich der Versuchung nach, ihm ein Gedicht von mir aufzusagen – nicht so sehr, weil mir daran lag, mich vor ihm zu brüsten, als vielleicht getrieben von einem unbestimmten Bedürfnis, zu beichten, ›auszupakken‹, das ich seit einiger Zeit drängend in mir spürte. Ich hatte es im Zug geschrieben, als ich nach der mündlichen Prüfung von Bologna nach Ferrara zurückfuhr; wenn ich auch ein paar Wochen lang an der Illusion festgehalten hatte, daß es getreulich meine Verzweiflung in jenen Tagen widerspiegele, den Ekel, den ich vor mir selber empfand, so sah ich jetzt, während ich es Malnate vortrug, sehr deutlich und mehr mit Unbehagen als Bestürzung seine ganze Künstlichkeit und literarische Mache. Wir befanden uns auf der Giovecca in der Gegend des Triumphbogens, der Prospettiva, hinter dem das nächtliche Land in tiefem Dunkel lag, einem Dunkel, das wie eine schwarze Mauer war. Ich deklamierte langsam, bemüht, den Rhythmus hervortreten zu lassen, und legte Pathos in meine Stimme, in dem Versuch, meine armselige, verdorbene Ware als gut auszugeben, war aber, je näher ich dem Schluß kam, immer fester von dem unvermeidlichen Mißerfolg meiner Darbietung überzeugt. Jedoch ich täuschte mich. Sobald ich fertig war, richtete Malnate einen ungewöhnlich ernsten Blick auf mich und versicherte mir dann, zu meinem sprachlosen Erstaunen, daß ihm das Gedicht gut, ja, sehr gut gefallen habe. Er bat mich, es ihm ein zweites Mal herzusagen (ein Wunsch, dem ich sofort nachkam). Darauf erklärte er mir, daß seiner bescheidenen Meinung nach meine ›Lyrik‹ allein mehr wert war als all die ›mühseligen Versuche von Montale und Ungaretti zusammengenommen‹. Hier spüre man einen echten Schmerz, ein ›moralisches Engagement‹, das vollkommen neu und authentisch sei. Ob Malnate aufrichtig war? Zumindest was diese Angelegenheit betrifft möchte ich die Frage bejahen. Gewiß ist jedenfalls, daß er von diesem Abend an meine Verse auswendig konnte und sie ständig zitierte, wozu er erklärte, daß in ihnen ein ›neuer Weg‹ sichtbar wurde für eine Dichtung, die so wie die heutige italienische Dichtung erstarrt war in der Öde des schönen Stils oder des Hermetismus. Was mich betraf, so schäme ich mich nicht zu gestehen, daß ich ihn reden ließ, ohne ihm zu widersprechen. Seinen sich in Hyperbeln ergehenden Lobeserhebungen gegenüber wagte ich nur hin und wieder einen schwachen Protest, das Herz erfüllt von Dankbarkeit und Hoffnung, die, wenn man es heute bedenkt, mehr rührend als verwerflich waren.

Aber was Malnates literarischen Geschmack betraf, so fühle ich die Pflicht, an dieser Stelle hinzuzufügen, daß weder Carducci noch Victor Hugo Lieblingsautoren von ihm waren. Carducci und Hugo respektierte er – als Antifaschist und Marxist. Aber seine wahre Leidenschaft, als guter Mailänder, war Porta, ein Dichter, dem ich bis dahin stets Belli vorgezogen hatte; doch zu Unrecht, wie Malnate behauptete; ich sollte nur einmal die feierlich-traurige, vom Geist der ›Gegenreformation‹ geprägte Monotonie Bellis mit der lebensvollen, warmen Menschlichkeit Portas vergleichen.

Er wußte Hunderte von seinen Versen auswendig.

Bravo el mè Baldissar! Bravo el mè nan!
L'eva poeù vora de vegnì a trovamm:
t'el seet mattascion porch, che maneman
l'è on mes che no te vegnet a ciollamm?
Ah Cristo! Cristo! com'hin frecc sti man!

begann er laut zu deklamieren, mit seiner kräftigen, ein wenig rauhen, mailändisch klingenden Stimme, immer wenn wir nachts spazierengingen und in die Gegend der Via Sacca und Via Colomba kamen oder in der Via delle Volte durch halbgeschlossene Türen einen verstohlenen Blick in das hellerleuchtete Innere der Bordelle warfen. *La Ninetta del Verzee* wußte er ganz auswendig, und durch ihn lernte ich das Gedicht kennen.

Mit dem Finger drohend und mir mit einem schlauen, anzüglichen Ausdruck zublinzelnd (wohl auf irgendeine weit zurückliegende Episode seiner in Mailand verlebten Jugend anspielend), zitierte er leise:

Nò Ghittin: no sont capazz
de traditt: nò, stà pur franca.
Mettem minga insemma a mazz
coj gingitt, e cont'i s'cianca ...

und so weiter. Oder auch, im Ton bitteren Grams:

Paracar, che scappee de Lombardia ...

wobei er jeden Vers des Sonetts mit einem Zwinkern begleitete, das natürlich nicht den Franzosen Napoleons, sondern den Faschisten galt.

Mit der gleichen Begeisterung und inneren Beteiligung zitierte er auch die Gedichte von Ragazzoni und Delio Tessa – von Tessa im besonderen, der doch, wie mir schien – und ich unterließ es nicht, ihn einmal darauf hinzuweisen – keineswegs als ›klassischer‹ Dichter zu bezeichnen war, in all seiner dekadenten Sensibilität. Aber die Wahrheit war, daß alles, was mit Mailand und seinem Dialekt zu tun hatte, ihn stets zu außerordentlicher Nachsicht bewog. Von Mailand akzeptierte er alles, er hatte für alles ein gutmütiges Lächeln. In Mailand hatte sogar die literarische Décadence, ja, selbst noch der Faschismus etwas Positives.

Er deklamierte:

Pensa et opra, varda e scolta
tant se viv e tant se impara,
mi, quand nassi on'altra volta,
nassi on gatt de portinara!

Per esempi, in Rugabella,
nassi el gatt del sur Pinin ...
... scartoseij de coradella,
polpa e fidegh, barettin

del patron per dormigh sora ...

und er lachte für sich dabei, weich gestimmt und von Heimweh gerührt.

Den Mailänder Dialekt verstand ich natürlich nicht immer, und wenn ich etwas nicht verstanden hatte, fragte ich ihn.

So fragte ich ihn eines Abends: »Entschuldige, Giampi, was ist Rugabella? Ich bin zwar in Mailand gewesen, aber ich könnte gewiß nicht behaupten, es zu kennen. Glaubst du das? Es ist vielleicht die Stadt, in der ich mich am schlechtesten zurechtfinde, noch schlechter als in Venedig.«

»Aber hör mal!« fuhr er mit merkwürdigem Ungestüm auf. »Dabei ist es doch eine so übersichtliche, so zweckmäßig angelegte Stadt! Ich verstehe nicht, wie du es wagen kannst, sie mit dieser beklemmenden überschwemmten Kloake zu vergleichen, die Venedig darstellt!«

Aber gleich fand er seine gute Laune wieder und erklärte mir, daß Rugabella eine Straße war, die alte Straße nicht weit vom Dom, in der er geboren war und wo noch heute seine Eltern wohnten, und wohin er ernstlich hoffte, in ein paar

Monaten, vielleicht noch vor Jahresende, zurückkehren zu können, um gleichfalls dort zu wohnen (immer vorausgesetzt, daß sie nicht in der Generaldirektion seines Werks in Mailand sein Versetzungsgesuch in den Papierkorb warfen!). Denn, wohlverstanden, erläuterte er, Ferrara war ein sehr hübsches Städtchen, lebendig und interessant unter manchem Gesichtspunkt, einschließlich des politischen, und die Erfahrungen, die er hier in zwei Jahren gesammelt habe, hielte er für wichtig, um nicht zu sagen, für wesentlich. Aber zu Hause bleibt immer zu Hause, die Mama bleibt die Mama, und mit dem lombardischen Himmel ›so schön, wenn er schön ist‹, war, wenigstens für ihn, kein anderer Himmel zu vergleichen.

8

Wie ich bereits sagte, hatte ich nach Ablauf des letzten Tages meiner Verbannung wieder begonnen, bei den Finzi-Contini zu erscheinen, und zwar an jedem Dienstag und Freitag. Aber da ich nicht wußte, was ich an den Sonntagen anfangen sollte (selbst wenn ich die Beziehungen zu den alten Schulkameraden vom Gymnasium wie Nino Bottecchiari oder Otello Forti wieder hätte anknüpfen wollen, oder mit denen neueren Datums, von der Universität, die ich in den letzten Jahren in Bologna kennengelernt hatte, so wäre das unmöglich gewesen – sie waren alle in die Sommerfrische gefahren), hatte ich mir erlaubt, auch noch an einigen Sonntagen ihr Haus aufzusuchen. Und Micòl hatte es geduldet und niemals auf der buchstäblichen Erfüllung unseres Vertrags bestanden.

Wir waren jetzt sehr rücksichtsvoll gegeneinander, sogar zu rücksichtsvoll. Wir waren uns bewußt, ein einigermaßen stabiles Gleichgewicht erreicht zu haben, gewiß, das aber im Grunde doch prekär blieb, so daß wir achtgaben, es nicht zu zerstören, und uns in einer neutralen Zone gegenseitigen Respekts hielten, aus der übermäßige Vertraulichkeit nicht minder verbannt blieb als übertriebene Kühle. Wenn Alberto Lust verspürte zu spielen, und das kam immer seltener vor, stellte ich mich gern zur Verfügung, damit ein Doppel zustande kam. Aber meistens kleidete ich mich gar nicht erst um. Ich zog es vor, bei den langen und erbitterten Einzelspielen zwischen ihr und Malnate den Schiedsrichter zu machen, oder unter dem großen Sonnenschirm seitlich vom Spielfeld Alberto Gesellschaft zu leisten.

Sein Zustand hatte sich sichtlich verschlimmert; ich war besorgt, ja, beängstigt. Nach und nach war dies für mich zu einem neuen geheimen Stachel, zum Motiv einer vielleicht noch schmerzlicheren Auflehnung geworden, als es der stets gegenwärtige Gedanke an Micòl war. Ich sah sein Gesicht, das infolge der Abmagerung wie in die Länge gezogen war, und ich war wie erstarrt, als ich an seinem Hals, der dagegen dicker geworden war, den Weg seines Atems ablesen konnte, um den er täglich schwerer zu ringen schien. Das Herz krampfte sich mir zusammen, gepeinigt von einem rätselhaften Schuldgefühl. Es gab Augenblicke, in denen ich alles gegeben hätte, um ihn wieder gesund zu sehen.

»Warum fährst du nicht ein bißchen fort?« fragte ich ihn eines Tages.

Er wandte sich um und warf mir einen prüfenden Blick zu.

»Findest du, daß ich schlecht aussehe?«

»Gott, nicht eigentlich schlecht ... Ich würde sagen, ein bißchen mager geworden. Stört dich die Hitze?«

»Ziemlich«.

Er hob die Arme und holte dabei tief Atem.

»Weißt du, seit einiger Zeit ziehe ich den Atem sozusagen an den Haaren herbei. Fortfahren ... Aber *wohin*?«

»Ich glaube, das Gebirge würde dir guttun. Was hält dein Onkel davon? Hat er dich untersucht?«

»Selbstverständlich. Onkel Giulio verbürgt sich dafür, daß mir nichts fehlt; und das muß doch wahr sein, meinst du nicht? Sonst hätte er mir doch irgend etwas verordnet ... Mein Onkel meint sogar, ich könnte Tennis spielen, soviel ich wollte. Was will man mehr? Es ist sicherlich nur die Hitze, die mir so zusetzt. Ich esse ja nichts mehr, wirklich so gut wie gar nichts.«

»Aber warum fährst du nicht, wenn es sich nur um die Hitze handelt, für vierzehn Tage ins Gebirge?«

»Im August ins Gebirge? Um Himmels willen! Außerdem –« und er lächelte, »außerdem, *Juden sind* überall *unerwünscht*. Hast du das vergessen?«

»Unsinn. In San Martino di Castrozza zum Beispiel nicht. Nach San Martino kann man sehr wohl fahren – wie übrigens auch an den Lido von Venedig, ins Alberoni. Im *Corriere della Sera* stand in der vorigen Woche eine Anzeige.«

»Wie traurig! Ferragosto im Hotel zu verbringen, in Tuchfühlung mit Scharen von sportlichen und aufgeräumten Levis und Cohanìms – entschuldige, aber dazu habe ich keine Lust. Da warte ich lieber bis zum September.«

Am folgenden Abend entschloß ich mich, mit Malnate über Albertos Gesundheitszustand zu sprechen, wozu mich das neue Vertrauensverhältnis ermutigte, das zwischen uns entstanden war, nachdem ich gewagt hatte, ihn zu einem Urteil über meine Verse aufzufordern. Für mich, so sagte ich ihm, bestehe kein Zweifel, daß Alberto krank sei. Hatte er nicht auch bemerkt, wie mühsam er atmete? Und kam es ihm nicht zumindest merkwürdig vor, daß niemand in seiner Familie, weder sein Onkel noch sein Vater, bisher die geringste Initiative zu seiner Behandlung ergriffen hatte? Gut, sein Onkel, der Arzt aus Venedig, hielt nichts von Medizin. Aber alle anderen, nicht ausgeschlossen seine Schwester? Sie blieben ruhig, lächelten seraphisch und rührten im übrigen keinen Finger.

Malnate hörte mir schweigend zu.

»Ich möchte nicht, daß du dich übermäßig beunruhigst«, sagte er schließlich, und in seiner Stimme klang eine Spur von Verlegenheit mit. »Findest du ihn im Ernst so abgemagert?«

»Herrgott noch einmal!« platzte ich heraus, »wenn er doch in zwei Monaten wahrscheinlich zehn Kilo verloren hat!«

»Na, na, denk daran, daß zehn Kilo eine ganze Masse sind!«

»Wenn es nicht zehn sind, dann sieben oder acht. Mindestens.«

Nachdenklich schwieg er. Dann räumte er ein, daß auch er seit einiger Zeit sehe, daß es Alberto nicht gut ging. Aber waren wir beide auch wirklich sicher, fügte er fragend hinzu, ob wir uns nicht grundlos aufregten? Wenn sich die engsten Familienangehörigen nicht beunruhigten und selbst im Gesicht von Professor Ermanno nichts auch nur die geringste Sorge verriet, nun dann ... Zum Beispiel: Würde es Professor Ermanno, wenn Alberto ernsthaft krank wäre, auch nur in den Sinn gekommen sein, aus Imola diese beiden Lastwagen voll roter Erde für den Tennisplatz kommen zu lassen? Übrigens, was den Tennisplatz betraf, wußte ich schon, daß in ein paar Tagen auch die Arbeiten zur Vergrößerung der berühmten Out-Zonen beginnen würden?

So hatten wir, ausgehend von Alberto und seiner mutmaßlichen Krankheit, in unsere nächtlichen Unterhaltungen unmerklich auch das einst mit einem Tabu belegte Thema der Finzi-Contini wieder eingeführt. Beide waren wir uns vollkommen klar darüber, daß wir uns dabei auf vermintem Gelände bewegten, und eben deshalb übten wir stets große Vorsicht, sehr bedacht, nicht das Gleichgewicht zu verlieren. Doch wenn Malnate von ihnen als Familie, als ›Institution‹ sprach (ich weiß nicht mehr, wer von uns beiden als erster diesen Ausdruck gebrauchte; ich erinnere mich nur, daß er uns Spaß machte und wir über ihn lachten), so sparte er nicht an selbst sehr harter Kritik. Was für unmögliche Leute, behauptete er. Was für eine kuriose absurde Verknotung unlösbarer Widersprüche stellten sie ›gesellschaftlich‹ dar! Zuweilen, wenn er an die Tausende von Hektar Land dachte, die sie besaßen, und an die Tausende von Tagelöhnern, die als disziplinierte Arbeitssklaven des korporativen Regimes dieses Land beackerten, waren ihm beinahe die ›normalen‹ finsteren Agrarier lieber, die in den Jahren 1920, 21 und 22 bereitwillig die Tasche aufgemacht hatten, um die Stoßtrupps von Schlägern und Kämpfern mit Rizinusöl im schwarzen Hemd auf die Beine zu bringen und zu verpflegen. Die waren ›wenigstens‹ Faschisten. Wenn sich einmal die Gelegenheit bot, würden gewiß keine Zweifel aufkommen, wie sie zu behandeln waren. Aber die Finzi-Contini?

Und er schüttelte den Kopf – wie jemand, der das alles bei gutem Willen wohl verstehen könnte, es aber nicht verstehen will, weil es ihm nicht paßt; die Feinheiten und Komplikationen, die unendlich feinen Unterscheidungen, auch sie müssen, so interessant und unterhaltsam sie sein mögen, irgendwo ihre Grenze finden.

Eines Nachts – es war nach Ferragosto – hielten wir uns noch spät in einem Weinausschank in der Via Gorgadello auf, neben dem Dom und nur ein paar Schritt entfernt von der ehemaligen Praxis Doktor Fadigatis, des bekannten Hals-Nasen-Ohrenarztes, die dort noch vor anderthalb Jahren bestanden hatte. Zwischen zwei Gläsern Wein erzählte ich Malnate die Geschichte des Arztes, mit dem ich in den letzten fünf Monaten vor seinem Selbstmord ›aus Liebe‹ so gut Freund geworden war, der letzte Freund, der ihm in der Stadt geblieben war (ich hatte gesagt ›aus Liebe‹, und Malnate hatte sich bei diesen Worten nicht ein sarkastisches Auflachen verbeißen können, das ausgesprochen studentisch-burschikos klang). Von Fadigati auf die Homosexualität im allgemeinen zu kommen, war nur ein kleiner Schritt gewesen. Malnate hatte diesbezüglich sehr einfache Vorstellungen – als ein echter Goi, dachte ich bei mir. Für ihn waren die Päderasten einfach ›unglückliche‹ Menschen, arme ›Besessene‹, mit denen sich zu beschäftigen nur unter dem Gesichtspunkt der Medizin oder des Schutzes der Gesellschaft vor ihnen sinnvoll war. Ich hingegen behauptete, daß Liebe alles rechtfertigt und heiligt, sogar die Päderastie; ja, mehr, daß die Liebe, wenn sie rein, das heißt vollkommen selbstlos ist, immer anomal, asozial und so weiter ist – genau wie die Kunst, hatte ich hinzugefügt, die, sobald sie rein, also nutzlos ist, sämtlichen Priestern aller Religionen, einschließlich der sozialistischen, mißfällt. Trotz unserer schönen Vorsätze zur Mäßigung diskutierten wir dieses eine Mal fast so erbittert wie in alter Zeit, bis zu dem Augenblick, wo wir uns plötzlich bewußt wurden, daß wir ein bißchen betrunken waren, und einträchtig in ein lautes Gelächter ausbrachen. Wir hatten dann den Ausschank verlassen, den menschenleeren Listone überquert und waren durch die Via San Romano gekommen, bis wir am Ende ohne ein bestimmtes Ziel die Via delle Volte entlanggingen.

Die Straße, ohne Bürgersteig und mit löcherigem Steinpflaster, schien noch dunkler als sonst zu sein. Wie immer hatte Malnate, während wir gleichsam tastend weitergingen und das Licht, das aus den halbgeschlossenen Haustüren der Bordelle drang, unsere einzige Orientierungshilfe war, irgendeine Strophe von Porta zu deklamieren begonnen – nicht aus der *Ninetta* diesmal, sondern aus *Marchionn di gamb avert*.

Halblaut und in dem bitteren, schmerzlichen Ton, den er immer anschlug, wenn er aus dem *Lament* zitierte, sprach er die Verse:

Finalment l'alba tance voeult spionada
l'è comparsa anca lee di filidur ...

doch an dieser Stelle unterbrach er sich plötzlich.

»Was hältst du davon?« fragte er mich und deutete mit dem Kinn auf die Tür eines Bordells, »wollen wir einen Blick hineinwerfen?«

Der Vorschlag hatte nichts Außergewöhnliches, aber da er von ihm kam, mit dem ich stets nur über ernste Dinge gesprochen hatte, erstaunte er mich und machte mich verlegen.

»Es ist nicht eins der besten«, erwiderte ich. »Wahrscheinlich gehört es zu denen unterhalb des Zehn-Lire-Tarifs. Aber laß uns trotzdem einmal hineingehen.«

Es war spät, fast ein Uhr früh, und der Empfang, der uns zuteil wurde, war nicht der herzlichste. Es fing mit der Pförtnerin an, die auf einem Strohsessel hinter einem Flügel der Haustür saß und uns Schwierigkeiten machte, weil sie nicht wollte, daß wir unsere Räder mit hereinnahmen; es folgte die Inhaberin, eine kleine Frau von unbestimmbarem Alter, dürr und fahl, mit Brille und schwarz gekleidet, fast wie eine Nonne, und auch sie beklagte sich über die Fahrräder und die späte Stunde. Eine Magd schließlich, die bereits mit der Reinigung der verschiedenen Salons begonnen hatte, mit Besen, Staubtuch und Kehrschaufel unter dem Arm, warf uns einen Blick voller Verachtung zu, während wir durch den Vorraum gingen. Aber auch die Mädchen, alle in einem kleinen Raum versammelt, wo sie sich friedlich mit ein paar Stammgästen unterhielten, empfingen uns nicht mit freundlichen Gesichtern. Keine kam uns entgegen. Und es vergingen nicht weniger als zehn Minuten, in denen ich und Malnate, die wir uns in dem kleinen separaten Salon gegenübersaßen, in den uns die Inhaberin abgeschoben hatte, praktisch kein Wort miteinander sprachen (durch die Wände hörten wir das Lachen der Mädchen, das Husten und die schlaftrunkenen Stimmen ihrer Freunde und Stammkunden), nicht weniger als zehn Minuten, bevor sich eine Blondine mit feinen Gesichtszügen, das Haar zu einem Knoten im Nacken gesteckt und zurückhaltend gekleidet wie eine höhere Schülerin aus guter Familie, auf der Schwelle zeigte.

Sie schien nicht einmal besonders schlechter Laune zu sein.

»Guten Abend«, begrüßte sie uns.

Sie musterte uns ruhig, und in ihren blauen Augen funkelte der Spott. Dann wandte sie sich an mich:

»Na du, mit deinen himmelblauen Augen, was wollen wir denn machen?«

»Wie heißt du?« brachte ich stammelnd hervor.

»Gisella.«

»Wo bist du her?«

»Aus Bologna!« verkündete sie mit aufgerissenen Augen, als ob sie damit wer weiß was verspräche.

Aber es war nicht wahr. Ruhig und ganz Herr seiner selbst, bemerkte es Malnate sofort.

»Ach, was, Bologna!« mischte er sich ein. »Meiner Ansicht nach bist du aus der Lombardei und nicht mal aus Mailand. Du mußt aus der Gegend von Como sein.«

»Wie hast du das erraten?« fragte das Mädchen verblüfft.

Inzwischen war hinter ihr das Mardergesicht der Dame des Hauses aufgetaucht.

»Nun«, brummte sie, »wie mir scheint, sind auch hier nur Schaulustige gekommen.«

»Aber nein«, widersprach Gisella, mit einem Lächeln auf mich weisend. »Dieser blauäugige junge Mann da hat ernste Absichten. Wollen wir gehen?«

Ich wendete mich zu Malnate. Aber auch in seinem Blick lag freundschaftliche Ermunterung.

»Und du?« fragte ich.

Er beschrieb mit der Hand eine unbestimmte Gebärde und lachte kurz auf.

»Denk nicht an mich«, sagte er, »geh nur nach oben, ich warte auf dich.«

Es ging alles sehr schnell. Als wir wieder nach unten kamen, unterhielt sich Malnate mit der Hausherrin. Er hatte die Pfeife aus der Tasche gezogen; er sprach und rauchte. Er erkundigte sich nach der ›ökonomischen Behandlung‹ der Prostituierten, dem alle zwei Wochen erfolgenden Schichtwechsel, der ›ärztlichen Kontrolle‹ und so weiter, und sie antwortete ihm mit gleichem Eifer und Ernst.

»*Bon*«, sagte Malnate schließlich, als er mich bemerkte, und stand auf.

Er ging mir voraus, durch den Vorraum zu den Fahrrädern, die wir neben der Tür an die Wand gelehnt hatten, während die Inhaberin, die mittlerweile sehr liebenswürdig geworden war, vor uns her lief, um uns die Haustür zu öffnen.

»Gute Nacht«, grüßte Malnate.

Er ließ eine Münze in die ausgestreckte Hand der Pförtnerin gleiten und trat als erster auf die Straße.

Gisella war hinten geblieben.

»*Ciao, amore*!« sagte sie im Singsang. »Komm wieder, hörst du!«

Sie gähnte.

»*Ciao*«, erwiderte ich und trat nun meinerseits auf die Straße.

»Gute Nacht, die Herren«, flüsterte respektvoll die Frau des Hauses hinter uns her; ich hörte, wie sie die Tür verriegelte.

Die Räder an der Hand führend, gingen wir die Via Scienze entlang bis zur Ecke der Via Mazzini. Dort angelangt, bogen wir rechts ein, in den Saraceno. Jetzt war es von uns beiden vor allem Malnate, der sprach. In Mailand, berichtete er, war auch er noch vor einigen Jahren ein ziemlich häufiger Besucher des bekannten Bordells in der Via San Pietro all'Orto gewesen (wohin er übrigens zu wiederholten Malen, doch stets vergeblich, auch Alberto mitzunehmen versucht hatte), aber erst jetzt hatte er sich einmal die Mühe gemacht, sich über die Gesetze, die das ›System‹ regulierten, zu informieren. Großer Gott, klagte er, was für ein Leben mußten die Huren führen! Und wie verächtlich und rückständig war der ›moralische Staat‹, der einen solchen Menschenhandel organisierte!

Hier bemerkte er mein Schweigen.

»Was hast du?« fragte er. »Fühlst du dich nicht wohl?«

»Aber nein.«

Ich hörte ihn seufzen.

»*Omne animal post coitum triste*«, bemerkte er melancholisch.

»Aber denk nicht weiter daran. Schlaf erst einmal richtig aus, und du wirst sehen, morgen früh geht's dann wieder großartig.«

»Ich weiß, ich weiß.«

Wir bogen nach links ein, in die Via Borgo di Sotto, und Malnate deutete auf die kleinen ärmlichen Häuser rechts in der Via Fondo Banchetto.

»Hier in der Gegend müßte die Lehrerin Trotti wohnen«, bemerkte er.

Ich schwieg. Er hustete.

»Sag mal – wie kommst du mit Micòl zurecht?«

Auf einmal fühlte ich ganz stark das Bedürfnis, mich ihm anzuvertrauen, ihm mein Herz zu öffnen.

»Schlecht. Ich habe mich mächtig in sie verliebt.«

»Das haben wir gemerkt«, sagte er mit einem gutmütigen Lachen. »Seit langem. Aber wie geht es jetzt? Behandelt sie dich noch immer schlecht?«

»Nein. Wie du bemerkt haben wirst, haben wir in letzter Zeit einen gewissen Modus vivendi gefunden.«

»Ja, ich habe festgestellt, daß ihr euch nicht mehr wie früher zankt. Ich freue mich, daß ihr wieder Freunde werdet. Es war einfach absurd.«

Mein Mund verzerrte sich zu einer Grimasse, während mir die Tränen den Blick verschleierten.

Malnate mußte meinen Zustand bemerkt haben.

»Kopf hoch«, redete er mir zu, »du darfst dich nicht so gehen lassen.«

Mit einer Anstrengung schluckte ich die Tränen hinunter.

»Ich glaube nicht, daß wir wieder Freunde werden«, murmelte ich. »Es ist zwecklos.«

»Dummheiten«, sagte er. »Wenn du wüßtest, wie gern sie dich hat! Wenn du nicht dabei bist und sie von dir spricht – und das kommt sehr oft vor –, dann wehe dem, der es wagt, etwas gegen dich zu sagen. Dann fährt sie auf wie eine Viper. Auch Alberto hat dich gern und schätzt dich. Ich will dir sogar sagen (vielleicht bin ich etwas indiskret gewesen, entschuldige ...), daß ich vor einigen Tagen auch ihnen dein Gedicht vorgetragen habe. Also, du kannst dir nicht vorstellen, wie es ihnen gefallen hat, allen beiden, bedenke, beiden ...«

»Ich weiß nicht, was ich mit ihrer Sympathie und ihrer Wertschätzung anfangen soll«, sagte ich.

Wir waren indessen auf dem kleinen Platz vor der Kirche Santa Maria in Vado angelangt. Es war keine Menschenseele zu sehen, weder dort noch auf der ganzen Via Scandiana bis zum Montagnone. Wir lenkten unsere Schritte zu dem kleinen Brunnen am Kirchplatz. Malnate bückte sich, um zu trinken, und nach ihm trank auch ich und wusch mir das Gesicht.

»Weißt du«, fuhr Malnate fort, der schon wieder weiterging, »meiner Ansicht nach bist du da im Irrtum, wenn ich so sagen darf. Die Herzenssympathie und die Achtung sind, zumal in einer Zeit wie der unseren, die einzigen Werte, auf die man wahrhaft bauen kann. Was ist uneigennütziger als Freundschaft? Außerdem scheint doch, wenigstens soweit ich sehen kann, nichts zwischen euch vorgefallen zu sein, was ... Es ist doch sehr gut möglich, daß mit der Zeit ... Also, zum Beispiel: warum kommst du nicht öfter zum Tennis, so wie vor ein paar Monaten? Es ist durchaus nicht gesagt, daß die Taktik des Fortbleibens die beste ist! Ich habe den Eindruck, mein Lieber, daß du die Frauen nicht gut kennst.«

»Aber wenn sie doch selbst von mir verlangt hat, daß ich nicht mehr so häufig komme!« stieß ich hervor. »Was soll ich tun? Ihr nicht gehorchen? Schließlich ist sie in ihrem eigenen Hause!«

Ein paar Augenblicke schwieg er nachdenklich.

»Es ist mir unbegreiflich«, sagte er schließlich. »Ich könnte es vielleicht noch verstehen, wenn zwischen euch bereits etwas – wie soll ich es sagen –, etwas Schwerwiegendes, etwas Nicht-wieder-Gutzumachendes geschehen wäre. Aber was ist denn im Grunde geschehen?«

Unsicher musterte er mich.

»Entschuldige die nicht sehr ... diplomatische Frage«, fuhr er mit einem Lächeln fort, »ist es dir wenigstens jemals gelungen, sie zu küssen?«

»O ja, oft«, seufzte ich verzweifelt, »zu meinem Schaden.«

Dann erzählte ich ihm mit allen Einzelheiten die Geschichte unserer Beziehungen, von Anfang an und ohne die Szene in ihrem Zimmer damals im Mai zu verschweigen, ein Ereignis, das ich, wie ich ihm erklärte, für entscheidend im negativen Sinne und für nicht wiedergutzumachen hielt. Ich schilderte unter anderem die Art und Weise, wie ich sie geküßt hatte, oder wenigstens, wie ich zu wiederholten Malen, und nicht nur dieses eine Mal in ihrem Schlafzimmer, versucht hatte, sie zu küssen, und auch ihre verschiedenen Reaktionen, die einmal mehr und einmal weniger Ekel ausdrückten.

Er ließ mich meinem Herzen Luft machen, und ich war so vertieft in diese bitteren Erinnerungen, war so gänzlich in ihnen aufgegangen, daß ich nicht auf sein Schweigen achtete, das auf einmal geradezu hermetisch geworden war.

Wir standen nun schon seit fast einer halben Stunde vor meinem Haustor.

Plötzlich fuhr er erschrocken zusammen.

»Donnerwetter«, brummte er vor sich hin, mit einem Blick auf die Uhr. »Es ist Viertel nach zwei. Ich muß jetzt wirklich gehen, sonst wache ich morgen früh nicht auf.«

Mit einem Satz war er auf dem Rad.

»*Ciao*«, rief er zum Abschied, »und Kopf hoch!«

Sein Gesicht sah merkwürdig aus, fand ich, wie grau geworden. Ob ihm meine Liebesgeständnisse auf die Nerven gegangen waren?

Ich blickte ihm nach, wie er rasch davonfuhr. Es war das erste Mal, daß er mich so stehen ließ, ohne zu warten, bis ich ins Haus gegangen war.

9

Obwohl es schon so spät war, brannte bei meinem Vater noch Licht.

Seitdem im Sommer 1937 sämtliche italienischen Zeitungen mit der Rassenhetze begonnen hatten, litt mein Vater an einer schweren Form von Schlaflosigkeit, die am heftigsten in heißen Sommernächten auftrat. Er verbrachte dann ganze Nächte ohne Schlaf, in denen er abwechselnd ein wenig las, durchs Haus ging, im Wohnzimmer die italienischen Sendungen ausländischer Radiostationen hörte oder mit meiner Mutter in ihrem Schlafzimmer plauderte. Wenn ich später als ein Uhr nach Hause kam, war es kaum möglich, unbemerkt von ihm bis an das Ende des Korridors zu gelangen, an dem hintereinander die Schlafzimmer lagen (zuerst das Papas, dann das der Mama, anschließend die Zimmer von Ernesto und Fanny, und ganz am Ende das meine). Da mochte ich auf Zehenspitzen gehen, ja, mir die Schuhe ausziehen, aber dem feinen Gehör meines Vaters entging nicht das leiseste Knarren, das geringste Geräusch.

»Bist du es?«

Wie vorauszusehen, war ich auch in dieser Nacht nicht seiner Kontrolle entgangen. Für gewöhnlich hatte sein »Bist du es?« keine andere Wirkung auf mich als die, daß ich schneller ging; ich setzte meinen Weg fort, ohne ihm zu antworten, und tat so, als ob ich ihn nicht gehört hätte. Aber nicht in dieser Nacht. Wenn ich mir auch, nicht ohne ein Gefühl des Überdrusses, im voraus denken konnte, auf was für Fragen ich würde antworten müssen, Fragen, die seit Jahren immer dieselben waren – »Warum so spät?«, »Weißt du, wieviel Uhr es ist?«, »Wo bist du gewesen?« –, so blieb ich doch stehen. Die Tür war angelehnt, und ich steckte den Kopf durch den Spalt.

»Was machst du da?« fragte mein Vater vom Bett aus, über den Rand seiner Brille mir zublinzelnd. »Komm doch für einen Augenblick herein.«

Er lag nicht eigentlich, sondern saß, mit dem Nachthemd bekleidet, im Bett, den Rücken und Nacken gegen die aus hellem Holz geschnitzte Kopfwand gelehnt und nur bis zum Magen mit einem Laken zugedeckt. Mir fiel auf, wie alles an ihm und um ihn weiß war: das silbrig-weiße Haar, das bleiche, abgezehrte Gesicht, das schneeweiße Nachthemd, das Kopfkissen im Rücken, das Laken und das aufgeschlagene Buch, das auf seinem Bauch lag, und wie gut diese Weiße (die, wie ich fand, an ein Krankenhaus gemahnte) zu der überraschenden, ganz ungewohnten inneren Heiterkeit paßte, zu diesem neuen Ausdruck einer weisen Güte, die aus den klaren Augen leuchtete.

»Wie spät!« bemerkte er lächelnd, mit einem Blick auf seine wasserdichte Rolex-Armbanduhr, von der er sich nicht einmal im Bett trennte. »Weißt du, wieviel Uhr es ist? Zwei Uhr siebenundzwanzig.«

Vielleicht zum ersten Mal, seitdem ich, nach Vollendung meines achtzehnten Lebensjahres, einen Hausschlüssel bekommen hatte, ärgerte mich diese zum Ritus gewordene Frage nicht.

»Ich bin spazierengegangen«, sagte ich ruhig.

»Mit deinem Freund aus Mailand?«

»Ja.«
»Womit beschäftigt er sich? Studiert er noch?«
»Ach was! Er ist schon sechsundzwanzig Jahre alt. Angestellter ist er. Er arbeitet als Chemiker im Industrieviertel, in einem Werk der Montecatini für die Herstellung von synthetischem Gummi.«
»Sieh mal an! Und ich dachte, er wäre noch Student. Warum lädst du ihn nicht einmal zum Essen ein?«
»Ich weiß nicht – ich meinte wohl, daß es nicht nötig wäre, Mama noch mehr Arbeit zu machen, als sie schon hat.«
»Aber ich bitte dich! Was soll denn das ausmachen! Ein Teller Suppe mehr, das ist doch lächerlich. Bring ihn doch mit. Und wo habt ihr gegessen? Bei ›Giovanni‹?«
Ich nickte.
»Erzähl mir, was ihr Schönes gegessen habt.«
Ich fügte mich seinem Wunsch, nicht ohne selbst von meiner Bereitschaft überrascht zu sein, ihm die verschiedenen Gerichte aufzuzählen, die ich und die, die Malnate gewählt hatte. Indessen hatte ich mich gesetzt.
»Gut«, erklärte mein Vater schließlich befriedigt.
»Und dann«, fuhr er nach einer Pause fort, »wohin seid ihr beide dann gegangen, um ein bißchen Unfug zu treiben? Ich wette«, und er erhob die Hand, wie um mir zuvorzukommen, falls ich leugnen wollte, »ich wette, daß ihr mit Frauen zusammen wart.«
Es hatte in dieser Hinsicht nie eine Vertraulichkeit zwischen uns gegeben. Ein höchst empfindliches Schamgefühl und ein unbezähmbares, irrationales Freiheits- und Unabhängigkeitsbedürfnis hatten mich jeden seiner schüchternen Versuche, diese Themen anzuschneiden, im Keim ersticken lassen. Aber in dieser Nacht war es anders. Ich sah ihn so bleich, so gebrechlich und alt vor mir und spürte, wie sich in mir etwas wie ein Knoten, ein alter, geheimnisvoller Knoten, zart und leise löste.

»Stimmt«, gab ich zu. »Das hast du richtig geraten.«
»Ich kann mir denken, daß ihr ins Bordell gegangen seid.«
»Ja.«
»Ausgezeichnet«, erklärte er. »In eurem Alter, vor allem in deinem, ist das Bordell unter jedem Gesichtspunkt, wobei der gesundheitliche nicht vergessen sei, die vernünftigste Lösung. Aber, sag mal, wie kommst du mit dem Geld aus? Reicht dir das Taschengeld, das du von der Mama bekommst? Wenn es nicht reicht, sage es mir. Im Rahmen des Möglichen werde ich dann versuchen, dir zu helfen.«
»Danke.«
»Wo seid ihr gewesen? Bei Maria Ludargnani? Die war schon zu meiner Zeit auf dem Posten.«
»Nein. In einem Haus in der Via delle Volte.«
»Das einzige, was ich dir ans Herz legen möchte«, fuhr er fort, wobei er sich plötzlich der Ausdrucksweise des Mediziners bediente, dessen Beruf er nur in der Jugend ausgeübt hatte, um sich dann nach dem Tode seines Großvaters ausschließlich der Verwaltung des Landgutes in Masi Torello und der beiden Häuser zu widmen, die er in der Via Vignatagliata besaß, »das einzige, was ich dir ans Herz legen möchte, ist, *niemals* die notwendigen prophylaktischen Maßnahmen zu unterlassen. Ich weiß, es ist eine Unbequemlichkeit, auf die man gern verzichten möchte. Aber wie leicht holt man sich eine böse Gonorrhöe, *vulgo* einen Tripper, wenn nichts Schlimmeres. Und vor allem, wenn du einmal des Morgens beim Erwachen irgend etwas bemerkst, was nicht in Ordnung ist, dann komm *sofort* ins Badezimmer, um es mir zu zeigen, ja? Ich werde dir gegebenenfalls dann sagen, was du tun mußt.«
»Ich verstehe. Sei unbesorgt.«
Ich spürte, daß er eine möglichst gute Art und Weise suchte, mich etwas anderes zu fragen. Ich vermutete, daß er mich fragen wollte, ob ich jetzt, nachdem ich mein Examen gemacht

hatte, nicht vielleicht irgendeine Idee, einen Plan für die Zukunft hätte. Aber statt dessen schweifte er ins Politische ab. Bevor ich nach Hause gekommen war, sagte er, zwischen ein und zwei Uhr, war es ihm gelungen, verschiedene ausländische Sender zu hören wie Monteceneri, Paris, London und Beromünster. Und er war jetzt, eben auf Grund der neuesten Nachrichten, davon überzeugt, daß sich die internationale Situation rasch zuspitzte. O ja, leider! Es war wirklich eine vernegerte Geschichte. Wie es schien, standen in Moskau die diplomatischen Delegationen Englands und Frankreichs im Begriff abzureisen (natürlich ohne etwas erreicht zu haben!). Würden sie tatsächlich Moskau so verlassen? Es stand zu befürchten, und dann blieb uns allen nichts, als unsere Seelen Gott zu empfehlen.

»Was glaubst du denn!« ereiferte er sich. »Stalin ist durchaus nicht der Mensch, sich große Skrupel zu machen. Ich bin überzeugt, daß er keine Minute zögern würde, sich mit Hitler zu einigen, wenn es ihm paßt.«

»Ein Übereinkommen zwischen Deutschland und der Sowjetunion?« fragte ich mit einem zaghaften Lächeln. »Nein, daran glaube ich nicht; das scheint mir unmöglich.«

»Warten wir's ab«, sagte er und lächelte nun auch. »Dein Wort in Gottes Ohr!«

In diesem Augenblick kam aus dem anstoßenden Zimmer ein klagender Laut. Meine Mutter war wach geworden.

»Was hast du gesagt, Ghigo?« fragte sie. »Hitler ist gestorben?«

»Wollte Gott, er wäre es!« seufzte mein Vater. »Schlaf, schlaf, mein Engel, rege dich nicht auf!«

»Wieviel Uhr ist es?«

»Fast drei Uhr.«

»Schick den Jungen ins Bett!«

Meine Mutter sagte noch ein paar Worte, die nicht zu verstehen waren. Dann schwieg sie.

Mein Vater blickte mir lange in die Augen. Dann sagte er leise, fast flüsternd:

»Entschuldige, wenn ich mir erlaube, mit dir über diese Dinge zu sprechen, aber du wirst begreifen – wir haben es beide, deine Mutter und ich, im vorigen Jahr recht gut gemerkt, daß du dich in – in Micòl Finzi-Contini verliebt hast. Es stimmt doch, nicht wahr?«

»Ja.«

»Und wie steht es jetzt um eure Beziehungen? Noch immer schlecht?«

»Es könnte gar nicht schlechter um sie stehen«, antwortete ich leise, wobei mir plötzlich mit äußerster Klarheit zum Bewußtsein kam, daß ich die reine Wahrheit sagte und daß unser Verhältnis wirklich nicht schlechter sein könnte und es mir, trotz der gegenteiligen Meinung Malnates, nie gelingen würde, den Abhang wieder hinaufzuklettern, den zu erklimmen ich seit Monaten vergebliche Anstrengungen machte.

Mein Vater stieß einen Seufzer aus.

»Ich weiß, daß das ein großer Kummer ist ... Aber schließlich ist es doch am besten so.«

Ich hielt den Kopf gesenkt und sagte nichts.

»Selbstverständlich«, fuhr er, ein wenig lauter jetzt, fort. »Was hättest du denn tun wollen? Dich verloben?«

Auch Micòl hatte mir an jenem Abend in ihrem Zimmer diese Frage gestellt. »Was stellst du dir denn vor? Etwa, daß wir uns *verloben*?« Ich hatte kein Wort gesagt. Ich hatte nicht gewußt, was antworten. So wie ich jetzt, dachte ich, mit meinem Vater.

Dennoch fragte ich: »Warum nicht?« und blickte ihn dabei an.

Er schüttelte den Kopf.

»Meinst du, daß ich dich nicht verstehe?« sagte er. »Auch mir gefällt Micòl. Sie hat mir immer gefallen, schon als kleines Mädchen, wenn sie in der Synagoge vom Matroneum herunterkam, um von ihrem Vater den Segen, die Beracha, zu empfangen. Graziös, sogar schön (ach, nur allzusehr!), intelligent und voller Witz ... Aber *sich ver-lo-ben*!« – er skandierte das Wort und riß dazu die Augen auf. »Sich verloben, mein Lieber, heißt, sich auch einmal verheiraten, und sage mir selbst, ob du in diesen Zeiten und, von allem andern abgesehen, ohne einen sicheren Beruf ... Ich nehme an, daß du für den Unterhalt deiner Familie weder auf meine Hilfe gerechnet hättest (die ich dir übrigens auch gar nicht gewähren könnte, wenigstens nicht in dem nötigen Ausmaß, meine ich), noch, erst recht nicht, auf ihre Hilfe. Sie wird natürlich eine großartige Mitgift bekommen«, fügte er hinzu, »und ob! Aber ich glaube nicht, daß du ...«

»Laß die Mitgift!«, sagte ich. »Was wäre es darauf angekommen, wenn wir uns wirklich gern gehabt hätten?«

»Du hast recht«, stimmte mir mein Vater zu. »Du hast vollkommen recht. Als ich mich 1911 mit der Mama verlobte, habe ich mich auch nicht um derartige Dinge gekümmert. Aber damals waren andere Zeiten. Man konnte mit einer gewissen Gelassenheit in die Zukunft blicken. Und wenn sich die Zukunft dann auch nicht als so freundlich und sorglos erwies, wie wir beide sie uns vorgestellt hatten (wir heirateten 1915, wie du weißt, als der Krieg schon begonnen hatte, und ich meldete mich gleich darauf als Freiwilliger), so war doch die Gesellschaft damals anders beschaffen, eine Gesellschaft, die Sicherheit bot ... Außerdem hatte ich Medizin studiert, während du ...«

»Während ich?«

»Nun ja. Du hast dich statt für Medizin für die Geisteswissenschaften entschieden, und du weißt, als der Augenblick der Entscheidung kam, habe ich dir keinerlei Hindernisse in den Weg gelegt. Deine Neigung ging dahin, und beide, du und ich, taten wir unsere Pflicht, du, indem du den Weg wähltest, von dem du fühltest, es war der deine, und ich, indem ich dich nicht daran hinderte. Aber jetzt? Selbst wenn du die Universitätslaufbahn im Auge hättest ...«

Ich verneinte mit einem Kopfschütteln.

»Noch schlimmer«, fuhr er fort, »noch schlimmer! Zwar kann dich auch jetzt nichts daran hindern, für dich weiterzustudieren, dich weiterzubilden, um dich eines Tages, wenn das möglich wäre, in der sehr viel schwierigeren und ungewisseren Laufbahn des Schriftstellers zu versuchen, des polemischen Kritikers etwa von der Art eines Edoardo Scarfoglio, Vincenzo Morello, Ugo Ojetti – oder auch, warum nicht?, des Romanciers, des –«, er lächelte, »des Dichters. Aber gerade deshalb: wie konntest du in deinem Alter, mit knapp dreiundzwanzig Jahren, und noch allem zu leisten, daran denken, dich zu verheiraten und eine Familie zu gründen?«

Er sprach, so fand ich, von meiner literarischen Zukunft wie von einem schönen verführerischen Traum, der aber nicht in die Wirklichkeit umzusetzen war. Er sprach davon, als ob ich und er bereits tot wären und als ob wir jetzt an einem Punkt außerhalb des Raums und der Zeit zusammen über das Leben plauderten, über all die Dinge, die es in unser beider Leben hätte geben können und die es nicht gegeben hatte. Dazwischen fragte ich mich auch, ob sich Hitler und Stalin miteinander einigen würden? Warum nicht. Ja, sehr wahrscheinlich würden sich Hitler und Stalin einigen.

»Doch abgesehen davon«, fuhr mein Vater fort, »wie auch von einer ganzen Reihe anderer Überlegungen – erlaubst du mir, daß ich dir einmal freimütig auseinandersetze ..., daß ich dir einen Freundesrat gebe?«

»Sprich nur.«

»Ich bin mir darüber klar, daß man, wenn man wegen eines Mädchens den Kopf verliert, zumal in deinem Alter, nicht so sehr ans Rechnen denkt. Und ich weiß auch, daß du einen etwas besonderen Charakter hast, und du mußt nicht glauben, daß wir vor zwei Jahren, als dieser unglückselige Doktor Fadigati ...«

Seit dem Tode Fadigatis hatten wir seinen Namen nicht mehr zu Hause erwähnt. Was hatte jetzt Fadigati damit zu tun? Ich sah ihm ins Gesicht.

»Doch, doch, laß mich das aussprechen!« forderte er. »Dein Temperament (ich glaube, du hast es von deiner Großmutter Fanny geerbt), dein Temperament ... Also, du bist zu sensibel, das ist es, und so gibst du dich nie zufrieden, bist immer auf der Suche ...«

Er führte den Satz nicht zu Ende. Mit einer Handbewegung deutete er gleichsam eine ideale, nur von Schimären bevölkerte Welt an.

»Jedenfalls«, fuhr er fort, »sei mir nicht böse, aber auch als Familie waren die Finzi-Contini nicht das Richtige für dich. Sie paßten nicht zu uns. Wenn du solch ein Mädchen geheiratet hättest, so bin ich überzeugt, daß es früher oder später schlecht für dich ausgegangen wäre. Doch, doch«, beharrte er, wie in Erwartung einer Gebärde oder eines Wortes des Widerspruchs von mir, »du kennst ja meine Meinung, die ich von jeher über die Finzi-Contini hatte. Sie sind anders als wir, sie scheinen nicht einmal Judìm zu sein. Ach, ich weiß, Micòl gefiel dir vielleicht gerade deshalb so sehr – weil sie uns *gesellschaftlich* überlegen war. Aber hör auf mich: besser, daß es so geendet hat. Wie das Sprichwort sagt: ›*Moglie e buoi dei paesi tuoi*‹. Und dieses Mädchen war, allem Anschein zum Trotz, nicht aus deiner Heimat. Ganz und gar nicht.«

Ich hatte wieder den Kopf gesenkt und blickte auf meine auf den Knien ruhenden ausgebreiteten Hände.

»Es geht vorüber«, fuhr er fort, »du wirst damit fertig werden, und sehr viel schneller, als du glaubst. Gewiß, du tust mir leid. Ich kann mir denken, was du in diesem Augenblick empfindest. Aber ein klein wenig beneide ich dich auch, weißt du? Es ist im Leben nun einmal so, daß, wer begreifen will, wer wirklich wissen will, wie es um diese Welt bestellt ist, mindestens einmal sterben *muß*. Und da dies das Gesetz ist, ist es besser, jung zu sterben, wenn man noch alle Zeit vor sich hat, sich wieder aufzurappeln und aufzuerstehen ... Erst im Alter zur Einsicht zu kommen ist schlimm, ist viel schlimmer. Was kann man tun? Es ist nicht mehr Zeit, noch einmal von vorn anzufangen, und unsere Generation hat so unendlich viele Fehler gemacht! Jedenfalls, wenn es Gott so will – du bist ja noch so jung! Du wirst sehen, in ein paar Monaten wirst du es kaum glauben können, daß du dies alles erlebt hast. Vielleicht bist du sogar zufrieden. Du wirst dich reicher fühlen, ich weiß nicht – reifer.«

»Hoffen wir es«, murmelte ich.

»Ich freue mich, daß ich meinem Herzen Luft gemacht und mir diesen Gram von der Seele geredet habe ... Und jetzt einen letzten Rat. Darf ich?«

Ich nickte.

»Geh nicht mehr in ihr Haus. Setze deine Studien wieder fort, beschäftige dich mit irgend etwas, gib meinetwegen auch Privatstunden, nach denen, wie ich überall höre, so große Nachfrage besteht – und geh nicht mehr dorthin. Es ist außerdem männlicher.«

Er hatte recht: Außerdem war es auch männlicher.

»Ich will's versuchen«, sagte ich und hob den Blick. »Ich werde alles tun, damit es mir gelingt.«

»So ist es recht!«

Er blickte auf die Uhr.

»Und jetzt geh schlafen«, fügte er hinzu, »du hast es nötig. Auch ich will versuchen, ein Weilchen die Augen zuzutun.«

Ich erhob mich und beugte mich über ihn, um ihn zu küssen, aber aus dem flüchtigen Kuß wurde eine lange, wortlose, zärtliche Umarmung.

10

So kam es, daß ich auf Micòl verzichtete.

Am Abend des nächsten Tages ging ich, getreu dem meinem Vater gegebenen Versprechen, nicht zu Malnate; an dem darauffolgenden Tag – einem Freitag – erschien ich nicht im Hause der Finzi-Contini. So verging eine Woche, die erste, in der ich keinen von ihnen wiedersah, weder Malnate noch die anderen. Glücklicherweise suchte mich in dieser Zeit auch niemand auf, und dieser Umstand half mir gewiß, meinen Vorsatz einzuhalten. Sonst hätte ich wahrscheinlich nicht widerstanden und mich von neuem einfangen lassen.

Etwa zehn Tage nach unserem letzten Zusammensein, um den 25. des Monats, rief mich Malnate an. Das war bis dahin noch nie geschehen, und da ein anderer den Hörer abnahm, war ich versucht, mich verleugnen zu lassen. Aber sogleich bereute ich es. Ich fühlte mich bereits stark genug, wenn nicht ihn wiederzusehen, so wenigstens mit ihm zu sprechen.

»Geht es dir gut?« begann er. »Du hast mich ja ganz schön im Stich gelassen.«

»Ich war verreist.«

»Wo warst du? In Florenz? In Rom?« fragte er, nicht ohne eine Spur von Ironie.

»Diesmal ein bißchen weiter«, erwiderte ich, und schon bedauerte ich die allzu pathetische Phrase.

»*Bon*. Ich will nicht nachforschen. Also: wollen wir uns treffen?«

Ich sagte, daß es mir an diesem Abend nicht möglich war, daß ich aber am nächsten Tage so gut wie sicher zur üblichen Stunde bei ihm vorbeikommen würde. Doch solle er nicht auf mich warten, fügte ich hinzu, sobald er sähe, daß ich mich verspätete. In diesem Fall wollten wir uns direkt bei ›Giovanni‹ treffen. Würde er nicht zum Essen zu ›Giovanni‹ gehen?

»Wahrscheinlich«, bestätigte er kurz. Dann fragte er: »Hast du die Nachrichten gehört?«

»Ja, ich habe sie gehört.«

»Was für eine Bescherung! Komm, ich bitte dich, damit wir über alles sprechen können.«

»Also dann auf Wiedersehen!« sagte ich in freundlichem Ton.

»Auf Wiedersehen.«

Er legte den Hörer auf.

Am nächsten Abend fuhr ich gleich nach dem Essen mit dem Rad bis zu einem Punkt, der etwa hundert Meter vom Restaurant entfernt war. Ich wollte nur feststellen, ob Malnate dort war, weiter nichts. Und nachdem ich mich vergewissert hatte, daß er tatsächlich da war (wie üblich saß er an einem Tisch im Freien, mit seiner ewigen cremefarbenen Sahariana angetan), ging ich auch wirklich nicht zu ihm, sondern kehrte um und legte mich auf einer der drei Zugbrücken des Kastells, und zwar auf der gerade gegenüber vom Restaurant ›Giovanni‹, auf die Lauer. Ich überlegte dabei, daß ich ihn so weit besser beobachten konnte, ohne Gefahr zu laufen, von ihm bemerkt zu werden. Und so war es. Mit der Brust an die Balustrade gelehnt, beobachtete ich ihn lange, während er aß. Ich konnte ihn und die anderen Gäste dort unten zwischen den Tischen in einer Reihe nebeneinander, mit dem Rücken zur Mauer, sehen, dazu das rasche Kommen und Gehen der Kellner in weißer Jacke; so im Dunkel schwebend über dem wie gläsernen Wasser des Burggrabens, meinte ich beinahe, im Theater zu sein als heimlicher Zuschauer eines hübschen, aber sinnlosen Schauspiels. Malnate war indessen beim Obst angelangt. Er aß unlustig eine große Weintraube, eine Beere nach der anderen abbeißend, dabei, wohl in der Erwartung, mich kommen zu sehen, hin und wieder den Kopf lebhaft nach rechts und links wendend. Dann funkelten seine dicken Brillengläser (»garstig dick« nannte Micòl diese Brille), funkelten auf, zuckend, nervös ... Als er die Weintraube gegessen hatte, winkte er einen Kellner zu sich und sprach einen Augenblick mit ihm. Ich glaubte, er habe die Rechnung gefordert, und schickte mich schon an fortzugehen, als ich den Kellner mit einem Täßchen Kaffee zurückkommen sah. Er trank es in einem Schluck aus. Dann zog er aus einer der beiden Brusttaschen seiner Sahariana etwas sehr Kleines: ein Notizbuch, in dem er sofort mit Bleistift zu schreiben begann. Was zum Teufel schrieb er da, etwa auch Gedichte? Ich lächelte. Und so ließ ich ihn aus den Augen, als er völlig darin vertieft war, mit enger Schrift etwas in sein Notizbuch zu schreiben, von dem er gelegentlich – jetzt nur noch selten – den Kopf aufhob, um wieder nach rechts und links zu schauen oder auch den Blick nach oben zu richten, zum gestirnten Himmel, als suchte er dort Inspiration und Ideen.

Noch einige Tage lang streifte ich des Abends ziellos durch die Straßen der Stadt, aufmerksam auf alles achtend, was ich sah, ebenso angezogen von den rot unterstrichenen Balkenüberschriften der Zeitungen, mit denen die Kioske gleichsam tapeziert waren, wie von den Standfotos der Filme am Kinoeingang und den Bildern von den Varietédarbietungen vor dem Film, oder von den Gruppen Betrunkener, die im Gespräch mitten auf den engen Gassen der Altstadt stehengeblieben waren, von den Nummernschildern der am Domplatz parkenden Autos und von den verschiedenen Typen der Menschen, die aus den Bordellen oder nach und nach aus dem dunklen Laubwerk des Montagnone kamen, um an der Zinktheke eines kürzlich auf der Bastion von San Tomaso, am Ende der Via della Scandiana, eröffneten Kiosks ein Eis, ein Bier oder eine Brauselimonade zu sich zu nehmen... Eines

Abends gegen elf Uhr stand ich plötzlich wieder auf der Piazza Travaglio und blickte verstohlen in das Halbdunkel des berüchtigten Caffè Scianghai, das fast ausschließlich von Straßenmädchen und Arbeitern aus dem nahen Borgo San Luca besucht wurde; gleich darauf fand ich mich wieder auf der über den Platz emporragenden Bastion und sah einem flauen Wettkampf im Scheibenschießen zwischen zwei jugendlichen Herumtreibern zu, den sie unter den ungnädigen Blicken der jungen Toskanerin ausfochten – jener Bewunderin Malnates.

Ich hielt mich abseits, ohne ein Wort zu sagen, ja, ohne vom Rad zu steigen, bis mich die Toskanerin unvermutet ansprach.

»Junger Mann, Sie da hinten«, rief sie. »Warum kommen Sie nicht näher und versuchen auch mal ein paar Schüsse? Los, haben Sie keine Angst! Zeigen Sie diesen Schlappschwänzen, wie man's macht!«

»Nein, danke«, lehnte ich höflich ab.

»Nein, danke«, wiederholte die Toskanerin. »Mein Gott, was für eine Jugend! Wo haben Sie Ihren Freund gelassen? Der ist noch ein Kerl! Haben Sie ihn begraben?«

Ich antwortete nicht, und sie brach in Gelächter aus.

»Armer Kleiner«, sagte sie voller Mitleid. »Gehen Sie rasch nach Hause! Gehen Sie, sonst setzt es Prügel vom Papa. Rasch ins Bettchen!«

Am folgenden Abend gegen Mitternacht befand ich mich, ohne selbst zu wissen, was ich dort eigentlich suchte, im entgegengesetzten Teil der Stadt, wo ich auf dem glatten, nur wenig gewundenen Weg am inneren Rand der Mura degli Angeli entlangradelte. Am vollkommen klaren Himmel stand ein prächtiger Vollmond, so hell leuchtend, daß er den Scheinwerfer überflüssig machte. Ich fuhr langsam. Immer wieder entdeckte ich Liebespaare, die unter den Bäumen im Gras lagen. Mechanisch zählte ich die Paare. Einige lagen, halb nackt, eng umschlungen übereinander; andere hatten sich nebeneinander ausgestreckt, schon getrennt, doch Hand in Hand, und wieder andere verharrten in bewegungsloser Umarmung, so daß sie zu schlafen schienen. Nach und nach zählte ich mehr als dreißig Paare. Und obwohl ich zuweilen so nah an ihnen vorbeikam, daß ich sie mit dem Rad streifte, gab keiner von ihnen auch nur ein einziges Mal zu erkennen, daß er meine stumme Gegenwart bemerkt habe. Ich kam mir vor wie ein Phantom, das vorüberglitt, und war ich es nicht: lebendig und tot zugleich, voller Leidenschaft und losgelösten Mitleids in einem?

Als ich bis zur Höhe des Barchetto del Duca gekommen war, machte ich halt. Ich stieg vom Rad ab, lehnte es an einen Baum und blieb ein paar Minuten stehen, den Blick auf die unbewegte silbrige Fläche des Parks gerichtet. Ich dachte eigentlich an nichts Bestimmtes, sondern nacheinander an viele Dinge, ohne bei einem besonders zu verharren. Ich schaute, ich lauschte auf den dünnen und doch ungeheuren Lärm der Grillen und Frösche, und ich wunderte mich selbst über das ein wenig verlegene Lächeln, das mir den Mund verzog. »Da sind wir also«, murmelte ich. Ich wußte nicht, was tun, nicht, warum ich hergekommen war. Ich war durchdrungen von dem unbestimmten Gefühl der Sinnlosigkeit aller ›Gedenkfeiern‹.

Ich machte ein paar Schritte am Rand des grasbewachsenen Abhangs entlang, die Augen unverwandt auf die *magna domus* gerichtet. Es war überall dunkel im Haus, und wenn auch Micòls Fenster nach Süden gingen, so daß ich sie von hier aus nicht sehen konnte, war ich dennoch, wer weiß warum, überzeugt, daß auch aus ihnen kein einziger Lichtstrahl drang. Als ich schließlich genau oberhalb der Mauerstelle stand, die Micòl ›heilig‹ nannte, heilig *au vert paradis des amours enfantines*, kam mir ein plötzlicher Einfall. Wie, wenn ich heimlich in den Park eindrang, indem ich über die Mauer kletterte? Als Knabe hatte ich es, an einem unendlich weit zurückliegenden Juninachmittag, nicht gewagt. Ich hatte Angst gehabt. Aber jetzt?

Ich blickte rasch um mich, und einen Augenblick darauf war ich schon am Fuß der Parkmauer, und sofort spürte ich wieder in dem schwülen Dunkel denselben Geruch von Brennesseln und Kot wie vor zehn Jahren. Aber die Mauer war nicht mehr die gleiche. Vielleicht lag es eben daran, daß zehn Jahre an der Mauer gearbeitet hatten (aber auch ich war zehn Jahre älter geworden, hatte an Größe und Kraft zugenommen), jedenfalls erschien sie mir weder so unerklimmbar noch so hoch, wie ich sie in Erinnerung hatte. Nach einem ersten Versuch, der gescheitert war, zündete ich ein Streichholz an. Und da waren die nötigen Tritte alle wieder da und am Ende sogar der dicke rostige Nagel, der noch immer aus der Mauer hervorragte. Bei meinem zweiten Versuch erreichte ich ihn sofort, und mich fest an ihn klammernd, war es mir ein leichtes, mich mit einem Klimmzug hinaufzuziehen.

Sobald ich oben saß, mit den Beinen über der Parkseite baumelnd, war das erste, was ich sah, eine Leiter, die gerade unter mir an die Mauer gelehnt stand. Nicht, daß mich dieser Umstand überraschte, eher fand ich ihn belustigend. »Na also«, stellte ich fest, »da ist auch die Leiter.« Aber bevor ich mich an den Abstieg machte, wandte ich mich jedenfalls noch einmal um, zur Mura degli Angeli. Das Rad war noch an seinem Platz, gegen die Linde gelehnt, wo ich es zurückgelassen hatte. Es war ein altes Rad, das kaum irgend jemand verlokken konnte.

Ich hatte wieder Boden unter den Füßen, und sogleich den Fußweg, der parallel zur Mauer lief, hinter mir lassend, ging ich quer über die mit einigen Obstbäumen bestandene Wiese, um so, wie ich mir ausrechnete, möglichst schnell die Hauptallee an einem Punkt zu erreichen, der gleich weit entfernt war von Perottis Haus und der hölzernen Brücke über den Panfilio-Kanal. Ich ging über Gras, und meine Schritte machten kein Geräusch. Ich war noch immer ohne Gedanken, nur ab und zu von einem aufkommenden Bedenken befallen, aber mit einem Achselzucken schüttelte ich jedesmal unschwer alle aufkeimende Unruhe und Besorgnis ab. Wie schön war der Barchetto del Duca bei Nacht, dachte ich, und wie sanft lag der Mondschein über dem Park! Ich suchte nichts in diesem milchigen Schatten, in diesem Meer aus Milch und Silber. Selbst wenn man mich dabei überraschte, wie ich hier umherstreifte, würde mir niemand daraus einen besonders schweren Vorwurf machen können. Letzten Endes hatte ich sogar, alles in Betracht gezogen, ein gewisses Anrecht darauf erworben.

Ich kam auf die Allee, ging über die Panfilio-Brücke und erreichte dann, mich nach links wendend, bald die Lichtung mit dem Tennisplatz. Tatsächlich, Professor Finzi-Contini hatte sein Versprechen gehalten. Der abgerissene Zaun lag in einem blinkenden wirren Haufen neben dem Platz, gegenüber der Seite, an der für gewöhnlich die Korbsessel und Liegestühle für die Zuschauer standen. Ja, noch mehr: die Arbeiten zur Erweiterung des Spielfeldes waren bereits in Angriff genommen, denn auf allen vier Seiten war der Rasen auf einem Streifen von wenigstens drei Metern an den Längsseiten und von fünf Metern an den beiden Frontseiten umgegraben worden... Alberto war krank, er war schwer krank. Doch man mußte ihm die Schwere seines Leidens irgendwie verheimlichen, auch auf *diese* Weise! »Ausgezeichnet!« pflichtete ich bei – und ging weiter.

Ich schritt unerschrocken aus, mit der Absicht, einen weiten Rundgang um die Lichtung zu machen, und es verwunderte mich auch nicht, auf einmal, als ich schon sehr weit vom Tennisplatz entfernt war, den vertrauten mächtigen Umriß Jors zu erkennen, der im leichten Trab aus der Gegend der *Hütte* auf mich zukam. Ich wartete auf ihn, indem ich stehen blieb, und auch der Hund blieb stehen, als er bis auf etwa zehn Meter herangekommen war. »Jor«, rief ich ihn mit erstickter Stimme. Und Jor erkannte mich. Er wedelte einmal mit dem Schwanz – es war eine kurze, friedliche Gebärde der Begrüßung – und dann kehrte er langsam wieder um.

Von Zeit zu Zeit drehte er sich nach mir um, wie um sich zu vergewissern, daß ich ihm folgte. Ich tat es indessen nicht, oder besser gesagt, ich näherte mich zwar immer mehr der *Hütte*, doch ohne mich vom äußersten Rand der Lichtung zu entfernen. Das Gesicht immer zur Linken gewandt, bewegte ich mich in einem Abstand von etwa zwanzig Metern von dem bogenförmigen Rand dieses Parkteils mit seinen großen dunklen Bäumen. Ich hatte den Mond jetzt im Rücken. Die Lichtung, der Tennisplatz, die *magna domus* und, weiter im Hintergrund, die dichten Laubkronen der Apfel-, Feigen-, Pflaumen- und Birnbäume überragend, die Bastion der Mura degli Angeli – das alles erschien klar und präzise, wie reliefartig herausgearbeitet und deutlicher als am Tage.

So ging ich weiter, bis ich auf einmal erkannte, daß ich nur wenige Schritte von der *Hütte* entfernt war – nicht an ihrer Vorderseite, die dem Tennisplatz zugewandt war, sondern an der Rückseite, zwischen den Stämmen junger Tannen und Lärchen, an die sich der kleine Bau lehnte. Hier blieb ich stehen. Ich blickte auf die im Gegenlicht liegenden schwarzen rauhen Wände der *Hütte*. Plötzlich unsicher geworden, wußte ich nicht mehr, wohin ich gehen, wohin ich mich wenden sollte.

»Was jetzt?« fragte ich mich halblaut. »Was soll ich tun?«

Ich blickte noch immer auf die *Hütte*, und nun kam mir der Gedanke – und mein Herz schlug nicht einmal schneller dabei, so gleichmütig nahm es ihn auf, wie sich das Wasser eines Teiches vom Licht durchdringen läßt –, nun kam mir die Frage, ob es nicht hier war, zu Micòl, wohin Giampi Malnate jede Nacht ging, nachdem er sich vor meiner Haustür von mir verabschiedet hatte (warum nicht? Rasierte er sich nicht am Ende deshalb immer so sorgfältig, bevor er mit mir zum Essen ging?); nun gut, in diesem Fall wäre der Umkleideraum ein idealer Schlupfwinkel für sie gewesen.

Doch, so fuhr ich ruhig mit meinen Überlegungen fort – sie mir gleichsam innerlich zuflüsternd –, gewiß doch! Wie hatte ich nur so blind sein können? Er ging mit mir spazieren, nur um die Zeit bis zum Rendezvous auszufüllen, und wenn er mich dann sozusagen zu Bett gebracht hatte, ging es, was die Pedale nur hergaben, fort, zu ihr, die ihn natürlich schon im Garten erwartete. Aber gewiß! Jetzt verstand ich auch den wahren Grund für sein Verhalten im Bordell. Freilich, wenn man jede Nacht – oder fast jede – miteinander schläft, wann man nur Lust hat, dann kommt bald der Augenblick, wo man nach der Mutter und nach dem lombardischen Himmel und so weiter Sehnsucht bekommt ... Und die Leiter da, an der Parkmauer? Nur Micòl konnte sie *dorthin* gestellt haben.

Ich hatte einen klaren Kopf; ich war heiter und gelassen. Wie in einem Geduldspiel fügte sich, auf den Millimeter genau, eins ins andere, die Rechnung ging glatt auf.

Micòl natürlich – mit Giampi Malnate. Mit dem Busenfreund des kranken Bruders. Hinter seinem Rücken und versteckt vor allen im Hause, vor Eltern, Verwandten und dem Personal. Immer nachts. Für gewöhnlich in der *Hütte,* aber vielleicht in manchen Nächten auch dort oben, im Schlafzimmer, im Zimmer der Glasnippes, der *làttimi.* Wirklich heimlich? Oder taten die anderen nur wie gewöhnlich so, als ob sie nichts merkten, und ließen die Dinge auf sich beruhen, oder begünstigten sie sogar noch insgeheim, weil es im Grunde nur menschlich und gerecht ist, daß ein Mädchen von dreiundzwanzig Jahren, wenn es sich nicht verheiraten will oder nicht verheiraten kann, doch alles das bekommt, was die Natur fordert? Sie gaben ja auch vor, die Krankheit Albertos nicht zu bemerken. Das gehörte zu ihrem System.

Ich lauschte in die Stille. Kein Laut war zu hören.

Aber Jor? Wo war Jor geblieben?

Auf Zehenspitzen machte ich ein paar Schritte auf die *Hütte* zu.

»Jor!« rief ich laut.

Aber da kam plötzlich von weit her, wie eine Antwort, ein klagender, schmerzlicher Ton, fast menschlich, durch die Nacht. Ich erkannte ihn sofort. Es war die altvertraute, liebe Stimme der Uhr vom Platz, die jede Viertelstunde schlug. Was sagte sie? Sie sagte, daß ich mich wieder einmal sehr verspätet hatte, daß es dumm und böse von mir war, meinen Vater weiter so zu quälen, der gewiß auch in dieser Nacht keinen Schlaf finden konnte und in Unruhe war, weil ich noch nicht nach Hause gekommen war – und daß es endlich an der Zeit war, die innere Ruhe wiederzufinden. Wahrhaft und endgültig.

»Ein richtiger Roman«, dachte ich und schüttelte mit einem ironischen Lächeln den Kopf wie über ein unverbesserliches kleines Kind.

Und der *Hütte* den Rücken wendend, ging ich unter den Bäumen davon, in der dem Haus entgegengesetzten Richtung.

Epilog

Hier endet meine Geschichte mit Micòl Finzi-Contini. Und es ist nur recht und billig, daß auch diese Erzählung nun endet, zumal alles, was ich hinzufügen könnte, nicht mehr von Micòl, sondern allenfalls noch von mir handeln würde.

Welches ihr Schicksal und das ihrer Angehörigen war, habe ich bereits zu Beginn gesagt.

Alberto starb als erster von ihnen 1942 an einem bösartigen Lymphogranulom, nach einem sehr langen Todeskampf, an dem, ungeachtet des tiefen Grabens, den die Rassengesetze in der Bürgerschaft aufgerissen hatten, ganz Ferrara von weitem Anteil nahm. Er konnte nur noch mit großer Mühe atmen. Um ihm das Luftholen zu erleichtern, hatte man Sauerstoff gebraucht, und zwar in immer größeren Mengen. Und da in der Stadt Sauerstoff-Flaschen wegen des Krieges knapp geworden waren, war die Familie zuletzt zu einem planmäßigen Aufkauf von Sauerstoff-Flaschen in der ganzen Region übergegangen, indem sie Leute nach Bologna, Ravenna, Rimini, Parma und Piacenza gesandt hatte, um Sauerstoff-Flaschen um jeden Preis zu erwerben.

Die anderen fielen im September 1943 den Faschisten der Republik von Salò in die Hände. Nach kurzem Aufenthalt im Gefängnis in der Via Piangipane wurden sie im November in das Konzentrationslager von Fòssoli bei Carpi gebracht und von dort dann nach Deutschland. Was aber mich angeht, so muß ich gestehen, daß ich in den vier Jahren, die zwischen dem Sommer 1939 und dem Herbst 1943 liegen, keinen von ihnen wiedergesehen hatte. Auch nicht Micòl. Bei der Beerdigung Albertos glaubte ich für einen Augenblick, hinter dem Fenster des alten Dilambda, der inzwischen auf Methangas umgestellt worden war und der im Schritt dem Trauerzug folgte, doch kehrtmachte, sobald der Leichenwagen durch das Friedhofstor am Ende der Via Montebello gefahren war – glaubte ich für einen Augenblick, ihr aschblondes Haar zu erkennen. Das war alles. Auch in einer so kleinen Stadt wie Ferrara ist es, wenn man will, sehr wohl möglich, sich für lange Jahre ganz aus den Augen zu verlieren und schon zu Lebzeiten füreinander wie gestorben zu sein.

Und auch Malnate, der bereits im November 1939 nach Mailand zurückgerufen wurde (er hatte mich im September vergeblich telefonisch zu erreichen versucht und mir sogar einen Brief geschrieben...), habe ich seit dem August jenes Jahres nicht wiedergesehen. Der arme Giampi. Er glaubte so fest an eine anständige Zukunft, lombardisch und kommunistisch, die er jenseits der Nacht des kommenden Krieges schon zu erkennen meinte – eine, wie er zugab, noch ferne, doch mit unfehlbarer Gewißheit zu erwartende Zukunft. Aber was weiß denn wirklich das Herz? Wenn ich an ihn denke, der 1941 mit dem italienischen Expeditionskorps C.S.I.R. an die russische Front ging und nicht zurückkam, so steht mir noch immer lebhaft vor Augen, wie Micòl jedesmal reagierte, wenn er zwischen zwei Tennispartien damit begann, seinen ›Katechismus‹ mit uns durchzunehmen. Er sprach mit seiner ruhigen, tiefen, summenden Stimme, aber Micòl schenkte ihm, anders als ich, nie viel Gehör. Sie ließ nicht ab, über ihn zu lachen, ihn mit Sticheleien zu ärgern und sich über ihn lustig zu machen.

»Aber für wen bist du denn nun eigentlich? Für die Faschisten?« So, erinnere ich mich, fragte er sie eines Tages und schüttelte den schweren, schweißglänzenden Kopf. Er verstand sie nicht.

Was hatte es also zwischen den beiden gegeben? Nichts? Wer weiß!

Fest steht jedenfalls, daß Micòl wie in einer Vorahnung ihres nahen Todes sowie des Todes all ihrer Angehörigen auch Malnate gegenüber ständig wiederholte, daß ihr an *seiner* demokratischen und sozialen Zukunft nichts gelegen sei, ja, daß ihr die Zukunft an sich eine entsetzliche Vorstellung sei und sie ihr bei weitem *le vierge, le vivace et le bel aujourd'hui* vorziehe und mehr noch als alles andere die Vergangenheit, ›die geliebte, die sanfte, die *barmherzige* Vergangenheit‹.

Und weil dies – ich weiß – nur Worte waren, die üblichen trügerischen und verzweifelten Worte, die nur ein richtiger Kuß ihr vom Mund genommen hätte, sei gerade mit ihnen und nicht mit anderen Worten das wenige besiegelt, woran das Herz sich zu erinnern vermochte.

1958 – 1961

Anmerkungen des Übersetzers

Seite 20
REPUBBLICA CISALPINA: Von den Franzosen 1797, mit Mailand als Hauptstadt, gegründet. Endete 1802 mit der Gründung der Repubblica Italiana.
Seite 28
SEGRETARIO FEDERALE (PLURAL: FEDERALI): Faschistischer Parteifunktionär, dem nationalsozialistischen Gauleiter entsprechend.
JUDÌM: Aus dt. ›Jude‹ und der hebräischen Pluralendung -im
Seite 34
RENATO SERRA: Literaturkritiker (1884-1915), Schüler Carduccis, befreundet mit Benedetto Croce, Hauptwerk: *Esame di coscienza di un letterato (Gewissensprüfung eines Literaten)*
Seiten 37, 39, 120
SCHUL: Jiddisch für Synagoge, bei Bassani das großgeschriebene »Scuola« (italienisch auch: »Scola«).
Seite 39
GOI (PLURAL GOJIM): Hebräisch für Nichtjude.
Seite 43
»JEVAREHEHÀ ADONÀI VEISHMERÈHA«: *Gott möge dich segnen und behüten.*
Seite 46
Die Leistung des Schülers wird in jedem Fach von dem Examinator mit Punkten bewertet. Das Maximum sind zehn Punkte, sechs Punkte sind ›genügend‹.
Seite 70
CA' FOSCARI: Gotischer Palast in Venedig aus dem 14. Jahrhundert; heute Sitz einer Handelshochschule mit Sprachenabteilung.
Seite 80
LITTORIALI: Von der faschistischen Jugendorganisation GIL *(Gioventù Italiana del Littorio)* veranstaltete Wettbewerbe auf sportlichem und kulturellem Gebiet.
Seite 81
LITTORIALE: Hier Sportplatz der oben genannten GIL.

Seite 86
GUF: Die faschistische Studentenorganisation *Gruppo Universitario Fascista*.
Seite 88
BOMBAMANO: Handgranate
Seite 96
SKIWASSER: Deutsch im Originaltext (hier und stets im folgenden).
Seite 97
HIMBEERWASSER: Deutsch im Originaltext.
Seite 100
MONTECATINI: Italienischer Bergbau- und Chemiekonzern mit Sitz in Mailand.
Seite 102
Als Sephardim oder Spaniolen gebrauchen die Finzi-Contini und Herrera einige aus dem Spanischen überkommene Ausdrücke wie hier CALLADA, das Partizip Perfekt von *callarse*: schweigen; während man im Hause des Erzählers das aus dem Hebräischen stammende *schadock* im gleichen Sinn anwendet.
Seite 103
ERA GIÀ L'ORA CHE VOLGE IL DISÌO: Schon war die Stunde, welche das Verlangen (der Schiffer) wendet: Dante Alighieri, *Die göttliche Komödie*, erste Zeile des VIII. Gesanges aus dem ›Purgatorio‹.
Seite 106
CECIL ROTH (1899-1970), von 1965 bis zu seinem Tod Herausgeber der *Encyclopedia Judaica*
Seite 110
HÜTTE: Deutsch im Originaltext (hier und stets im folgenden).
Seite 117
VERT PARADIS DES AMOURS ENFANTINES: *Das grüne Paradies der kindlichen Liebe* Charles Baudelaire, aus *Moesta et errabunda*
Seite 119
CELESTINO: Anspielung auf die *himmelblaue* Farbe der Augen des Erzählers. Zugleich Name mehrerer Päpste (Cölestin). Der Vers: *Che fece per viltade il gran rifiuto*: Der feig tat den großen Amtsverzicht (*Die göttliche Komödie*, III. Gesang aus dem ›Inferno‹) soll sich auf Cölestin V. beziehen, der nach fünf Monaten (1294) abdankte.
Seite 122
DILAMBDA: Luxuswagen von Lancia aus den dreißiger Jahren

Seite 130
NOCTURNO: Film des Prager Regisseurs Gustav Machaty aus dem Jahr 1934
Seiten 133, 135
VERBOTEN und PRIVAT: Deutsch im Originaltext.
Seite 134
LÀTTIMI: Dinge von milchiger Farbe, auch Emaille.
OPALINES: Opalisierende Nippes.
FLÛTES: Eigentlich: Flöten, hier: schlanke Sektkelche.
Seite 138
CAROLE LOMBARD (1908-1942): amerikanische Schauspielerin
Seite 139
NON MI LASCIARE ANCORA, SOFFERENZA: Leid, verlaß mich noch nicht.
Seiten 140
PISSI PISSI, BAU BAU: Lautmalend für flüstern.
Seite 142
EL-SCHADDAJ: Gottesname in der Bibel
Seite 143
»ETWAS ZU ESSEN?« fragte der Erzähler (S. 134), als er zuerst von *làttimi* hörte. Hier, in seinem Traum, sind es Käse. Das Wort, von *latte*: Milch abgeleitet, ruft im Erzähler die Assoziation von Milchprodukten hervor.
Seite 146
PAPPAGALLO ASCIUTTO und PAPPAGALLO IN BRODO: Anspielung auf den Unterschied von *Pasta asciutta* und *Pasta in brodo* (Teigwaren mit Soße und Teigwaren in Fleischbrühe).
TORRE DEGLI ASINELLI: Einer der beiden ›schiefen Türme‹ von Bologna, auf der Piazza Mercanzia.
Seite 168
HYKSOS: Gruppe von Einwanderern, die ca. 1700 v. Chr. Ägypten eroberten.
GIOVANNI GIOLITTI (1842-1928), FRANCESCO SAVERIO NITTI (1868-1953), VITTORIO EMMANUELE ORLANDO (1860-1952), SIDNEY COSTANTINO SONNINO (1847-1922), ANTONIO SALANDRA (1853-1931), LUIGI FACTA (1861-1930), italienische Ministerpräsidenten
Seite 169
FASCHISTISCHE GELEHRTE: *Manifesto degli scienziati* vom 14. Juli 1938, bei dem sich 12 Universitätsassistenten zu Handlangern des Antisemitismus machen ließen.

Seite 170
ANSCHLUSS: Deutsch im Originaltext
Seite 189
AVIGDÒR: Es handelt sich um Sara Copio Sullam (1588–1641).
Seite 196
CAPRÉT CH'AVEA COMPERÀ IL SIGNOR PADRE: *Osterlamm, das der Herr Vater gekauft hatte*
Seite 207
FRÄULEIN: Deutsch im Originaltext.
Seite 217
KARDINAL SCHUSTER: Kardinal Ildefonso Schuster (1880–1954), seit 1924 Erzbischof von Mailand.
Seite 234
Hier die Übersetzung des Gedichts *Femmes damnées, Delphine et Hippolyte* von Charles Baudelaire aus *Les Épaves* (1866): *Auf ewig verflucht sei der unnütze Träumer, der, in ein unlösbares und steriles Problem sich verliebend, als erster törichterweise Liebesdinge und Redlichkeit vermischen wollte.*
Seite 235
ZANGWILL (1864–1926): englischer Autor
Seite 246
CONFINO: Zwangsaufenthalt für politische Gegner des faschistischen Regimes.
DON ABBONDIO: Romanfigur aus den *Verlobten* von Alessandro Manzoni.
Seite 247
DRÔLE DE GUERRE: So nannte die französische Presse die Zeitspanne zwischen dem Ende des Polnischen Feldzugs 1939 und dem Beginn der deutschen Offensive im Westen im Frühjahr 1940.
Seite 253
LA CENA DELLE BEFFE (Das Mahl der Spötter): Drama von Sem Benelli (1877–1949); als Vorlage diente ihm eine Geschichte aus der Novellensammlung *Le Cene* des Florentiners Il Lasca (eigentlich: Anton Francesco Grazzini), der im 16. Jahrhundert lebte.
Seite 255
COME LA VERITÀ – COME ESSA TRISTE E BELLA: *Wie die Wahrheit – so wie diese traurig und schön*
Seite 267
CIÒ CHE NON SIAMO: letzter Vers aus Eugenio Montales Gedicht *Non chiederci la parola che squadri da ogni lato*: *Frage uns nicht nach dem Wort, das allseits bemesse* aus dem Zyklus *Ossi di seppia*

Seite 270

GIUSEPPE GIOACCHINO BELLI: Römischer Mundartdichter (1791–1863). Seine mehr als 2000 meist satirischen Sonette spiegeln das Volksleben Roms wirkungsvoll wider. CARLO PORTA: Mailänder Dialektdichter (1775–1821). Seine Gedichte, Novellen und Theaterstücke geben ein Bild Mailands in der Zeit der Französischen Revolution und österreichischen Reaktion. In derb-satirischen Versen schildert er, realistisch und voller Wärme, die ›kleinen Leute‹, verbunden mit Seitenhieben auf Adel und Geistlichkeit.

Bravo el mè Baldissar!:
Bravo mein Balthasar! Bravo mein Zwerg
Es war höchste Zeit, daß du zu mir kamst:
weißt du, du Schweinehund, daß es beinahe
einen Monat her ist, daß du mich geliebt hast?
O Christus! Wie kalt sind diese Hände!

Seite 271

LA NINETTA DEL VERZEE (Ninetta vom Gemüsemarkt): Populärste Verserzählung Portas, in der eine Frau aus dem Volk die triste Geschichte ihres Lebens erzählt.

NO GHITTIN:
Nein, mein Gretchen: ich bin nicht fähig,
dich zu betrügen: nein, sei unbesorgt.
Wirf mich nicht in einen Topf
mit Gecken und Taugenichtsen ...

PARACAR, CHE SCAPPEE DE LOMBARDIA:
Ihr Prellsteine, die ihr aus der Lombardei verschwindet ...

Seiten 272

PENSA ED OPRA:
Denke und handle, schau und höre,
solange man lebt, solange lernt man;
wenn ich noch einmal zur Welt komme,
werde ich eine Portierskatze!
Zum Beispiel möchte ich in der Via Rugabella
als Katze bei Herrn Giuseppino geboren werden ...
Gekröse, schieres Fleisch und Leber
und die Mütze meines Herrn, um darauf zu schlafen ...

Seite 275

JUDEN UNERWÜNSCHT: Deutsch im Originaltext.

FERRAGOSTO (Feriae Augusti): Die Tage unmittelbar vor und nach dem 15. August (Mariä Himmelfahrt).

Seite 278
> In Carlo Portas ebenfalls im Mailänder Dialekt geschriebener Verserzählung LAMENT DEL MARCHIONN DI GAMB AVERT berichtet ein Flickschuster und Mandolinenspieler, ein Zwerg mit krummen Beinen, über seine traurigen Erlebnisse als Liebhaber und Ehemann.
> *Endlich erscheint, wonach ich so lange gespäht,*
> *im Spalt der Fenster das Morgengrauen.*

Seite 293
> MOGLIE E BUOI DEI PAESI TUOI: *Frau und Ochsen nimm dir aus deiner Heimat*

Seite 307
> REPUBLIK VON SALÒ: Der von den Alliierten unbesetzte Teil im Norden Italiens, den Mussolini nach seiner Befreiung im September 1943 mit deutscher Unterstützung staatlich zu organisieren suchte, mit der Residenz in Salò am Gardasee.

Seite 309
> LE VIERGE, LE VIVACE ET LE BEL AUJOURD'HUI: Das jungfräuliche, lebensvolle und schöne Heute (Stéphane Mallarmé).

Giorgio Bassani bei Wagenbach

DIE BRILLE MIT DEM GOLDRAND   *Erzählung*
Doktor Fadigati genießt hohes Ansehen in den besseren Kreisen Ferraras. Nur dass er immer noch nicht verheiratet ist, kann keiner verstehen. Ein genau gezeichnetes Portrait der guten Gesellschaft und wie sie ihr Fähnchen in den Wind hängt.
Aus dem Italienischen von Herbert Schlüter
SVLTO. Rotes Leinen. Fadengeheftet. 144 Seiten

DER REIHER   *Roman*
Nichts ist mehr wie früher: Zwar ist der Faschismus vorbei, die alte bürgerliche Ordnung aber aus den Fugen geraten. Was soll Edgardo nur tun, um seine Handlungsunfähigkeit zu überwinden?
Aus dem Italienischen von Herbert Schlüter
WAT 574. Broschiert. 160 Seiten

FERRARESER GESCHICHTEN
Mit den berühmten fünf Geschichten aus Ferrara setzt Bassani seiner Heimatstadt und ihren Bewohnern ein liebevolles Denkmal.
Aus dem Italienischen von Herbert Schlüter
WAT 564. Broschiert. 256 Seiten

HINTER DER TÜR   *Roman*
Der Erzähler wechselt in die Oberstufe des Gymnasiums. Bei den neuen Mitschülern findet er keinen Anschluss – bis Luciano in der Klasse auftaucht. Er sucht die Freundschaft dieses undurchschaubaren Jungen, der ihn zugleich fasziniert und abstößt.
Aus dem Italienischen von Herbert Schlüter
WAT 596. Broschiert. 144 Seiten

DER GERUCH VON HEU   *Erzählungen*
In leichtem Ton erinnert sich Bassani an Menschen, die ihm begegneten, und erzählt von Ferien am Meer, von Glück, Leid und Eifersucht.
Aus dem Italienischen von Herbert Schlüter
WAT 613. Broschiert. 112 Seiten

Italien bei Wagenbach

NATALIA GINZBURG   FAMILIENLEXIKON
Das mit dem Premio Strega ausgezeichnete Hauptwerk Natalia Ginzburgs ist nicht nur das komische Portrait einer denkwürdigen Familie, sondern zugleich ein großartiges Portrait Italiens.
Aus dem Italienischen und mit einem Nachwort von Alice Vollenweider
WAT 563. Broschiert. 192 Seiten

ALBERTO MORAVIA   LA NOIA   *Roman*
In einer Beziehung stellt sich oft die Frage: Wer langweilt sich zuerst? Der große Menschenkenner Moravia lässt die Frage im großen und ganzen offen, beantwortet sie aber im erotischen Detail.
Aus dem Italienischen von Percy Eckstein und Wendla Lipsius
WAT 828. Broschiert. 336 Seiten

FRANCESCA MELANDRI   ALLE, AUSSER MIR   *Roman*
Der große, gefeierte Roman von Francesca Melandri: eine Familiengeschichte, ein Portrait Italiens im 20. Jahrhundert, eine Geschichte des Kolonialismus und seiner langen Schatten, die bis in die Gegenwart reichen.
Aus dem Italienischen von Esther Hansen
WAT 883. Broschiert. 608 Seiten

GIULIA CAMINITO   EIN TAG WIRD KOMMEN   *Roman*
Eine italienische Familiengeschichte in Zeiten des aufkeimenden Faschismus, ein politischer Roman über Schuld und Anarchie, Widerstand und unverwüstliche Hoffnung – in einer Sprache, so zärtlich-rau wie die Liebe zwischen zwei Brüdern.
Aus dem Italienischen von Barbara Kleiner
WAT 852. Broschiert. 440 Seiten

MARIO DESIATI   SPATRIATI   *Roman*
Heimat schmeckt nach Borretschblüten: ein wundersam poetischer Roman über eine unverbrüchliche Freundschaft und eine Generation von Unbehausten, Grenzgängern und Liebesuchenden – nicht nur in Italien.
Aus dem Italienischen von Martin Hallmannsecker
Quart*buch*. Gebunden mit Schutzumschlag. 256 Seiten

MICHELA MURGIA   ACCABADORA   *Roman*
Eine Geschichte über Mutter und Tochter, wie sie noch nie erzählt worden ist. Ein Roman, in dem das archaische und das moderne Italien aufeinandertreffen.
Aus dem Italienischen von Julika Brandestini
WAT 768. Broschiert. 176 Seiten

PIER PAOLO PASOLINI
TEOREMA ODER DIE NACKTEN FÜSSE   *Roman*
Der Messias ist zu Gast bei der Bourgeoisie – und er hat Liebe für alle mitgebracht: In diesem so analytischen wie verspielt-ironischen Roman trifft der Dichter Pasolini auf den Polemiker der »Freibeuterschriften«.
Aus dem Italienischen von Heinz Riedt
WAT 847. Broschiert. 192 Seiten

ANDREA CAMILLERI   DER UNSCHICKLICHE ANTRAG   *Roman*
Wozu braucht der Mensch ein Telefon? Über zahllose Wirren, Entlassungen und Beförderungen, Morde und Liebesdramen, die ein einfacher Antrag auf ein Telefon auslöst.
Aus dem Italienischen von Moshe Kahn
WAT 831. Broschiert. 240 Seiten

LUIGI PIRANDELLO   FEUER ANS STROH   *Sizilianische Novellen*
Dieser Band stellt nicht nur die schönsten Geschichten Pirandellos über seine Heimat und ihre Bewohner vor, sondern auch Geschichten, in denen das Leben die Rolle des Komikers spielt.
Aus dem Italienischen von Johanna Borek, Hans Hinterhäuser, Michael Rössner und Wolfgang Westermann
WAT 282. Broschiert. 240 Seiten

ELSA MORANTE   ARACOELI   *Roman*
Von der Liebe zwischen Mutter und Sohn, vom Ende der Kindheit und dem Eintauchen in die Erinnerung auf der Suche nach einer Wahrheit: der geheimnisvollste Roman von Elsa Morante.
Aus dem Italienischen von Ragni Maria Gschwend
WAT 845. Broschiert. 432 Seiten

MASSIMO MONTANARI   SPAGHETTI AL POMODORO
Kurze Geschichte eines Mythos
Maccheroni, Tagliatelle, Vermicelli … der große Historiker der europäischen Ernährungsgeschichte hat mit »gusto« ein kleines Meisterwerk über die Mutter aller italienischen Gerichte verfasst.
Aus dem Italienischen von Victoria Lorini
SVLTO. Rotes Leinen. Fadengeheftet. 144 Seiten

KLAUS WAGENBACH   MEIN ITALIEN, KREUZ UND QUER
Klaus Wagenbach macht eine vielseitige Liebeserklärung an Italien: Autorinnen und Autoren erzählen von ihrem Land, seinen Städten und Landschaften, Gebräuchen und Eigenheiten und immer wieder von seinen Bewohnern.
Aktualisierte und erweiterte Ausgabe letzter Hand
WAT 827. Broschiert. 400 Seiten

ITALO SVEVO   DER ALTE HERR UND DAS SCHÖNE MÄDCHEN
Italo Svevos letzte und schönste Erzählung. Mit einer Autobiographie, Lebensdaten und vielen Photos.
Aus dem Italienischen von Barbara Kleiner
SVLTO. Rotes Leinen. Fadengeheftet. 112 Seiten

STEFANO BENNI   DIE BAR AUF DEM MEERESGRUND
Unterwassergeschichten
Das unterhaltsamste Buch des bekannten italienischen Satirikers: In einer Bar auf dem Meeresgrund treffen sich Geschichtenerzähler aus der ganzen Welt.
Aus dem Italienischen von Pieke Biermann
WAT 344. Broschiert. 208 Seiten

Wenn Sie mehr über den Verlag und seine Bücher wissen möchten, schreiben Sie uns eine Postkarte oder elektronische Nachricht (mit Anschrift und E-Mail). Wir informieren Sie dann regelmäßig über unser Programm und unsere Veranstaltungen.

Verlag Klaus Wagenbach   Emser Straße 40/41   10719 Berlin
www.wagenbach.de   vertrieb@wagenbach.de